세계 민담 전집

세계 민담 전집

12

영국 편

이동일 엮음

황금가지

세계 민담 전집을 펴내면서

민담이란 한 민족이 수천 년 삶의 지혜를 온축하여 가꾸어 온 이야기들입니다. 그 민족 특유의 자연관, 인생관, 우주관, 사회 의식이 속속들이 배어 있는 민담은 진정 그 민족이 발전시켜 외부와 교통해 온 문화를 이해하는 골간입니다. 세계화 시대를 맞아 국경의 의미가 나날이 퇴색되고 많은 사람들이 인류 공통의 문제를 피부로 느끼는 지금, 한편으로는 국가와 민족 인종 간의 몰이해로 인한 충돌이 더욱 빈번해져 가고 있습니다. 서로의 문화를 진정으로 이해해야 할 필요성이 더욱 커진 오늘, 한 민족의 문화에서 민담이 갖는 중요성을 생각할 때, 우리나라에 아직 믿고 읽을 만한 민담 전집을 갖지 못했다는 것은 여러 모로 불행한 일이 아닐 수 없습니다.

지금까지 세계 여러 민족의 옛이야기들이 전혀 출판되지 않았던 것은 아니지만, 개별적으로 나와 망실되고 절판된 데다가 영어나 일본어 판에서 중역된 것이 대부분이었고, 그나마 아동용으로 축약 변형되어 온전한 모습으로 소개되지 못했습니다. 황금가지에서는 각 민족의 고유 문화를 이해하는 실마리가 될 민담을 올바르게 소개하고자 다음과 같은 원칙에 따라 편집을 진행하였습니다.

첫째, 근대 이후에 형성된 국가의 구분에 얽매이지 않고 더 본질적인 민족의 분포와 문화권을 고려하여 분류하였습니다. 국가적 동질성과 문화적 동질성이 반드시 일치하지는 않기 때문입니다.

둘째, 각 민족어 전공자가 직접 원어 텍스트를 읽은 후 이야기를 골라 번역했습니다. 영어 판이나 일본어 판을 거쳐 중역된 이야기는 영어권과 일본어권 독자들의 입맛에 맞도록 순화되는 과정에 해당 민족 고유의 사유를 손상시켰을 우려가 높습니다. 황금가지 판 『세계 민담 전집』은 해당 언어와 문화권을 잘 이해하고 있는 전공자들이 엮고 옮겨 각 민족에 가장 널리 사랑받는 이야기, 그들의 문화 유전자가 가장 생생하게 드러나는 이야기들을 가려 뽑도록 애썼습니다.

셋째, 기존에 알려져 있던 각 민족의 대표 민담들뿐 아니라 그동안 접하기 힘들었던 새로운 이야기들을 여럿 소개합니다. 또한 이미 들은 적이 있는 이야기일지라도 축약이나 왜곡이 심했던 경우에는 원형에 가까운 형태로 재소개했습니다.

황금가지 판 『세계 민담 전집』은 또한 작은 가방에도 들어가는 포켓판 형태로 제작되어 간편하게 들고 다니며 읽을 수 있게 하였습니다. 세계를 여행하면서 그 지역에 뿌리를 두고 자라난 이야기들을 읽고 확인하는 것도 이 전집을 읽는 또다른 즐거움이 될 것입니다.

세계 민담 전집 편집부

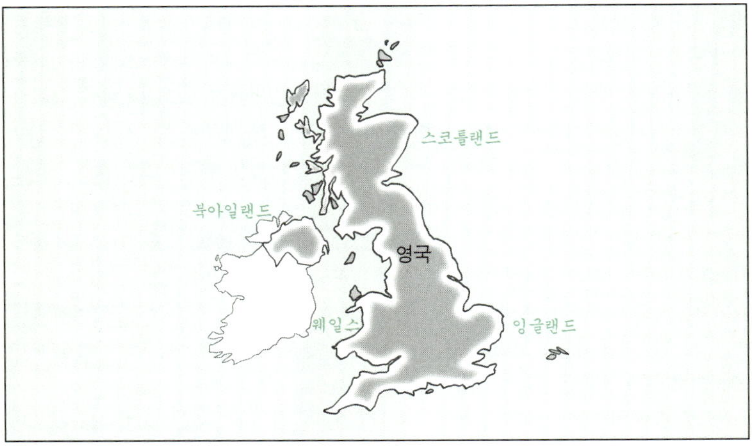

●——유럽 대륙 서쪽 북대서양에 위치한 영국은 예부터 로마 인, 바이킹, 노르만 인 등 여러 인종의 침입을 받았고, 이로 인해 서로 상반되는 특성을 지닌 여러 인종들이 영국 섬 안에서 서로 융화 · 발전하면서 다양한 민담을 꽃피우게 된다. 이 책은 영국 민담의 근간을 이루는 아서 왕 이야기와 캔터베리 이야기를 주로 다룬다.

황금가지 세계 민담 전집 영국 편

황금 머리 ● ● ● 9
세인트 조지 오브 메리 ● ● ● 19
사이먼과 물고기 ● ● ● 35
닉스 무 아무개 ● ● ● 39
노르웨이의 검은 황소 ● ● ● 55
토머스 엄지 경의 이야기 ● ● ● 66
트리스트람과 이졸데 ● ● ● 78
퍼시벌과 종말의 시작 ● ● ● 106
제프리 초서의 캔터베리 이야기 중 방앗간 주인의 이야기 ● ● ● 137
제프리 초서의 캔터베리 이야기 중 향사 이야기 ● ● ● 156
헹기스트와 호사 ● ● ● 183
쿨위크와 올웬 ● ● ● 212
성자 브렌든의 항해 ● ● ● 266

해설 | 영국 민담을 소개하며 ● ● ● 287

황금 머리

옛날 콜체스터를 다스리던 왕 중에 용감하고 현명하며 자애롭기로 유명한 통치자가 있었다. 그러나 그의 통치가 한창 빛을 발하던 중 사랑하는 왕비가 세상을 뜨고 말았다. 그에게는 왕비를 꼭 닮은 딸만 남게 되었다. 이 공주는 아름답고 친절하며 우아해서 왕국의 모든 백성들로부터 사랑을 받았다. 그런데 왕비가 죽고 나자 이상한 일들이 벌어졌다. 콜체스터에는 어마어마한 부를 거머쥔 한 여자가 있었는데 나이도 많고 못생겼으며 매부리코에다 성격까지 괴팍하기로 유명했다. 바로 그 여자가 왕과 결혼을 하고 싶어 했다. 더욱이 이 여자에게는 그녀만큼이나 못생긴 딸이 하나 있었다. 왕비가 죽은 후 몇 주 지나지 않아, 도대체 누구도 이유는 알 수 없었지만, 왕은 이 추한 여자를 새 왕비로 맞아들여 성대하게 결혼식을 올렸다.

새 왕비가 궁정에 들어와 맨 먼저 한 일은 왕과 아름답고 친절하며 우아한 공주 사이를 이간질한 것이었다. 당연히 못생긴 왕비와 그녀의 추한 딸은 아름다운 공주에게 심한 질투를 느꼈던 것이다.

아버지마저 자신을 등졌다는 사실을 깨달은 어린 공주는 궁정 생활을 점점 혐오한 나머지 궁정을 벗어나고 싶어 했다. 그러던 어느 날 정원에서 우연히 홀로 있는 왕과 마주친 공주는 무릎을 꿇고 도움을 청했다. 공주는 궁정 밖 세상으로 나가 살도록 허락해 달라고 빌었다. 왕은 공주의 요청을 받아들여, 길을 떠날 공주에게 필요한 채비를 갖추도록 명을 내렸다. 그러나 질투심에 사로잡힌 새 왕비는 공주에게 거친 빵과 딱딱한 치즈와 맥주 한 병을 담은 보따리 하나만을 챙겨 주었다.

물론 이것은 합당한 대우가 아니었으나 공주로서는 고작 이런 일로 불평을 토로하려니 자존심이 허락하지 않았다. 그리하여 공주는 보따리를 받아들고 감사를 표한 후 여행길에 올랐다. 공주는 숲길을 헤쳐 나가고 강과 호수를 건너고 산과 계곡을 넘었다.

마침내 공주는 어떤 동굴 앞에 이르렀다. 동굴 입구 바위 위에 흰 수염을 기른 매우 늙은 노인이 앉아 있었다.

노인이 말했다.

"안녕하시오, 젊은 처자! 어딜 그렇게 바쁘게 가시오?"

"어르신, 저는 행운을 찾아가는 길입니다."

"아름다운 처자, 꾸러미에 들어 있는 것은 무엇이오?"

"빵과 치즈와 순한 맥주입니다, 어르신. 같이 드시겠어요?"

공주가 웃으며 대답했다.

"감사하구려."

노인은 이렇게 인사하고 공주가 권한 음식을 거의 다 먹어 버렸다. 그러나 공주는 싫은 내색을 전혀 하지 않았고 그저 노인에게 필요하면 더 드시라고 기꺼이 권했다.

식사를 마치고 나자 노인은 공주에게 깊이 감사를 표하면서 이렇게 말했다.

"처자의 아름다움과 친절함과 우아함에 감사하여 이 지팡이를 드리니 받으시오. 가다 보면 가시 울타리가 두텁게 둘러쳐져 있어 도저히 지나갈 수 없을 것처럼 보일 것이오. 그때 이 지팡이를 세 번 치면서 이렇게 말하시오. '가시 울타리, 날 지나가게 해 줘요.' 그러면 처자에게 길을 내줄 것이오. 그런 다음 샘에 도착하면 샘의 가장자리에 앉으시오. 그리고 무엇을 보든지 놀라지 말고 무엇이든 요구하는 걸 들어주어야 하오!"

노인은 그렇게 말하고 동굴로 들어가 버렸고 공주는 갈 길을 서둘렀다. 얼마 지나지 않아 공주는 높고 두터운 가시 울타리에 도달했다. 공주는 지팡이로 세 번 두들기면서 이렇게 말했다.

"가시 울타리, 날 지나가게 해 줘요."

그러자 가시 울타리는 공주를 위해 넓은 길을 열어 주었다.

샘에 도착한 공주는 샘의 가장자리에 자리를 잡고 앉았다. 공주가 앉자마자 몸이 없는 황금으로 된 머리가 물 속에서 나타나 이렇게 노래를 불렀다.

"날 씻어 주오, 날 빗어 주오, 잘 마르도록 날 둑에 뉘어 주오.
지나가는 사람들을 볼 수 있도록 부드럽게 예쁘게."

"알겠어요."

공주는 이렇게 대답하면서 가지고 있던 은빗을 꺼냈다. 그러고는 그 머리를 자신의 무릎에 뉘고 빗어 주기 시작했다. 공주는 황금 머리를 부드럽게 들어 올려 빗질을 하고 나서 잘 마르도록 앵초 둑에 뉘었다. 그렇게 하자마자 또 하나의 황금 머리가 나타나 이렇게 노래를 불렀다.

"날 씻어 주오, 날 빗어 주오, 잘 마르도록 날 둑에 뉘어 주오.
지나가는 사람들을 볼 수 있도록 부드럽게 예쁘게."

"알겠어요."

공주는 이렇게 대답하고 나서 황금 머리를 빗질하여 앵초 둑 위에 있는 첫 번째 황금 머리 옆에 부드럽게 뉘었다.

그러자 세 번째 머리가 샘에서 나타나 똑같이 노래를 불렀다.

"날 씻어 주오, 날 빗어 주오, 잘 마르도록 날 둑에 뉘어 주오.
지나가는 사람들을 볼 수 있도록 부드럽게 예쁘게."

"기꺼이 해 드리죠."

공주는 이렇게 우아하게 대답하고 나서 황금 머리를 무릎에 얹고 은빗으로 빗질했다. 그러자 앵초 둑에 세 개의 황금 머리가 일렬로 늘어서게 되었다. 그러고 나서 그녀는 자리에 앉아 쉬면서 그 황금 머리들을 보았다. 참 기묘했지만 예뻤다. 공주는 즐거운 마음으로 노인이 먹고 남은 거친 빵과 딱딱한 치즈와 순한 맥주를 먹고 마셨다. 그녀는 왕의 딸, 즉 공주이므로 보잘것없는 먹을거리 따위 때문에 불평을 하지는 않았다.

그때 첫 번째 황금 머리가 말했다.

"형제들이여, 우리에게 너무나 친절했던 이 처자를 위해서 우리가 무엇을 해 줄까? 나는 이 처자를 아주 아름답게 만들어서 그녀를 보게 되는 모든 사람들이 그녀에게 매료되도록 만들 거야."

두 번째 황금 머리가 말했다.

"그러면 나는 처자의 목소리를 꾀꼬리 소리보다 더 아름답게 만들겠어."

세 번째 황금 머리가 말했다.

"그러면 나는 처자가 이 세상에서 가장 뛰어난 왕과 결혼할 수 있는 행운을 줄 거야."

공주가 말했다.

"너무 고마워요. 하지만 내가 떠나기 전에 여러분들을 다시 샘에 데려다 줘야 하지 않을까요?"

공주의 말에 그들이 동의했고, 공주는 그들을 제자리로 돌려보냈다. 그러고 나서 그들은 공주의 친절한 배려에 감사를 표하고 작별 인사를 했으며, 공주는 다시 길을 재촉하였다.

얼마 안 가 공주는 어떤 숲에 이르렀다. 숲에서는 그곳의 왕이 귀족들과 사냥을 하고 있었다. 사냥 행렬이 공주가 있는 숲을 지나자 공주는 그들을 피하려고 뒤로 물러섰다. 그러나 그때 왕이 그녀를 보았고, 그녀의 아름다움에 감탄하여 말을 세웠다.

왕이 말했다.

"아름다운 처자여, 당신은 뉘시오? 이런 숲 속 길로 혼자서 어딜 가시오?"

"저는 콜체스터 왕의 딸입니다. 그리고 행운을 찾아가는 길입니다."

공주가 대답했는데 목소리가 꾀꼬리 소리보다 더 부드럽고 예뻤다.

공주의 말을 듣고 왕은 말에서 내렸다. 왕은 공주에게 한눈에 반하여 그녀 없이는 살 수 없을 것 같은 기분이 들었다. 그래서 그 자리에 무릎을 꿇고 공주에게 결혼해 달라고 간청했다.

왕의 간청은 너무나 진실하고 간절하여 마침내 공주는 승낙을 하고 말았다. 그리하여 왕은 최선의 예의를 갖추어 공주를 자신의 말 뒤쪽에 태우고 신하들에게 따르라 명하여 궁전으로 되돌아갔다. 왕은 궁전에서 성대하고 화려하게 결혼식을 올렸다. 그러고 나서 왕과 공주는 궁전 마차를 타고 콜체스터의 왕에게 하례를 드리러 길을 떠났다.

콜체스터의 백성들이 너무나도 사랑스럽고 아름다우며 친절하고 우아한 공주가 잠깐이나마 고향을 떠났다가 세상에서 가장 강력한 왕의 왕비가 되어 황금으로 장식한 궁전 마차를 타고 돌아오는 것을 보고 느꼈을 놀라움과 환희는 여러분들이 쉽게 상상할 수 있을 것이다.

사방에서 종이 울리고 깃발이 나부꼈으며 북소리가 울려 퍼지는 가운데 사람들은 환호성을 질렀다. 모든 만물이, 또 모든 사람들이 기뻐했다. 단 추악한 왕비와 못생긴 그녀의 딸만이 질투와 악의에 휩싸였을 뿐이었다. 자신들이 경멸해 마지않던 공주가 이제는 그들보다 더 높은 지위에 올라 모든 웅장한 의식을 치르며 그들 앞을 지나고 있었던 것이다.

젊은 왕과 신부가 행복한 삶을 꿈꾸며 그들의 나라로 되돌아가자 추하고 사악한 공주는 못생긴 자신의 어머니에게 이렇게 말했다.

"나도 세상으로 나가 나의 행운을 찾을 거예요. 저 거지 같은 계집애가 내숭을 떨어서 저렇게 많은 것을 얻었으니 나라고 못할 게 뭐가 있겠어요?"

그녀의 어머니는 허락을 했고 그녀에게 실크 드레스와 모피를 갖추어 주고 설탕과 아몬드, 여러 가지 캔디와 에스파냐의 도시 말라가에서 빚은 백포도주 큰 병을 챙겨 주었다. 그것은 왕가다운 채비였다.

채비를 다 갖춘 못생긴 공주는 길을 나서서 그녀의 의붓 자매가 지났던 똑같은 길을 밟았다. 그녀는 얼마 후 흰 수염의 노인을 만나게 되었다. 노인은 동굴 입구의 바위에 걸터앉아 있었다.

노인이 인사했다.

"안녕하시오. 어딜 그렇게 급히 가시오?"

그녀가 무례하게 대답했다.

"영감님이 무슨 상관이에요?"

"그 꾸러미와 병에는 무엇이 들어 있소?"

"영감님하고는 상관없는 좋은 것들이 들어 있죠."

그녀가 건방지게 대답했다.

"이 늙은이에게 좀 나누어 주시지 않겠소?"

노인의 말에 그녀가 웃기 시작했다.

"한 조각도 어림없어요. 한 방울도 어림없어요. 이것들이 영감의 목을 꽉 막히게 할지도 몰라요. 그렇다 해도 나하고는 상관없는 일이지만."

그녀는 목을 뒤로 젖히며 대답했다.

"그렇다면 당신에게 불행이 따를 것이오."

노인은 이렇게 말하고 일어서서 동굴 안으로 들어가 버렸다.

그녀는 다시 길을 재촉했고 얼마 안 가 높고 두터운 가시 울타리에 도달했다. 그녀는 울타리 구멍으로 짐작되는 부분으로 지나가려 시도했다. 하지만 그녀가 울타리의 가운데로 들어가자마자 가시들이 에워싸서 그녀는 온통 가시에 긁히고 찢기며 간신히 빠져나왔다. 그녀는 온통 피범벅이 되어 샘으로 갔고, 그 가장자리에 앉아 몸을 씻으려 했다. 그녀가 물에 손을 막 담그려 했을 때였다. 황금 머리가 물 위로 쑥 나타나 이렇게 노래를 불렀다.

"날 씻어 주오, 날 빗어 주오, 잘 마르도록 날 둑에 뉘어 주오.
지나가는 사람들을 볼 수 있도록 부드럽게 예쁘게."

"그럴싸하군. 나는 내 몸이나 씻으련다."

그러고는 황금 머리를 포도주 병으로 세게 내리쳐서 머리가 물 밑으로 쑤욱 빠져 버리고 말았다. 그러나 황금 머리는 다시 올라왔고 두 번째 황금 머리도 함께 나타나 이렇게 노래를 불렀다.

"날 씻어 주오, 날 빗어 주오, 잘 마르도록 날 둑에 뉘어 주오.
지나가는 사람들을 볼 수 있도록 부드럽게 예쁘게."

"천만에, 난 못해. 나는 말야, 내 손과 내 얼굴을 씻은 다음에 저녁을 먹을 거야."

그녀는 이렇게 이야기하고 두 번째 황금 머리도 포도주 병으로 똑같이 잔인하게 내리쳤다. 그러자 두 머리가 물 속에 빠져 버리고 말았다.

그러나 두 황금 머리가 물을 뚝뚝 흘리며 어렵사리 물 위로 다시 모습을 드러냈을 때 세 번째 황금 머리도 함께 나타나 이렇게 노래를 불렀다.

"날 씻어 주오, 날 빗어 주오, 잘 마르도록 날 둑에 뉘어 주오.

지나가는 사람들을 볼 수 있도록 부드럽게 예쁘게."

그때 못생긴 공주는 몸을 다 씻은 상태였고 앵초 둑에 앉아서 설탕과 아몬드를 입 안 가득 넣고 씹고 있었다.

그녀가 고래고래 악을 쓰며 대답했다.

"난 못해. 나는 하인도 아니고 이발사도 아니야. 그러니 너희들이 알아서 씻고 빗고 하란 말이야."

그러고 나서 그녀는 다 비운 말라가 포도주 병을 세 황금 머리에게 던져 버렸다. 그러나 이번에는 황금 머리들이 물 속으로 빠지지 않았다. 그들은 서로를 보면서 이렇게 말했다.

"이 못된 처자가 저지른 무례함에 대해서 어떻게 해 줄까?"

그러자 첫 번째 머리가 말했다.

"나는 그녀의 못생긴 얼굴에 얼룩덜룩한 반점을 채워 주겠어."

두 번째 머리가 말했다.

"나는 그녀의 목소리를 거친 까마귀 소리처럼 만들어서 입 안이 가득 찬 것 같은 소리가 나도록 하겠어."

그러자 세 번째 머리가 말했다.

"나는 그녀가 구두 수선공하고 결혼해도 감지덕지하게 만들겠어."

세 황금 머리는 샘물 속으로 사라져 버렸고 더 이상 보이지 않았다. 그리고 못생긴 공주는 다시 길을 떠났다. 허나, 보시라! 그녀가 마을에 왔을 때 아이들은 반점투성이의 못생긴 그녀의 얼굴을 보자 겁에 질려 소리를 지르며 도망갔다. 그녀가 자신은 콜체스터 왕의 딸이라고 말하려 하자 목소리가 마치 뜸부기 소리처럼 찍찍거렸고, 까마귀 소리처럼 거칠었으며, 입 안이 가득 찬 것 같은 소리가 나왔기 때문에 사람들은 그녀의 말을 한마디도 알아듣지 못했다!

그 마을에는 구두 수선공이 한 명 살고 있었는데 그는 얼마 전에 가난한 늙은 은둔자의 신발을 수선해 준 적이 있었다. 늙은 은둔자는 돈이 없었으므로 신발을 고쳐 준 대가로 얼굴 반점을 치료할 수 있는 뛰어난 연고와 거친 목소리를 바꿀 수 있는 약 한 병을 수선공에게 주었다.

그리하여 수선공은 비탄에 빠진 비참하고 못생긴 공주를 보고서 그녀에게 다가가 약병에 들어 있는 몇 방울의 약을 주었다. 그러고 나서 수선공은 그녀의 화려한 옷차림을 보고, 또 그녀가 진짜 왕의 딸이라는 이야기를 들은 후, 영악한 계산을 하고서 자기를 남편으로 맞이한다면 공주를 치료해 주겠노라고 말했다.

"뭐든지! 뭐든지 다!"

비참한 공주는 흐느껴 울며 말했다.

그리하여 두 사람은 결혼을 했고, 수선공은 곧장 신부와 함께 콜체스터의 왕을 방문하러 나섰다. 그러나 종은 울리지 않았고 북도 치지 않았으며 사람들은 환호하는 대신 가죽 옷을 입은 수선공과 실크와 새틴 옷을 입은 그의 아내를 보고 박장대소했다.

추한 왕비는 너무나 화가 나고 절망한 나머지 실성했으며 급기야 분노를 이기지 못해 스스로 목을 매었다. 한편 왕은 그녀의 꼴을 보지 않게 되어 기쁜 나머지 수선공에게 100파운드를 주고는 못생긴 신부와 함께 알아서 잘 살아 보라고 명했다.

가난한 수선공에게 100파운드는 큰돈이어서 그로서는 일이 잘된 것이었다. 그리하여 수선공과 못난 공주는 왕국의 외딴곳으로 들어가서 수선공은 신발을 수선하고 공주는 실을 자으며 오랫동안 불행하게 살았다.

세인트 조지 오브 메리

울창한 숲 속 깊고 어두운 곳에 무시무시한 마녀 칼리브가 살고 있었다. 그녀가 하는 일은 아주 무서운 것이어서 마녀의 집에 이르는 길 앞 철문에 매달린 놋쇠로 만든 나팔을 불 만큼 배짱 좋은 사람은 거의 없었다. 칼리브가 하는 일은 무시무시했는데 그중 무엇보다도 좋아하는 일은 갓난아기를 데려다가 죽이는 일이었다.

그녀는 코번트리의 백작의 갓난 아들의 운명도 그렇게 되리라 믿어 의심치 않았다. 코번트리의 백작은 아주 오래전 영국의 중신이었다. 아기의 아버지는 자리에 없었고 어머니는 아이를 낳다가 죽었기 때문에 사악한 칼리브는 주문을 걸고 마법을 써서 부주의한 유모에게서 갓난아기를 훔쳐 낼 수 있었다.

그러나 아기는 처음부터 용맹한 업적을 이룰 것이라는 흔적이 보였다. 아기의 가슴에는 살아 꿈틀거리는 것 같은 용의 형상이 새겨져 있었고, 오른손에는 피처럼 빨간 십자가가 새겨져 있었으며, 왼쪽 다리에는 황금 가터양말 대님가 보였던 것이다.

이러한 아기의 징표들 때문에 사악한 마녀인 칼리브는 아이를 죽이지 못했고, 아이는 크면서 나날이 아름다워졌다. 칼리브에게 아이는 눈에 넣어도 아프지 않을 것 같은 보물이 되었다. 14년이 지나자 소년이 된 아이는 명예로운 모험에 대한 갈망을 느끼기 시작했다. 하지만 사악한 마녀는 소년을 자신의 것으로 계속 데리고 있고 싶어 했다.

그러나 영광을 찾아 나서기로 결심한 소년은 사악한 마녀를 완전히 경멸했다. 마녀는 뇌물로 소년을 유혹하기로 했다. 어느 날 마녀는 소년의 손을 붙잡고 놋쇠로 만든 성으로 데려가 여섯 명의 용감한 기사들과 그곳의 포로들을 보여 주었다.

그리고 이렇게 말했다.

"보아라! 이 자들은 기독교 국의 여섯 전사들이란다. 네가 나와 함께 계속 살면 너는 일곱 번째 전사가 될 것이고 네 이름은 세인트 조지 오브 메리가 될 것이다."

그러나 소년은 거절했다.

그러자 마녀는 소년을 거대한 마구간으로 데려가서 이제껏 본 중에서 가장 아름다운 군마 일곱 마리를 보여 주었다.

"이 중 여섯 마리는 아까 본 여섯 전사들의 말이다. 일곱 번째 말이 이 세상에서 가장 훌륭하고 가장 빠르고 가장 강한 말로 이름은 바야드인데 내가 이 일곱 번째 말을 네게 줄 것이다. 네가 나와 계속 살기로 결심하면 말이지."

그래도 그는 거절했다.

그러자 마녀는 소년을 병기고로 데리고 가서 자신이 직접 강철 갑옷의 혁대를 채우고 황금으로 무늬를 세공한 투구의 매듭을 맸다. 그러고 나서 거대한 검을 들어 소년의 손에 얹어 주며 이렇게 말했다.

"어떤 것도 이 갑옷을 뚫을 수 없다. 아스칼론이란 이름을 가진 이 검은 어떤 것이든 닿기만 하면 산산조각을 낸단다. 이것들이 다 네 것이 될 것이다. 이래도 계속 거절하진 않겠지?"

소년은 그래도 거절했다.

마녀는 자신의 마법의 지팡이로 그를 매수하려 했다. 그녀는 마법에 걸린 그 땅의 모든 것에 대한 통제권을 그에게 주면서 이렇게 말했다.

"분명 넌 이곳에 머물겠지?"

그러나 소년은 지팡이를 받아서 그것으로 옆에 있던 거대한 바위를 내리쳤다. 그러자, 오, 보라! 바위가 열리면서 거대한 동굴이 시야에 들어왔는데 그 안에는 사악한 마녀가 살해한 수많은 갓난아기들의 시체가 널브러져 있었다.

소년은 마녀의 힘을 이용하여 마녀에게 공포의 사원으로 길을 인도하라 명하였다. 그곳에 이르러 마녀가 사원 안으로 들어가자 다시 한번 마법의 지팡이를 들어 올려 바위를 내리쳤다. 그러자, 보라! 그곳은 영원히 닫혀 버렸고 마녀는 그곳에 남아 하릴없이 돌에 대고 비참한 한탄만 내지르게 되었다.

드디어 세인트 조지는 마법에 걸린 땅에서 해방되어 자신의 군마 바야드를 타고 각자의 군마 위에 오른 여섯 명의 기독교 국의 전사들과 함께 길을 떠나 코번트리 시로 말을 달렸다.

그들은 그곳에서 9개월 동안 머물면서 온갖 종류의 무기로 훈련을 했다. 봄이 다시 왔을 때 그들은 무술 수도 여행자로서 모험을 찾아 길을 나섰다.

그들은 30일 낮과 밤 동안 계속해서 말을 달려 마침내 새 달이 시작되는 첫날 대평원에 이르렀다. 그들이 도착한 곳은 평원의 한복판이었는데 그곳에는 일곱 개의 서로 다른 길이 만났고, 놋쇠로 만든 거대한 기둥이 서 있었다. 모험심과 용기에 충만한 그들은 서로에게 작별 인사를 하고 각자 하나의 길을 택해 떠났다.

세인트 조지는 여기서부터 군마 바야드를 타고 바다가 나올 때까지 말을 달렸다. 그는 이집트로 가는 배가 정박해 있는 곳에 닿았다. 그는 배에 승선하여 오랜 여정 끝에 이집트에 도착하였는데 그곳에는 고요한 밤이 날개를 활짝 드리우고 어둠이 사방에 내려앉아 있었다.

세인트 조지는 어떤 가난한 외딴집에 찾아가 하룻밤 묵게 해 달라고 청했다. 그러자 그 집의 은둔자가 이렇게 대답했다.

"메리 잉글랜드 기사님이시여, 당신의 갑옷 흉갑胸甲에 써 있는 문장을 보니 그렇군요. 기사님은 아주 좋지 않은 때에 이곳에 오셨습니다. 지금 이곳에서는 살아 있는 사람들이 죽은 자들을 매장할 수조차 없습니다. 무시무시한 용이 밤낮으로 마을을 누비면서 잔인한 파괴를 일삼고 있기 때문이죠. 용은 매일 잡아먹을 만한 숫처녀를 발견하지 못하면 사람들에게 치명적인 역병을 일으키지요. 벌써 24년째 벌어지고 있는 일이라서 마을에는 이제 처녀라고는 오직 한 명, 즉 왕의 딸인 아름다운 사비아 공주밖에 남지 않았죠. 그 공주마저도 내일이면 죽게 될 것입니다. 용감한 기사가 와서 괴물을 죽여 버린다면 몰라도. 만약 그런 기사가 있다면 왕은 그 기사와 공주를 결혼시킬 것이고 때가 되면 이집트의 왕관을 씌워 줄 것입니다."

세인트 조지가 용감하게 말했다.

"왕관 같은 것은 상관없소. 허나 아름다운 공주를 죽게 할 순 없소. 내가 괴물을 물리치리다."

다음 날 새벽 잠자리에서 일어난 세인트 조지는 갑옷을 갖추어 입고 투구를 쓰고 아스칼론을 손에 들고서 바야드를 타고 용의 계곡을 향해 달렸다. 그는 도중에 나이 든 여인들이, 그가 이제까지 보았던 어떤 여인보다 아름다운 처녀를 둘러싸고 통곡을 하면서 지나가는 것을 보았다. 그 구슬픈 장면에 마음이 아파서 그는 말에서 내려 숙녀에게 다가가 인사를 한 후 자신이 그 무시무시한 용을 죽이러 가는 길이니 공주는 아버지의 궁전으로 돌아가라고 간청했다. 아름다운 사비아는 미소와 눈물로 그의 간청에 감사를 표하고 그의 뜻을 따랐다. 그는 다시 말에 올라 모험의 길을 떠났다.

용이 있는 곳에 도달했을 때 용은 용감한 그를 보자마자 커다란 목구멍에서 천둥보다 끔찍한 굉음을 냈다. 용은 그 소름끼치는 소굴에서 발광하며 활활 타는 날개를 펼쳐 적을 공격할 준비를 했다.

그 거대한 크기와 끔찍한 모양새만으로도 용은 세상의 어떤 용감한 자라도 떨게 만들었을 것이다. 어깨에서 꼬리까지 길이가 총 12미터가 넘었고, 몸뚱이는 은색 비늘로 덮였으며, 배는 황금색이었고, 불타고 있는 날개에서는 붉은 피가 흘러내리고 있었다.

용의 공격은 너무나 맹렬해서 처음 부딪히자마자 기사는 바닥으로 나가떨어졌다. 그러나 기사는 즉시 다시 일어나서 창을 들고 힘차게 돌진해 용을 내리찔렀다. 그러자 용은 몸뚱이를 뒤틀고 무너져 내리면서 꼬리를 격렬하게 흔들어 말과 기사를 함께 고꾸라뜨렸다.

다행히 세인트 조지는 꽃을 피운 오렌지 나무 아래로 떨어졌는데 그 향기가 어찌나 좋은지 어떤 사나운 짐승이라도 감히 나무 근처에 다가오지 못할 정도였다. 이렇게 용감한 기사는 정신을 차릴 시간을 벌었고 다시 마음을 추슬러 싸움에 나서서 불을 내뿜는 용에게 달려가 번쩍이는 배를 아스칼론으로 찔렀다. 그러자 용은 검은 독을 뿜어 냈는데 그것이 기사의 갑옷 위에 떨어져 갑옷이 두 조각 났다. 일이 잘못될 수 있는 상황이었지만 기사는 좀 전에 피신처를 제공했던 오렌지 나무 아래로 다시 한번 몸을 피하였다. 그리고 전투의 운명을 거머쥔 신께 무릎을 꿇고 용과 싸워서 이길 수 있는 힘을 달라고 기도했다. 그러고 나서 용맹스러운 마음으로 다시 나아가 포악한 용의 불타고 있는 한쪽 날개 밑을 찔렀다. 그의 칼이 용의 심장을 관통했다. 주변의 모든 풀들이 죽어 가는 용에게서 흘러나온 피로 인해 선홍빛으로 물들었다. 세인트 조지 오브 메리는 끔찍한 용의 머리를 잘라 내 창 끝에 매달고 군마 바야드를 타고 왕궁으로 출발했다.

왕 프톨레미는 무시무시한 용이 죽은 것을 보고 도시를 화려하게 꾸미라고 명령을 내렸다. 그리고 흑단 바퀴가 달리고 실크 쿠션이 구비된 황금마차를 보내 세인트 조지를 궁전으로 인도하라 명했다. 또한 수백 명의 귀족들에게 진홍색 벨벳 옷을 입고 화려하게 꾸민 백마를 타고서 모든 예의를 갖추어 세인트 조지를 호위해 오라고 명했다. 더불어 악사들에게는 행렬의 앞뒤에서 아름다운 음악을 연주할 것을 명했다.

아름다운 사비아 공주는 몸소 지친 기사의 상처를 소독하고 치료했으며, 약혼의 증표로 다이아몬드 반지를 건네주었다. 왕은 그에게 기사 작위를 표하는 황금 박차를 내린 후 성대한 연회를 열었다. 모든 일을 마친 기사는 지친 몸을 쉬기 위해서 물러났는데 아름다운 사비아 공주는 자신의 방 발코니에서 황금 기타로 기사의 편안한 잠자리를 위해 연주하였다.

이제 모든 것이 평온을 되찾은 것처럼 보였다. 그러나, 오! 어두운 불운이 그림자를 드리우고 있었다. 모로코에는 흑인 왕 알미도르가 있었는데, 그는 사비아를 지킬 용기는 없으면서도 오랫동안 그녀에게 청혼을 했으나 허사였다. 사비아 공주가 자신을 구해 준 기사에게 온 마음을 다 바친 것을 알고서 알미도르는 기사를 파멸에 이르게 하리라 결심한 것이다.

그리하여 그는 프톨레미 왕에게 가서 이런 이야기를 했다. 아름다운 사비아가 세인트 조지에게 약속하기를 기독교도가 되겠노라 하였고, 그를 따라 영국으로 가겠다고 했다고 말이다. 어쨌거나 그 말은 사실이었다. 이 사실은 왕을 격노하게 만들었고, 급기야 왕은 기사에게 진 영광의 빚을 잊고 비열한 배신을 계획했다.

왕은 세인트 조지에게 그의 사랑과 충성을 시험하기 위해서 또 다른 관문이 남았다고 하였다. 페르시아 왕에게 전갈을 보내야 한다는 것이었다. 그러면서 왕은 그에게 군마 바야드와 아스칼론 검을 가져가서는 안 된다고 했고, 심지어 사랑하는 사비아에게 작별 인사를 할 기회도 허락하지 않았다.

세인트 조지는 슬픔에 잠긴 채 길을 떠나 수많은 위험을 물리치고 안전하게 페르시아 왕궁에 도착하였다. 그러나 놀랍게도 그가 지니고 온 왕의 서신에는 서신을 지니고 온 자를 죽음에 처하라는 간곡한 요청이 써 있었다. 도저히 어찌할 수 없는 상황에 처한 것이었다. 그는 노예들이 입는 거친 옷을 입고 두 팔은 쇳덩이로 된 사슬에 묶여 끔찍한 지하 감옥에 갇혔다. 그곳에는 그를 집어삼킬 두 마리의 굶주린 사자가 귀청을 찢을 듯 포효하고 있었다.

그는 이와 같은 끔찍한 배신에 분노하며 치를 떨었는데, 분노는 그로 하여금 힘을 발휘하게 했다. 마침내 그는 자신을 묶어 놓은 족쇄를 놀라운 힘으로 잡아당겼다. 속박에서 반쯤 벗어난 그는 자신의 황갈색 머리카락을 잡아 뽑아 장갑 대신 팔에 휘감았다. 이렇게 준비를 갖추고 나서 그를 공격하기 위해서 풀려난 사자들을 향해 돌진했다. 그러고는 사자들의 목에 창을 내리꽂아 숨을 멎게 했고 그런 후에 심장을 도려 내 승리를 기념할 양으로 공포에 질려 떨고 있던 옆에 있는 간수를 향해 높이 치켜들었다.

이 일이 있은 후 페르시아 왕은 세인트 조지를 죽이려는 시도를 포기하고 말았으며 지하 감옥의 쇠창살을 두 겹으로 만들고 그 안에서 그가 죽을 때까지 시들어 가도록 만들었다. 불행한 기사는 7년이라는 긴 세월 동안 지하 감옥에 갇혀 있었다. 그러나 그는 오로지 잃어버린 공주에 대한 생각뿐이었다. 그의 유일한 친구는 쥐들과 벌레였으며, 유일한 음식과 음료는 밀기울과 더러운 물로 만든 거칠기 짝이 없는 빵뿐이었다.

어느 날 지하 감옥 구석에서 예전에 분노의 힘을 빌어 그가 부수어 버렸던 족쇄의 꺾쇠 하나를 발견했다. 그 꺾쇠는 녹이 슬어 반쯤 부서졌는데 어쨌거나 그것으로 충분히 감옥 문을 열고 궁전의 뜨락으로 나갈 수 있었다.

지하 감옥에서 빠져나왔을 때는 한밤중이었고 사방이 고요했다. 그러나 세인트 조지는 마구간에서 들려오는 마부들의 목소리를 들을 수 있었다. 그곳에 가 보니 두 명의 마부가 한 마리의 말에 마구를 채우고 있었다. 세인트 조지는 마구간에 들이닥쳐 마부들을 죽이고 말에 올라타 대담하게 도시 성곽의 성문까지 내달렸다. 그는 브론즈 성의 보초병에게 세인트 조지가 탈옥하여 지금 급히 그를 뒤쫓고 있노라고 이야기했다. 그 말을 들은 보초병들은 급히 성문을 열어 주었고 세인트 조지는 말에 박차를 가했다. 드디어 날이 밝고 서광이 비추기 시작하자 그는 비로소 추적대로부터 안전하게 벗어났음을 깨달았다.

그는 오래지 않아 심한 공복감을 느꼈는데 그때 마침 높은 절벽 위에 세워진 성채를 보았다. 그는 그곳으로 달려가 음식을 구해 보기로 결심했다. 점차 성에 가까워 오자 그는 저쪽 창가에서 파란색과 황금색으로 된 옷을 입은 한 아름다운 여인이 슬픔에 잠겨 앉아 있는 것을 보았다.

그는 말에서 내려 그녀에게 소리 높여 말을 걸었다.

"여인이시여! 당신께서 비탄에 잠겨 있다면 마찬가지로 비탄에 잠겨 있는 한 사람에게 도움의 손길을 뻗어 주시어 굶주림에 죽어가고 있는 기독교도 기사인 이 사람에게 한 끼 식사라도 대접하여 주시지 않겠습니까?"

그의 청을 듣고 여인이 대답했다.

"기사님! 어서 도망치세요. 나의 주인은 엄청난 거인이며 마호메드의 추종자로서 모든 기독교도들을 말살시켜 버리겠다고 맹세한 사람입니다."

이 말을 들은 세인트 조지는 크게 웃음을 터뜨렸다.

"아름다운 여인이여, 그에게 가서 전하시오. 기독교도 기사가 문 앞에 와서 기다리고 있으니 그에게 식사를 대접하든가, 아니면 죽음에 처하든가 선택하라고요."

용감한 기사의 도전적인 말을 들은 거인은 커다란 쇠지렛대로 무장한 채 즉시 결투에 나섰다. 거인은 엄청나게 컸는데 거대한 머리에 온몸이 흉측하게 뒤틀린 모습이었다. 또한 멧돼지 털처럼 뻣뻣한 털로 뒤덮여 있었으며, 이글이글 타는 듯한 눈빛에, 입은 마치 호랑이 입과 같았다.

이 괴물을 보자 세인트 조지는 공포 때문이 아니라 배고픔과 어지럼증 때문에 질 것 같은 생각에 포기하고 싶은 마음이 들었다. 그러나 그는 하느님께 스스로를 맡기고 싸우기 위해 돌진했다. 그의 팔은 힘이 다 빠진 상태였다. 그는 마법의 검 아스칼론을 잃은 것이 한스러울 따름이었다. 그들은 한낮이 되도록 결투를 계속했는데 기사의 힘이 거의 바닥이 날 즈음 거인이 비틀거리며 나무 밑동에 쓰러져 버렸다. 그때를 틈 타 세인트 조지는 거인의 갈비뼈 한복판을 찔렀다. 거인은 숨을 몰아쉬며 죽음을 맞이했다.

그러고 나서 세인트 조지는 성채 안으로 들어갔다. 드디어 속박에서 벗어난 아름다운 여인이 그의 앞에 예의를 갖추고 와인과 음식을 대접하여 그의 지친 몸을 쉬게 했으며 말에게도 먹이를 주었다.

세인트 조지는 성채를 여인의 손에 맡기고 다시 여정에 올랐다. 그는 얼마 후 죽은 자와의 교령交靈으로 점을 치는 마법사 오르마딘의 마법의 정원에 당도했다. 그는 그곳에서 살아 있는 바위에 꽂혀 있는, 이제까지 한 번도 본 적이 없는 아름다움을 지닌 마법의 검을 보았다. 그 검의 띠에는 옥과 사파이어가 박혀 있었고 검 자루 끝은 순은으로 구체球體를 이루고 있었는데 거기에는 황금으로 다음과 같은 시가 새겨져 있었다.

나의 마법은 결코 풀리지 않을 것이다.
저 먼 북쪽으로부터 기사가 나타나
바위에 박힌 이 검을 뽑을 때까지.
보라! 그가 오면 현명한 오르마딘은 파멸할 것이다.
안녕, 나의 마법, 나의 주문, 나의 모든 것.

이 글을 읽은 세인트 조지는 힘으로 검을 뽑아 볼 생각으로 칼자루에 손을 댔다. 오! 그 검은 마치 가지런히 놓여 있는 실크 한 가닥에 매어 있던 것처럼 힘을 전혀 들이지 않아도 쉽게 뽑혔다. 그러자 마법의 정원에 있는 모든 문이 활짝 열렸고 머리카락이 쭈뼛 올라선 마법사 오르마딘이 나타났다. 마법사는 기사의 손에 입을 맞추고 그를 동굴로 인도했는데 그 안에는 젊은 남자 한 명이 황금으로 수놓인 이불에 싸여 네 명의 아름다운 여인들의 노랫소리를 자장가 삼아 누워 잠자고 있었다.

마법사가 낮은 목소리로 이야기를 시작했다.

"여기 이 기사는 웨일스의 기독교도 기사 세인트 데이비드로 당신의 전우요. 이 사람도 나의 검을 뽑으려 시도했으나 실패하고 말았소. 당신이 그를 나의 마법으로부터 구한 것이오. 나의 마법은 이제 끝장이 났으니."

마법사가 이렇게 말하자 이제까지 들어보지 못한 굉음과 함께 하늘이 쩌렁거렸고 땅이 뒤흔들렸다. 그 와중에 눈 깜짝할 사이 웨일스의 기사만 남고 마법의 정원과 그 안에 있던 모든 것이 사라져 버렸다. 웨일스의 기사는 7년 동안의 잠에서 깨어나 세인트 조지에게 감사를 표했고, 세인트 조지는 그를 따뜻하게 환영했다.

이런 일을 겪고 나서 잉글랜드의 세인트 조지 오브 메리는 또다시 길을 떠나 도중에 많은 모험을 겪으며 연인 사비아 공주를 두고 떠나 왔던 이집트로 향했다. 그는 옛날 이집트에 처음 도착했을 때 묵었던 집에 사는 은둔자로부터 놀랍고도 슬픈 소식을 들었다. 공주가 거부했는데도 불구하고 아버지 프톨레미 왕은 이미 여러 명의 아내를 거느린 모로코의 흑인 왕 알미도르에게 공주를 아내로 삼게 했다는 것이다. 세인트 조지는 모로코의 수도인 트리폴리로 발길을 돌렸다. 그는 어떠한 대가를 치르더라도 잔인한 방법으로 헤어질 수밖에 없었던 사랑하는 공주를 한번이라도 보리라 결심했다.

세인트 조지는 은둔자의 망토를 빌려 입고 부랑자로 변장을 하고서 가난한 자, 약한 자, 병자가 많이 모여 무릎을 꿇고 구걸을 하는 곳인 여자들의 성에 출입을 허가받았다.

그곳에 가서 그는 무릎을 꿇고 있는 사람들에게 도대체 왜 그러고 있는지 물었다. 그들은 이렇게 대답했다.

"관대하신 사비아 왕비께서 저희를 도와주시기 때문입니다. 왕비께서는 당신의 마음을 주신 잉글랜드의 세인트 조지의 안전을 위해서 저희가 기도하길 바라시지요."

세인트 조지는 이야기를 듣고 너무나 기쁜 나머지 가슴이 터지는 것 같았고 무릎을 꿇고 앉아 있을 수가 없었다. 그때 사비아 공주가 나타났다. 그녀는 여전히 아름다웠으나 비탄에 빠진 채 오랜 세월을 견뎌 왔기 때문에 안색은 창백했고 힘이 없었으며 슬픈 얼굴을 하고 있었다. 공주는 슬픔을 표하는 검은 옷을 입고 있었다.

공주는 조용히 부랑자에게 차례로 시혜施惠를 베풀었다. 그러나 세인트 조지 앞에 다다랐을 때 공주는 놀라 가슴에 손을 얹었다. 그러고 나서 그녀는 부드럽게 이야기했다.

"일어나시오! 당신은 죽음으로부터 나를 구해 준 그분과 너무나 닮아서 내 앞에 이렇게 무릎을 꿇고 있는 것이 어울리지 않는군요!"

세인트 조지는 일어나면서 낮게 고개 숙여 인사하고 조용히 말했다.

"그 무엇과도 견줄 수 없는 여인이여! 오! 내가 바로 당신께서 친히 이것을 내려 주신 바로 그 기사가 맞습니다."

세인트 조지는 예전에 공주가 직접 내준 다이아몬드 반지를 손가락에서 빼냈다. 공주는 사랑이 가득한 눈으로 반지가 아니라 그를 쳐다보았다.

그러고 나서 세인트 조지는 공주에게 아버지의 비열한 배신과 알미도르의 공모에 대해 이야기해 주었다. 공주는 분노를 참지 못하고 이렇게 외쳤다.

"더 이상 말할 것도 없어요. 난 이제 이 지긋지긋한 곳에 남아 있을 이유가 없어요. 알미도르가 사냥에서 돌아오기 전에 빨리 도망가요."

공주는 세인트 조지를 병기고로 인도했고 그곳에서 그의 소중한 검 아스칼론을 찾아냈다. 그리고 마구간으로 가서 마구를 갖춘 그의 발빠른 군마 바야드를 찾았다.

용감한 기사는 말에 올랐고, 공주는 기사의 발에 자신의 발을 사뿐히 올려 새처럼 가볍게 그의 뒤에 올라탔다. 세인트 조지는 자랑스러운 자신의 군마에 살짝 박차를 가했다. 그러자 활시위를 떠난 화살처럼 바야드는 그들을 태운 채 도시를 지나고 평원을 가르고 숲을 넘고 강을 건너고 산과 계곡을 지나쳐서 그리스 땅에 도달했다.

그리스에 도착하자 온 나라가 왕의 결혼을 축하하며 축제를 벌이고 있었다. 여러 가지 행사 중에 마상 시합이 있었는데 그 소식이 온 세계에 다 전해졌다. 그리하여 기독교 국가의 여섯 기사가 모두 참여하게 되었다. 세인트 조지가 일곱 번째 도착한 기사였다. 기사들은 각자 구해 준 아름다운 여인들과 함께 있었다. 프랑스의 세인트 데니스는 아름다운 여인 에글랑틴과 함께 있었고, 스페인의 세인트 하메스는 사랑스러운 셀레스틴과, 이탈리아의 세인트 안토니는 우아한 로살린드와 함께 했다. 웨일스의 세인트 데이비드는 7년간의 잠에서 깨어나 모험에 열망하고 있었다. 아일랜드의 세인트 패트릭은 여전히 늠름한 모습으로 여섯 명의 화사한 공주들을 데리고 왔는데 이 공주들은 자신들을 구해 준 기사인 스코틀랜드의 세인트 앤드류를 찾아 이곳까지 온 것이다. 왜냐하면 세인트 앤드류는 세속의 모든 것을 저버리고 신앙을 위해서 싸울 것을 다짐했기 때문이다.

그리하여 이 용감한 기사들과 아름다운 여인들이 모두 즐거운 마상 시합에 함께 모였고 일곱 명의 기사들은 하루씩 돌아가며 주 도전자가 되었다.

축제가 한창 무르익을 무렵 이교도 나라들 각 지역으로부터 100명의 전령들이 도착하여 모든 기독교 국가들에 대해 전쟁을 선포했다.

이에 일곱 명의 기사들은 모두 자기 나라로 돌아가서 여인들을 안전하게 모신 후 군대를 규합하여 6개월 후에 모두 다시 모여 군단을 이루어 기독교 국가들을 위해 싸울 것을 맹세했다.

약속한 날이 오자 그들은 세인트 조지를 총사령관으로 삼았고 이렇게 노래 부르며 트리폴리로 진군했다.

"기독교를 위하여 우리는 싸우리,
기독교를 위하여 우리는 목숨 바치리."

트리폴리에서 사악한 알미도르는 세인트 조지와 단독으로 결투하게 되었는데 알미도르의 백성들은 이 기회를 오히려 반기며 세인트 조지가 그를 물리치고 자신들의 왕이 되어 줄 것을 기원했다. 백성들의 열망에 답하여 세인트 조지는 왕관을 쓰고 이집트로 진군하였다. 프톨레미 왕은 이렇게 늠름하고 사기가 충천한 기사들을 물리칠 수 없음을 깨닫고 성벽 위에서 뛰어내려 스스로 목숨을 끊고 말았다. 이집트의 귀족들은 기독교 국 기사들의 기사도 정신과 예의

범절에 감복하여 기사들 중에서 한 명에게 왕관을 씌워 주자고 했는데 그들은 모두 잉글랜드의 세인트 조지 오브 메리를 선택했다.

그리하여 기독교도 왕이 페르시아로 진군하여 그곳에서 7일 동안 격렬한 전투를 벌였다. 이 전투에서 수십만 명의 이교도들이 전사하였고 그 외에도 도망을 치려다 익사한 사람들도 많았다. 결국 그들은 항복하지 않을 수 없었는데 페르시아의 황제는 세인트 조지의 손아귀에 들어갔고 나머지 여섯 명의 부왕들은 여섯 명의 기사들의 손아귀에 들어가게 되었다.

이들은 페르시아를 기독교의 교리대로 다스리겠노라 맹세한 후 아주 자비롭고 명예로운 대접을 받았다. 그러나 황제는 원한에 사로잡혀 기독교 기사들을 해할 모함을 꾸미기 시작했다. 그는 오스몬드라는 사악한 마법사를 시켜 여섯 명의 기사들을 속여서 싸움을 포기하고 나태하고 게으른 삶을 살게 만들었다. 그러나 세인트 조지는 속아 넘어가지 않았으며, 자신의 전우들이 마법에 걸리도록 놔 둘 수도 없었다.

그는 기사들을 끊임없이 아주 강하게 일깨웠다. 그리하여 사악한 황제와 여섯 명의 부왕들을 세인트 조지가 7년이란 긴 세월 동안 갇혀 있던 바로 그 지하 감옥에 처넣을 때까지 그들은 결코 한 번도 칼집에 검을 넣지 않았으며 갑옷을 벗지도 않았다.

황제와 부왕들을 물리친 후 세인트 조지는 직접 페르시아 왕실을 떠맡았고 여섯 명의 기사들에게 부왕 직위를 내렸다.

세인트 조지는 화려하게 수놓은 아름다운 녹색 관복을 입고 그 위에 끝단에 흰 모피가 달리고 순금으로 장식된 자줏빛 망토를 걸치고서, 반투명한 설화 석고희고 미세한 석고로 조각용으로 쓰인다 코끼리가 지탱하고 있는 왕좌에 앉았다. 군중들의 함성이 울려 퍼지는 가운데 전령이 외쳤다.

"모로코의 황제, 이집트의 왕, 페르시아의 술탄이신 잉글랜드의 세인트 조지 오브 메리 만세!"

마침내 그는 바르고 공정한 법규를 세우고 시행하여 수많은 이교도들이 무리지어 와 기독교도로 개종하게 만들었다. 세인트 조지는 그곳의 정치를 그가 신임하는 고문들에게 맡기고 세계에 휴전을 선포하고 잉글랜드로 돌아왔다. 그는 코번트리에서 이집트의 공주 사비아와 오랜 세월 평화롭게 살았다. 사비아는 세 명의 건강한 아들을 낳았다. 이렇게 해서 일곱 명의 기사 중 가장 훌륭한 잉글랜드의 세인트 조지 오브 메리의 이야기는 끝을 맺는다.

사이먼과 물고기

사이먼은 생선을 좋아하지 않는다. 아니, 그게 아니고 생선을 싫어한다. 그것은 참 딱한 일이었는데, 왜냐하면 사이먼이 유일하게 택할 수 있는 직업이 어부였기 때문이다.

어느 날 그는 선장과 함께 배를 타고 바다로 나갔다. 선장은 나이가 많은 아저씨였는데 문제는 그가 아주 못된 사람이라는 것이다. 사이먼이 할 일은 그물을 잡아당기는 일이었다. 그가 그물을 배 위로 끌어올렸는데 이제까지 한번도 보지 못한 물고기 한 마리가 잡혀 있었다. 이 물고기는 비가 온 후에 뜨는 무지개처럼 일곱 색깔의 비늘이 있었다. 그 비늘은 쨍쨍 내리쬐는 햇빛처럼 밝게 빛나고 있었다.

사이먼은 이렇게 아름다운 물고기를 죽일 수 없었다. 그래서 물고기를 손으로 살짝 쳐서 바다 속으로 되돌려 보냈다. 물고기는 헤엄쳐 가다가 몸을 돌려 사이먼을 향해 한쪽 눈을 윙크했다. 못된 늙은 선장은 이 모든 것을 지켜보았기 때문에 즉시 사이먼을 해고해 버렸다. 이제 사이먼은 어떻게 해야 하나? 이제 어떻게 열다섯 명의 형제와 열다섯 명의 자매를 먹여 살려야 한단 말인가?

그날 오후에 사이먼은 바닷가 절벽으로 산책을 나갔다. 그런데 갑자기 바람이 소용돌이를 치면서 불어오더니 이상한 모양이 나타났다. 굉장히 크고 아주 아주 마른 모양이었다. 사실 그것은 피부가 없었는데, 그저 뼈만 잔뜩 있었다. 바로 저승사자였다!

저승사자가 부드럽고 음산한 목소리로 이야기를 시작하자 사이먼은 뼛속까지 떨렸다.

"애야, 무서워할 것 없다. 나는 너를 도와주려고 왔단다. 자, 내가 이렇게 하마. 나는 너에게 끊임없이 우유를 짜낼 수 있는 암소 한 마리를 주겠다. 너는 그저 7년 뒤에 내가 묻는 질문 세 가지에 대답만 하면 된다. 그러면 너는 그 암소를 가질 수 있고 영원히 살 수 있단다. 하지만 네가 대답을 하지 못하면 (저승사자가 하얀 이를 드러내고 웃음을 띠었다.) 그러면 넌 나를 따라가야 한다!"

그건 꽤 괜찮은 거래 같았다. 사이먼은 지치고 배가 고팠으며 어떻게 해서라도 빨리 집에 돌아가고 싶을 따름이었다. 그는 저승사자의 손을 움켜잡고 동의의 표시로 악수를 했다. 그 손은 얼음장처럼 차가웠는데 사이먼이 손을 잡고 흔들자 갑자기 회오리바람이 일더니 저승사자가 사라져 버렸다. 그리고 그가 있던 자리에 커다란 젖이 달린 커다랗고 살찐 암소가 한 마리 나타났다. 사이먼은 암소를 집으로 데려가 열다섯 명의 형제들과 열다섯 명의 자매들에게 보여 주었다.

그들은 우유 짤 때 쓰는 의자를 가져와서 젖을 짜기 시작했다. 젖이 너무나 많이 나왔기 때문에 양동이를 또 하나 가져와야 했다. 그런데도 암소는 젖이 떨어지지가 않았다. 형제 자매들은 아주 많은 우유를 얻었기 때문에 그중의 일부를 치즈로 만들어서 팔기로 했다. 그렇게 만든 치즈로 많은 돈을 벌어 바닷가 절벽 위에 바다가 내려다보이는 음식점을 차리게 되었다. 그 음식점에서 팔지 않는 유일한 음식이 한 가지 있었다. 그것이 무엇이었냐고? 짐작하겠지만 바로 생선이었다!

시간은 너무나도 빨리 흘렀고 7년이 다 지나가고 있었다. 사이먼은 저승사자와 그가 하겠다는 질문에 대해 까맣게 잊고 있었다. 사이먼은 열다섯 명의 형제들과 열다섯 명의 자매들과 함께 음식점을 운영하느라 너무나 바빴던 것이다.

그러던 어느 월요일 밤이었다. 월요일 밤은 음식점이 항상 조용했다. 그때 오는 유일한 손님은 여자였는데…… 무지갯빛 드레스를 입은 사람이었다……. 밖에선 회오리바람이 불고 있었고 그러더니 출입문을 홱 열어젖혔다. 거기에 커다랗고 마른 모습이 나타났다. 아주 아주 마른 모양이었다. 너무나 말라서 피부도 없었고 그저 뼈만 남아 있었다. 바로 저승사자였다! 의심할 여지가 없었다!

저승사자가 하얀 이를 드러내며 말하기 시작했다.

"사이먼, 질문에 대답할 준비가 되었느냐?"

그가 이렇게 말을 하자 무지갯빛 옷을 입은 여인이 일어나 말했다.

"그래요. 사이먼은 준비가 되었어요! 그게 당신의 첫 번째 질문이죠! 두 번째 질문은 무엇이죠?"

저승사자는 짜증이 나서 뼈가 앙상한 손으로 여인을 가리키며 소리쳤다.

"이 여자가 너를 위해 모든 말을 대신 하는 사람이냐?"

또 여자가 대답했다.

"그래요! 그게 당신의 두 번째 질문이죠! 세 번째는 무엇이죠?"

저승사자는 점점 화가 났고 생각할 것도 없이 여자를 향해 돌아서 고함을 질렀다.

"도대체 너는 누구냐?"

"나는 바다 속 모든 물고기의 여왕이오! 7년 전 바로 이날 사이먼이 나의 목숨을 구해 주었죠. 지금은 내가 사이먼의 목숨을 구해 주는 것이고요! 자, 이것이 당신의 세 번째 질문, 즉 마지막 질문이었어요!"

그녀는 노래를 부르면서 저승사자를 향해 코를 치켜들었다.

저승사자가 무엇을 할 수 있었을까? 그저 씩씩거리면서 회오리바람을 일으키고 골을 내며 영원 속으로 사라졌다.

닉스 무 아무개

옛날에 어떤 왕과 왕비가 살고 있었는데 이들은 이제까지 살았던 다른 왕과 왕비들하고 별반 다를 바가 없었다. 그러나 이들에게는 아이가 없었는데 그것 때문에 둘은 커다란 슬픔에 빠져 있었다. 그러던 어느 날 왕은 전투를 하러 먼 지방으로 내려가 몇 달 동안 머물게 되었다. 그런데 오! 왕이 궁궐을 떠나 있는 동안 왕비는 마침내 임신을 하여 아들을 낳았다. 짐작할 수 있듯이 왕비는 너무나 기뻤고 왕이 돌아와 그처럼 바라마지 않던 소망이 이루어진 것을 알면 얼마나 기뻐할까 생각에 잠겼다. 많은 신하들 또한 기쁨에 싸여 축제를 준비하고 어린 왕자의 이름을 짓도록 했다.

그러나 왕비는 이렇게 말했다.

"안 됩니다! 이 아이는 아버지가 돌아와서 직접 이름을 지어 줄 때까지 어떤 이름도 받지 않을 거요. 그때까지 이 왕자를 그저 '닉스NIX! 무Naught! 아무개Nothing!모두 무(無)라는 뜻' 라고 부를 겁니다. 왜냐하면 왕께서는 이 아이에 대해 아무것도 모르고 있지 않소!"

어린 왕자 닉스 무 아무개는 점점 자라나 튼튼하고 다부진 어린 소년이 되었다. 왕자의 아버지는 아주 오랫동안 돌아오지 못했으며 자신에게 아들이 있다는 사실조차 모르고 있었다.

마침내 왕은 궁궐로 돌아오게 되었다. 궁궐로 오는 도중에 물살이 센 큰 강을 마주쳤는데 왕도 왕의 군대도 건널 수가 없었다. 그때는 큰물이 난 상태였고 강물 곳곳에 소용돌이가 일었는데 그 소용돌이에는 언제고 사람들을 집어삼킬 준비가 되어 있는 물의 요정들과 물귀신들이 살고 있기 때문이었다.

왕의 일행은 강 앞에 멈추어 설 수밖에 없었다. 얼마 후 커다란 거인이 나타났다. 그 거인은 강물 속을 저벅저벅 걸어 들어가 강물을 소용돌이치게 하여 물을 다 빼낼 수 있는 능력을 가지고 있었다.

그가 친절하게 말했다.

"당신이 원하면 당신들 모두 강을 건너게 해 드리지요."

거인은 미소를 지었고 매우 친절한 일이긴 했지만 왕은 거인들의 습성을 잘 아는 만큼 신중하고 확실한 거래를 원했다. 그래서 왕은 이렇게 짧게 물었다.

"그 대가로 무엇을 원하시오?"

거인이 웃음을 흘리며 말을 되받았다.

"대가? 날 뭘로 보는 것이오? 원하는 거요? 닉스 무 아무개요. 그럼 기꺼이 당신들이 강을 건너게 해 드리죠."

그 말을 듣고 왕은 거인의 친절함을 그런 식으로 받아들인 것에 대해 부끄러움을 느꼈다. 그리하여 이렇게 말했다.

"물론이오. 당신의 도움에 대한 답례로 닉스 무 아무개와 나의 감사를 당신에게 드리리다."

그리하여 거인은 그들이 강물과 소용돌이를 안전하게 건너게 해 주었고, 왕은 서둘러 궁궐로 향했다. 사랑하는 아내, 왕비를 보았을 때 그가 얼마나 기뻤을지 짐작할 수 있듯이 왕비가 그의 아들, 나이에 비해 크고 건강한 아들을 그에게 보여 주었을 때 그가 어땠는지 상상할 수 있을 것이다.

왕이 아들을 안고 물었다.

"이름이 무엇이더냐, 어린 왕자?"

"닉스 무 아무개입니다. 그것이 아버지께서 제게 이름을 지어 주실 때까지 사람들이 절 부르는 이름입니다."

이런! 왕은 아들을 거의 떨어뜨릴 뻔했다. 그는 경악했다.

"도대체 내가 무슨 짓을 했단 말인가? 나는 물의 요정과 물귀신들이 살고 있는 소용돌이를 건너게 해 준 거인에게 닉스 무 아무개를 주기로 약속했으니."

이 말을 듣고 왕비가 통곡했다. 그러나 왕비는 현명했기 때문에 아들을 구할 묘안을 짜기 시작했다. 왕비는 남편인 왕에게 이렇게 이야기했다.

"거인이 약속한 것을 받겠다고 오면 우리는 양계장 여자의 막내아들을 줄 것입니다. 양계장 여자는 아들이 아주 많아서 은화를 좀 주면 기꺼이 아들을 줄 것이고 거인도 알아보지 못할 것입니다."

바로 다음 날 아침 거인은 닉스 무 아무개를 데리러 왔다. 왕과 왕비는 왕자의 옷으로 말끔히 갈아입힌 양계장 아들을 거인에게 주면서 구슬피 눈물을 흘렸다. 거인은 만족하여 받은 선물을 등에 업고 발길을 돌렸다. 얼마 안 가 그는 큰 바위에 도달했고 좀 쉬기 위해서 자리에 앉았다. 그러고는 잠에 빠져들었다. 거인은 잠에서 깨어 어리둥절한 채 소리를 질렀다.

"애야, 애야, 내 등에 애야!
시간이 도대체 어떻게 되었니?"

그러자 양계장 꼬마가 이렇게 대답했다.

"우리 엄마, 양계장 아줌마가
왕비님 아침 식사로 달걀을 가져갈 시간이죠!"

거인은 속았다는 사실을 깨닫게 되었고, 화가 나서 양계장 꼬마를 땅바닥에 내동댕이쳤다. 바위에 머리를 찧은 양계장 꼬마는 죽고 말았다.

그후 거인은 잔뜩 화가 나서 궁궐로 되돌아가서 '닉스 무 아무개'를 달라고 소리쳤다. 왕과 왕비는 이번에는 정원사의 아들에게 왕자의 옷을 입혀 거인에게 건네주면서 구슬피 통곡했다. 거인은 아이를 받고 기뻐하며 발길을 돌렸다. 똑같은 일이 또 벌어졌다. 거인이 아이를 짊어지고 가다가 지쳐서 좀 쉬기 위해 큰 바위에 앉게 되었다. 그러다가 잠이 들었고 얼마 후 깜짝 놀라 잠에서 깨어 소리질렀다.

"애야, 애야, 내 등에 애야!
시간이 도대체 어떻게 되었니?"

그러자 정원사 집 꼬마가 이렇게 대답했다.

"우리 아빠, 정원사 아저씨가

왕비님 저녁 찬거리로 야채를 가져갈 시간이죠!"

거인은 두 번째로 속은 것을 깨닫고 너무나도 격노했다. 그는 아이를 내동댕이쳤고 그래서 아이는 죽고 말았다. 그러고 나서 궁궐로 되돌아가 화를 내며 소리질렀다.

"나에게 주기로 약속했던 것, 닉스 무 아무개를 당장 내놓으시오. 그렇지 않으면 내 당신들 모두 결단을 내버릴 것이오."

왕과 왕비는 이번에는 어쩔 수 없이 그들의 사랑스러운 어린 왕자를 포기해야 할 것 같아 정말로 구슬피 울면서 아이를 내놓았다. 거인은 왕자를 등에 업고 데려가 버렸다. 이번에도 역시 거인은 커다란 바위에서 휴식을 취하고 깨어나 소리쳤다.

"얘야, 얘야, 내 등에 얘야!
시간이 도대체 어떻게 되었니?"

어린 왕자는 이렇게 대답했다.

"우리 아빠 왕께서 연회실에
저녁을 준비하라 이를 시간이죠."

거인은 기쁨에 젖어 웃음을 짓고 양손을 문지르며 이렇게 말했다.

"드디어 제대로 데려왔군."

거인은 소용돌이 아래 자신의 집으로 닉스 무 아무개를 데리고 왔다. 거인은 어떤 모양으로든 자기 마음대로 변신할 수 있는 대단한 마법사였다. 마법사가 어린 왕자를 이렇게 간절히 원했던 이유는 아내를 잃고 홀로 남은 어린 딸의 놀이 친구가 필요했기 때문이었다. 이렇게 해서 닉스 무 아무개와 마법사의 딸은 함께 자라나게 되었고 둘은 해가 지날수록 서로를 더욱 좋아하게 되어 마침내 마법사의 딸이 왕자와 결혼을 약속하게 되었다.

마법사는 자신의 딸이 그저 평범한 인간 왕자와 결혼한다는 생각을 받아들일 수가 없었다. 그는 그런 사람들을 천 번이나 잡아먹었던 것이다. 그리하여 마법사는 닉스 무 아무개를 조용히 없애 버릴 방법을 찾기 시작했다.

그러던 어느 날 마법사가 이렇게 이야기했다.

"닉스 무 아무개야, 네가 할 일이 있단다! 길이가 11킬로미터, 폭이 11킬로미터에 달하는 마구간이 있는데 7년 동안 한 번도 청소를 하지 않았구나. 내일 저녁까지 그 마구간을 다 청소해 놓아야 한다. 안 그러면 저녁 식사로 널 잡아먹고 말겠다."

새벽이 되기 전부터 닉스 무 아무개는 일을 하기 시작했다. 그러나 쓰레기를 치우고 나면 그 자리가 금세 다시 더러워졌다. 그래서 아침 식사 시간이 되었을 때는 온몸이 땀으로 뒤범벅이 되었다. 그런데도 일은 전혀 진척이 없었다. 마법사의 딸이 아침 식사를 가지고 왔을 때 왕자는 정신이 온통 빠져 있어 거의 아무 말도 할 수가 없었다.

"금방 일을 제대로 끝마칠 수 있어."

소녀가 이렇게 이야기했다. 그러고 나서 소녀는 손뼉을 치면서 이렇게 외쳤다.

"들짐승, 날짐승 모두야,
날 위해 이 마구간을 청소해 줘."

이렇게 외치고 나니, 오 놀랍구나! 잠시 후 수많은 들짐승들이 무리를 지어 몰려왔고 하늘은 새들의 날개로 어두워질 지경이었다. 모든 새와 동물들이 쓰레기를 가져가 버렸고 저녁이 되기 전 마구간은 새것처럼 말끔해졌다.

마법사는 깨끗하게 청소가 된 마구간을 보고 나자 잔뜩 화가 났고 필시 이런 기적 같은 일을 벌인 것은 자신의 딸이라고 생각했다. 그래서 그는 이렇게 말했다.

"도움을 받아 일을 하다니, 부끄러운 줄 알아라. 내일 더 어려운 일이 있다. 저기에 길이 11킬로미터, 폭 11킬로미터, 깊이 11킬로미터에 달하는 호수가 있다. 땅거미가 질 때까지 호수의 물을 다 빼거라. 한 방울이라도 남아 있으면 저녁밥으로 널 잡아먹겠다."

그리하여 닉스 무 아무개는 또다시 새벽이 되기 전에 자리에서 일어나서 일을 시작했다. 한번도 쉬지 않고 호수의 물을 퍼내도 조금도 줄어들지 않았다. 아침 식사 시간이 되었어도 일이 조금도 줄지 않았다.

마법사의 딸이 아침 식사를 가져와서 그것을 보고는 웃기만 하고 이렇게 말했다.

"내가 금방 해 줄게!"

그러고는 손뼉을 치면서 이렇게 외쳤다.

"강과 바다의 모든 물고기야,
날 위해 이 물을 마셔 줘!"

그러자, 오! 호수가 갑자기 물고기로 가득 찼다. 그러고는 물고기들이 한 방울도 남지 않을 때까지 물을 모두 마셔 버렸다.

마법사가 아침에 보러 와서 이것을 보고는 화가 머리끝까지 났다. 모두 자기 딸의 마법이라는 것을 알고는 이렇게 말했다.

"또 도움을 받다니 두 배로 부끄러운 줄 알아라. 그래 봤자 너에게 별 도움이 되지 않을 것이다. 널 위해 더 어려운 일을 마련해 놓았거든. 네가 그것까지 다하면 내 딸과 결혼해도 좋다. 저기 보면 높이가 11킬로미터에 달하는 나무가 하나 있는데 꼭대기까지 가지가 하나도 없다. 꼭대기 갈라진 부분에 새 둥지가 있는데 그곳에 알이 들어 있다. 그 알들을 하나도 깨지 않고 가져오너라. 안 그러면 저녁밥으로 널 잡아먹고 말겠다."

그러자 마법사의 딸은 매우 슬퍼했다. 왜냐하면 어떤 마법을 생각해 보아도 사랑하는 닉스 무 아무개가 깨뜨리지 않고 알을 가지고 올 방법이 없을 것 같았기 때문이다. 그리하여 그녀는 닉스 무 아무개와 함께 나무 밑에 앉아 생각하고, 생각하고, 또 생각했다. 그러다가 마침내 아이디어가 떠올라 손뼉을 치면서 이렇게 외쳤다.

"내 손가락이여, 날 위해
내 연인을 도와 나무를 오를 수 있게 해 주어라."

그러자 그녀의 손가락들이 하나씩 손에서 떨어져 나와 마치 사다리처럼 나무 위에 정렬하였다. 그러나 그렇게 해도 꼭대기까지 닿을 만큼 충분하지가 않았다. 그리하여 그녀는 다시 한번 외쳤다.

"오! 발가락이여, 날 위해
내 연인을 도와 나무를 오를 수 있게 해 주어라."

그러자 그녀의 발가락들이 하나씩 발에서 떨어져 나와 마치 사다리처럼 나무 위에 정렬하였다. 한쪽 발의 발가락들이 전부 자리를 잡자 사다리는 꼭대기에 닿을 만큼 충분한 높이가 되었다. 그리하여 닉스 무 아무개는 그것을 밟고 올라가 새 둥지에 도달하였고 일곱 개의 알을 꺼낼 수 있었다. 알을 가지고 마지막 가로대까지 도착한 닉스 무 아무개는 일을 모두 마칠 수 있게 되어 너무나도 기쁜 나머지 마법사의 딸도 자신처럼 기뻐하는지 보기 위해서 몸을 돌렸다. 그러다 그만, 오! 일곱 번째 알이 손에서 미끄러져 떨어지고 말았다.

"꽝!"

"빨리! 빨리!"

마법사의 딸이 소리쳤다. 우리가 보았듯이 그녀는 항상 방법을 생각해 내는 지혜가 있었다.

"이젠 당장 도망가는 방법밖에 없어. 그래도 우선 내 마법의 병을 가지고 가야 해. 안 그러면 일 처리에 어려움이 있을 거야. 마법의 병은 내 방에 있는데 방문이 잠겨 있어. 난 지금 손가락이 하나도 없으니, 내 주머니에 네 손가락을 좀 넣어 봐. 열쇠를 꺼내서 문을 열고 마법의 병을 가지고 빨리 나한테 와. 나는 발가락이 없어서 너보다 천천히 갈 수밖에 없어!"

닉스 무 아무개는 마법사의 딸이 시키는 대로 했고, 곧 마법사의 딸을 뒤쫓아 갈 수 있었다. 그러나 아! 그들은 빨리 도망칠 수가 없었다. 얼마 못 가 또다시 거인으로 변장한 마법사가 성큼성큼 뛰어 그들 바로 뒤까지 따라왔다. 점점 거리가 좁혀져 마침내 닉스 무 아무개가 거의 잡힐 찰나 마법사의 딸이 이렇게 소리쳤다.

"난 손가락이 없으니 네 손가락을 내 머리 속에 집어넣어 내 머리 빗을 꺼내 던져 버려."

그 말을 듣고 닉스 무 아무개는 시키는 대로 따라했다. 그러자 오! 머리빗의 각 이빨에서 가시 돋친 찔레나무 가지가 솟아나더니 순식간에 무성하게 자라나 가시덤불을 이뤄 마법사를 둘러쌌다! 마법사가 얼마나 화났는지, 또 거기에서 빠져나오기 위해 얼마나 긁히고 상처를 입었는지 쉽사리 짐작할 수 있을 것이다. 그리하여 닉스 무 아무개와 그의 여자 친구는 도망칠 수 있는 시간을 벌었다. 그러나 마법사의 딸은 한쪽 발에 발가락이 없었기 때문에 빨리 달릴 수가 없었다! 그래서 또 얼마 못 가 거인으로 변장한 마법사가 그들을 따라잡았고 닉스 무 아무개를 막 움켜잡으려는 순간 또다시 마법사의 딸이 소리쳤다.

"난 손가락이 없으니 네 손가락을 내 가슴에 넣어 단도를 꺼내 던져 버려."

닉스 무 아무개는 시키는 대로 따라했다. 그러자 순식간에 단도가 수천 개의 날카로운 면도날로 변해서 바닥에 십자꼴로 정렬하였다. 마법사는 면도날을 밟게 되자 고통에 못 이겨 커다랗게 울부짖었다. 마법사가 어떻게 춤을 추고 비틀거리며 넘어졌는지 또한 그가 살얼음판을 걷듯이 조심조심 그곳을 빠져나가기 위해서 얼마나 오랜 시간이 걸렸는지 쉽사리 짐작할 수 있을 것이다!

그리하여 닉스 무 아무개와 그의 여자 친구는, 마법사가 겨우 다시 움직이기 시작했을 때, 시야에서 거의 벗어나고 있었다. 그러나 역시 오래지 않아 마법사는 그들을 따라잡게 되었다. 왜냐하면 마법사의 딸은, 우리가 알고 있듯이, 한쪽 발에 발가락이 없기 때문에 빨리 달릴 수가 없었기 때문이다. 그녀는 최선을 다했지만 더 이상 어쩌지 못한 것이다.

그들을 따라잡은 거인이 한 손을 뻗쳐 막 닉스 무 아무개를 잡으려는 순간 마법사의 딸이 숨이 턱에 닿아 소리쳤다.

"이제 남은 거라곤 마법의 병밖에 없어. 그것을 꺼내 그 안에 들어 있는 것을 조금만 바닥에 뿌려."

닉스 무 아무개는 시키는 대로 따라했다. 그러나 급한 나머지 병 안에 든 것을 한꺼번에 몽땅 쏟고 말았다. 그러자 갑자기 거대한 물길이 순식간에 부풀어 오르더니 닉스 무 아무개를 들어 올려 하마터면 그를 쓸어 갈 뻔했다. 다행히 그 순간에 마법사의 딸이 두르고 있던 느슨해진 베일이 그를 붙잡았다. 하지만 물길은 그들의 뒤쪽에서 점점 더 불어나 거인의 허리춤까지 이르렀다. 물길은 멈추지 않고 커져 거인의 어깨를 덮었고 또다시 부풀어 올라가 그의 머리를 덮어 버렸다. 물길 속에는 작은 물고기들과 게와 바다 달팽이와 온갖 종류의 동물들이 있었다.

그것이 마법사 거인의 최후였다. 허나 불쌍한 마법사의 어린 딸은 너무나 기진맥진했기 때문에 시간이 지나도 한 발짝도 움직일 수가 없었다. 그녀는 닉스 무 아무개에게 이렇게 말했다.

"저쪽에 불빛이 비추고 있어. 거기 가서 하룻밤 묵을 수 있을지 알아보고 와. 나는 샘 옆에 있는 나무 위에 올라가 있으면 돼. 거긴 안전해. 네가 돌아올 때쯤 되면 나도 기력을 되찾을 거야."

그들이 우연히 보았던 불빛은 닉스 무 아무개의 아버지와 어머니, 즉 왕과 왕비가 살고 있는 성에서 흘러나온 것이었다. 물론 그는 이 사실을 모른다. 닉스 무 아무개는 성곽을 따라 올라가면서 양계장 아줌마의 오두막집을 보았고 거기서 하룻밤 묵기를 청했다.

"넌 누구니?"

양계장 아줌마가 의심스러워하며 물었다.

"닉스 무 아무개예요."

양계장 부인은 아직도 살해당한 자신의 아들 때문에 슬픔에 빠져 있었다. 그녀는 당장 복수를 하리라 결심했다.

"널 우리 집에 머물게 할 수가 없다. 허나 네가 지쳐 보이니 우유 한 잔은 마실 수 있게 해 주지. 그런 다음 성으로 올라가서 거기서 묵게 해 달라고 청해 보아라."

그녀는 닉스 무 아무개에게 묘약을 탄 우유 한 잔을 주었다. 그녀는 자신의 주술을 이용하여 닉스 무 아무개가 아버지, 어머니를 만나는 순간 잠에 빠지게 만들려고 계략을 짠 것이었다. 그러면 아무도 그를 깨울 수 없을 것이고, 그는 아무에게도 소용이 없게 될 것이며, 아버지, 어머니도 알아보지 못하는 신세로 전락할 것이기 때문이다.

한편 왕과 왕비는 아들을 잃은 슬픔에서 단 한순간도 벗어날 수가 없었다. 그렇기 때문에 방랑하는 젊은 청년들을 항상 친절히 대해 주었다. 그러던 참에 어떤 젊은이가 하룻밤 묵기를 청했다 하기에 그를 맞이하러 내려왔다. 그러나 아! 닉스 무 아무개는 아버지, 어머니를 본 순간 바닥에 엎어져 잠이 들었고 아무리 깨워도 일어나지 않았다! 그리하여 그는 아버지, 어머니를 알아보지 못했고 또한 왕과 왕비도 그를 알아보지 못했다.

그러나 닉스 무 아무개 왕자는 이미 멋진 청년이 되어 있었기 때문에 그들은 그를 무척 가엾게 여기지 않을 수 없었다. 아무리 노력해도 그를 깨우지 못하자, 왕이 말했다.

"청년이 이처럼 잘생긴 것을 보면 분명 젊은 처자들이 청년을 깨우기 위해서 많은 노력을 기울일 것이다. 그러니 어떤 처자든 이 청년을 깨울 수 있다면 그 처자를 청년과 결혼시킬 것이며 또한 지참금도 두둑이 하사할 것임을 널리 공포하라."

왕의 칙령이 공포되었고, 나라 안의 모든 젊고 예쁜 처자들이 행운을 찾아 궁궐로 찾아들었다. 그러나 누구도 성공하지 못했다.

한편 아들이 거인에게 살해당한 정원사에게는 아주 못생긴 딸이 하나 있었다. 그녀는 너무나 못생겨서 행운을 시험해 볼 시도조차 못하고 있었다. 그녀는 여느 때처럼 양동이를 들고 물을 뜨러 샘으로 나갔다. 그때 마법사의 딸은 아직도 나무 위에 숨어 남자 친구가 돌아오기만을 기다리고 있었다. 정원사의 못생긴 딸이 물을 뜨기 위해서 물 위로 몸을 구부렸을 때였다. 물 위에 아름다운 영상이 비치고 있었다. 못생긴 정원사의 딸은 그것이 자신의 모습이라고 착각했다!

"내가 이렇게 예쁜 이상 이따위 물 긷는 일은 더 이상 하지 않겠어!"

그리하여 그녀는 잘생긴 청년을 잠에서 깨워 한몫 잡아 볼 요량으로 물동이를 버리고 궁궐로 달려갔다. 물론 그녀로서는 아무 소용이 없었다. 어쨌든 닉스 무 아무개를 보고 한눈에 반한 그녀는 당장 주술사인 양계장 아줌마에게 달려갔다. 그러고는 자신이 가진 모든 돈을 주면서 잠자는 청년을 깨울 수 있는 마법을 알려 달라고 했다.

정원사 딸의 이야기를 들은 양계장 아줌마는, 왕과 왕비의 잃어버렸던 아들을 못생긴 정원사 딸과 결혼시켜 복수할 수 있는 절호의 기회라 여기고는 당장 그녀에게 왕자의 주술을 풀 수 있는 마법을 가르쳐 주었다.

마법을 얻게 된 정원사의 딸은 곧장 궁궐로 돌아가서 양계장 여자가 가르쳐 준 대로 주문을 외웠다. 그러자 즉시 닉스 무 아무개가 깨어났다.

"나의 사랑, 난 당신과 결혼할 거예요."

그녀가 유혹적으로 말했다. 그러자 닉스 무 아무개는 차라리 계속 잠을 자겠다고 말했다. 그녀는 결혼식 준비를 하고 예쁜 옷을 마련하는 동안 그를 다시 잠들게 하는 것이 낫겠다고 생각하고는 다시 주문을 걸었다.

한편 정원사는 딸이 일을 하지 않게 되어 직접 물을 길러 샘으로 나갔다. 거기서 그는 물 위에 떠 있는 마법사 딸의 영상을 보았다. 물론 그는 그것을 자신의 영상이라고 착각하지 않았다. 정원사는 수염을 기르고 있었기 때문이다!

그는 고개를 들어 위를 쳐다보았고 나무 위에 있던 여자를 발견했다.

가여운 그녀는 슬픔과 배고픔과 피로에 지쳐 아주 녹초가 되어 있었는데, 친절하고 착한 정원사는 그녀를 집으로 데리고 와서 음식을 대접했다. 그리고 그녀에게 바로 그날 자신의 딸이 궁궐에서 아주 잘생긴 낯선 청년과 결혼하게 되었다는 이야기를 해 주었다. 그리고 어렸을 때 거인에게 닉스 무 아무개라는 아들을 빼앗긴 왕과 왕비가 잃어버린 아들을 기려 청년과 결혼하게 된 딸에게 많은 지참금을 주기로 했다는 이야기도 해 주었다.

이야기를 들은 마법사의 딸은 남자 친구에게 무슨 일이 생긴 게 틀림없다고 생각하고 곧장 궁궐로 갔다. 거기서 그녀는 잠들어 있는 남자 친구를 보았다.

허나 우리가 알다시피, 닉스 무 아무개가 마법의 병을 몽땅 쏟아

버려서 그녀에게는 더 이상 마법이 남아 있지 않았기 때문에 닉스 무 아무개를 잠에서 깨울 수가 없었다.

그리하여 그녀는 손가락이 없는 손을 그의 손 위에 올리고는 슬피 울면서 이렇게 노래했다.

"난 당신을 사랑해 마구간을 청소했네.
난 호수 물을 퍼내고 나무에도 올랐다네.
이런 날 위해 그대 잠에서 깨어나지 않으려나?"

허나 그는 미동도 하지 않았을 뿐더러 잠에서 깨어나지도 않았다.

그러자 너무나 슬피 우는 그녀를 보고 있던 늙은 하인 하나가 그녀를 동정하여 이렇게 말했다.

"이 청년과 결혼하게 될 처녀가 금방 돌아와서 결혼식을 올리기 위해 주문을 풀 것이오. 그러니 어서 몸을 숨기고 그녀의 주문을 들어 보시오."

마법사의 딸은 그 말을 듣고 몸을 숨겼다. 시간이 지나자 정원사의 딸이 신부 드레스를 입고 나타나 주문을 외기 시작했다. 그러나 마법사의 딸은 그녀가 주문을 끝낼 때까지 기다리지 않았다. 닉스 무 아무개가 눈을 뜨는 순간 몸을 숨겼던 곳에서 박차고 나와 손가락 없는 자신의 손을 그의 손 위에 올려놓았다.

잠에서 깨어난 닉스 무 아무개는 모든 것을 다 기억해 냈다. 그는 궁궐을 기억해 냈고, 아버지와 어머니도 기억했고, 마법사의 딸과 그녀가 자신의 위해 해 준 모든 일을 기억했다.

그는 마법의 병을 꺼내 이렇게 말했다.

"분명 이 속에는 너의 손을 고칠 수 있을 만큼 충분한 양의 묘약이 남아 있을 거야."

정말 병 속에는 묘약이 남아 있었다. 병 속에는 꼭 열네 방울의 묘약이 남아 있었는데 열 방울은 손가락을 고치는 데 썼고 네 방울은 발가락을 고치는 데 썼다. 하지만 마지막 새끼 발가락을 고칠 수 있는 한 방울이 부족했다. 따라서 새끼 발가락은 되돌릴 수 없었다. 물론 그러고 난 후 성대한 축제가 열렸고 닉스 무 아무개 왕자와 마법사의 딸은 결혼을 하였다. 물론 마법사의 딸은 한쪽 발의 발가락이 네 개밖에 없었지만 그래도 행복하게 살았다. 양계장 여자는 화형을 당했고, 정원사의 딸은 돈을 되돌려 받았다. 그러나 그녀는 행복하지 못했다. 샘물에 비친 자신의 영상이 또다시 못생긴 것을 깨달았기 때문이다.

노르웨이의 검은 황소

아주 오래전에 노르웨이에 세 명의 딸을 둔 한 부인이 살고 있었다. 세 딸들은 모두 예쁘게 성장했다. 어느 날 밤 그녀들은 각기 '누구와 결혼할까.' 하는 문제를 놓고 이야기를 나누게 되었다.

첫 번째 딸이 말했다.

"나는 백작보다 신분이 낮은 사람과는 절대로 결혼하지 않을 거야."

그러자 둘째 딸이 말했다.

"나는 영주보다 신분이 낮은 사람과는 절대로 결혼하지 않을 거야."

그러나 세 딸 중에 가장 예쁘고 가장 상냥한 셋째 딸은 머리를 잘래잘래 흔들고 눈을 반짝이며 이렇게 말했다.

"언니들은 너무 오만한 거 아니야? 나로 말하면, 노르웨이의 황소 정도라도 만족할 텐데."

이 말을 듣고서 두 언니는 셋째에게 조용히 하라고 시키면서 그런 괴물에 대해 단순하게 생각하면 안 된다고 말했다. 여러분이 아시다시피 이런 말이 있지 않은가.

"박자를 놓치고 뒤를 돌아보았을 때
노르웨이의 검고 검은 황소가 보였네.
타던 초는 갑자기 꺼져 버리는데
음유 시인들은 악기를 멈추려나?"

의심할 바 없이 노르웨이의 검은 황소는 끔찍한 괴물로 여겨지고 있었던 것이다. 그러나 막내딸은 웃으면서 자신은 노르웨이의 황소에 만족할 것이라고 세 번이나 말했다.

우연히 바로 다음 날 여섯 필의 말이 끄는 마차가 길거리를 기세 좋게 달려왔다. 그 안에는 백작이 타고 있었는데 그가 첫째 딸에게 청혼을 했다. 그래서 그들은 성대한 결혼식을 올리고 흥겨운 잔치를 벌였다. 그러고 나서 신랑 신부는 말 여섯 필이 끄는 마차를 타고 떠나갔다.

다음으로 한 영주가 말 네 필이 끄는 마차를 타고 이 집으로 달려왔다. 그는 둘째 딸에게 청혼을 했다. 그래서 그들은 결혼했고 역시 성대한 잔치가 벌어졌으며 역시 말 네 필이 끄는 마차를 타고 떠나갔다.

이런 일이 있은 후 남은 사람은 세 딸 중에 가장 예쁘고 상냥한 막내딸뿐이었다. 그녀는 이제 어머니에게 금지옥엽 같은 존재가 되었다. 그러니 어느 날 아침 문가에서 끔찍한 포효 소리와 더불어 거대한 검은 황소가 자신의 신부를 기다리고 있는 모습을 본 막내딸의 어머니가 어떤 심정이었는지 여러분들은 상상하고도 남을 것이다.

막내딸의 어머니는 울고 또 울었다. 처음에는 막내딸도 두려움에 사로잡힌 나머지 지하실로 도망쳤다. 그러나 그곳에 검은 황소가 자신을 기다리며 서 있는 것이 아닌가. 마침내 소녀가 나와서 말했다.

"저는 노르웨이의 검은 황소에 만족한다고 약속했어요. 그러니 약속을 지켜야만 해요. 어머니, 부디 안녕히 계세요. 다시는 저를 보지 못하실 거예요."

그러고 나서 그녀는 검은 황소의 등에 올랐고, 황소는 그녀와 함께 조용히 떠나갔다. 황소는 가장 평탄한 길과 가장 쉬운 길만을 골라서 갔다. 마침내 그녀는 차차 두려움을 극복할 수 있었다. 하지만 그녀는 곧 허기를 느꼈다. 그녀가 허기와 피로에 지쳐 거의 쓰러질 무렵 검은 황소가 그녀에게 무서운 포효가 아닌, 아주 부드러운 목소리로 말을 걸어왔다.

"내 왼쪽 귀에 있는 것을 꺼내 먹어요.
내 오른쪽 귀에 있는 것을 꺼내 마셔요.
그리고 남은 것은 챙겨 둬요.
내일 밤을 위해서."

그녀는 황소가 시키는 대로 따라했다. 그런데 오! 왼쪽 귀는 맛있는 것으로 가득 차 있었고 오른쪽 귀는 맛있는 음료로 가득 차 있었다. 여러 날 동안 먹을 수 있는 충분한 양이었다.

그들은 여행을 계속했고 끔찍한 숲과 적막한 황무지를 무수히 지나갔다. 그런데 검은 황소는 풀을 뜯어먹거나 물을 마시기 위해서 단 한 번도 멈춘 적이 없었다. 그러나 소녀는 황소의 왼쪽 귀에 있는 것을 먹고 오른쪽 귀에 있는 것을 마셨으며 남은 것은 다음 날 밤을 위해서 아껴 두었다. 그리고 그녀는 황소의 넓은 등 위에서 부드럽고 따뜻하게 잠을 잤다.

이제 그들은 영주와 귀부인들이 많이 모여 있는 훌륭한 성에 도착했다. 이 이상한 동행을 보고는 모두들 깜짝 놀랐다. 그들은 저녁식사에 소녀를 초대했지만 검은 황소에게는 들판을 가리키면서 자신과 같은 종족과 함께 밤을 보내라며 황소를 그곳에 남겨 두고 갔다.

그러나 다음 날 아침이 되었을 때 황소는 그곳에서 소녀를 태울 준비를 하고 있었다. 비록 소녀는 함께 밤을 보냈던 유쾌한 사람들을 떠나는 것이 싫었지만 자신이 했던 약속을 기억하고는 황소의 등에 올라탔다. 그들은 다시 여행을 계속하여 나무와 풀로 뒤엉킨 울창한 숲을 지나고 높고 험한 산들을 넘었다. 그러는 동안에도 검은 황소는 그녀를 위해서 가장 평탄한 길을 골랐으며 찔레 덤불들과 가시나무 숲들은 옆으로 지나갔다. 한편 그녀는 검은 황소의 왼쪽 귀에 있는 것들을 꺼내 먹고 오른쪽 귀에 있는 것을 꺼내 마셨다.

마침내 그들은 공작과 공작 부인들, 그리고 백작과 백작 부인들이 즐거운 시간을 보내고 있는 웅장한 저택에 도착했다. 사람들은 비록 그 이상한 동행을 보고 매우 놀라기는 했지만 소녀를 저녁 식사에 초대했고 황소는 공원에서 밤을 보내도록 했다. 그러나 황소가 자신을 얼마나 극진히 보살펴 주었는지 아는 소녀는 그들에게 황소를 외양간에 넣어 주고 맛있는 먹이를 줄 것을 부탁했다.

그들은 소녀의 청을 들어 주었다. 다음 날 아침 검은 황소는 그녀를 태우기 위해 연회장의 문 앞에서 기다리고 있었다. 그녀는 멋진 사람들을 떠나는 것이 약간은 서운했지만 즐거운 마음으로 황소 등에 올라탔다. 그들은 달리고, 달리고, 또 달렸다. 두터운 찔레 숲과 무서운 절벽을 통과하면서 계속 달렸다. 검은 황소는 가시나무 덩굴을 맨발로 치우면서 가장 편안한 길을 골라서 달렸다. 한편 그녀는 황소의 왼쪽 귀에서 음식을 꺼내 먹었고 오른쪽 귀에서 음료수를 꺼내 마셨으며 아무것도 부족한 것이 없었다. 그러나 황소는 아무것도 먹지도 마시지도 않았다.

점점 시간이 지나면서 황소는 피곤해졌고 한 발을 절뚝거리게 되었다. 막 해가 저물 무렵, 그들은 그런 상태로 왕자와 공주들이 푸른 풀밭에서 열리는 연회를 즐기며 흥겹게 놀고 있는 아름다운 궁전에 도착했다. 그들은 그 이상한 일행을 보고서 매우 놀랐지만 소녀를 저녁 식사에 초대했고 하인들을 시켜 황소는 들판으로 몰아내라고 명령했다.

그러나 그녀는 자신을 위해 황소가 베푼 모든 것들을 떠올리며 말했다.

"안 돼요. 황소는 나와 함께 있을 거예요."

그러고 나서 소녀는 황소의 발을 절룩거리게 만든, 발에 박힌 커다란 가시를 발견하고 엎드려서 그것을 빼 주었다.

바로 그 순간 모든 사람들은 놀라지 않을 수 없었다. 괴물처럼 큰 무서운 황소가 아니라 이제까지 보지 못했던 가장 아름다운 왕자가 나타났다. 그는 자신을 구해 준 소녀의 발치에 무릎 꿇고 끔찍한 마법을 풀어 준 것에 대해 감사를 표했다.

그와 결혼하고 싶어 했던 사악한 마녀가 그에게 마법을 걸어 놓았으며, 그 마법은 아름다운 여인이 스스로의 마음에서 우러나 진심으로 그에게 호의를 베풀어 줄 때에만 풀릴 수 있는 것이었다고 왕자는 말했다.

"그러나 위험이 모두 지나간 것은 아닙니다. 당신이 밤의 마법은 풀어 주었지만 낮의 주문은 아직도 풀리지 않았지요."

그래서 다음 날 왕자는 다시 황소의 모습으로 돌아가야 했다. 그들은 다시 함께 길을 떠났다. 그들은 달리고 또 달려서 어둡고 으스스한 골짜기에 도달했다. 그는 이곳에 그녀를 내려놓고 커다란 바위 위에 앉혔다.

"당신은 여기에 계셔야 합니다. 나는 저기 가서 악마와 싸울 것입니다. 명심하세요! 내가 없는 동안에 절대로 손이나 발을 움직여서는 안 돼요. 안 그러면 나는 다시는 당신을 찾을 수 없을 겁니다. 만일 당신 주변의 모든 것들이 파란색으로 변한다면 내가 악마를 물리친 것입니다. 그러나 모든 것이 붉은색으로 변한다면 그가 나를 정복했다는 뜻입니다."

그는 이 말을 남기고 무시무시한 포효를 울리며 적을 찾아 출발했다.

자! 그녀는 손과 발을 절대로 움직이지 않고 인형처럼 꼼짝하지 않았다. 심지어 눈조차 움직이지 않고 기다리고 또 기다렸다. 그러자 마침내 모든 것들이 파란색으로 변했다. 그러나 그녀는 자신의 연인이 승리했다는 생각에 너무나 기쁜 나머지 움직이지 말라는 경고를 잊고서 한쪽 발을 들어 올려 나머지 발 위에 꼬아 올리고 말았다!

그녀는 기다리고 또 기다렸다. 아주 오랫동안 기다렸다. 지치도록 기다렸지만 그는 돌아오지 않았다. 그리고 그녀를 찾아 그 역시 사방을 헤맸지만 결코 그녀를 찾을 수가 없었다.

마침내 그녀는 일어나서 전 세계를 찾아 헤매서라도 연인을 찾겠다는 결의를 다진 채 무작정 걷기 시작했다. 그녀는 걷고 또 걸었다. 어느 날 그녀는 어두운 숲 속 작은 오두막에 당도하였다. 오두막에 살고 있는 아주 늙은 노파가 그녀에게 음식과 쉴 곳을 제공해 주었다. 그리고 노파는 그녀의 여행길이 안전하도록 축복을 내리면서 그녀에게 세 개의 열매, 즉 호두나무 열매와 개암나무 열매와 헤이즐넛 열매를 주면서 다음과 같은 말을 했다.

"당신의 심장이 터질 것 같을 때
또다시 터질 것만 같을 때
열매 하나 깨어요. 그러면 그 안에서
당신에게 필요한 것이 나올 거예요."

이 말을 듣고 그녀는 기운을 차리고서 여행을 계속하다가 마침내 커다란 유리 언덕으로 길이 막힌 곳까지 왔다. 아무리 노력해도 그녀는 유리 언덕을 올라갈 수 없었다. 번번이 미끄러지기 일쑤였다. 그녀는 미끄러지고 도로 미끄러지고 또 미끄러졌다. 유리 언덕은 얼음과도 같았기 때문이다.

그녀는 달리 지날 수 있는 곳이 있는지 찾아보았다. 그녀는 흐느끼고 울부짖으면서 언덕 언저리를 돌아보고 샅샅이 둘러보았지만 도저히 발을 디디고 올라갈 만한 곳을 단 한 군데도 찾을 수 없었다. 그리하여 그녀는 대장간에 찾아갔다. 대장장이는 만약에 그녀가 7년하고도 7일 동안 자신을 위해서 충성스럽게 일해 준다면 유리 언덕을 올라갈 수 있는 철신을 만들어 주겠다고 약속했다. 그래서 7년이라는 긴 세월과 7일이라는 짧은 날들 동안 그녀는 대장장이의 집에서 힘들게 일하고 바느질을 하고 청소하고 빨래를 했다. 그렇게 일한 대가로 대장장이는 그녀에게 한 켤레의 철신을 만들어 주었다. 그녀는 그 신을 신고서 유리 언덕을 넘어 길을 재촉했다.

그녀는 얼마 지나지 않아 말을 타고 지나가는 한 무리의 훌륭한 영주들과 영주 부인들을 만나게 되었다. 그들은 그녀에게 노르웨이의 젊은 공작의 결혼식에서 거행될 멋진 일들에 대해 이야기해 주었다. 그후 그녀는 온갖 종류의 멋진 물건을 운반하는 수많은 사람들을 만났다. 그들은 그녀에게 노르웨이의 공작 결혼식에 쓰일 물건들이라고 말해 주었다. 마침내 그녀는 왕궁에 도착하였다. 왕궁의 뜰에는 요리를 하는 사람들과 빵 굽는 사람들로 가득 차 있었다. 모두들 정신이 없을 정도로 바빠서 이리 뛰고 저리 뛰고 야단이었는데, 무슨 일을 먼저 해야 할지도 제대로 정할 수 없을 정도로 바빠 보였다.

잠시 후 그녀는 사냥꾼들의 나팔 소리와 고함 소리를 들었다.

"물러서시오. 노르웨이의 공작과 그의 신부가 납시오. 모두 물러서시오!"

누가 말을 타고 지나가는가 보았더니, 바로 자신이 마법의 절반을 풀어 준 바로 그 아름다운 왕자가 아닌가! 게다가 그의 옆에는 바로 그날 결혼하기로 되어 있는 마녀가 앉아 있는 게 아닌가!

그 광경을 보자 그녀의 심장은 말 그대로 터질 것만 같았다. 또다시 심장이 터질 것 같은 순간이 왔다. 열매 하나를 깨야 하는 순간이 온 것이다. 그래서 그녀는 호두 열매를 깠다. 열매들 가운데 가장 큰 것이었다. 호두 열매 속에서 멋진 요정이 나와서는 엄청나게 빠른 속도로 양모의 보풀을 세웠다.

마녀는 이 멋진 광경을 보고 소녀에게 그것을 자신에게 준다면 이 왕궁에 있는 것 가운데 무엇이든 주겠다고 제의했다.

소녀가 말했다.

"만일 당신이 공작과의 결혼을 하루만 미루고 그의 방에서 내가 하룻밤 보내게 해 주신다면 이것을 당신께 드리지요."

모든 마녀들이 그렇듯 신부는 모든 것을 자기 마음대로 하기를 원했으며, 또 자신의 신랑이 안전하다고 굳게 확신하고 있었기 때문에 소녀의 제의에 동의했다. 신부는 공작이 휴식을 취하러 가기 전에 자기 손으로 직접 만든 한 잔의 우유 술을 마시도록 했다. 이 술을 마신 사람은 누구든 아침까지 깨지 않고 단잠에 빠지는 효과가 있었다.

소녀는 허락을 얻어 공작의 침실로 들어갔다. 그리고 밤새도록 한숨을 쉬면서 다음과 같은 노래를 부르고 또 불렀다. 하지만 공작은 전혀 깨어나지 않고 계속해서 잠만 잘 뿐이었다.

"멀리까지 나는 당신을 찾아다녔어요.
오랫동안 나는 당신을 위해 일을 했어요.
당신 가까이에 나는 왔어요.
사랑하는 노르웨이의 공작님,
당신은 나에게 한마디도 해 주지 않으실 건가요?"

공작은 결코 깨어나지 않았다. 날이 밝자 소녀는 공작에게 자신이 왔었다는 것을 전혀 알리지 못하고 그의 곁을 떠나야만 했다.

그녀의 심장이 터질 것 같은 순간이 왔고, 또다시 심장이 터질 것만 같았을 때, 그녀는 개암나무 열매를 깠다. 그 열매는 두 번째로 큰 열매였다. 열매 안에서 멋진 요정이 나왔다. 엄청나게 빠른 속도로 실을 잣는 요정이었다. 마녀 신부가 이 멋진 광경을 보았고 그것을 갖기 위해서 한 번 더 결혼식을 연기했다. 그리하여 소녀는 한 번 더 밤새도록 공작의 침실에서 다음과 같은 노래를 한숨을 섞어서 부르고 또 불렀다.

"멀리까지 나는 당신을 찾아다녔어요.
오랫동안 나는 당신을 위해 일을 했어요.
당신 가까이에 나는 왔어요.
사랑하는 노르웨이의 공작님,
당신은 나에게 한마디도 해 주지 않으실 건가요?"

그러나 공작은 마녀 신부가 준 잠자는 술을 먹었기 때문에 그녀가 아무리 노래를 불러도 꼼짝도 하지 않았다. 그래서 새벽이 밝았을 때 소녀는 공작에게 자신이 거기에 왔었다는 것을 전혀 알리지 못하고서 그의 곁을 떠나야만 했다.

정말로 소녀의 심장은 터질 것만 같았다. 한번이 아니라 계속해서 심장이 터질 것만 같았다. 그래서 그녀는 마지막으로 헤이즐넛 열매를 깠다. 그러자 열매 안에서 아주 멋진 요정이 나왔다. 요정은 엄청나게 빠른 속도로 얼레에 짠 실을 감았다. 마녀 신부는 이 멋진 것을 보고는 그것을 갖기 위해서 하루 더 결혼식을 연기했다.

그날 아침 공작은 옷을 입다가 우연히 시종들이 전날 밤에 들었던 이상한 한숨 소리와 노랫소리에 관해서 서로 이야기하는 것을 들었다. 공작은 자신의 충성스러운, 나이 든 시종에게 물었다.

"저 시종들이 하는 이야기가 도대체 무슨 소리냐?"

그러자 마녀 신부를 싫어하는 늙은 시종이 말했다.

"만일 주인님께서 오늘 밤에 잠자는 술을 마시지 않는다면 주인님도 제가 이틀 동안이나 밤잠을 설치며 들었던 내용을 듣게 되실 겁니다."

이 말을 듣고 공작은 매우 의아한 생각이 들었다. 그리하여 마녀 신부가 잠자는 술을 가지고 왔을 때 그는 달지 않아서 마실 수 없다는 핑계를 댔다. 공작은 마녀가 술을 달게 만들기 위해 꿀을 찾으러 간 동안 그 술을 버리고는 자신이 마신 것처럼 꾸며 댔다.

마침내 날이 저물고 밤이 왔다. 소녀는 이날 밤이 그의 침실에서 보낼 수 있는 마지막 밤이라는 생각에 무거운 가슴을 안고 그의 침실로 살며시 들어왔다. 그때 공작은 정말로 말똥말똥한 정신으로 깨어 있었다. 그녀가 그의 곁에 앉아서 다음과 같이 노래하기 시작했다.

"멀리까지 나는 당신을 찾아다녔어요……."

그는 그녀의 목소리를 즉시 알아차리고 그녀를 와락 껴안았다.

그러고 나서 그는 자신의 연인에게 어떻게 해서 마녀의 손아귀에 들어가게 되었는지, 어떻게 모든 것을 다 잊게 되었는지에 대해 이야기했다. 그리고 이제 그가 모든 것을 다 기억하게 되었고 그에게 걸려 있던 마법이 영원히 풀렸다고 이야기해 주었다.

그리하여 결혼식은 소녀와 공작의 결혼식이 되었다. 마녀 신부는 자신의 마법이 사라진 것을 알고는 재빨리 그 나라에서 도망쳤다. 이후로는 누구도 마녀의 소식을 들을 수 없었다.

토머스 엄지 경의 이야기

아서 왕이 살던 시절에는, 여러분 모두가 아시다시피, 궁궐의 기사들은 모두 용감했고 아가씨들은 정말로 아름다웠다. 그 아서 왕의 궁정에서 가장 유명했던 사람 중에 멀린이라는 마법사가 있었다. 그는 실로 전무후무한 마법사였다. 그는 알려진 마법은 모두 다 알고 있었으며, 그의 충고는 훌륭했고, 또 아주 친절한 태도로 조언을 하곤 했다.

그런데 멀린이 거지로 변장을 하고 여행을 하고 있을 때의 일이다. 그는 우연히 한 정직한 농부와 그의 아내를 만나게 되었다. 그들 부부는 진심으로 멀린을 환대해 주었을 뿐만 아니라 기꺼이 그에게 신선한 우유를 나무 그릇에 담아 내왔으며, 소박한 갈색 빵도 나무 접시에 담아서 대접하였다. 그들 부부의 행색이나 그들이 살고 있는 자그마한 오두막은 산뜻하고 깨끗했는데도 멀린은 그들 부부가 행복하지 않다는 사실을 알아차렸다. 그래서 그들에게 연유를 물었고, 그들은 아기가 없기 때문이라고 대답했다.

"아들 하나만 있으면 정말 좋겠어요. 그 아이가 남편의 엄지손가락 크기밖에 안 된다고 해도 아무런 상관이 없어요. 그런 아들이라도 있다면 우리는 정말이지 만족할 겁니다."

가난한 아내가 말했다.

사람의 엄지손가락만 한 크기의 아이라는 생각이 멀린의 상상을 매우 자극했다. 따라서 그는 그들 부부에게 다음과 같이 약속하였다. 때가 되면 그와 같은 아들을 보내 주어 그들 부부를 기쁘게 해 주겠다고. 이 말을 하고 그는 곧장 요정의 여왕을 방문하기 위해서 길을 재촉했다. 멀린은 이 요정들이 자신이 농부 부부에게 한 약속을 이행하는 데 적격이라고 믿었다. 그의 예상은 딱 맞아떨어졌다. 요정의 여왕 역시 아버지의 엄지손가락 크기만 한 사내아이를 만들어 낸다는 생각을 너무나 재미있어 해서 당장 그 일에 착수했던 것이다.

오! 농부와 아내는 작고 작은 아이를 갖게 되어 마치 왕과 왕비가 된 것처럼 기뻐했다. 그리고 그 작은 아기를 너무 보고 싶어한 요정의 여왕이 아기에게 꼭 맞는 옷을 가지고 왔을 때 더욱더 기뻐했다.

참나무 잎 모자로 그의 왕관을 만들었다네.
윗도리는 엉겅퀴 관모로 짰다네.
셔츠는 거미들이 짠 거미줄이라네.
바지는 너무나 부드러운 새 깃털로 만든 것이라네.
양말은 빨강 사과 껍질로 짰는데
엄마의 눈에서 눈썹 하나 뽑아 엮었다네.
신발은 쥐 가죽으로 만들었는데

안에 부드러운 털을 넣어서 무두질을 한 것이라네.

이렇게 요정이 만들어 온 옷을 차려입으니 아이는 이 세상에서 가장 작고 가장 예쁜 아이가 되었다. 요정의 여왕은 아이에게 입을 맞추고 또 맞추면서 톰 엄지라는 이름을 지어 주었다.

톰 엄지는 나이가 들어감에 따라 (알다시피 톰의 몸은 결코 자라지 않는다.) 익살과 장난기가 점점 더 발동하더니 언제나 문제를 일으키곤 했다. 한번은 톰의 엄마가 푸딩 반죽을 치고 있었는데 톰은 반죽이 어떻게 만들어지는지 보고 싶어서 푸딩 그릇의 가장자리에 올라갔다. 엄마는 푸딩 반죽 치는 데 정신이 팔려 톰이 거기 있다는 사실을 채 알아차리지도 못했다. 마침내 톰의 발이 미끄러져서 머리와 귀가 그릇 속에 털썩 떨어졌는데도 엄마는 그 사실을 알지 못한 채, 푸딩 반죽이 충분히 녹진녹진해질 때까지 반죽을 치는 일에 전념했다. 그러고 나서 그녀는 반죽을 푸딩 보에 넣은 다음 찌기 위해서 불 위에 올려놓았다.

푸딩 반죽이 가여운 톰의 입에 가득 차 있었기 때문에 톰은 소리칠 수조차 없었다. 그러나 뜨거운 물이 몸에 닿자 톰은 요동을 치면서 푸딩 그릇을 요란하게 차기 시작했다. 푸딩이 위아래로 심하게 흔들리며 요상하게 튀어 올랐으므로 농부의 아내는 푸딩에 요술이 걸렸다고 생각하고는 너무나 혼비백산해서 그만 푸딩 그릇을 문밖으로 던져 버리고 말았다.

마침 그곳을 지나던 가난한 땜장이가 그 냄비를 보고 냉큼 집어서는 바랑 속에 던져넣어 버렸다. 비로소 자신의 입에서 푸딩 반죽을 다 걷어 낸 톰은 큰 소리로 고함을 지르기 시작했다. 톰이 어찌나 목청껏 소리를 지르고 법석을 떨었던지 땜장이는 톰의 엄마보다 훨씬 더 놀라서는 푸딩 냄비를 길에다 내팽개치고 '걸음아, 날 살려라.' 하면서 도망치고 말았다. 그런데 톰에게는 천만다행스럽게도, 이렇게 내팽개쳐질 때 푸딩 끈이 끊어져 버렸다. 그래서 톰은 반쯤 익은 푸딩 반죽으로 온몸이 범벅된 채 푸딩에서 기어 나와 집을 찾아올 수 있었다. 한편 톰의 엄마는 그녀의 사랑하는 아들이 그런 애처로운 모습을 한 것을 보고는 너무나 안타까웠다. 엄마는 차 수저에 물을 담아서 톰을 넣고 몸을 씻겼다. 그러고는 침대에 눕히고는 이불로 몸을 감싸 주었다.

또 한번은 톰의 엄마가 초원으로 붉은 암소의 젖을 짜기 위해 갈 때 그를 데리고 간 적이 있었다. 엄마는 톰을 혼자 집에 남겨 놓았다가 끔찍한 재앙이라도 당할까 봐 두려웠던 것이다. 그런데 마침 바람이 세게 불어서 엄마는 혹시라도 그가 바람에 날아갈까 두려워 톰을 엉겅퀴에 엮어 긴 머리카락 가운데 묶었다. 그런 다음 소젖을 짜기 시작했다. 그러나 붉은 암소는 그녀가 자신의 젖을 짜는 동안에 암소들이 모두 그렇듯, '뭐 할 일이 없나.' 하고 이리저리 둘러보다가 톰의 참나무 잎 모자를 발견하고는 그것이 참 좋아 보인다고 생각한 나머지 자신의 혀를 엉겅퀴 줄기에 감아서는…….

톰은 암소의 이빨을 이리저리 피하면서 악을 쓰며 소리를 지르기 시작했다.

"엄마! 엄마! 살려 줘요! 살려 줘요!"

"큰일 났구나, 이를 어쩌면 좋아. 애야 너 도대체 어디에 있는 거냐? 지금 어디니, 이 말썽꾸러기 녀석아?"

톰의 엄마가 소리쳤다.

"여기요! 붉은 암소의 입 속이라고요!"

톰이 소리쳤다.

이 말을 들은 톰의 엄마는 어떻게 해야 할지 몰라 목놓아 울기 시작했다. 그러자 톰은 그녀의 울부짖음 소리를 듣고는 더욱더 목소리를 높여서 소리치기 시작했다. 이 소리를 들은 붉은 암소는 자신의 목에서 나는 끔찍한 소리에 깜짝 놀라서 (암소가 그러는 것도 당연하다.) 입을 벌렸고 톰은 이를 틈 타 얼른 뛰어내렸는데, 다행히 엄마의 앞치마 속으로 떨어졌다. 만일 그렇지 않고 멀리 떨어졌더라면 톰은 분명 심하게 다쳤을 것이다.

이러한 모험들은 톰의 잘못 때문만은 아니었다. 어쨌든 이렇게 작은 몸을 가진 것은 그로서는 어쩔 수 없는 일이지 않은가. 그러나 한번은 생각만 해도 아찔한 곤궁 속에 빠진 적이 있는데 그것은 모두 톰의 탓이었다. 바로 이런 일이었다. 톰은 큰 소년들과 버찌 씨를 가지고 노는 것을 좋아했다. 그리고 톰은 자신의 버찌 씨를 모두 잃었을 때는 아무도 몰래 다른 소년들의 주머니나 가방에 들어가서 게임에 필요한 버찌 씨를 꺼내 오곤 했었다!

그런데 어느 날 이런 일이 일어났다. 한 아이가 톰이 버찌 씨를 한 주먹 가득 쥐고서 자신의 가방에서 막 빠져나오려는 모습을 보고 말았던 것이다. 그래서 그 소년은 가방 끈을 꽉 조여 버렸다.

"하! 하! 토머스 엄지야, 네가 내 버찌 씨를 훔치려고 했단 말이지, 그렇지? 그렇다면 네가 원하는 것보다 훨씬 더 많이 갖게 해 주지."

소년은 조롱을 섞어 이렇게 말하고 나서 버찌 씨가 들어 있는 가방을 마구 흔들었다. 이 때문에 톰의 온몸과 다리에는 심하게 멍이 들고 말았다. 톰은 다시는 버찌 씨를 훔치지 않겠다는 약속을 한 후에야 비로소 가방에서 빠져나올 수 있었다.

그렇게 세월이 흘러서 톰이 청년이 되었을 때 (그때도 여전히 엄지만 한 크기였는데) 아버지는 톰이 무엇인가 쓸모 있는 것을 배워야 한다고 생각했다. 그래서 그는 톰에게 보리 짚으로 채찍을 만들어 주고 가축들을 집으로 몰아오도록 시켰다. 그러나 톰은 밭고랑의 두렁을 올라가다가 (물론 이것도 그에게는 가파른 언덕이나 다름없어서) 그만 미끄러져서는 반쯤 정신을 잃고 기절했다.

그때 마침 그곳을 날고 있던 까마귀가 톰을 개구리인 줄 알고 낚아챘다. 그러나 까마귀는 채 한 입도 먹기 전에 그를 바다 가까이 있던 커다란 성의 흉벽에 떨어뜨리고 말았다. 그 성은 성질이 못된 거인 중의 하나인 그럼보의 성이었다. 그는 우연히 성채의 지붕 위에서 바람을 쐬던 중이었다. 톰이 그의 대머리 위에 떨어졌을 때, 거인은 톰을 건방진 파리라고 생각하고는 커다란 손을 뻗어서 톰을 붙잡았다. 그러고는 그에게서 인간의 살 냄새를 맡고 마치 알약을 삼키듯 그 자그마한 인간을 한 입에 삼켜 버렸다.

그러나 거인은 그 일을 곧 후회했다. 왜냐하면 톰이 이전에 붉은 암소의 입 속에서 그랬던 것처럼 거인의 배 안에서 마구 차고 요동을 치는 바람에 거인은 심한 구토증이 나서 마침내 흉벽 너머 바다를 향해 톰을 토해 내고 말았다.

만일 거기에 커다란 물고기 한 마리가 없었더라면 톰 엄지의 일생은 분명 익사로 끝났을 것이다. 물고기는 그를 새우라고 여기고 덥석 물어서 한 입에 꿀꺽 삼켰다.

다행히 어부들이 그물을 가지고 바닷가에서 물고기를 잡았는데, 거기에 톰을 삼켰던 물고기도 걸려들고 말았다. 그 물고기는 아주 훌륭한 월척이라서 곧 왕궁의 부엌으로 보내졌다. 거기서 그 물고기의 배를 갈랐다. 그러자 갑자기 물고기 뱃속에서 톰이 펄쩍 튀어나와 조리대 위에 나동그라졌다. 요리사와 부엌에서 일을 보던 시종들이 모두 깜짝 놀랐다. 그처럼 자그마한 사람을 본 적이 없었을 뿐더러 톰의 괴상한 행동과 장난으로 인해 온 부엌은 웃음바다가 되었다. 뿐만 아니라 톰은 곧 왕궁 전체에서 가장 총애받는 사람이 되었다. 왕이 행차를 할 때면, 톰은 왕족과 원탁의 기사들의 위안거리로 왕의 양복 조끼 주머니에 앉혀졌다.

그러나 시간이 지나자 톰은 왕궁 생활이 지겨워졌고 부모님이 보고 싶었다. 그래서 왕은 그에게 집에 다녀오도록 휴가를 주었으며 가져갈 수 있을 만큼 얼마든 돈을 가져가도 좋다고 허락해 주었다. 톰은 3페니짜리 잔돈을 선택하고 물방울로 만든 지갑에 넣었다. 그리고 힘겹게 그것을 등에다 지고 800미터 정도 떨어져 있는 부모님의 집을 향해서 터벅터벅 걷기 시작했다.

톰이 자신의 집까지 걸어오는 데는 꼬박 이틀 낮과 이틀 밤이 걸렸다. 집에 도착했을 때는 무거운 짐 때문에 완전히 지쳐 있었다. 톰의 엄마는 톰을 난롯가 호두 껍질 속에서 휴식을 취하도록 해 주었고 개암나무 열매 하나를 통째로 먹으라고 주었다. 그러나 슬프게도 그 열매는 톰의 체질에 맞지 않아 후유증이 컸다. 어쨌든 톰은 어느 정도 회복이 되었으나 야위고 허약해져서 왕궁까지 걸어 돌아갈 수가 없었다. 그리하여 엄마는 그를 민들레 태엽에 묶어서는 바람이 높이 불 때 공중으로 날렸다.

톰은 마치 날개 위에 올라탄 것처럼 하늘에 둥둥 떠갔다. 그러나 불행히도 톰이 착륙하기 위해서 낮게 날고 있었을 때 고약한 성질을 가진 왕궁의 요리사가 왕의 저녁 식사로 뜨거운 우유 밀죽을 들고서 왕궁을 가로질러 가고 있었다.

그때 민들레 태엽을 다루는 데 서툰 톰이 허둥거리다가 그만 우유 밀죽 그릇 안으로 곧장 돌진하고 말았다. 그리하여 우유 밀죽 반을 엎지르고, 나머지 반의 그 뜨거운 액체는 요리사의 얼굴에 튀겨서 얼굴을 데게 만들고 말았다.

요리사는 너무나 화가 나서 왕에게 곧장 가서 톰이 장난끼를 발동해서 고의로 저지른 일이라고 고했다.

왕이 가장 좋아하는 요리가 뜨거운 우유 밀죽이었던 터라 왕 역시 너무나 화가 나서 톰이 반역죄를 시도했으니 재판을 하라고 명령했다. 그리하여 톰은 쥐덫에 갇히게 되었다. 그곳에서 톰은 창살을 통해 자신을 새로운 종류의 쥐라고 생각하는 고양이에게 여러 날 동안 고문을 당했다. 그러나 일주일쯤 지나 우유 밀죽을 잃어버린 상실감에서 어지간히 회복이 된 아서 왕은 톰을 불러들여 다시 총애하였다. 그 이후에 톰의 삶은 행복하고 성공적이었다. 톰은 민첩하고 멋진 행동을 잘하기로 너무나 소문이 나서 왕은 그에게 토머스 엄지 경이라는 작위를 수여했다. 그리고 푸딩 반죽과 우유 밀죽에 빠졌으며 거인과 물고기의 뱃속에 들어가는 등 온갖 수난으로 낡아빠진 그의 옷을 보고, 왕은 말을 탄 기사에게 어울릴 만한 새 옷을 만들어 주라고 명령했다. 왕은 또한 톰에게 의기양양하게 뽐내며 걷는 회색의 아름다운 쥐를 그의 군마軍馬로 내려 주었다.

완전히 쫙 빼입고서 펀치「펀치와 주디」는 영국의 익살 인형극에 나오는 곱사등이 주인공처럼 거들먹거리는 톰을 보는 일은 여간 즐거운 일이 아닐 수 없었다.

나비의 날개로 그의 셔츠는 만들어졌다네.
부츠는 닭 가죽으로 만들어졌다네.
양복 짓는 모든 기술을 다 습득한
민첩한 요정에 의해서
코트가 만들어졌다네.

허리에는 바늘 칼이 매달려 있었다네.
그렇게 위풍당당한 모습으로 차려입었다네.
한 마리의 날렵한 쥐를 그는 타고 있었다네.

사실 아서 왕과 원탁의 기사들은 모두 펄쩍펄쩍 달리는 군마 쥐를 타고 있는 톰을 보고는 웃겨서 포복절도할 정도였다.

어느 날 사냥 대열이 한 농장을 지나가고 있었을 때였다. 근처에 숨어 있던 커다란 고양이 한 마리가 냉큼 튀어 올라 톰과 그의 쥐를 채가지고는 나무 위로 올라가 버리고 말았다. 어떤 것에도 겁먹지 않는 톰은 용감하게도 바늘로 만든 칼을 꺼내서는 어찌나 사납게 적을 공격했던지 고양이는 먹이를 떨어뜨리고 말았다. 다행히 귀족한 사람이 그 작은 인간을 자신의 모자로 받았다. 만약 안 그랬다면 톰은 떨어져 죽었을 것이다. 그러나 톰은 매우 심하게 앓았고 의사는 그의 목숨을 거의 포기하고 말았다.

그리하여 그의 친구들과 그의 수호자 요정 여왕이 하늘을 나는 쥐들이 끄는 마차를 타고 도착했다. 그러고 나서 그녀는 톰을 요정의 나라로 데리고 갔으며 자신의 크기와 같은 사람들 사이에서 지내는 동안에 그의 몸도 차차 회복되었다. 그러나 요정의 나라에서는 시간이 너무나 빠르게 흐르기 때문에 톰 엄지가 돌아왔을 때 그의 아버지와 엄마, 그리고 친구들 대부분은 이미 죽고 없었다. 또한 선스톤Thunstone 왕이 아서 왕의 뒤를 이었다는 사실을 듣고서 놀라지 않을 수 없었다. 그곳의 모든 사람들은 너무나도 작은 톰을 보고 놀라서 그를 구경거리 삼아 연회장으로 데리고 갔다.

선스톤 왕이 물었다.

"난쟁이야, 너는 누구냐? 어디에서 왔고 어디서 사니?"

톰이 절을 올리고 다음과 같이 말했다.

"저의 이름은 잘 알려져 있나이다.
저는 요정의 나라에서 왔나이다.
아서 왕이 광휘를 빛내던 시절에
이 왕궁이 저의 집이었나이다.
그에게서 저는 작위를 받았나이다.
저로 인해 그가 즐거워하셨나이다.
전하의 신하, 토머스 엄지 경."

이 말을 듣고 왕은 매우 흡족해하여 톰이 그의 옆에 앉을 수 있도록 금으로 작은 의자를 만들라고 명령했다. 또한 이 작은 인간이 편히 쉴 수 있도록 금으로 작은 궁전을 만들도록 시켰다. 이 궁전의 높이는 한 뼘 정도였으며 2.5센티미터도 채 되지 않는 문들이 달려 있었다.

그런데 선스톤 왕의 왕비는 매우 질투가 심한 여자였는데, 그녀는 작은 인간에게 그토록 많은 영예를 내려 주는 것을 참을 수가 없었다. 그래서 그녀는 왕 앞에 나아가 왕이 총애하는 톰에 대한 온갖 나쁜 이야기를 고했다. 무엇보다도 톰이 그녀에게 무례하고 건방지게 행동한다고 이야기했다.

그리하여 왕은 톰을 부르러 보냈다. 그러나 미리 경고 받은 적이 있는 사람은 미리 준비하는 법이라, 쓰라린 경험을 통해서 여왕의 불쾌한 심기로 인한 위험을 알았던 톰은 빈 달팽이 껍질에 몸을 숨겼다. 그리고 그곳에서 거의 굶어 죽을 때까지 머물렀다. 그러다 근처에 있는 민들레 위에 멋지고 커다란 나비 한 마리가 있는 것을 보고는 뛰어올라 나비 날개 위에 걸터앉았다. 톰이 자리를 잡자마자 나비는 날아올랐고, 이 나무에서 저 나무로, 이 꽃에서 저 꽃으로 옮겨 다녔다.

마침내 왕의 정원사가 이 광경을 보고는 나비를 쫓기 시작했다. 그러자 귀족들이 나비 쫓기에 동참했고 심지어는 왕과 마지막으로 여왕까지도 합세했다. 나비 쫓는 놀이의 즐거움에 흠뻑 빠져서 왕비는 자신이 화가 났다는 사실마저 잊고 말았다. 여기저기 그들은 정신없이 톰과 나비를 쫓아다녔으나 번번이 놓치고 말았다. 그러나 그들은 웃느라 거의 숨이 넘어갈 지경이었다. 마침내 톰은 나비가 날개를 너무 자주 퍼덕거리고 몸을 틀고 정신없이 날아다니는 통에 현기증이 나서 그만 나비 등에서 떨어져서 물뿌리개 통에 빠져서 거의 죽을 뻔했다.

모두들 톰이 그들에게 너무나 많은 즐거움을 선사해 주었으니 톰을 용서해 주자는 데 동의했다.

톰은 다시 한번 왕의 총애를 얻게 되었다. 그러나 그 행운을 오래도록 누리지는 못했다. 어느 날 한 마리의 거미가 그를 공격했는데, 비록 잘 싸웠지만, 독성이 강한 거미의 숨결을 끝내 이겨내지 못했던 것이다. 그는 서 있던 자리에 그대로 쓰러져 죽었고, 거미는 마지막 남은 한 방울의 피까지 모조리 빨아먹었다.

이렇게 토머스 엄지 경은 생애를 마감했다. 왕과 궁정 사람들은 그들이 총애하던 작은 인간의 죽음을 너무나 슬퍼하면서 모두 그의 장례식에 함께 갔다. 그리고 대리석으로 된 하얀색의 멋진 비석을 그의 무덤에 세워 주었는데 거기에는 다음과 같은 비문이 적혀 있다.

여기 아서 왕의 기사 톰 엄지가 잠들었노라.
그는 거미의 무시무시한 독침을 맞고 죽었노라.
그는 아서 왕의 궁전에서는 유명했노라.
그곳에서 그는 활기찬 여흥을 베풀었노라.
그는 마상 시합이나 마상 창 경기에 참가했노라.
그리고 쥐를 타고서 사냥을 나갔노라.
살아 있는 동안에 그는 궁전을 기쁨으로 채웠노라.
그의 죽음은 슬픔을 낳았도다.
눈물을 닦고서 머리를 흔들라.
그리고 말하라. "아, 톰 엄지가 죽었구나!"

트리스트람과 이졸데

카멜롯(아서 왕과 원탁의 기사들이 거하는 궁전)에 방문하는 모든 손님들 중에 전국 각지를 유랑하며 각 지역의 소식과 이야기를 전하는 하프 연주자들만큼 환영을 받는 사람은 없었다. 몇몇은 나이 든 사람들로서, 우리들이 이미 알고 있는 재미있는 옛 이야기를 전해 주었는데, 그들은 그 이야기들을 각자 자기만의 방식으로 다르게 풀어나가곤 했다. 그중에는 북방의 늪에 사는 괴물 이야기도 있었고, 아일랜드의 전투하는 거인 이야기도 있었으며, 물 위를 걷기도 하고 눈먼 사람들을 눈뜨게 하는 주 예수에 대한 이야기도 있었다. 이런 이야기를 들으면서 우리들은 하프 소리에 맞춰 노래를 부르기도 하고, 이야기가 전하는 옛날로 빠져들곤 했다.

이제 그 이야기들은 대부분 원탁의 기사들에 대한 내용, 우리의 탐험과 모험에 대한 내용이 주가 되었다. 카멜롯은 지금 우리의 생애에 하나의 전설이 되어 가고 있었다. 이러한 하프 연주자들, 혹은 이 음유 시인들, 이야기꾼들을 통해, 예전에 활약하다 지금은 소식조차 들을 수 없는 기사들에게 무슨 일이 벌어졌는지 알아낼 수 있었다.

한번은 우리가 가윈의 형, 가레스의 이야기를 들은 적이 있었다. 용감한 가레스가 불을 내뿜는 무시무시한 용에게 죽음을 당하는 이야기였다. 여기 바로 내 옆에 앉았던 가레스는 음유 시인의 이야기가 끝날 때까지 조용히 듣고 있었다. 이야기가 끝나자 그는 자리에서 일어나서 말했다.

"친구여, 당신의 이야기는 대부분 사실적이었소. 어떤 부분은 조금 화려했고, 또 어떤 부분은 조금 채색이 되기도 했구려. 그러나 이 말은 해야겠소. 죽음을 당한 건 내가 아니고 용이었소. 내가 가레스요, 그러니 내 말이 맞겠지."

홀 안에 있던 사람들은 박장대소를 터뜨렸고 결국 가여운 음유 시인도 우리와 함께 웃지 않을 수 없었다. 그들의 이야기는 때때로 그저 이야기일 뿐이었다. 그러나 대부분의 이야기들처럼 음유 시인들이 전하는 이 이야기들도 진실의 씨앗을 항상 품고 있게 마련이었다. 이야기를 하고 연주를 하고 노래를 하는 데 필요한 것은 기술이었다. 기술이 좋으면 우리가 믿게 된다. 그리고 이야기에서는 믿음이 전부인 것이다.

어느 날 늦은 저녁, 눈이 검고 슬퍼 보이는 한 젊은이가 홀에 들어섰다. 그는 하프를 들고 있었는데 그것으로 우리는 그의 신분을 알게 되었다. 그는 문 앞에서 잠시 주저했다.

"들어오게, 들어와."

내가 말했다.

"들려드릴 노래가 있습니다. 또 전달할 이야기도 있고요. 하지만 저는 아무것도 먹지 못해 무척 지쳤습니다."

"그러면 먼저 식사를 하고 나중에 이야기를 들려주게. 우리가 기다리겠네."

가윈이 말했다. 우리는 모두 이야기를 듣고 싶은 마음에 그가 식사하는 것을 지켜보았다. 그에게는 뭔가 진중하고 정직한 분위기가 배어 있었다. 그가 이야기하는 것은 뭐든지 믿게 될 것이다. 그는 그럴듯한 이야기를 할 것이다. 단지 우리는 그것이 얼마나 그럴듯한지 모를 뿐이었다.

"트리스트람과 이졸데의 이야기를 아십니까?"

마침내 그가 입을 열었다.

"트리스트람은 알고 있지. 비록 그가 아서 왕의 궁정 소속은 아니더라도 훌륭한 기사라는 것은 세상이 다 알고 있네."

랜슬럿이 대답했다.

"허나 여러분께서는 아름다운 이졸데에 대해서는 모르십니까? 그러면 제가 그 이야기를 하겠습니다."

아래는 음유 시인의 이야기이다.

모두 아시다시피 아일랜드와 콘월 사이에 격심한 전쟁이 있었습니다. 여러분 모두가 아시는 마르크 왕은 아일랜드와 평화조약을 이루어내기 위해서 할 수 있는 일은 모두 다했으나, 아일랜드 인들은 받아들이지를 않았죠. 그들은 예전에도 자주 그랬던 것처럼 해상으로 침투해서 왕을 공격하곤 했죠. 그들은 방화를 저지르고 약탈하고 강탈을 일삼았습니다. 마르크 왕이 도움을 요청할 수 있는 사람은 오직 한 사람이었습니다. 바로 그의 사촌, 리발린 왕이었습니다. 리발린 왕은 아일랜드 인들을 몰아내기에 충분한 선박과 병사들을 거느리고 있었지요. 리발린 왕 역시 아버지를 아일랜드 인들에게 잃었기 때문에 그들에게 적대감을 가지고 있었죠. 그래서 그를 설득하는 것은 어렵지 않았습니다. 아일랜드 인들이 쳐들어왔고, 리발린과 그의 병사들은 그들과 대적하기 위해 포진해 있었지요. 그들은 숲에서 빠져나와 아일랜드 군을 에워싸서 무찔렀습니다.

마르크 왕은 콘월을 구해 준 보상으로 리발린에게 자신의 여동생을 주었고 둘은 부부로 행복을 맛보았습니다. 1년 후에 그녀는 아들을 낳았는데 아이를 낳다가 그만 죽고 말았습니다. 슬픔에 빠진 리발린 왕은 갓난 아들을 볼 때마다 그 아이를 미워하지 않을 수 없었어요. 왕은 아이의 이름을 트리스트람이라고 지었죠. 그 이름은 '슬픔'을 의미하는 것이죠. 그러고는 아이를 다른 곳으로 보내 키우게 했답니다.

트리스트람은 젊은 기사 고르네발 덕택으로 왕족으로서 교육을 받아 훌륭하게 양육되었습니다. 고르네발은 어린 트리스트람에게 형이자 친구 같은 존재였지요. 성장하면서 트리스트람은 어머니에 대해서 궁금해하기 시작했습니다. 어머니에 대해 그가 알고 있는 것은 오직 어머니의 무덤뿐이었지요. 트리스트람은 또 아버지에 대해서도 알고 싶어 했는데, 아버지를 만나는 것은 절대 허락되지 않았습니다. 그는 자신이 고아가 된 것 같은 생각이 들었고 외로움을 느꼈습니다. 그는 이제 유일하게 남은 혈육인 콘월의 마르크 왕을 만나고 싶어 했습니다.

마침내 트리스트람은 고르네발과 함께 콘월로 향했고, 어느 날 저녁, 콘월의 절벽 꼭대기에 있는 마르크 왕의 성, 틴타젤에 도착했습니다. 트리스트람은 그곳 커다란 홀에서 처음으로 마르크 왕을 만났지요. 그들은 즉시 친해져서 그 순간부터 서로를 아버지와 아들로 여기기 시작했답니다.

트리스트람과 고르네발과 그들의 친구들은 마르크 왕과 함께 틴타젤에 몇 년 동안 머물렀고, 마르크 왕은 트리스트람에게 고르네발이 아직 가르쳐 주지 않은 많은 것을 가르쳐 주었지요. 이제 검과 창을 다루는 기술과 격투기 등에서 트리스트람을 따를 자가 없었으며, 말을 다루는 기술과 승마 기술에서 그와 경합할 자가 없었습니다. 전해지는 바에 따르면, 궁정의 모든 여인들이 젊은 트리스트람을 남모르게 연모했다고 합니다. 한동안 트리스트람의 삶은 달콤한 꿈과 같았지요.

그러나 어느 날 굳건한 왕국의 평화에 그림자가 드리워지기 시작했습니다. 아일랜드 인들이 또다시 왕국을 괴롭히기 시작했던 겁니다. 그들은 계속해서 해상을 통해 군함으로 침투해 왔고, 마르크 왕은 매번 옛 동맹군 없이 단독으로 저항하기 힘에 부쳤습니다. 리발린은 여전히 아내를 잃은 슬픔에 빠진 채 자기 나라는 고사하고 성 밖으로도 나가려 하지 않았습니다. 마르크 왕은 홀로 싸워야만 했습니다. 아일랜드 인의 강압에 못 이겨 불공평 조약을 맺게 된 콘월은 어마어마하게 많은 금과 옥수수, 가축을 매년 조공으로 바쳐야만 했지요. 이제 왕국은 재정이 너무나 악화되어서 조공을 더 이상 바칠 수 없었습니다. 그래서 그는 매년 새로운 핑계를 만들어 냈으나 아일랜드 인들은 점점 인내심을 잃어가고 있었습니다.

어느 날 트리스트람이 홀에 있을 때 아일랜드 특사가 도착했습니다. 특사는 마르크 왕에게 마땅한 예우를 전혀 하지 않았고, 엉덩이에 손을 얹고 오만하게 턱을 뻣뻣이 세운 채 왕 앞에 서서 더 이상 궁색한 핑계는 들어 줄 수 없다고 으름장을 놓았지요. 그는 거만하게 선언을 했어요.

"지금 말하는 것은 우리의 여왕이 당신에게 관대하게 제공하는 조건이오. 당신이 부채를 완전히 상환하든가, 당신이 주장하는 것처럼 금이 없다면 노예로 상환할 수도 있소. 여왕께서는 오늘부터 콘월에서 태어나는 아이 중 두 명에 한 명꼴로 보내라고 요구하십니다. 이러한 요구를 따르지 못하겠다면 또 하나의 선택권을 주겠소. 우리의 여왕께서 얼마나 관대하신지 보시오. 여왕께서는 우리의 투사로부터 당신의 왕국을 방어하도록, 당신도 투사 한 명을 선택할 수 있는 권한을 내렸습니다. 우리가 진다면, 물론 지진 않겠지만, 그러면 당신의 부채는 완전히 상환되는 것이오. 당신의 투사가 진다면, 물론 그렇겠지만, 그러면 콘월은 앞으로 영원히 아일랜드의 일부가 되는 것이오. 이것이 계약이오. 노예로 부채를 상환하던가, 혹은 투사를 선택하던가. 받아들이던가, 말던가 마음대로 선택하시오. 받아들이지 않는다면 우리의 군이 당신에게 쳐들어와 콘월을 박살내어 검은 돌과 불타는 시체만을 남긴 채 모든 것을 파괴할 것이오. 알아들었소?"

"당신의 투사는 누구요?"

잠시 침묵하고 있다가 마르크 왕이 물었습니다.

"나요. 내 이름은 마홀트요. 나는 아일랜드 여왕의 아들이오."

특사가 이렇게 대답했습니다.

앞에 서 있는 사람이 세상에서 가장 잔인하고 야비한 사람이라는 것을 알고 있었기 때문에, 홀에 있던 모든 기사들의 얼굴이 창백해졌지요.

마르크 왕은 한숨을 내쉬었습니다.

"살인을 하거나 노예가 되라니, 불에 의한 살인, 당신 검에 의한 살인, 그것이 아니면 우리 국민을 노예로 만드는 것이라니, 도대체 당신이 내린 선택이라니……. 당신이 알다시피 나는 군사도 변변이 없고, 당신과 맞서 싸울 만큼 강한 투사도 없소. 그러니 당신은 노예를 갖게 될 것이오. 우리 모두 죽느니, 우리 국민 반수가 노예가 되는 게 차라리 낫소."

이 말에 트리스트람이 자리에서 벌떡 일어나 소리쳤습니다.

"안 됩니다. 제가 싸우겠습니다. 제가 전하를 위한 투사가 되겠습니다."

트리스트람은 마홀트 앞에 나아가 섰을 때, 비로소 자신이 지금 한 말이 무엇을 의미하는지 알았지요. 마홀트는 튼튼한 나무 줄기처럼 건장하고, 팔뚝이 다른 사람의 허벅지만큼 굵은 거인이었던 것입니다.

"이 작은 애송이 콘월 투사는 누군가?"

마홀트가 비웃었습니다.

"나는 트리스트람이오. 당신, 아일랜드 사람을 박살내 줄 사람이오."

말과는 달리 트리스트람의 목소리는 떨리고 있었습니다.

마르크 왕은 트리스트람을 말리려고 무진 애를 썼답니다. 트리스트람은 어쨌든 겨우 소년에 지나지 않았으니까요. 그러나 그는 물러나기엔 이미 너무 크게 허세를 부렸지요.

"지금부터 일주일 후에 마라지온 앞바다에 있는 성 미카엘 산에서 만나자. 새벽에 혼자서 오너라. 그때 아일랜드의 모든 군함이 그곳으로 올 것이다. 내가 널 산산조각 내어 물고기 밥으로 내던지면, 우리 군함들이 몰려와서 콘월을 아일랜드 땅으로 접수할 것이다."

마홀트의 말에 트리스트람이 조용히 대답했다.

"결과는 신께서 결정하실 것이오."

그리하여 두 사람은 성 미카엘 산에서 새벽에 만났습니다. 마홀트는 아일랜드 군함을 포구에 정박시켜 놓고 약속 장소로 갔고, 트리스트람은 마르크 왕과 콘월의 기사들을 해변에 머무르게 하고, 파도가 이랑을 만들어 놓은 모래사장을 가로질러 홀로 마홀트를 맞으러 갔습니다. 왕과 일행은 전투를 지켜보기 위해 해변의 모래 언덕 꼭대기로 올라갔습니다.

트리스트람은 첫 번째 타격을 당하자마자 자신이 이길 수 있는 유일한 길은, 계속 움직여서 마홀트가 지쳐 나자빠지게 만드는 수밖에 없다는 것을 깨달았지요. 그는 몸을 틀고, 상체를 숙이고, 좌우로 움직이고, 뒤로 물러서기를 반복하면서 마홀트가 도끼를 휘두르며 계속 그를 좇게 했답니다.

"겁쟁이, 일어서서 맞서 싸워라."

마홀트가 고함을 질렀습니다.

"준비가 되면 그리 할 것이다."

트리스트람은 이렇게 말하고 바위 위로 뛰어올랐습니다. 마홀트가 바싹 다가서서 트리스트람을 계속해서 타격했지만, 방패에 맞았을 뿐 방패를 뚫진 못했지요. 마홀트는 도끼를 치워 버리고 커다란 칼을 꺼내 양손에 움켜잡았습니다. 그러는 와중에 트리스트람은 미끄러운 해초 더미 위로 미끄러져서 넘어지고 말았지요. 마홀트는 이 기회를 잡아 트리스트람의 방패 밑으로 칼을 겨누어 허벅지를 찔러서 바위에 옴짝달싹하지 못하게 했습니다. 트리스트람은 고통에 찬 비명을 질렀고, 그 바람에 갈매기 떼가 섬 전체에서 허공으로 날아올랐습니다. 그는 칼날이 살을 파고들어 한번 비틀었다가 빠져나가는 것을 느꼈습니다. 그리고 자신의 피가 모래 속으로 스며드는 것을 보았지요. 이제 그는 조심스러운 방어 태세를 버리고, 미친 듯이 마홀트에게 덤볐으나 자신에 대한 통제력은 잃지 않았습니다.

트리스트람은 마홀트를 향해 돌진했습니다. 그의 안에서 고통과 분노로 인해 무시무시한 힘이 샘솟았고, 그 기세로 칼날이 마홀트의 투구를 뚫고 지나 그 밑에 있던 두개골을 내리쳤습니다. 칼날이 너무나 깊숙이 파고들어 다시 칼을 뽑아 내기조차 어려웠고, 칼날의 일부가 마홀트의 머리 속에 박혀 버렸습니다. 마홀트는 칼을 떨구고 고통 속에 머리를 움켜쥐고 비틀거리며 뒤로 물러섰습니다. 그리고 돌아서서 도망치기 시작했지요. 아일랜드 인들이 그 광경을 보고 군함에서 뛰어나와 마홀트를 데려가 배에 태워 도망가 버렸습니다.

그동안 콘월의 기사들은 해변에서 뛰어와 반쯤 물에 잠겨 바닷물에 피를 쏟고 있는 트리스트람을 보았습니다. 그들은 상처를 지혈시키고 그를 틴타젤로 데리고 갔습니다. 마르크 왕은 최고의 명의를 불러와서 그를 돌보게 했지요. 트리스트람은 수주일 동안 삶과 죽음의 갈림길에서 헤매다가 마침내 회복되기 시작했습니다.

한편 마홀트는 더블린에 도착할 때까지 목숨이 끊어지지 않았지만 얼마가지 못했지요. 여왕의 딸 이졸데 공주는 오빠를 위해 최선을 다했지만 그녀가 마련한 모든 약초와 묘약과 비법에도 불구하고, 마홀트는 시름시름 앓다가 죽고 말았습니다. 그녀는 애절하게 울면서 오빠의 머리에서 칼 파편을 뽑아 냈고, 그것을 은으로 된 작은 상자에 보관했습니다. 그날 밤 마홀트의 장례를 치르고 난 후, 이졸데는 오빠의 무덤에 대고 맹세했답니다. 마홀트의 머리에서 빼낸 파편과 맞아떨어지는, 부서진 칼을 찾아내 오빠를 죽인 살인자에게 복수를 하고 말겠다고 말입니다.

그때 틴타젤에서는, 왕이 트리스트람을 옆에 대동하고 모든 기사들을 불러모았습니다.

"나는 이 문제에 대해 오랫동안 숙고해 봤소. 우리는 아일랜드인들과 항상 전쟁을 벌일 순 없소. 이런 식이라면 이 싸움은 영원히 계속될 것이오. 이번에는 운 좋게도 트리스트람이 우리를 구해 냈소. 그러나 저들은 또다시 쳐들어올 것이오. 저들은 언제라도 다시 돌아올 것이오. 그리고 다음번에는 가슴속에 적개심을 가득 채운 채 쳐들어올 것이오. 이 싸움을 끝낼 수 있는 방법은 오직 한 가지밖에 없는 것 같소. 우리는 친구로서 손을 내밀어야 하오. 그것은 바로 우리 주 예수께서 원하시는 일이오. '원수를 사랑하라.' 고 그가 말씀하셨소. 그것이 바로 내가 할 일이오. 나는 아일랜드 여왕의 딸 이졸데 공주에게 청혼할 것이오. 그 길만이 우리 두 왕국이 평화롭게 공존할 수 있는 길이오. 나는, 아끼는 나의 조카 트리스트람에게 되는 대로 빨리 아일랜드로 가서, 콘월의 왕비가 되도록 이졸데를 데려오라고 요청했고, 트리스트람도 동의했소."

배 한 척이 즉시 준비가 되었습니다. 트리스트람, 고르네발, 그리고 그들의 친구들도 완벽하게 무장을 했지요. 콘월 사람이라면 누구든 아일랜드 땅에서 환영받을 수 없다는 것을 잘 알고 있었기 때문입니다. 어쩌면 그들은 아일랜드에 도착하자마자 쫓겨 되돌아와야 할지도 모르는 일입니다. 그들은 최악을 대비하며 떠났습니다. 트리스트람이 왜 왔는지 이유를 대기도 전에, 아일랜드 여왕이 그를 그 자리에서 처형할 수도 있다는 것을 염두에 두고 떠났지요. 일주일이 채 되지 않아, 배는 틴타젤을 떠나 해가 지는 서쪽으로 항해했습니다. 떠나는 그들을 바라보는 사람들 중에 다시는 그들을 볼 수 없을 거라고 생각하는 이들이 많았지요.

트리스트람 일행이 아일랜드 해를 반쯤 가로질렀을 때 폭우가 몰려오기 시작했습니다. 낮이 가고 밤이 와도, 또다시 밤이 가고 낮이 되어도 폭우는 계속해서 그들을 치고 흔들어 놓았습니다. 배가 심하게 누수되긴 했으나, 어쨌든 완전히 부서지지는 않았지요. 돛은 찢어지고 돛대는 꺾어졌으나 그들은 마침내 육지를 보았습니다. 거대한 파도가 배를 밀어붙여 바위에 닿게 했고 그들은 한 사람씩 간신히 배를 빠져나왔습니다. 아일랜드 인들이 그들을 구경하러 몰려들었습니다. 어쩌면 그들은 배에서 나온 사람들이 누구인지 알아보러 왔을 수도 있고, 아니면 그들의 목을 치러 몰려왔을지도 모르는 일이었지요. 트리스트람 일행은 왜 그들이 몰려왔는지 이유를 알 수 없었습니다. 그들은 칼을 꺼내 방어 태세를 갖추었답니다. 그들이 방어 태세를 갖추는 동안, 몰려든 마을 사람들은 일행 너머 하늘을 향해 손가락질을 하기 시작했어요. 검은 연기 구름이 절벽 위쪽에서 그들을 향해 지옥의 연기처럼 휘몰아쳐 내려오고 있었던 것입니다.

"저게 뭐지?"

트리스트람이 물었어요.

"드래곤맨이다."

그들 중 한 사람이 소리를 쳤고 사람들이 뒷걸음질을 치기 시작했어요.

"드래곤맨이다. 도망쳐, 살고 싶으면 도망쳐. 드래곤맨은 모든 것을 휩쓸어 파괴해 버려요. 아무도 드래곤맨을 당해 낼 수 없어요, 아무도."

"드래곤맨이 뭐요?"

트리스트람이 물었습니다.

"반 거인, 반 용이오."

또 다른 사람이 대답했지요.

"용의 머리를 가진 거인으로 그 눈으로 쳐다보기만 해도 보는 사람을 불태워 버리며, 광포하고 사악한 숨결로 사람들을 독살해 버리죠. 드래곤맨은 악마 그 자체요. 드래곤맨을 죽인다면 여왕의 딸 이졸데를 신부로 맞이할 수 있소. 여왕께서 직접 약속하신 것이라오. 많은 사람들이 시도를 했으나 모두가 드랜곤맨의 불길에 죽음을 당하고 말았죠."

사람들은 서둘러 몸을 피했고 바위 틈 사이로 은신을 했습니다.

트리스트람은 고르네발을 향해 돌아섰습니다.

"어쩌면 기회가 온 것인지도 몰라. 내가 이 드래곤맨과 싸우겠어."

고르네발이 그를 저지하려 했지만 막을 수 없었습니다.

"나는 꼭 싸울 거야. 내가 드래곤맨을 죽여서 아일랜드 여왕에게 우리가 평화를 위해 왔다는 사실을 증명하고 말 거야. 내가 아일랜드 인들을 드래곤맨으로부터 구해 낸다면 우리를 증오하지 않겠지. 아무리 우리가 콘월 사람이라 하더라도."

고르네발과 친구들이 그와 함께 가려고 했으나 트리스트람이 막았습니다. 트리스트람은 유독한 연기를 맡으며 혼자서 나섰습니다.

드래곤맨이 지나간 자리는 끔찍한 파괴로 폐허가 되었습니다. 노란 덤불들은 검게 그을린 불모지로 변했고 사람들과 가축 떼의 잔해가 나뒹굴었으며 심한 악취가 진동했지요. 트리스트람은 조심스럽게 나아가다가 한 마리 말이 혼자서 뛰어오는 것을 보았습니다. 말 뒤로 사람들이 탄 다른 말들이 따라오고 있었습니다. 그는 혼자 뛰어오는 말의 고삐를 붙잡았어요. 그가 말을 제어했을 때, 뒤따라오던 말 탄 사람들은 그를 지나치며 공포에 서린 눈길을 보냈습니다. 트리스트람은 말의 귀에 대고 부드럽게 달래서 말을 진정시켰습니다. 그러고 나서 그 말에 올라타 내달리다가 커다랗게 뻗은 바위에 다다랐습니다.

그곳에서 그는 기습을 당한 마을을 굽어보았는데, 드래곤맨이 커다란 탑에 등을 기대고 앉아 어떤 사람의 사지를 찢어 먹고 있는 것을 목격했습니다. 그 광경을 더 보고 있다가는 용기와 힘마저 잃게 될 것 같았습니다. 그리하여 즉시 창을 뽑아 들고 드래곤맨을 공격하기 위해 전속력으로 말을 달렸습니다. 그러나 가까이 갈수록 드래곤맨은 점점 더 커 보였습니다. 드래곤맨이 몸을 펴고 서자, 그 키가 탑의 절반에 달했습니다. 그는 웃으면서 씹고 있던 팔뚝을 던져 버렸습니다. 트리스트람은 방패를 들고 함성을 질렀죠. 트리스트람의 다섯 배에 달하는 드래곤맨은 그저 팔을 쭉 뻗어 트리스트람의 창을 빼앗았어요. 드래곤맨은 말에서 그를 쳐내려고 했으나, 그는 무릎을 이용해 말에 바짝 몸을 붙인 채 드래곤맨을 피해 달렸습니다. 트리스트람은 탑의 주위를 맴돌아 달리며 문을 찾았지요. 그러나 탑에는 문이 없었고 창이 하나 있었으나 그마저도 그의 머리 위에 높이 있었습니다.

그는 말 위에서 펄쩍 뛰어올라 창턱을 움켜잡고 기어올라 탑 안으로 들어갔습니다. 안으로 들어가자마자 구불구불한 계단을 뛰어올라 두 번째 창에 다다랐습니다. 그 높이는 정확히 놈의 키와 같았지요. 그는 창 밖으로 머리를 내밀었습니다. 트리스트람이 바라던 대로 드래곤맨이 그를 보고 다가왔습니다. 머리와 목이 충분히 가까이 왔을 때 트리스트람은 있는 힘껏 칼을 휘둘러 드래곤맨의 목구멍을 깊숙이 찔렀습니다. 한순간 드래곤맨은 믿어지지 않는다는 눈길로 트리스트람을 바라보았습니다. 드래곤맨은 으르렁거리는 소리를 내고 죽어가면서 자신의 마지막 남은 독을 토해 내었고, 그 독은 탑을 가득 메우기 시작했고, 그 바람에 트리스트람이 계단에서 굴렀습니다. 말이 아직도 창 아래에서 그를 기다리고 있는 것을 본 트리스트람은 헐떡거리면서 말 등에 올라탔습니다.

드래곤맨은 눈과 입을 크게 벌린 채 죽었습니다. 트리스트람은 머릿속이 빙글빙글 도는 것을 느끼며 말에서 내렸고 드래곤맨의 목에 박혀 있는 칼을 꺼낸 후, 자신이 한 일을 증명하기 위해서 갈라진 드래곤맨의 혀를 잘라 냈습니다. 독은 급속도로 그의 몸 안에서 퍼져 나갔고 얼마 남지 않은 힘마저 소진되어 가고 있었습니다. 트리스트람은 가까스로 말에 다시 올라탔고 말은 그저 풀을 뜯으며 어슬렁거렸습니다. 안장에 앉은 트리스트람은 급기야 정신을 잃고 말았지요.

얼마 후 여왕의 신하 중 하나가 그곳으로 돌아와서 탑 아래에 죽어 있는 드래곤맨을 발견했습니다. 이 신하는 아까 트리스트람이 오면서 보았던, 말을 타고 있던 무리 중에 하나였습니다. 그는 수년 동안 이졸데 공주를 사랑해 왔었고 그녀는 내내 그를 거부해 왔지요. 마침내 그는 기회가 왔다고 생각하고 그것을 포착했습니다. 그는 자신의 칼을 뽑아 드래곤맨의 머리가 떨어져 나갈 때까지 내리쳤습니다. 이제 그는 드래곤맨을 죽인 사람이, 다른 누구도 아닌, 바로 자신임을 증명하는 데 필요한 증거를 갖게 된 것입니다. 그는 드래곤맨의 잘린 머리를 싸서 말 위에 싣고 더블린에 있는 여왕의 성을 향해 최대한 빨리 말을 달렸습니다.

그곳에서 그는 아일랜드 전체의 구원자라고 환영을 받았으나 일부 사람들은 그 사실을 믿으려고 하지 않았습니다. 왜냐하면 그들은 그자가 거짓을 증언하는 사기꾼이라는 사실을 알고 있었기 때문이지요. 그러나 어쨌든 그들 눈앞에 증거가 있었기 때문에 반박을 하지 못했습니다. 그자가 드래곤맨의 머리를 가지고 있었으니까요. 따라서 드래곤맨은 죽은 게 틀림이 없고, 그 신하가 드래곤맨을 죽인 당사자임이 틀림없었습니다. 그는 여왕 앞에 나아가 여왕의 발밑에 드래곤맨의 머리를 내놓으며 그 보상으로 이졸데를 자신에게 내줄 것을 요구했습니다.

발코니 위에서 이 모든 것을 내려다본 공주는, 자신의 방으로 뛰어가서 문을 걸어 잠갔습니다. 시녀가 이졸데 공주와 그 신하의 약혼을 거행하기 위해서 그녀를 홀로 데려가려고 방에 왔을 때, 그녀는 아프다는 핑계를 댔습니다. 이졸데 공주는 한번도 그를 좋아해본 적이 없었고, 오히려 그를 싫어하고 혐오했었지요. 게다가 공주는 그자가 드래곤맨을 죽일 만한 용기가 있다고는 한번도 생각해본 적이 없었습니다. 공주는 분명히 무언가 잘못되었다는 것을 직감적으로 알았고, 진상을 파악하기 위해서 시간이 필요하다고 생각했습니다.

그날 밤 공주는 자신이 직접 무슨 일이 일어났는지를 알아내기 위해서 시녀와 함께 아무도 모르게 궁전을 빠져나와 언덕으로 올라갔습니다. 새벽이 되기 직전, 공주는 관목 숲에서 풀을 뜯고 있는 말 한 마리와 안장 위에 잠들어 있는 한 남자를 보았지요. 가까이 다가가서 보니 남자의 머리칼이 그을렸고 얼굴은 까맣게 변해 있었습니다.

잠에 취한 채 트리스트람이 고개를 들어 올렸습니다.

그의 목소리가 가까스로 새어 나왔습니다.

"내가 드래곤맨을 죽였소. 보시오."

그는 겉옷을 들추고 드래곤맨의 잘린 혀를 꺼내 보였습니다.

이졸데 공주는 트리스트람이 말에서 떨어지지 않도록 돌보면서 동이 틀 무렵에 성으로 돌아왔습니다. 공주는 자신의 방에 트리스트람을 몰래 데리고 들어가서 몸을 깨끗이 씻긴 다음, 피에서 독을 제거하기 위해 로즈메리와 캐모마일로 만든 묘약을 먹였습니다. 그가 원기를 조금 회복하자 공주는 여왕인 어머니에게 그를 보여 주었습니다.

트리스트람은 어느덧 침대에 앉을 수 있을 정도로 회복되었고, 점점 더 나아지고 있었습니다.

"그대는 누구인가?"

여왕이 물었습니다. 트리스트람은 너무나 기진맥진한 상태여서 뭐라고 말을 꾸며 댈 수조차 없었습니다. 게다가 지금은 여왕에게 사실대로 말하더라도 안전할 것이라고 생각했지요. 그리하여 그는 공주와 여왕에게 콘월의 마르크 왕이 이졸데 공주를 왕비로 삼기 위해서 자신을 이곳으로 보냈으며, 그 이유는 우리 주 그리스도가 바라듯이, 아일랜드와 콘월이 영원히 평화롭게 공존하기 위해서라고 설명했습니다. 또한 그는 아일랜드로 향하던 중 배가 난파되었고 가까스로 도착했을 때, 드래곤맨을 만나서 그와 싸워야만 했던 그간의 상황을 다 이야기했습니다. 그는 유일하게 자신의 이름만은 발설하지 않았습니다.

여왕은 알겠다는 듯이 미소를 지었습니다.

"나 역시 나의 신하가 드래곤맨을 죽였다는 것이 과연 사실인지 계속해서 의심을 해 오고 있었소. 그대는 평화를 얻게 될 것이오. 또한 우리 아일랜드 인들도 평화를 구가하게 될 것이오. 마르크 왕은 이졸데만 반대하지 않는다면 그녀를 아내로 삼을 수 있을 것이오."

"좋아요. 마르크 왕은 모르지만 평화를 위해서라면 그와 결혼하겠어요."

이졸데가 말했습니다.

여왕은 이졸데와 트리스트람을 남겨 놓은 채 중앙 홀로 내려왔습니다. 그곳에서는 문제의 그 신하가 이졸데와 약혼을 하기 위해서 기다리고 있었는데, 그는 줄곧 자신이 꾸며 낸 드래곤맨과의 전투에 대해 되풀이해서 이야기하면서 자신의 용기에 대해서 허풍을 떨고 있었습니다. 여왕은 잠시 이야기를 듣고 있다가 트리스트람을 불러 오도록 했고, 그래서 그는 이졸데와 나란히 중앙 홀로 내려왔습니다.

"그대는 거짓말쟁이이자 사기꾼이다. 이 사람을 보게. 그대가 아니라 바로 이 사람이 드래곤맨을 죽인 당사자다."

여왕이 말했습니다.

신하는 웃어 넘기려 했습니다. 그는 화로 위 벽에 걸려 있는 드래곤맨의 머리를 가리켰습니다.

"그러면 저것은 뭐죠? 도대체 제가 저것을 어디에서 구했겠습니까? 드래곤맨을 죽인 사람은 바로 접니다. 분명 저 혼자라고요."

그가 소리쳤습니다.

"좋네. 드래곤맨의 입을 한번 살펴보게. 어서 입을 열어 보게. 그것이 그대를 해치지는 않을 테니 말일세."

신하는 드래곤맨의 얼굴로 다가가 입을 살펴보고는 혀가 없다는 사실을 알았습니다. 그 순간 트리스트람은 모두가 볼 수 있도록 잘라낸 혀를 꺼내 들었다.

"이것이 바로 드래곤맨의 혀요. 내가 드래곤맨을 죽인 후에 잘라낸 것이오."

트리스트람이 조용히 말했지요.

이 말을 듣자 신하는 트리스트람에게 다가가 그의 뺨을 때리며 그를 사기꾼이자 겁쟁이라고 부르면서 결투를 청했습니다. 트리스트람은 순순히 이에 응했지요. 여왕은 두 사람이 힘의 대결을 펼칠 날을 정했습니다. 결전의 날은 그로부터 사흘 후로 정해졌는데, 트리스트람이 드래곤맨의 독에서 회복되는 데 그만큼의 시간이 필요했기 때문이었지요.

트리스트람은 매일 아침 늦게까지 휴식을 취했고, 원기를 회복하기 위해서 최선을 다했습니다. 그러나 이즐데 공주는 트리스트람이 아직 싸울 만큼 충분히 회복되지 않았다는 걸 알았기 때문에 염려하였습니다. 그러던 어느 날 오후, 트리스트람이 말을 타고 나갔을 때, 방 한 구석에서 손상되고 녹이 슨 트리스트람의 갑옷을 우연히 발견했습니다. 그녀는 그를 위해 갑옷을 닦기 시작했지요. 그러다가 그녀는 거죽이 벗겨지고 불에 그을린 트리스트람의 칼띠를 보았습니다. 오로지 칼만 제구실을 할 수 있을 것 같았지요. 공주는 칼집에서 칼을 꺼내서 살펴보다가 칼날이 부러져 있는 것을 발견했습니다. 이것을 본 공주는 불현듯 부러진 칼이 뜻하는 바를 깨닫고 가슴이 철렁 내려앉았습니다. 공주는 오빠가 죽었을 때 머리에서 꺼낸 칼 조각을 보관해 놓은, 은으로 된 상자를 찾으러 갔습니다. 그녀가 두려워하던 대로 그 조각과 트리스트람의 칼집에서 꺼낸 칼은 완벽하게 맞아떨어졌지요. 분노와 슬픔이 함께 치밀어올라 공주는 갈피를 잡을 수가 없었습니다. 그녀는 즉시 여왕에게 갔습니다. 공주와 여왕은 그날 저녁 트리스트람이 승마에서 돌아오기를 기다렸습니다.

"그대의 정체가 무엇인가? 이번에는 우리에게 솔직하게 말해 주게. 그렇지 않으면 그대는 콘월 땅을 다시는 밟을 수 없을 것이네. 그대가 나의 아들을 죽인 바로 그 장본인인가? 그대가 바로 트리스트람인가? 이것이 그대의 칼이 맞나?'

여왕이 물었습니다.

이졸데는 부러진 칼 조각을 들어 보였습니다.

"이것은 바로 내 오빠의 두개골에서 꺼낸 것인데 부러진 당신의 칼과 딱 들어맞아요."

트리스트람은 더 이상 부인해 봐야 아무 소용이 없다는 사실을 깨달았습니다.

"제가 트리스트람이 맞습니다."

복수심으로 불타오르는 이졸데는 트리스트람을 즉시 처형할 것을 청했습니다. 그러나 여왕은 고개를 가로저었습니다.

"뭐라고? 그렇다면 네가 그 신하와 결혼해서 그를 아일랜드의 왕으로 만들어 주겠다는 말이냐? 네가 원하는 것이 그것이더냐? 아니다. 안 된다. 트리스트람이 이 상태에서 그를 물리치면, 너는 마르크 왕과 혼인을 맺어서 우리 두 왕국 간에 평화를 이루어야 한다. 그것이 더 나은 방법이다. 게다가 마홀트와 트리스트람의 결투는 공정한 것이 아니었더냐. 결투를 본 모든 사람들이 다 그렇게 이야기했지 않았느냐."

"그렇지만 우리 오빠였어요. 어머니의 아들이었어요."

이졸데는 이렇게 말하고 칼을 집어던지고 방에서 뛰쳐나갔습니다.

트리스트람은 공주를 쫓아 나가 정원에서 울고 있는 그녀를 보았습니다. 한동안 그는 아무 말 없이 공주의 옆에 조용히 앉아 있었지요.

"이졸데 공주님, 제가 어떻게 해야 할지 말씀해 주세요. 결투에 이겨서 당신을 마르크 왕께 모시고 갈까요? 아니면 제가 져서 죽고 당신은 그자에게 가기를 원하십니까? 말씀해 주세요."

그녀는 갑자기 부드러운 눈길로 그를 바라보았습니다.

"이기세요."

그녀가 낮은 목소리로 대답했습니다.

결투는 리피 강둑에서 벌어졌는데 수천 명의 사람들이 결투를 구경하러 나왔지요. 고르네발과 콘월에서 온 트리스트람의 친구들도 그 자리에 있었습니다. 그들은 만일 트리스트람이 결투에서 진다면, 함께 죽음을 당하리라는 것을 알고 있었지요. 용기를 얻으려고 술을 마신 여왕의 신하가 트리스트람에게 달려들었고, 트리스트람은 계속해서 기민하게 몸을 움직였답니다. 마침내 신하는 두 다리를 벌린 채, 개처럼 헐떡이며 죽음이 다가오고 있음을 직감했지요. 트리스트람은 그가 다시 공격해 오기를 기다렸다가 그가 다가오자 한 칼에 베어 버렸습니다. 그리하여 신하의 머리가 몸뚱이에서 잘려 떨어졌고 리피 강으로 굴러들어 갔습니다. 그의 마지막 숨이 강물 표면에서 기포를 내뿜었습니다.

이렇게 해서 트리스트람은 이졸데 공주를 마르크 왕의 신부로 맞이하여 여왕이 마련해 준 배를 타고 고르네발을 비롯한 다른 친구들과 함께 콘월로 향했지요. 그날 저녁, 이졸데 공주는 갑판 위에 한참 머물렀습니다. 갑판 위에서 해변을 바라보는데 어디가 구름이고 어디가 아일랜드의 해변인지 알아보지 못할 정도로 오래 머물렀습니다. 트리스트람은 멀리서 그녀를 바라보았습니다. 마침내 그녀는 시녀와 함께 선실로 내려왔고, 트리스트람은 그녀를 따라 내려가지 않았습니다. 그는 공주가 고향을 떠나며 느끼는 슬픔을 헤아릴 수 있었고, 오빠를 죽인 자신에 대해 아직 품고 있는 원망과 미움을 감지할 수 있었습니다.

항해가 시작되고 처음 며칠 동안 트리스트람은 이졸데 근처에 얼씬도 하지 않았습니다. 그는 그녀와 좋은 사이가 되기를 바랐고 그녀를 위로해 주고 싶었지요. 그녀는 갑판 위에서 트리스트람과 마주칠 때마다 즉시 눈길을 돌렸습니다. 그가 그녀에게 말을 걸려고 할 때마다 그녀는 대답조차 하지 않았습니다. 그녀는 점점 더 트리스트람에게 차갑게 대했습니다.

보다 못한 트리스트람이 고르네발에게 하소연을 하였지요.

"도대체 왜 저러는 거지? 내가 자기네 나라를 드래곤맨으로부터 구해 줬는데도 말이야, 안 그래? 내가 공주를 그 작자와 결혼하지 않아도 되게 해 주었는데도 공주는 여전히 나를 미워해."

"보지 않으려 하는 자만큼 눈먼 자는 없는 법이네. 자네는 모르겠지만 이 배에 있는 사람들은 모두 알고 있다네. 공주는 자네를 사랑하고 있다네, 이 어리석은 사람아."

고르네발이 말했습니다.

"허나, 안 되는 일이야. 공주는 전하와 결혼할 몸. 나를 사랑할 순 없어, 그럴 순 없지."

"바로 그래서 공주가 자네를 보지 않으려 하는 것이라네. 그래서 공주가 자네와 말도 섞지 않으려는 거야. 이제 알겠나?"

고르네발이 이런 말을 하자 트리스트람의 마음도 천천히 설레기 시작했어요. 그는 이졸데 공주의 예쁜 얼굴을 떠올렸고, 자신도 역시 그녀를 사랑하고 있다는 사실을 깨달았지요. 매번 그녀를 볼 때마다 그 사실은 더 확실해졌습니다. 그러나 여전히 그녀는 그를 피했고 이제 그 이유를 알게 되었지요. 공주는 그를 유혹하지 않을 것입니다. 그를 유혹한다는 것은, 곧 그를 영원히 파멸시키는 것이기 때문이지요.

선상에서의 마지막 밤입니다. 트리스트람은 그녀를 생각하며 잠을 이룰 수 없었습니다. 몇 시간 동안 그는 갑판 위를 초조하게 거닐다가 배의 고물에 기대어 서서 바다를 내려다보고 있었습니다. 그는 누군가가 다가오고 있음을 느끼고 고개를 들었습니다. 바로 이졸데였습니다. 이졸데는 아직 그를 보지 못했지요. 그는 이졸데가 자신을 보지 않기를 바라며 움직이지 않고 가만히 서 있었습니다.

그녀는 무슨 생각인지 배의 옆쪽으로 향했고 바다를 내다보며 한동안 그곳에 서 있었지요. 그러더니 깊은 숨을 내쉰 후 난간 위에 올라서려고 했습니다. 공주의 행동이 무엇을 뜻하는지 깨달은 트리스트람은 급히 달려가 그녀가 뛰어내리지 못하도록 붙잡았어요.

"이거 놔요! 난 이렇게 할 수밖에 없어요. 모르겠어요? 이렇게밖에 할 수 없다고요."

공주는 자신을 잡고 있는 트리스트람을 뿌리치려 발버둥쳤습니다. 그러나 그는 자신의 팔에서 울고 있는 공주를 더욱 세게 움켜잡고 밑으로 내려왔습니다. 그들은 서로가 지금 어떤 심정인지 헤아리고 아무 말도 하지 않았습니다. 둘은 오늘 밤이, 서로가 함께 있으며 사랑할 수 있는 유일한 밤이라는 것을 깨달았습니다. 그들은 나이 든 유모도, 고르네발도, 아무도 모르리라고 생각했습니다. 그들은 보초를 서고 있는 항해사가 밑으로 내려가는 자신들을 보았다는 것을 몰랐지요. 아침이 오기 전에 그들은 다시는 이 일에 대해서 말도 꺼내지 않을 것이며, 또한 다시는 서로를 사랑하지 않겠노라 맹세했습니다. 둘 다 평화를 유지하기 원했기 때문에, 이졸데는 마르크 왕의 왕비가 되어야 했고, 트리스트람은 자신의 삼촌인 왕의 충성스럽고 진실한 신하로 남아 있어야 했습니다. 둘이 진심으로 서로에게 약속한 것이 바로 이것이었지요.

다음 날 배가 틴타젤에 도착했어요. 마르크 왕은 사랑스러운 신부를 맞기 위해서 배웅을 나왔지요. 트리스트람은 그들의 뒤에 서서 성으로 향했습니다. 주변에는 온통 태양으로 빛나는 황금빛 금작화가 만발했으나, 이졸데와 트리스트람에게 세상은 잿빛으로, 슬픔만을 안겨 주는 것이었습니다. 트리스트람은 핑계를 대고 결혼식에 참가하지 않았어요. 또 결혼식 뒤에 열린 피로연에도 나타나지 않아서 모든 사람들을 놀라게 했지요.

결혼식 후 한동안 트리스트람은 이런 저런 원정을 떠나 성에 없는 날이 많았지요. 그리고 성에 머물러 있는 때라도, 그가 성 밖으로 말을 타고 외출하면 젊은 왕비 이졸데 또한 어디론지 사라지곤 했습니다. 여러 가지 소문이 무성하게 나돌았고, 아일랜드로부터 돌아오던 배에서 있었던, 둘만의 사랑의 밤에 대한, 항해사들의 이야기도 떠돌았습니다.

이 세상에 적이 없는 자는 없으며 심지어 나라를 구한 사람에게도 적은 있는 법입니다. 트리스트람에게 질투를 느끼고 적대감을 가진 적들은 그러한 구설을 퍼뜨리기 시작했고, 소문이 점점 커져서 급기야 마르크 왕의 귀에까지 들어가고 말았습니다. 왕은 처음에는 트리스트람과 이졸데가 그런 짓을 저지를 리가 없다고 생각했습니다. 그러나 그의 안에서 자라난 의심과 혐의는 점점 더 자신을 괴롭히기 시작했고, 마침내 그 생각 자체가 머릿속에서 종양처럼 곪아갔습니다. 어쨌든 그것이 사실인지 아닌지를 알아내야만 했습니다.

어느 날 마르크 왕은 성 밖으로 외출을 하는 이졸데를 미행했습니다. 왕비는 한동안 시골길을 달렸어요. 마차가 길의 꼭대기에 다다랐을 때 왕비는 그곳에 말을 남겨 두고, 주변을 살피며 사람 키만큼 자란 고사리 숲을 헤쳐 나가기 시작했습니다. 소리를 죽이고 일정한 거리를 두며 미행하던 마르크 왕은 마침내 트리스트람과 이졸데가 고사리 숲 속에서 함께 누워 있는 것을 발견했습니다. 질투와 분노의 불길에 휩싸인 왕은 그 자리에 뛰어들어 칼을 뽑아 들었지요. 그는 현장에서 트리스트람을 죽일 수도 있었으나, 이졸데가 그들 둘 사이에 서 있었고, 그렇다고 차마 그녀를 내리치진 못했습니다.

"제발 트리스트람의 목숨만은 살려 주세요. 다시는 그를 보지 않겠다고 약속할게요, 약속할게요."

왕비는 무릎을 꿇고 트리스트람의 목숨을 살려 달라고 간청했습니다.

마르크 왕은 여전히 왕비를 사랑하고 있었지요. 그는 왕비의 말을 들어 주지 않을 수 없었습니다. 칼을 내리고 트리스트람을 바라보았지요.

"트리스트람, 이제껏 넌 나에게 아들 같은 존재였다. 그리고 네가 콘월을 위해 한 일을 생각해서 너를 살려 주마. 그러나 이 시간 이후로 다시는 네 얼굴을 보고 싶지 않다. 내 시야에서, 그리고 내 나라에서 사라져라. 콘월에서 다시 너를 보게 되는 날에는, 나는 너를 짐승을 사냥하듯 사냥하여 너의 사지를 갈기갈기 찢어 놓을 것이다. 널 생포한다면 화형에 처할 것이다."

왕은 이렇게 말한 뒤 이졸데 왕비를 잡아 끌고 갔습니다.

그때가 트리스트람이 이졸데를 마지막으로 본 날이었습니다.

하프 연주자는 하프를 내려놓았고, 나는 목을 축이도록 그에게 음료 한 잔을 건네주었다.

"자네는 슬픈 이야기를 하는군. 게다가 이야기를 아주 잘해. 너무나 잘해서 마치 자네 자신이 거기에 있었던 것 같아."

젊은이는 나를 보고 슬프게 미소지었다.

"전하, 바로 맞히셨습니다. 제가 바로 트리스트람입니다. 저는 지난 10여 년 동안 길 잃은 영혼처럼 방랑을 했습니다. 저는 여기저기를 떠돌았고, 이 땅에 평화와 새로운 희망을 염원하시는 영국의 존귀하신 대왕 카멜롯의 아서 왕에 대한 이야기를 들었습니다. 전하께서 허락하신다면, 이곳에서 전하를 돕고 전하의 기사단에 합류하고자 왔습니다."

그리하여 트리스트람은 그곳에 머물렀고 원탁의 기사가 되었다. 그러나 그는 다른 기사들과는 달랐다. 그는 결코 축제에 참가하거나 마상 창시합에 참여하지 않았다. 그는 사색을 즐겨하는 철학자 같았다. 그는 과묵했으며 모험을 자주 나갔는데 모험을 떠날 때마다 혼자 가곤 했다.

나는 트리스트람을 생각할 때면 꼭 말이 떠오른다. 그는 어느 누구도 따라잡을 수 없을 만큼 말 다루는 솜씨가 뛰어났다. 그는 길들여지지 않은 야생마의 코에다 바람을 불어넣어서 말을 진정시키고 유순하게 만드는 재주가 있었다. 또한 말의 귀에 대고 비밀스럽게 이야기를 하면 곧바로 순종을 하곤 했다. 세상 어느 누구도 트리스트람만큼 말을 잘 타는 사람이 없었다. 그는 한번도 고삐를 비틀지 않았으며, 박차를 차지도 않았다. 그럴 필요가 없었던 것이다. 말과 인간이 완벽하게 조화를 이루었으며, 참으로 보기에도 아주 멋진 모습이었다. 허나 수많은 나의 다른 기사들처럼 그도 원정을 나가 영원히 돌아오지 않았다.

우리는 절친했던 그의 친구 고르네발로부터 그의 소식을 듣게 되었다. 모험을 하던 중 그는 아내를 맞이하게 된 모양이었다. 그 여인은 기이하게도 또 다른 이졸데였다. 그녀는 아룬델의 자볼린의 딸이었다. 트리스트람은 그녀를 사랑하기 위해서, 그리고 잊을 수 없는 첫 번째 이졸데를 잊기 위해서 무진 애를 썼다. 그러나 그것은 쉽사리 되지 않았고 곧 그의 아내가 그 사실을 알게 되었다. 아내는 엄청난 질투에 사로잡혀 가만히 앉아 있을 수 없었다.

어느 날, 트리스트람과 고르네발이 말을 타고 가는데 토끼 한 마리가 길가로 뛰어들었다. 말을 다루는 재주가 뛰어난 트리스트람도 그때는 어쩔 수가 없었다. 말은 겁을 먹고 몸을 뒤로 젖혔고 트리스트람은 굴러 떨어지면서 다리를 부러뜨렸다. 고르네발이 트리스트람을 그의 아내에게 데려갔고 아내는 정성을 다해 그를 간호했으나 뼈가 치유되지 않았고 출혈이 멈추지 않았다.

트리스트람은 고르네발을 그의 곁으로 불렀다. 그리고 그에게 속삭였다.

"난 이제 죽네. 난 알아, 자네도 자네 차례가 오면 알 걸세. 내게 한 가지 소망이 있다네. 단 한 번만 나의 사랑 이졸데를 보고 싶네. 틴타젤로 돌아가서 그녀를 데려다 주겠나. 물론 그녀가 원한다면 말일세."

고르네발은 시간이 얼마 남지 않은 것을 알고 즉시 길을 떠나려 했다. 그러나 트리스트람이 그를 다시 불렀다.

"한 가지 더. 난 여기 이 창가에서 자네의 배를 기다리며 있겠네. 이졸데가 자네와 함께 오게 된다면 하얀 돛을 달고, 그렇지 않으면 검은 돛을 달게. 그래야 내가 좋은 소식인지, 나쁜 소식인지 알 수 있을 거 아닌가."

그리하여 고르네발은 콘월을 향해 길을 나섰다. 그는 그곳에 도착해 이졸데를 만나 트리스트람이 죽어가고 있다고 알렸다. 그녀는 마르크 왕에게 알리지 않고, 몰래 그와 함께 길을 나섰다. 그녀는 트리스트람의 목숨을 건지기 위해 필요한 모든 약초와 묘약을 함께 가지고 갔다. 그러나 돌아가는 뱃길에, 한동안 바람이 잠잠해서 몇 주 동안 배가 움직이지 못했다. 집에서 기다리고 있던 트리스트람은 초조해지기 시작했다. 이제 너무나 쇠잔해져서 창가로 걸어가지 못할 정도였다. 그리하여 그는 거의 매 시간마다 부두로 들어오는 배가 보이는지 아내에게 물었다. 아내는, 그런 상황에서 어떤 여자라도 그렇겠지만, 남편이 기다리고 있는 것이 단지 배가 아니라는 것을 직감했다. 그녀는 고르네발의 하인에게 물었다. 그녀는 하인을 금과 보석으로 회유하여 입을 열게 했다. 그리하여 그녀는 고르네발이 이졸데를 데리러 콘월로 간 사실을 알게 되었다. 이제 모든 것이 확실했다.

어느 날 아침, 트리스트람은 창문 너머로 들려오는 날카로운 쇳소리를 듣고 아내에게 물었다.

"고르네발의 배요? 배가 보여요? 보이냐고?"

아내는 창 밖을 내다보았고 이번엔 확실히 고르네발의 배를 볼 수 있었다.

"그래요."

그녀가 대답했다.

"그럼 돛대는 무슨 색이오? 흰색이오? 아니면 검은색이오? 흰색이라고 말해 줘요. 그러면 내, 행복하게 숨을 거둘 수 있을 것이오."

죽음의 그림자가 드리워진 얼굴로 트리스트람이 물었다.

그녀는 남편을 내려다보고 얇은 입술에 웃음을 띄웠다.

"검은색이에요. 숯덩이처럼 검군요."

그 말에 트리스트람은 얼굴을 벽 쪽으로 돌리고 숨을 거두었다. 그녀는 자신이 한 일을 깨닫고 남편을 흔들어 깨우려 했다.

"흰색이에요! 흰색 돛대라고요. 그녀가 왔어요. 당신의 사랑이 당신을 보러 왔다고요."

그러나 때는 이미 늦었다.

배에서 내린 후 고르네발은 즉시 이졸데를 트리스트람의 집으로 데려갔고, 그곳에서 그들은 이미 죽어 있는 트리스트람을 보았다. 그녀는 무릎을 꿇고 그의 이마에 입을 맞추었다. 그때 그녀는 심장이 멎으면서 죽고 말았다. 그녀는 트리스트람의 볼에 마지막 숨을 내쉬고 숨을 거두었다.

한편 마르크 왕은 아내가 사라진 것을 알고 그녀를 추적했다. 그는 이졸데와 트리스트람이, 충실한 친구 고르네발이 지켜보는 가운데 교회당의 관대에 함께 누워 있는 것을 보았다. 마르크 왕은 그들의 시신을 콘월로 데려왔다. 그와 함께 고르네발도 그곳으로 갔다. 그리고 그곳에서 예우를 갖추어 두 사람의 장례를 치른 다음, 틴타젤의 교회당에 나란히 묻었다.

마르크 왕은 여생 동안 그들의 무덤 가에서 매일 기도를 올리며 용서를 구했다. 그는 한번은, 고르네발에게 자신이 그 두 사람 중 누구를 더 많이 사랑했었는지 모르겠다고 말하기도 했다. 고르네발은 마지막으로 한 번 더 무덤에 가 보고 카멜롯으로 떠났다. 그가 전하길, 트리스트람이 누워 있는 자리엔 개암나무 한 그루가 싹을 틔웠고, 이졸데의 옆에는 인동덩굴이 자라나 두 사람의 무덤 위에서 서로를 항상 보듬고 있더라고 했다.

퍼시벌과 종말의 시작

퍼시벌은 카멜롯에 뒤늦게 합류했다. 갈라하드와 모드레드는 아직은 어린 청년들로, 어린 시절의 버릇을 버리지 못했다. 모드레드는 다른 기사들처럼 원정에 자주 나가지 못했기 때문에 갈라하드를 끊임없이 괴롭히곤 했다. 대신에 갈라하드는 교회의 수도사들과 이야기를 나누고, 함께 연구하고 기도하며 대부분의 시간을 보냈다. 수도사들은 그에게 붉은 십자가가 새겨진 하얗고 커다란 방패를 만들어 주었다. 갈라하드는, 모드레드나 다른 어느 누구에게도 자신의 계획을 말하지 않았다. 다만 위대한 원정을 기다리며 떠날 준비를 하고 있다고만 말했다.

그러나 모드레드는 갈라하드와 함께 너무 멀리 가서는 안 된다는 것을 알고 있었다. 카멜롯의 모든 기사가 인정하듯, 지금은 그가 우리들 중에 가장 강한 사람이기 때문이었다. 그는 마상 시합에서 모두가 한번쯤 무찔러 보고 싶지만 그럴 수 없었던 랜슬럿의 자리를 차지했다. 나도 그와 단 한 번 시합을 해보았는데 한번으로 족했다.

짧은 경기였으나 지금 생각해도 괴로운 시합이었다. 나는 나의 패배에 대해 내가 이런 식의 싸움을 벌이기에는 너무 나이가 들었다고 내 자신과 귀네비어에게 변명하지 않을 수 없었다. 전투 기술을 아버지 랜슬럿에게 직접 교육받았으며, 지금은 아버지보다 강한 갈라하드는 랜슬럿의 삶의 기쁨이자 자랑거리였다.

모드레드 또한 훌륭한 기사가 되었으나, 내가 그를 좋아하려 무진 애를 쓰는데도 그에게 애정이 가지 않는다. 모드레드를 바라보기만 해도 나는 수치심에 몸이 떨리곤 한다. 그것은 단지 나의 떳떳치 못한 비밀 때문만이 아니라 그 아이가 사실 나의 혈육이기 때문이었다. 그가 나의 아들만 아니었다면 나는 그를 진작 카멜롯에서 추방했을 것이다. 왜냐하면 그는 기사로서 지녀야 할 덕목을 하나도 갖추지 못했기 때문이다. 어렸을 때는 항상 비열하고 악랄한 행위를 일삼았다. 그 아이는 살아 있는 나비의 날개를 뽑아 버리는, 그런 아이였다. 지금은 그 아이가 너무도 잔인하고 무자비해져서 어렸을 때 그를 무척이나 애지중지했던 귀네비어마저도 더 이상 할 말을 잃고 말았다.

귀네비어의 모정과 관심, 랜슬럿의 경고와 꾸중, 거기에 나의 당근과 채찍에도 불구하고, 모드레드는 우리 눈앞에서 괴물이 되어 가고 있었으며 더 이상 어찌 해 볼 방도가 없었다. 그가 모험이라도 떠나 있을 때는 카멜롯 전체가 평화로웠다. 그러나 그는 항상 죽은 적의 시신을 안장에 걸치고 흥에 겨워 허풍을 떨며 돌아오곤 했다. 그는 결코 포로를 잡는 법이 없었으며, 그에게 걸린 희생양은 늘 노인이거나 어린아이라는 사실을 알고 있는 자는 나뿐만이 아니었다.

어쨌든 이런 모드레드가 있었지만 그래도 이때가 제일 좋은 시절이었고, 카멜롯의 전성기였다. 남쪽 해안에서는 색슨 족들이, 서쪽에서는 아일랜드 인들이 가끔 침투해 왔지만 우리의 척후병들이 항상 미리 경고를 해 주었고, 따라서 우리는 많은 병력을 갖추어 적들을 몰아낼 수 있었다. 우리의 왕국은 사방으로 굳건하게 지켜지고 있었다. 그리고 우리는 대부분의 반역군을 제거했으며, 대륙의 하찮은 폭군들을 처치했다. 이제 영국에는 하나의 신, 하나의 왕, 하나의 법만이 자리하고 있었다. 나는 전국을 돌며 겨울의 추위를 막아 줄 보금자리에서 넉넉한 식량이 넘쳐나는 곳간을 보유하고, 화로에는 항상 따뜻한 불을 지피며 행복하게 살고 있는 백성들을 보았다. 그들은 어린 자식들과 병든 가족들을 돌보며 살기도 했고, 나이 든 부모를 모시며 살기도 했다. 그들의 눈에는 희망의 빛이 있었다. 멀린이 바라던 대로 영국에는 로그레스 왕국이 실현되었다. 우리는 하느님의 약속의 땅을 이루어 낸 것이었다. 적어도 우리는 그렇게 생각했다.

이렇게 행복한 카멜롯에 젊은 퍼시벌이 나타났다. 나도 그의 이야기에 연관이 되었지만, 일부에 지나지 않는다. 나머지는 그가 내게 이야기해 주었다. 그는 카멜롯에 오게 된 경위와 대단한 영예가 되었던, 성배를 찾아 떠난 원정 이야기를 해 주었다.

퍼시벌은 펠리노어 왕의 아들이다. 여러분은 내가 예전에 펠리노어와 싸움을 벌인 후, 그가 나의 믿을 만한 친구이자 원탁의 기사가 된 이야기를 기억할 것이다. 그는 나의 왕국이 사면에서 위협을 받던 초창기에 나와 싸움을 벌였던 인물이다. 반역자 오크니의 롯 왕을 물리쳤던 사람이 바로 펠리노어였다. 그는 기습 공격을 감행하여 롯 왕을 살해했다. 원탁의 최고 기사들 중 몇몇은 예전에 나와 맞서 싸웠던 자들로 자신의 과오를 깨닫고 후에 카멜롯에 전향하여 맹렬한 열정을 갖고 신성한 전투를 벌이는 기사가 되었다. 그런 자들 중의 하나가 펠리노어였다. 그는 나중에 아그라베인과의 단독 결투에서 죽임을 당했다. 아그라베인은 롯 왕의 아들로서 우리 기사단에 합류해 원탁의 기사가 되었으나 나는 그가 마음에 든 적이 한번도 없었고, 그럴 만한 이유도 충분히 있었다. 당시에 펠리노어를 죽인 결투에 부정한 간계가 있었다고 의심이 되었으나 증거가 없어서 어쩔 수가 없었다. 아그라베인은 공정한 결투를 벌였다고 항상 주장했지만 나는 결코 그를 믿지 않았다. 비탄에 사로잡힌 펠리노어의 부인은 그후로 다시는 갑옷이나 칼을 보려 하지 않았다. 귀네비어가 성심껏 그녀를 위로했지만, 어느 날 밤 그녀는 어린 아들 퍼시벌을 데리고 카멜롯을 떠나 다시는 나타나지 않았다.

그녀는 인간 세상에서 동떨어진 머나먼 곳으로 떠나 갈색 송어가 가득한 강가의 깊은 숲 속에 오두막집을 짓고 살았다. 그곳에는 필요한 모든 것이 있었다. 식량이 있었고, 물이 있었으며, 무엇보다도 조용한 삶을 살 수 있었다. 퍼시벌은 그곳 숲 속에서 성장했다. 성장하는 내내 그는 어머니를 제외하고 어떤 사람도 보지 못했다. 늑대 가죽으로 옷을 삼아 입고, 산딸기와 버섯과 과일 들을 따서 먹는 숲의 인간이 되었다. 막대기를 뾰족하게 다듬어 창을 만들어서 멧돼지와 사슴, 늑대 등을 사냥하는 기술을 스스로 터득했다.

어느 날, 그는 늑대를 사냥하다가 나무보다 단단한, 무언가 날카롭고 차가운 것을 밟았다. 쭈그려 앉아 살펴보니 풀숲 사이에 창이 하나 있었다. 건드리자 썩어 있던 창살이 부서져 내렸다. 창 끝은 녹슬긴 했지만 여전히 날카로웠다. 퍼시벌은 그 모양새를 보고 대번에 용도를 생각해 내었다. 이것이 그가 태어나서 처음 본 철이었다. 돌멩이를 가지고 녹을 갈아 냈고, 갈 수 없는 것은 불로 태워 버렸다. 한참을 갈고 닦아서 마침내 햇빛에 반짝거릴 때까지 윤을 냈다. 그러고 나서 그것에 자신의 얼굴을 비추어 보았다. 놀란 그는 집으로 달려와 어머니에게 그것을 보였고, 어머니는 한숨을 지으며 고개를 돌려 버렸다. 그녀는 아주 오랫동안 그런 것에서 아들을 떨어뜨려 놓은 것이었다.

퍼시벌은 다시 집을 나와 관목 숲으로 가서 새로 마련한 빛나는 창에 댈 나무를 베었다. 그는 자신의 손에 완벽하게 맞도록 창살의 균형을 잡았다. 그런 다음 공중으로 창을 날렸더니 오십 보 떨어진 거리에서도 멧돼지의 거죽을 뚫어 버리는 것이었다. 매일 저녁, 퍼시벌은 불가에서 창을 갈았고 가여운 어머니는 슬픈 눈으로 아들을 바라보기만 했다. 그 무기가 숲 밖의 세상에서 사용되리라는 것을 어머니는 잘 알고 있었던 것이다. 당시 퍼시벌은 숲 너머에 다른 세상이 있다는 것조차 모르고 있었다.

몇 년이 지났다. 퍼시벌은 어머니의 만류에도 불구하고 점점 더 오두막에서 멀리 떨어진 깊은 숲 속으로 탐험을 나갔다. 어느 날, 그는 이제까지 중 가장 멀리 집에서 멀어져서 풀을 뜯고 있는 사슴을 잡으려고 창을 겨눈 채 숲 속에 쭈그리고 앉아 있었다. 그는 팔을 들어 올려 창을 힘껏 공중으로 던졌다. 그러나 동시에 사슴은 무엇에 놀란 듯 머리를 들어 올렸고 숲 사이로 도망쳐 버렸다. 창은 땅에 떨어졌고 퍼시벌은 창을 주우러 갔다. 그는 화가 났다. 한나절을 사슴을 쫓고 있었던 것이다. 무엇이 그토록 자신의 사냥감을 놀라게 했는지 생각해 보고 있는데 누군가 다가오는 소리가 들렸다. 그는 고개를 들었다. 세 마리의 말이 나무들 사이를 지나 그에게 다가오고 있었다. 말을 탄 사람들은 반짝이는 갑옷에 투구를 썼고, 허리에는 큰 칼을 차고 화려한 빛깔의 방패를 지니고 있었다. 퍼시벌은 지금까지 그렇게 놀라운 광경을 본 적이 없었다. 그는 놀라 입이 딱 벌어진 채 그들을 바라보며 서 있었다. 잠시 꿈을 꾸고 있는 게 아닌지 생각했으나, 그들은 지금 바로 그의 눈앞에 존재하고 있었고, 이제 그에게 말을 걸고 있었다.

"너는 마치 귀신이라도 본 것처럼 우리를 보고 있구나."

그중의 한 사람이 말했다.

"누구시죠?"

퍼시벌은 손에 창을 들고 방어 자세를 취한 채 뒤로 물러서면서 낮게 말했다. 말을 탄 사람들은 그 모습에 웃음을 터뜨렸다.

"널 해치지 않을 것이다. 나는 랜슬럿이고, 이 사람들은 나의 형제 헥터와 라이오넬이다. 우리는 너와 우리의 왕이시며 영국의 대왕이신 아서 왕 궁정의 기사들로 오순절 축제를 즐기러 카멜롯으로 돌아가는 길이다. 자, 공평하게 하자. 너에게 우리의 신분을 밝혔으니 이제 네가 누구이며, 어디 출신인지 말해 보아라."

그리하여 퍼시벌은 자신의 이야기를 해 주었고, 그들은 퍼시벌의 이야기를 믿을 수가 없었다.

"그렇다면 우리가, 네가 처음 보는 사람들이라는 말이냐?"

랜슬럿이 물었다.

"제 어머니만 제외하면, 맞습니다."

"음, 이 숲 너머에는 바다로 둘러싸인 왕국이 있다. 우리의 전하 덕분에 우리 섬은 평화를 찾았고, 백성들은 행복한 삶을 살고 있다."

창을 내려놓으며 퍼시벌이 물었다.

"마치 천국 같은 것인가요? 어머니께서 저에게 하느님과 천국과 천사에 대해서 이야기해 주셨죠. 여러분들은 천사인가요?"

랜슬럿이 웃으며 말했다.

"아니다. 이 왕국은 천국이 아니고, 우리는 천사가 아니다. 숲을 나와 네 눈으로 직접 보아라. 카멜롯은 여기에서 정서 쪽에 위치하고 있다. 해가 지는 방향으로 쭉 따라가다 보면 한 달가량 지나 카멜롯에 당도할 수 있을 것이다. 가다가 길을 잃어 카멜롯이 어디 있냐고 사람들에게 물어보면 알려 줄 것이다. 만약 네가 그곳에 온다면, 네 얼굴을 보아 하니 틀림없이 올 것 같다만, 아서 왕이나 나를 찾아라. 너는 어린 것 같지만 내가 이제껏 봤던 어느 누구 못지않게 창 던지는 솜씨가 뛰어나더구나. 너 같은 사람은 아서 왕의 궁정에서 언제든 환영이다."

랜슬럿은 말에 다시 박차를 가하고 손을 들어 작별의 인사를 했다. 말들이 다시 길을 떠나기 시작했다.

"꼭 가겠습니다. 고맙습니다, 감사합니다."

퍼시벌이 말했다.

"고마워할 필요 없다. 나는 네게 빚을 갚아야 하거늘. 네가 잡을 사슴을 놀라 달아나게 한 것은 멍청한 나의 말이 머리를 젖혔기 때문이다. 그렇지 않으면 넌 사슴을 잡을 수 있었을 것이다. 사냥 솜씨가 제법 뛰어나던걸. 우리는 창이 떨어지는 것을 보고 나서야 널 볼 수 있었다."

랜슬럿은 이렇게 답하였다.

그들 일행은 삐걱거리는 안장 소리와 딸랑거리는 마구 소리와 함께 숲 속으로 사라졌다.

퍼시벌은 당장이라도 그들을 따라 카멜롯으로 가고 싶었지만, 어머니가 떠올랐고, 어머니에게 알리지 않은 채 떠날 수는 없는 노릇이었다. 그는 타고난 사냥꾼의 큰 보폭으로 껑충껑충 뛰면서 집으로 돌아왔다. 어머니는 오두막 밖에서 생선을 다듬고 불을 지필 준비를 하고 있었다.

퍼시벌은 저녁 식사를 마칠 때까지 기다렸다가 그날 숲에서 일어난 일을 이야기했다.

"마치 그 사람들은 다른 세계에서 온 것 같았어요, 어머니. 하지만 그게 아니더군요. 그 사람들은 카멜롯에 있는 아서 왕 궁정 사람들이래요. 저더러 자신들과 합류하라고 하더군요. 저보고 그렇게 해도 좋다고 했어요. 어머니, 저는 아서 왕 궁정의 기사가 될 거예요. 그래서 어머니를 기쁘게 해 드릴 거예요. 두고 보세요."

퍼시벌의 말을 듣고, 어머니는 얼굴이 창백해져서 소리를 질렀다.

"안 돼, 그러면 안 돼! 절대 그러면 안 돼. 자식이 언젠가는 어미 품을 떠난다는 것을 나도 잘 안다. 하지만 카멜롯으로는 절대로 안 된다. 네게 사정하마. 카멜롯으로는 절대 가면 안 된다."

"어머니, 왜 안 된다는 거예요?"

퍼시벌의 어머니는 아들에게 절대 말하지 않겠다고 스스로 다짐했던 이야기를 들려주기 시작했다. 아버지가 펠리노어 왕이 된 경위며, 나중에 원탁의 기사가 된 이야기와 아그라베인이 고의적으로 그에게 싸움을 걸어와 자신의 아버지의 원수를 갚기 위해서 그를 죽인 이야기를 해 주었다. 그녀는 애절한 목소리로 말했다.

"그래서 나는 너를 바깥 세상과 단절시킨 것이란다. 널 보호하기 위해서. 나는 너마저 잃고 싶지 않구나. 너는 왕의 아들이 될 수도 있었으나 나는 널 평화롭게 살게 하려고 이곳으로 데려왔단다. 그런데 이제 네가 카멜롯에 가서 아버지가 그랬던 것처럼 전투 기술을 배우겠다니, 내가 너마저 잃어야 한단 말이냐."

퍼시벌은 갑작스러운 분노가 치밀어 올랐지만 부드럽게 말했다.

"절 잃을 일은 없어요, 어머니. 하지만 그 말씀을 듣고 나니 그곳에 갈 결심이 더욱 굳어집니다. 저는 아서 왕의 궁정으로 가서 아버지의 죽음에 대한 복수를 하겠습니다."

어머니가 소리쳤다.

"안 돼! 복수는 우리가 아니라 주님께서 하시는 거다. 예수님께서 말씀하신 것을 네게 말해 주지 않았니? 우리는 원수를 증오할 것이 아니라 사랑해야 한다. 퍼시벌, 네가 절대 아버지의 원수를 갚으려고 하지 않겠다고 진심으로 이 어미에게 약속해야만 너를 축복하며 카멜롯으로 보낼 수 있다. 아버지도 그걸 원하시진 않을 거야. 지나간 일은 지나간 일이야. 어미에게 약속해라."

퍼시벌은 고개를 숙여 인사하고 약속했다. 그러나 약속을 하고 있으면서도 그 약속을 어길 생각을 하고 있었다. 그는 카멜롯으로 가서 위대한 전사로서 훈련을 받고 기사가 될 것이다. 그러고 나서 때가 되면 아그라베인을 찾아서 복수할 것이다.

다음 날 아침, 첫 새가 나무 위에서 노래를 하고 어슴푸레한 새벽빛이 하늘을 물들일 때, 퍼시벌의 어머니는 그를 축복하고 키스해 주었다. 퍼시벌은 될 수 있는 대로 빨리 어머니에게 돌아오겠다고 약속하고 뒤돌아보지 않고 떠났다. 그는 떠오르는 태양의 반대쪽인 서쪽을 향해 길을 나섰다. 항상 그랬듯 맨발로 걸었고 늑대 가죽만 걸쳤다. 며칠 동안, 아니, 몇 주 동안 달렸다. 퍼시벌은 하루 종일 뛰고도 헐떡거리지 않았다. 마침내 그는 숲을 빠져나왔고, 끝간 데 없이 펼쳐져 있는 커다란 늪을 보았다. 그 한가운데 언덕이 솟아 있었는데 언덕 위에 큰 성이 하나 있었고, 성 위에는 퍼시벌이 처음 보는 세 겹의 무지개가 드리워져 있었다.

"카멜롯이야, 카멜롯이 틀림없어."

그는 늪 위에 둑길이 있는 것을 발견하고, 손에는 창을 든 채 둑길을 따라 껑충껑충 뛰어갔다. 그가 성을 향해 좁은 길을 달릴 때 사람들이 그를 쳐다보았다. 사람들이 그를 보고 비웃자 그는 그저 웃으며 손을 흔들어 주었다. 성문에 이르러 랜슬럿이나 아서 왕을 만나러 왔다고 청했다.

"둘 중 누구라도 상관 없소. 나는 원탁의 기사가 되고 싶어 이곳에 왔소."

그러자 경비병들은 터져 나오는 웃음을 간신히 참으며 내가 있는 중앙 홀로 그를 데려왔다. 베르셀렛이 그에게로 가서 냄새를 맡았다.

퍼시벌을 처음 보았을 때 나는 이런 생각이 들었다.

'이 아이는 소년인가, 성장한 남자인가?'

그는 건장하고 튼튼한 몸을 가졌으나 얼굴은 주위의 모든 사람들과 사물을 보고 놀라는 어린아이의 얼굴이었다. 그는 입을 벌린 채 천진난만한 큰 눈으로 사방을 둘러보았다. 그에게 처음 말을 건 사람은 케이였다.

"베르셀렛이 데려온 이 아이 좀 봐."

그는 낄낄거린 후 퍼시벌을 손짓으로 쫓아 버리려 했다.

"꺼져. 냄새 한번 고약하군."

퍼시벌은 그를 무시했다. 베르셀렛이 그의 옆으로 다가와 앉았고, 나는 퍼시벌에게 다가오라고 손짓했다. 그는 여전히 사방을 둘러보고 있었다.

"저는 퍼시벌입니다. 아서 왕을 찾아왔습니다. 아니면 랜슬럿을 보고 싶습니다. 저는 그의 친구입니다."

케이는 여전히 퍼시벌을 조롱하고 있었다. 그는 퍼시벌의 어깨를 잡고 돌려 얼굴을 맞대게 했다. 그리고 이렇게 말했다.

"내가 왕이다. 내가 아서 왕이야. 용무를 밝혀라. 허나 그러기 전에 내 앞에 무릎을 꿇어라."

퍼시벌은 잠시 동안 그를 바라보더니 말했다.

"아닙니다, 당신은 아서 왕이 아닙니다. 당신은 족제비의 얼굴을 하고 있고 돼지의 눈을 가졌군요. 당신은 얼간이처럼 지껄이고 수평아리처럼 꽥꽥거리는군요. 수평아리는 똥더미의 왕은 될 수 있겠지만, 아무튼 당신은 영국의 대왕 아서 왕이 아니오."

퍼시벌의 말을 듣고 모두가 박장대소를 터뜨리며 탁자를 손바닥으로 쳐댔다. 케이는 퍼시벌을 치려고 손을 들어 올렸으나 랜슬럿이 그의 손을 저지했다.

"그 정도 까불었으면 됐네, 케이."

랜슬럿이 말했다.

퍼시벌은 고개를 돌리고 즉시 그를 알아보았다. 그는 무릎을 꿇었다. 랜슬럿은 그를 일으켜 세웠다.

그는 퍼시벌을 내게로 향하게 했다.

"아니야. 내 앞에 무릎을 꿇을 필요는 없다. 전하께 무릎을 꿇어라. 이분이 바로 영국의 대왕 아서 왕이시다."

그러자 퍼시벌이 내 앞에 무릎을 꿇었다.

"무슨 일이냐, 퍼시벌?"

내가 물었다.

"전하께서 허락하신다면 전하의 기사가 되고 싶습니다. 랜슬럿처럼 말입니다. 랜슬럿 기사님이 저보고 창을 잘 던진다고 말씀하셨습니다. 제가 이곳에 와도 좋다고 말씀하셨어요."

퍼시벌이 나지막하게 대답했다,

케이는 다시 비웃었고, 그의 웃음소리가 홀 전체에 쩌렁쩌렁하게 울렸다. 웃음소리의 메아리가 끝나기도 전에 그는 또다시 큰 소리로 웃었고 계속해서 메아리가 쳤다. 그런데 메아리가 문에서 들려

온 지금 그 소리가 달랐다. 더 크고 거친 소리가 났다. 우리는 시선을 돌렸다. 문간에 거대한 기사가 서 있었는데, 갑옷은 활활 타오르는 화염 빛깔이었고, 수염은 황금색이었다. 거인은 두 손을 엉덩이에 대고, 웃으면서 주위를 훑어보고 있었다.

"그래, 이곳이 그 대단한 아서 왕의 궁전이란 말이지? 너희들은 술이나 쪽쪽 빨아 대는 겁 많은 주정뱅이 무리에 지나지 않아."

그는 이렇게 말하면서 앞으로 걸어와서, 손에 들고 있던 나의 술잔을 잡아채 꿀꺽꿀꺽 마셔 버렸다.

"괜찮다면 이 술잔은 내가 갖겠소. 당신 생각이 어떻든 상관없이 말야."

거인은 이렇게 비아냥거린 다음 몸을 돌려 걸어 나갔고, 그의 웃음소리가 홀 전체에 메아리쳤다.

모든 기사들이 즉시 자리에서 일어나 그자를 쫓아가려고 했다. 베르셀렛은 으르렁거리며 자리에서 일어나 목털을 곧추세우고 주둥이를 일그러뜨렸지만, 내가 베르셀렛을 저지했다.

"그러지 마, 베르셀렛, 내가, 150명의 기사를 거느리고 있지만 술잔을 찾기 위해 개 한 마리를 보낼 순 없다."

퍼시벌이 진지한 표정으로 말했다.

"제가 가겠습니다. 제가 가서 전하를 위해서 술잔을 찾아오겠습니다. 그러면 전하께서 저를 전하의 기사로 삼으실 수도 있겠죠."

"갑옷과 칼을 가져가거라."

퍼시벌은 고개를 가로저었다.

"저는 이것만 있으면 됩니다."

그는 창을 쥐고 이렇게 말했다.

랜슬럿이 말을 이었다.

"말 한 필. 내 말을 타고 가거라."

"감사합니다, 랜슬럿 님, 하지만 제 다리가 있지 않습니까. 말보다 빠르지 않을지 모르지만, 말보다 더 오래 달릴 수 있습니다."

"음, 그렇다면 적어도 떠나기 전에 음식이라도 좀 들고 가게."

내가 권했다.

"가면서 먹겠습니다."

그는 그렇게 대답하고, 허리춤에 걸려 있는 주머니를 두드렸다.

"블루베리와 자두가 있습니다. 필요한 건 모두 갖췄습니다. 전하, 전하의 술잔을 찾아 금방 돌아오겠습니다. 두고 보십시오."

이렇게 말하고 나서, 그는 고개를 숙여 인사하고 뛰어나갔다. 우리 모두는 할 말을 잃었다.

달빛이 내 방 안을 환하게 비추던 그날 밤, 나는 잠을 이루지 못했다. 나는 퍼시벌에게 황금 기사를 추적하게 한 것이 잘한 일인지 몰라 생각에 잠겼다. 그 일에 대해서 생각할수록 내가 너무 조급하게 그의 뜻을 들어준 것 같다는 생각이 들었다. 그는 소년에 불과하지 않은가. 다른 기사를 보내야 했다. 아니, 내가 직접 나서야 했던 것이다. 소년이 해를 당하기 전에, 너무 늦기 전에, 내가 황금 기사를 쫓아갔어야 했다. 나는 자리에서 일어나 갑옷을 갖춰 입고 침대 끝에서 자고 있는 베르셀렛을 놔둔 채, 귀네비어의 방이 있는 탑 쪽으로 발길을 옮겼다. 귀네비어는, 내가 그녀에게 말하지 않고 성을 떠나는 것을 싫어했다. 나는 여우 한 마리가 울부짖는 소리를 듣고 고개를 들었다. 목 주위로 찬 겨울바람이 훑고 지나갔다. 누군가가 탑 밑 쪽의 성벽에 기대어 있는 것이 보였다.

"아, 전하께서도 잠을 이루시지 못하셨군요?"

랜슬럿의 목소리였다. 그가 말을 이었다.

"달빛 때문이군요."

"달빛 때문이 아니라네. 퍼시벌 때문이야. 그가 곤경에 처하기 전에 그를 따라 나설 참이네. 퍼시벌을 보내지 말아야 했어. 자네도 가려는가?"

랜슬럿은 주저하지 않았다. 그는 결코 주저하는 일이 없었다. 우리는 홀을 지나면서 화로 옆에서 아직 대화를 나누고 있는 가윈과 갈라하드를 보았다. 그들은 우리가 어디를 가는지 듣고는 물어볼 것도 없이 따라나섰다. 그리하여 우리 넷은 밤의 추위를 헤치고 길을 나섰다. 랜슬럿은 나의 옆에 있었다. 나는 그와 다시 한번 원정길에 나서는 것이 흐뭇해 그에게 미소를 지어 보였다. 그러나 그는 나의 눈길을 마주치고 재빨리 얼굴을 돌려 버렸다. 나는 의아하지 않을 수 없었다.

한편 퍼시벌은 아직도 황금 기사를 따라잡지 못하고 있었다. 그는 계속해서 어둠 속을 헤쳐 달렸다. 새벽이 밝았을 때, 길가에서 물어본 사람마다 전부 황금 기사가 금방 그 자리를 지났다고 했다. 이제 그에게는 따라잡을 경로, 즉 진흙길에 남아 있는 황금 기사의 발자국이 있었다. 이따금 발자국을 점검하고 시냇물에 목을 축이기 위해서만 길을 멈췄다. 그는 사냥감을 눈앞에 둔 늑대처럼 더욱 빨리 달렸다. 마침내 그날 정오에 황금 기사를 보았다. 그는 나무 밑동에 쭈그리고 앉아 불을 지펴 토끼를 굽고 있었는데, 그의 옆에는 훔친 술잔이 놓여 있었다.

퍼시벌이 다가가 황금 기사를 마주보았다.

"당신은 아서 왕의 술잔을 훔쳤소. 술잔을 당장 내놓으시오. 아니면 나와 싸워야 할 것이오. 싸움을 하게 되면 나는 당신을 죽일 것이고, 그러면 당신은 술잔 하나에 목숨을 바치는 꼴이 될 거요."

황금 기사는 자리에서 벌떡 일어나 칼을 뽑으면서 고함을 쳤다.

"뭐야! 늑대 소년, 감히 나를 위협하려 들다니……. 이 칼로 널 반쪽 내주마. 다리 하나씩 달린, 네 놈 몸뚱어리 둘이 뛰어다니게 해 주지."

그는 껄껄거리면서 칼을 휘두르며 퍼시벌에게 다가왔다. 황금 기사는 투구조차 쓰려 하지 않았다. 발놀림이 기민한 퍼시벌은 황금 기사가 다가오는 것을 지켜보다가 마지막 순간에 몸을 틀었다. 그러고 나서 나뭇등걸 뒤로 몸을 피했다. 그는 나무를 기어올라 옆쪽 나무로 옮겼다가 다시 내려왔다. 그는 이쪽으로 돌진했다가 저쪽으로 피하면서 적당한 순간을 포착하려 했다. 정오의 열기에 지친 황금 기사는 단 한순간도 이 애송이가 창을 쓸 수 있다거나, 또는 쓸 것이라는 생각을 전혀 못하고 육중한 몸을 놀렸다.

"당신 토끼가 이제 다 익은 것 같은데 그냥 내게 술잔을 돌려주오. 그러면 사이좋게 토끼를 나누어 먹을 수 있을 거요. 안 그러면 당신이 죽고 나서 나 혼자 저걸 먹을 거요."

퍼시벌의 말에 황금 기사는 등골이 오싹해지는, 분노의 고함을 지르며 그에게 달려들었다. 퍼시벌은 옆으로 몸을 틀고 황금 기사의 방패 밑 쪽으로 자신의 창을 치켜들어 그의 목을 가격했다. 황금 기사는 마지막 고함을 목구멍에서 내뱉지 못한 채 땅바닥에 고꾸라졌다.

얼마 후 우리가 현장에 도착했을 때, 퍼시벌은 황금 기사 위에 몸을 굽힌 채 갑옷을 벗기고 있었다. 그러나 그는 갑옷을 벗겨 내지 못했는데, 보아 하니 먼저 허리띠를 풀어야 한다는 것을 모르는 것 같았다.

"그런 식으로 하면 안 된다네. 그렇게 해선 몸뚱어리를 갑옷에서 끄집어 낼 수 없어."

가윈이 웃으면서 말하고 그를 거들었다. 우리는 황금 기사를 그가 쓰러진 곳에 매장했다.

"나는 그동안 한 번도 사람을 죽여 본 적이 없습니다."

퍼시벌이 낮은 목소리로 말했다. 그가 내게로 몸을 돌렸을 때 그의 눈에 눈물이 가득 고인 것을 보았다.

"사람을 죽인다는 것은 짐승을 죽이는 것과 결코 같지 않습니다. 안 그렇습니까, 전하? 하지만 짐승을 죽이는 것만큼이나 쉬운 일이죠. 게다가 술잔 하나 때문에."

가윈이 위로의 몸짓으로 퍼시벌의 어깨에 팔을 두르면서 말했다.

"네 탓이 아니야. 넌 잘못한 것이 없어. 그가 스스로 택한 죽음이야. 게다가 죽는 것은 끔찍한 게 아니네. 죽음은 삶의 일부일 뿐이야. 태어난 순간부터 우리는 조금씩 죽어가고 있지. 중요한 것은 살아 있을 때 무엇을 이루느냐에 달려 있어."

갈라하드가 말했다.

"목숨을 빼앗는 것은 다 나쁜 일입니다. 다 사악한 짓이라고요. 이따금 오늘과 같은 경우엔, 좀 덜 사악한 행위일지 모르지만, 어쨌든 다른 사람의 죽음을 놓고 기뻐한다는 것은, 그 사람이 어떤 짓을 했던 간에 항상 불경한 일이죠. 카멜롯에는 그런 식의 기쁨이 너무 넘쳐나고 있습니다. 모드레드에게나 몇몇 다른 기사들에게, 죽은 사람은 전리품에 지나지 않습니다. 모드레드는 자신이 가져오는 모든 시체를 항상 흡족한 미소를 띠고 바라보죠. 그건 정말 불경한 일입니다. 사악한 행위라고요."

퍼시벌은 한동안 생각에 잠겨 있다가 말문을 열었다.

"그렇다면 아들이 자기 아버지를 죽인 자를 살해하는 것은 좋은 일입니까, 나쁜 일입니까? 그것은 선행입니까, 악행입니까?"

모두들 침묵을 지키고 싶어 하는 것 같았다.

그때 랜슬럿이 말했다.

"음, 갈라하드, 넌 내 아들이다. 네가 나의 죽음에 대해 복수를 하는 것이 나쁜 일일까?"

갈라하드는 잠시도 주저하지 않고 대답했다.

"예, 아버지, 나쁜 일입니다. 복수는 하느님께서 하실 일이지 저희의 몫이 아닙니다. 우리는 그러한 일을 신께 맡겨야 합니다. 수도사들이 내게 가르친 것이 있다면, 사랑이 모든 것을, 모든 증오를, 모든 복수를 이긴다는 것이죠."

"저희 어머니도 그렇게 말씀하셨습니다."

퍼시벌은 그렇게 말하고 갑자기 내 앞에 무릎을 꿇었다.

"전하, 전하께 제가 누구이며, 왜 카멜롯에 오게 되었는지 말씀드리겠습니다. 저는 전하의 원탁의 기사 중 한 명이었던 아그라베인에게 잔인하게 살해당한 펠리노어 왕의 아들입니다. 전하의 기사가 되기 위해서 이곳에 온 것은 사실입니다. 그러나 저의 마음속에는 그것보다 아그라베인을 죽여 복수하겠다는 생각이 더욱 강렬합니다. 일단 기사가 되어 전투 기술을 배우고 나면 저는 그를 찾아내어 파멸시킬 생각으로 왔습니다."

그는 나를 올려다보았다.

"저는 어머니께 그렇게 하지 않겠다고 약속했으나 어머니를 안심시키기 위해서였습니다."

"우리는 모두 때로 약속을 어기면서 사는 법이다. 약속이라는 것은 하기도 쉽고, 또한 깨기도 쉬운 것이지."

나는 이렇게 말하고 엑스칼리버를 꺼내 무릎을 꿇고 있는 젊은 퍼시벌에게 기사 작위를 내렸다. 나는 이제껏 한번도 이렇게 가슴 벅차게 기사 작위를 내렸던 적은 없었다. 그의 정직함이 나를 감동시켰다.

작위식이 끝났을 때, 가윈이 퍼시벌을 일으켜 세우면서 말했다.

"좋아. 이제 됐네. 황금 기사의 갑옷을 자네가 갖게. 그의 말도 자네가 가져도 좋아. 나 또한 자네한테 저 말이 필요하지 않다는 것은 아네만, 말을 가지면 자네는 반은 기사가 되는 것이네. 나머지는 내가 자네에게 가르쳐 주겠네."

가윈은 퍼시벌의 어깨에 팔을 두르고 잠시 포옹을 했다. 그러고 나서 팔을 뻗쳐 퍼시벌을 잡고 위아래로 그를 훑어보았다.

"이런, 세상에. 이 사람을 보게. 이 또렷한 눈동자 하며, 앞길이 창창한 젊은이가 아닌가? 아, 나도 다시 젊은 시절로 돌아갈 수만 있다면……."

그는 슬프게 고개를 저으면서 말했다.

랜슬럿과 나는 서로를 바라보면서 똑같은 생각을 했다.

우리는 카멜롯으로 돌아와 그날 밤 성대한 축제를 벌였다. 퍼시벌은 자신의 자리에 앉아 있었다. 새로운 기사가 원탁에 처음 자리를 할 때 늘 그랬듯이 누군지 알 수 없는 자가 그 자리에 주인의 이름을 멋지게 새겨 놓았다.

축제가 끝나고, 나는 아그라베인을 내 앞쪽, 그리고 퍼시벌과 전체 기사들의 맞은편 쪽으로 불렀다. 그는 지난 세월 자신이 펠리노어 왕에게 한 짓에 대해서 용서를 구했다. 아그라베인과 퍼시벌이 화해의 포옹을 했을 때, 중앙홀은 박수 소리와 휘파람 소리, 환호 소리로 쩌렁쩌렁 울렸다. 기사들은 원탁 위에 있던 쟁반과 술잔이 흔들릴 정도로 발을 구르고 원탁을 손바닥으로 치면서 환호했다.

나는 감동이 북받쳐 눈물이 날 정도였다. 기쁨의 순간을 귀네비어와 함께 하기 위해서 그녀의 자리로 눈길을 돌렸다. 그러나 그녀는 자리에 있지 않았다. 또한 나는 귀네비어의 옆자리인 랜슬럿의 자리도 비어 있는 것을 알아차렸다. 마음속으로 차가운 의혹의 손길이 뻗어 왔고, 나는 귀네비어의 탑 아래 성벽에서 랜슬럿을 만났던 일이 떠올랐다. 그리고 그가 왜 그 시간에 거기 있었는지 알 수 있을 것 같았다. 나는 눈물이 보이지 않도록 눈을 감았다. 친구와 아내를 잃은 슬픔에 마음속으로 눈물을 흘렸다. 마침내 내가 눈을 뜨고 주위를 둘러보았을 때, 나는 기사들의 얼굴에서 그들도 이미 내가 알고 있는 사실을 알고 있다는 것을 알아차렸다. 어색한 침묵이 실내를 감쌌다.

나는 입을 열었다.

"음, 무엇을 보고 있는 건가? 축제의 흥이 벌써 다 가셨는가? 자, 술을 더 드시게. 그러면 다시 기분이 좋아질 것이네. 자, 자, 들게."

그날 밤 우리는 술을 많이 마셨다. 그러나 나는 이미 알고 있었다. 카멜롯의 정신은 영원히 사라진 것이었다. 아무리 술을 많이 마셔도 그것을 되찾을 수는 없는 노릇이었다. 길고 고달픈 길이 우리 앞에 놓여 있었다. 나는 거나하게 술에 취해 침실로 올라가서 어렸을 때 했던 것처럼 무릎을 꿇고 기도를 했다. 나는 멀린에게, 네뮤 여신에게, 예수님께, 누구든 도움이 될 수 있을 거라 생각되는 존재에게 기도를 했다. 그러나 어떤 목소리도 되돌아오지 않았다. 나는 혼자였다.

아침이 밝았을 때, 나는 해야 할 일을 결정했다. 일찍 자리에서 일어나 매사냥을 같이 가자고 랜슬럿을 불렀다. 길을 나설 때, 귀네비어가 궁정 뜰로 쫓아왔다.

"저도 가도 돼요?"

그녀가 물었다. 나는 그녀의 얼굴을 똑바로 바라볼 수 없었다.

"안 돼오. 우리끼리 갈 거요."

나는 차갑게 대답했다.

"하지만 우린 항상 같이 다녔잖아요."

그녀는 나의 등자를 잡으며 간청했다.

"예전엔 그랬었지."

나는 그렇게 말하고 두건을 씌운 애완 송골매를 팔목에 든 랜슬럿과 함께 길을 나섰다. 우리는 사람들의 시야에서 벗어날 수 있는 숲 가장자리까지 아무 말 없이 둑길을 따라 달렸다.

"전하, 저를 죽이실 것입니까?"

랜슬럿은 그렇게 말하고 턱을 치켜올렸다.

"전하께 과오를 범한 건 알지만 자비를 베풀어 달라고 빌진 않겠습니다. 왕비께서는 잘못이 없다는 것 말고는 변명은 하지 않겠습니다. 왕비께서는 전하께 충절을 지키셨습니다. 또한 지금도 지키고 있으며, 지키고 싶어 합니다. 비난을 받을 자는 저이고, 저 하나뿐입니다. 우리는 서로 멀리 하려고 노력했습니다. 아, 진실로 우리는 무진 애를 썼습니다. 허나 그럴 수가 없었습니다."

나는 엑스칼리버를 휘둘러 그의 목을 깊이 찔렀다. 붉은 피가 흘러나왔고, 그 피는 칼날을 따라 흘러내려 칼자루까지 닿았다. 나는 예전에 전쟁터에서 자주 느꼈던 것처럼 분노의 붉은 안개가 깊은 곳으로부터 올라오는 것을 느꼈다. 랜슬럿이 숨을 거둘 듯이 보이던 순간, 한 떼의 까마귀들이 까악까악 울면서 몰려들더니 랜슬럿의 팔목에 앉아 있던 송골매를 공격하기 시작했다. 여전히 두건에 덮여 있던 송골매는 놀라 거칠게 푸드득거리기 시작했다. 송골매는 나뭇등걸로 곧바로 날아가 부딪혔고, 돌멩이처럼 땅바닥에 그대로 떨어졌다. 깃털만이 바람에 나부낄 뿐이었다. 우리는 새가 떨어진 곳으로 가서 쭈그려 앉아 새를 보았다.

"내가 제일 좋아하던 새였는데……."

랜슬럿은 그렇게 말하고, 죽은 새를 살며시 들어 올려 두건을 벗겼다. 목이 부러져 있었다.

"자넨 내가 제일 좋아하던 기사였어. 이것이 전조야. 내게도 이런 일이 일어날 걸세. 저 까마귀들처럼 나의 적들이 다시 한번 날 무찌르기 위해서 몰려들 것이고, 그것으로 로그레스 왕국은 끝이 날 걸세."

내가 말했다.

랜슬럿은 몸을 일으켜 세웠다. 그의 눈이 내 눈 속에서 깊이 타오르고 있었다.

"전하, 저를 용서하십시오. 다시는 이런 일이 일어나지 않도록 하겠습니다. 약속드리겠습니다. 충성스럽게 약속드리겠습니다."

그가 간청했다.

"그러면 자네가 귀네비어를 영원히 떠나겠는가? 그렇게 할 수 있는가? 그녀를 영원히 다시 보지 않겠다고 약속할 수 있는가?"

그는 잠시 대답을 하지 않았다. 그러고 나서 그는 시선을 아래로 숙이고 슬프게 고개를 가로저었다.

"그것은 약속드릴 수 없습니다."

나는 냉정을 되찾고 엑스칼리버를 칼집에 집어넣었다.

"랜슬럿, 내가 자네를 죽일 수는 없네. 하지만 나는 더 이상 자네를 내 오랜 친구로 여길 수 없네. 그리고 누가 되었건 나의 친구가 아닌 자는 나의 적일 수밖에 없네. 갈라하드 말이 맞네. 자네와 나는 주님의 뜻에 맡길 수밖에 없는 것이지. 나는 자네를 죽일 수 없으며, 또한 자네를 추방할 수도 없어. 카멜롯에는 자네 편이 되어 줄 친구들이 많이 있어. 만일 내가 자네에게 해를 입힌다면 우리는 서로가 서로에게 등을 지고 내분을 일으킬 수밖에 없을 걸세. 허나 어떤 식으로든 난 자네를 처리해야 해. 우리는 서로 다시는 친구로서 대하지 못할 걸세."

나는 그를 놔 두고 카멜롯으로 되돌아왔다.

오순절이 되었다. 그러나 축제는 성대하게 열리지 않았는데, 이것은 카멜롯에서 유래가 없던 일이었다. 귀네비어는 며칠 동안 방에서 꼼짝도 하지 않았다. 나 또한 그녀를 보지 않았다. 사람들은 랜슬럿 편과 내 편으로 갈라져 구석에서 소곤거렸다. 심지어 나의 친구들도 더 이상 내 눈을 똑바로 보려 하지 않았다. 나는 그런 상황을 있는 그대로 보았다. 그것은 종말의 시작이었다. 카멜롯의 빛이 사방에서 꺼지고 있었다.

그날 밤, 축제의 자리에서 랜슬럿은 원탁의 자기 자리에 앉아 있었다. 그는 예의를 지켰으나 나처럼 차가운 태도를 보였다. 우리 사이에 어떤 일이 있었는지 세상이 다 알고 있었다. 단 한 자리만 빼고, 원탁의 자리는 꽉 차 있었다. 그곳은 '위험한 자리perilous'라 지칭된 자리로, 감히 어느 누구도 앉으려 하지 않았다. 우리는 고개를 숙이고 두 손을 모은 채 감사의 기도를 드리고 있었다. 그때, 문이 열렸다. 처음엔 깜빡이는 횃불 아래에서 그가 누구인지 알아볼 수 없었다. 망토를 두른 사람이 두건을 뒤로 젖히면서 천천히 홀로 걸어 들어오고 있었다. 나는 네뮤 여신을 알아보았다. 아무도 움직이지 않았다. 아무도 그녀를 보지 못했다. 기사들은 여전히 손을 모으고 고개를 숙인 채 석고상처럼 움직이지 않고 앉아 있었다.

그녀가 말했다.

"아서 전하, '위험한 자리'를 채울 시간이 왔습니다. 선택된 기사는 성배의 기사로서, 여기 모인 기사들 중에 성배를 찾아 그것을 마실 수 있을 만큼 순수한 사람이어야만 합니다. 이 홀에 있는 사람 중에 오직 한 명의 기사만이 죄를 짓지 않았습니다."

그 순간 갈라하드가 마치 잠결인 듯 자신의 자리에서 일어나 '위험한 자리'라 쓰여 있는 자리를 향해 갔다. 그는 그 자리에 가 앉았고 여전히 고개를 숙이고 손을 모은 채 기도하는 자세를 취했다.

네뮤 여신은 나를 바라보았고, 나는 그녀의 눈에서 오직 연민만을 보았다. 그녀가 말했다.

"나는 더 이상 당신을 위해 할 일이 없습니다. 지나간 일은 지나간 일이고, 해야 할 일은 해야 합니다. 그럼 캄란에서 다시 보죠."

그러고 나서 그녀는 허공으로 사라져 버렸다. 그때 기사들은 감사 기도를 마쳤다. 갑자기 랜슬럿이 깜짝 놀라며 자리에서 일어나더니 갈라하드를 가리키며 소리를 질렀다.

"일어나, 아들아! 일어나라고! 거기 앉으면 죽게 돼."

갈라하드가 말했다.

"아버지, 저는 아닙니다, 제가 바로 성배의 기사입니다. 저는 지금까지 성배의 원정을 떠나기 위해서 기다려 왔습니다."

그가 그렇게 말하자 홀 안에 갑작스러운 바람이 일기 시작했고, 천둥이 하늘을 갈라놓을 듯 위협적으로 내리쳐 성이 흔들렸다. 그러더니 출입문들이 바람에 열리면서 불덩이가 들어와(그래, 처음에 나는 그것을 불덩이라고 생각했다.) 밝은 빛으로 홀을 비추었는데 그 빛의 밝기는 태양보다 강하여 모든 사람들이 눈을 가리고 고통을 호소했다. 나는 손으로 얼굴을 가린 채, 실눈을 뜨고 원탁 위에 빛이 떠 있는 것을 보았다. 빛의 정가운데 올리브 나무로 만든 잔이 하나 있었는데, 그 컵은 둘러쳐져 있는 불에 아무런 영향을 받지 않은 듯 보였다. 잔은 불꽃 아래로 내려오다가 탁자 위에 내려앉았고, 이제 잔 주변에는 희미해진 불빛만이 남았다.

랜슬럿은 여전히 서 있었다.

그가 놀란 표정으로 말했다.

"저것을 예전에 한번 본 적이 있습니다. 코르베닉에서 내가 용을 죽였을 때, 펠레스 왕과 함께 보았습니다. 저것은 우리 주 예수님께서 이 땅에서 마지막 만찬을 드셨을 때 사용하셨던 성배입니다. 아리마대Arimathea의 요셉이 저 성배를 이 나라로 가져온 것이죠."

다시 한번 성이 흔들렸고 거센 바람이 몰아쳤다. 불기둥에서 나온 연기와 불꽃이 홀 안을 휩쓸었고, 우리가 보는 가운데 성배가 공중으로 떠올라 불기둥에 의해 움직였다. 불이 너무 뜨거워 우리는 또다시 얼굴을 가리지 않을 수 없었다. 베르셀렛은 내 발밑에서 울부짖었고 내 다리 사이로 머리를 박았다. 그런 다음, 문들이 닫혔고 바람이 잦아들었으며 연기도 사라졌다. 고개를 들어 올려다봤더니 성배는 사라지고 없었다.

모두들 놀라 침묵을 지키고 있는 와중에 갈라하드가 내 앞으로 나와 무릎을 꿇었다.

"저는 전하를 두고 떠나고 싶지 않습니다. 전하는 곧 전하의 가장 충성스러운 기사들이 필요하게 될 것입니다. 하지만 저는 떠나야 합니다. 성배를 찾아야만 합니다. 제 아버님이 말씀하시듯 그것이 우리 주 예수님께서 마지막 만찬 때 사용했던 잔이기 때문입니다. 그것보다 더 신성한 것은 없습니다. 전하, 저는 전하를 다시 뵐 수 없을 것입니다. 또한 카멜롯에도 다시 돌아올 수 없을 것입니다. 왜냐하면 제가 성배를 찾아 그것을 가지고 주님이 계시는 하늘로 가야만 원정이 끝이 날 것이기 때문입니다. 전하의 축복을 받고 떠나도록 해 주십시오."

나는 슬프게 대답했다.

"네가 꼭 가야 한다면, 그래, 갈라하드, 그렇다면 가야지. 내, 너에게 축복을 내려 주마. 나는 그저 이 땅에서 너의 왕일 뿐이다. 우리 모두에게는 더 높으신 왕이 계시다. 그리고 너는 그 왕께 복종해야 한다."

랜슬럿은 갑자기 아들의 옆으로 가서 나에게 다시 한번 생각해 줄 것을 간청했다.

"전하, 이 아이를 보내지 마십시오. 이 아이는 저의 유일한 아들입니다. 더 이상 제게는 아무도 없습니다."

그때 나는 랜슬럿을 보면서 처음으로 그를 증오했다. 그리고 그 순간, 한 가지 해결책, 즉 랜슬럿을 없앨 수 있는 해결책이 떠올랐다. 잘못되더라도 랜슬럿과 귀네비어는 아주 오랫동안 서로를 만날 수 없을 것이다. 그리고 잘되면, 그래, 나는 솔직히 고백하는 바, 잘되면, 영원히 저 자를 없애 버릴 수 있을 것이다.

"그렇다면 자네가 갈라하드와 함께 떠나게. 갈라하드를 떠나지 못하게 할 수는 없네. 카멜롯의 역사상 이보다 더 중요한 임무는 없었네. 자네는 성배를 보았다는 코르베닉을 잘 알지 않나? 그리고 갈라하드는 자네 아들이니, 아들을 보호하고 길을 안내하기 위해서 같이 떠나는 것이 어떻겠나? 아들을 혼자 떠나게 내버려 두지는 않겠지, 그렇지 않은가?"

그의 눈이 나의 흑막을 간파하면서 이렇게 말했다.

"전하께서 원하신다면 제가 같이 가겠습니다."

랜슬럿이 그렇게 말하자, 가윈이 벌떡 일어서며 말했다.

"저도 가겠습니다!"

"저도 가겠습니다!"

보어스도 외쳤다.

"저도 보내 주십시오, 전하! 전하를 실망시켜 드리지 않겠습니다."

이번엔 퍼시벌이었다.

그리하여 홀에 있던 기사들 중 반수가 원정에 나서겠다며 허락해 달라고 청했다. 랜슬럿은 내 팔에 손을 얹으며 말했다.

"제가 죽기를 바라는 전하의 소망이 전하의 왕국을 잃게 했습니다. 전하를 보호할 사람이 아무도 남지 않을 것입니다. 그리고 전하는 스스로를 방어해야만 할 것입니다. 이것은 모두 전하께서 자초하신 일입니다."

나는 그가 오직 진실만을 이야기한다는 것을 알고 있었다. 그러나 그것은 내가 듣고 싶지 않은 진실이었다. 나는 내 팔에 얹어 있는 그의 손을 참을 수 없어 팔을 빼내 버렸다.

나는 랜슬럿에게 말했다.

"자네가 원하는 사람은 모두 데리고 가게. 자네의 얼굴을 카멜롯에서 다시는 보고 싶지 않네."

나는 팔을 들고 원탁의 기사들 모두에게 말했다. 나는 그것이 마지막이라는 것을 알고 있었다.

"여러분들이 이 원정에 나서고 싶다면…… 떠나시오. 그대들을 축복해 주리다. 인간은 자신의 가슴이 이끄는 대로 가야 하는 법이거늘, 그렇지 않소, 랜슬럿?"

그는 대답하지 않았다.

그날 밤 침대에 누워 있을 때, 생각했던 대로 귀네비어가 내 방문 앞으로 찾아왔다. 나는 문을 걸어 잠그고 있었다. 그녀는 문밖에서 호소했다.

"아서, 제발, 문 좀 열어 주세요."

나는 대답하지 않았다.

"열어 주지 않을 거면 제가 하는 말이라도 들어 보세요. 내일 랜슬럿이 떠나지 않게 해 주세요. 그가 떠나면 저는 슬픔으로 죽어 버릴 겁니다. 그를 이곳에 머물게 해 주시면, 저는 예전처럼 오직 당신의 사람이 될 것을 약속드립니다. 아서, 모든 것을 예전으로 돌리겠어요. 약속드려요. 제발, 아서?"

나는 침대에 뻣뻣이 누운 채 그녀가 하는 말을 들었다. 나의 뺨으로 눈물이 흘러내렸다. 그러나 그것은 분노의 눈물이었다. 나는 귀네비어가 우는 소리를 들었지만 그녀를 동정하지 않았다.

아침이 밝았고, 나는 기사들이 궁정 뜰에서 원정을 나갈 채비를 하고 있는 곳으로 갔다. 갈라하드와 랜슬럿은 나란히 길을 나섰는데 뒤도 돌아보지 않았다. 가윈과 가레스, 보어스, 그리고 퍼시벌이 있었다. 퍼시벌의 말은 거칠게 뚜벅였고, 그의 황금 갑옷이 차가운 아침 태양에 반짝이고 있었다. 그들과 함께 일흔 명의 기사들이 출발했다. 그들은 둑길을 따라 말을 달려 안개 속으로 사라졌다.

귀네비어가 옆으로 다가온 기척을 느꼈다.

"우리가 무슨 짓을 저지른 거죠? 무슨 일을 한 거냐고요?"

"우린 스스로를 파멸시켰지. 로그레스 왕국은 무너졌소. 카멜롯은 산산조각이 났고. 그것도 우리 손으로 그렇게 된 것이오."

그녀가 부드럽게 이야기했다.

“아마 우리 힘으로는 어쩔 수 없는 거였을지도 모르겠어요. 아마 이 지상에 천국을 가질 수는 없는 거였겠죠. 아마 우리는 완벽하지 않은 존재이겠죠.”

귀네비어의 손이 난간 위에 있는 나의 손과 가까이 있었다. 나는 그녀의 손을 잡고 싶었다.

나는 말했다.

“그럴 수도 있을 거요. 허나 우리가 시도는 할 수 있지 않소. 적어도 우리는 시도를 하지 않았소?”

나는 내가 아직 사랑하고 있는 그녀의 눈을 내려다보았고, 그녀 역시 나에 대한 사랑이 아직 남아 있다는 것을 알았다. 그러나 우리 둘 모두, 이미 시들어 버린 사랑임을 알고 있었다.

그녀는 매일 창 밖을 내다보았다. 수주일 동안 그녀는 방에서 꼼짝하지 않았다. 나의 밤 역시 길기만 했고, 미움과 자책과 후회가 내 안에서 들끓었다. 내가 한 일은 충분히 끔찍한 것이었다. 하지만 내가 느끼고 있는 것은 그보다 더욱 끔찍했다. 나는 성배 원정 소식이 아니라 랜슬럿의 죽음에 대한 소식을 기다리고 있었다. 나는 그의 죽음을 간절히 바랐고, 그것을 위해 기도했다. 그러고 나서 그의 죽음을 위해 기도하는 것에 대해 용서를 빌었다. 우리 둘은 기다리고 있었다. 분명 귀네비어도 기도를 하고 있었지만, 우리의 기도는 서로 너무나 달랐다.

그날 성배를 찾는 원정을 떠났던 기사들 중, 채 스무 명이 안 되는 기사들만 카멜롯으로 돌아왔다. 생존자 중 맨 처음 돌아온 사람은 퍼시벌이었다. 원정을 떠난 지 몇 개월 후 어느 날 밤, 퍼시벌은 궁정 뜰로 들어왔는데, 그는 신부를 데리고 왔다. 신부는 코르베닉의 펠레스 왕의 막내 딸 블랑쉬플뢰르였다. 나는 그들을 얼른 중앙 홀로 데리고 와서 난로 옆에 앉혔다. 그들은 서로의 눈을 바라보며 미소 지었고, 그 모습은 참으로 아름다웠다. 아, 내가 그들의 젊은 사랑을 얼마나 부러워했는지……. 그러나 그보다 나는 마음속에 어두운 생각을 하고 있었다.

나는 더 이상 자제할 수 없어서 말을 꺼냈다.

"랜슬럿은 어떻게 되었지? 성배는 어떻게 되었나?"

퍼시벌은 전투의 악몽을 견디어 낸 많은 다른 전사들과 마찬가지로 그동안 일어났던 일을 생각하고 싶어 하지 않았다. 그것을 말로 전하는 것은, 그에게는 힘들고 슬픈 일이었다. 그는 블랑쉬플뢰르의 손을 잡고 말을 시작했다. 랜슬럿은 갈라하드와 함께 웨이스트랜드 이곳저곳을 헤매며 코르베닉으로 가는 길을 찾으려고 했던 모양이었다. 그러나 찾으면 찾을수록 더욱 혼동이 되었다. 결국 갈라하드가 랜슬럿을 놔둔 채 혼자서 길을 찾아 나섰다. 다른 많은 기사들처럼 퍼시벌과 보어스는 그곳 전역을 샅샅이 뒤졌지만 성배의 흔적조차 찾을 수 없었다. 그들은 온갖 위험과 궁핍을 이겨내고 생존할 수 있었다. 마치 그 일을 생각하는 것조차 괴로운 듯 빨리 이야기하고 지나갔다. 마침내 그들은 우연히 코르베닉에 당도했다.

"하지만 그 어떤 것도 우연히 이루어지는 것은 없습니다, 전하. 그렇지 않습니까? 우리가 코르베닉에 도착했을 때 갈라하드와 랜슬럿은 이미 그곳에 있었습니다. 성배를 다시 볼 수 있었던 것은 우리 네 명뿐이었습니다. 저도 그 이유는 모르겠습니다. 우리는 성배를 서로에게 돌렸는데, 오직 갈라하드만이 그것을 마실 수 있었습니다. 나는 그곳 코르베닉의 교회당에서 그가 성배를 드는 것을 보았습니다. 나중에 우리는, 그가 여전히 제단 앞에 무릎을 꿇고 있는 것을 보았는데, 성배와 함께 영혼이 이미 천국으로 간 상태였습니다. 하지만 이야기가 전부 슬픈 것만은 아닙니다, 전하. 그날 제가 성배를 잡아 보고, 또 갈라하드를 묻고 난 후, 펠레스 왕에게 작별 인사를 드리러 갔습니다. 제가 그의 손을 잡자 그의 오래된 상처가 아물었고, 그는 30년 만에 처음으로 일어설 수 있었습니다. 왜 그런지 저도 모르겠습니다. 펠레스 왕과 블랑쉬플뢰르는 친절하게도 저에게 조금 더 머물라고 청했습니다."

퍼시벌은 그녀를 향해 미소를 지어 보이고, 잡고 있는 손에 힘을 주었다.

"그래서 제가 더 머물렀지요."

"랜슬럿은? 랜슬럿은 어떻게 되었어?"

퍼시벌이 대답했다.

"떠났습니다. 그가 어디로 갔는지는 아무도 모릅니다. 저도 그 이후로 그의 소식을 듣지 못했습니다."

그들은 며칠 더 머물렀다. 귀네비어는 랜슬럿의 소식이 없다는 말을 듣고, 방에서 내려와 그들을 만날 생각도 하지 않았다. 나는 퍼시벌에게 카멜롯에 머물러 달라고 간청했지만 그는 거절했다. 펠레스 왕은 자신의 고질병을 완전히 고치긴 했지만, 이제 나이가 많이 들었기 때문에 새 사위를 곁에 두려 했다. 퍼시벌은 코르베닉의 새 영주가 되기 위해서 그곳으로 돌아갔고, 나는 다시는 그를 볼 수 없었다.

그 다음으로 돌아온 사람은 보어스였다. 한밤중에 도착한 그를 내 방으로 불러들였다. 언제나 과묵한 보어스는 그동안 그에게 일어난 일에 대해서 최대한 말을 아꼈고, 단지 퍼시벌과 함께 코르베닉에 가서 성배를 잡아 보았다고만 했다. 랜슬럿의 소식에 대해 묻자 그는 그저 이렇게 대답했다.

"살아 있습니다. 그가 저더러 자기는 아직도 전하를 좋아한다고 전하라 하더군요. 그러나 왕비 역시 아직 사랑하고 있다고 하면서 말입니다. 다시는 카멜롯으로 돌아오지 않겠다고 전하께 약속드린다고 했습니다."

"예전에 그런 약속을 들었네. 그가 만일 돌아온다면 우리 사이엔 전쟁이 일어날 것일세."

보어스가 말했다.

"저도 압니다, 전하. 그도 알고, 모든 사람이 다 아는 사실입니다. 그가 돌아온다면 우리들은 전하와 랜슬럿 사이에서 선택을 해야 하겠죠."

"그렇다면 자네는 어떤 선택을 하겠나, 보어스?"

나는 이렇게 물었으나 대답을 들을 시간이 없었다. 귀네비어가 손에 초를 든 채, 맨발로 문 앞에 서 있었던 것이다. 그녀는 마치 꿈을 꾸는 듯한 모습이었고, 거의 몽유병자처럼 보였다.

그녀가 속삭였다.

"그는 죽지 않았죠? 그러면 내게로 다시 돌아올 거예요. 반드시 그럴 거예요."

제프리 초서의 캔터베리 이야기 중

•••방앗간 주인의 이야기

옛날 옥스퍼드에 부자 노인이 한 명 살고 있었는데 직업은 목수였고 집에서 하숙을 치고 있었다. 그 집에 사는 하숙생은 인문학을 공부하는 가난한 대학생으로 점성술에 대단한 관심을 가지고 있었다. 사람들이 그에게 별자리를 보아 가뭄이 올지 홍수가 날지 묻거나, 이러저러한 일을 예견해 달라고 청하면, 그는 몇 가지 전제를 제시한 다음 그 질문들에 대답해 주곤 했다.

사람들은 이 대학생을 멋쟁이 니콜라스라고 불렀다. 이 학생은 수줍은 처녀처럼 보이긴 했지만 비밀스러운 연애를 즐기거나 여자들을 어르는 데 비상한 재주를 가졌다. 그는 그 재주를 교묘하고 신중하게 써먹었다. 그가 혼자 쓰는 하숙집 방에는 여러 가지 달콤한 식물들이 많이 있었고, 또한 그는 자신을 감초 뿌리나 쥐오줌풀만큼 향기롭게 꾸미고 다녔다. 침대 머리맡에 있는 선반에는 프톨레마이오스의 천문학 교본과 점성술에 대한 논문들, 크고 작은 천문학 텍스트들, 천문 관측의 및 계산기 등, 연구에 필요한 도구들이 정돈되어 있었다. 옷장은 붉은 천으로 덮여 있었고 그 위에는 멋있는 비파가 놓여 있었다. 그는 밤이면 방에서 그것을 연주하여 달콤한 음악이 흐르게 했다. 보통 「성모 마리아의 천사」를 먼저 연주하고 뒤이어 「윌리엄 왕의 노래」를 연주하곤 했다. 사람들은 그의 경쾌한 목소리에 찬사를 보냈다. 이 매력적인 젊은 학생은 얼마 되지 않는 자신의 수입과 친구들이 대는 돈으로 생계를 유지했다.

목수는 최근에 열여덟 살의 처녀와 결혼을 했는데 그녀를 자신의 목숨보다도 더 소중히 여겼다. 아내는 젊고 활기에 차 있는 반면 자신은 늙은이였기 때문에 질투심에 사로잡힌 목수는 아내를 새장에 가두듯 보호했다. 그는 이미 자기 자신을 오쟁이진 남편이라고 생각하고 있었다. 무식하고 교육을 받지 못한 그는, 사람은 자신과 어울릴 만한 사람과 결혼해야 한다고 말한 케토의 충고를 모르고 있었던 것이다. 늙은이와 젊은이는 대개 서로에 대해 문제를 일으킬 만한 소지를 충분히 가지고 있기 때문에 인간은 누구나 자신의 지위와 세대와 적절하게 어울리는 짝을 찾아야 하는 법이다. 그러나 그는 이미 이러한 오류를 범했으니 다른 이들과 마찬가지로 인내하고 살아야 할 판이다.

아내는 젊고 아름다웠으며 족제비같이 날씬하고 유연한 몸매를 가졌다. 그녀의 허리에는 우유처럼 흰 플레어 앞치마와 줄무늬가 있는 비단 허리띠를 두르고 있었다. 겉옷은 흰색으로, 옷깃의 안팎에는 검은색 비단실로 수가 놓여져 있었다. 그녀가 쓰고 있던 흰색 모자 역시 옷깃에 어울리는 짙은 검정 비단으로 만들어졌고, 넓은 비단 머리띠가 높게 올려져 있었다. 그리고 자두처럼 검고 가늘게 다듬어진 둥근 눈썹 밑에는 음탕함이 여실히 드러난 눈을 가졌다. 그녀는 한창 물이 오른 배꽃보다도 훨씬 달콤해 보였으며 양털보다도 더 부드러웠다. 비단 술과 둥근 금속 단추가 달린 가죽 지갑을 허리에 매고 있었다. 이 세상 어느 곳에도 이같이 예쁘고 귀여운 여자를 생각해 낼 수 있을 만한 상상력과 지혜를 가진 사람을 찾기 힘들 것이다. 그녀의 아름다움은 런던탑 조폐창에서 갓 주조해 낸 금화보다도 더 밝게 빛났다. 그녀는 헛간에 앉아 있는 참새만큼이나 맑고 경쾌했다. 그녀는 마치 어린아이나 어미 소를 따라 뛰어다니는 송아지처럼 경쾌하게 까불어 댔고 뛰어다녔다. 그녀의 입은 꿀이나 꿀술 혹은 건초더미 속에 넣어 둔 사과만큼이나 달콤했다. 망아지처럼 이리저리 뛰었으며, 돛대만큼 키가 컸고, 화살처럼 꼿꼿했다. 옷깃 아래에 방패 장식만큼 큰 브로치를 하고 있었고 신발은 다리 높이까지 매듭으로 매어져 있었다. 그녀는 왕자가 침실에서 함께할 만하고, 모든 자유민이 결혼할 수 있을 만한 데이지꽃이자 복숭아꽃과 같았다.

자, 여러분! 어느 날 그녀의 남편이 오스니에 가 있을 때 멋쟁이 니콜라스가 이 젊은 여자와 희롱을 걸며 까불기 시작했다. 니콜라스 같은 부류의 학생들은 교활한 괴짜와 같다. 그는 교묘하게 그녀의 가장 비밀스러운 곳을 만지면서 말했다.

"아, 사랑스러운 그대, 당신이 나의 사랑을 허락하지 않는다면 난 사랑 때문에 죽을 거요."

그는 그녀의 팽팽한 엉덩이를 꽉 잡고 말을 이었다.

"그대, 제발 지금 당장 사랑을 나눕시다. 그렇지 않으면 죽어 버릴 거예요."

그녀는 말굽을 채워 넣는 망아지처럼 펄쩍 뛰었고 머리를 비틀며 빠져나왔다.

"이거 놔! 너랑 키스하지 않을 거야! 놔, 니콜라스, 그렇지 않으면 소리를 지를 거야. 당장 이 손 치워! 이 따위로 행동할 거야?"

그러나 니콜라스는 간청하기 시작했다. 그는 계속해서 달콤한 말로 집요하게 밀어붙여 마침내 그녀는 굴복하고 말았다. 그녀는 기회가 되는 대로 곧 그의 사랑을 허락하겠노라고, 캔터베리의 성인 성 토머스의 이름을 걸고 맹세했다.

"내 남편은 완전히 질투에 사로잡힌 사람이라서 인내심을 갖고 조심조심하지 않으면 틀림없이 난 끝장이 날 거예요. 그러니 이 일은 철저히 비밀로 해야 해요."

"그 점은 걱정할 것 없어. 서생이 목수 하나 속여 넘기지 못한다면 지금까지 허송세월을 보낸 거지."

니콜라스가 대답했다. 이렇듯 내가 말한 대로 그들은 기회를 엿보기로 맹세했다.

이렇게 일을 해결하고 나서 니콜라스는 여자의 허벅지를 애무하면서 달콤하게 입맞추고 난 후 비파를 내려 경쾌한 음악을 연주했다.

어느 성인의 축일에 이 훌륭한 여자는 집안일을 제쳐 두고 반짝거릴 때까지 얼굴을 씻은 다음 예배를 드리기 위해 교회로 갔다. 그 교회에는 압살론이라는 교회 서기가 있었다. 그의 곱슬머리는 황금처럼 빛났고 가르마를 중심으로 커다란 부채처럼 양쪽으로 쭉 뻗어 내려가 있었다. 안색은 불그레했으며 눈은 회색 빛이었다. 멋있게 진홍빛 스타킹을 입고 있었고 성 바오로 대성당의 장미 무늬 창처럼 무늬가 멋있는 신발을 신고 있었다. 위에는 꽉 끼는 연한 파란색의 말끔한 재킷을 입고 있었는데 레이스가 주렁주렁 달려 있었다. 재킷 위에는 꽃무더기처럼 희고 화사한 소백의를 걸치고 있었다. 맹세코, 그는 정말 멋진 청년이었다. 그는 머리 깎는 일, 방혈하는 일, 법률 문서 다루는 일을 할 줄 알았고, 당시 유행하던 옥스퍼드

식으로 다리를 사방으로 뻗치면서 추는, 스무 가지 스타일의 춤을 출 줄 알았으며, 두 줄로 된 바이올린을 연주하면서 높은 가성으로 노래할 줄 알았다. 또 기타도 연주할 수 있었다. 그 도시에 생기발랄한 술집 여자들이 있는 곳이라면 즐거움을 찾아 그가 가보지 않은 술집이나 여관이 없을 정도였다. 그러나 사실 그는 방귀에 대해서는 다소 신경질적이었고, 말투는 점잔을 빼는 사람이었다.

이 성 축일에 압살론은 기분이 최고조에 달해 향로를 가지고 돌았다. 교구의 여자들에게 향을 뿌려 주다가 그들에게 눈을 지그시 뜨고 추파를 던졌는데 특히 목수의 아내에게 집중했다. 그녀는 너무나 말끔하고 달콤하고 색기가 흘러서 마치 일생 동안이라도 그녀를 바라보며 행복하게 살 수 있을 것만 같았다. 만약 그녀가 한 마리 쥐였고 압살론이 고양이였다면, 맹세코 압살론은 즉시 그녀를 덮쳤을 것이다. 이 우스꽝스러운 교회 서기는 사랑에 온 정신을 빼앗겨 여자들에게는 헌금을 걷지 않았으며 그렇게 하는 것이 예의상 옳은 일이라고 말했다.

그날 밤 달빛이 밝게 비칠 때, 압살론은 기타를 들고 구애를 하기 위해 나섰다. 열정에 사로잡혀 유쾌하게 발걸음을 옮기다가 첫 닭이 울고 곧바로 목수의 집 앞에 당도해 집 벽으로부터 돌출되어 나온 창문 가까이 다가섰다. 그러고 나서 그는 기타 소리에 맞춰 낮고 부드러운 목소리로 노래하기 시작했다.

"사랑하는 여인이여, 나의 청을 들어 주오.
당신의 마음을 내게 열어 주오."

목수는 잠에서 깨어 그 소리를 들었다. 그가 아내를 불렀다.

"앨리슨, 우리 방 아래에서 압살론이 노래 부르는 거 들리지?"

"그래요, 여보. 분명히 저도 들었어요."

상황은 그렇게 진행되어 나갔다. 명랑한 압살론은 매일 그녀에게 구애했고 그러다가 마침내 수심에 가득 차서 밤이고 낮이고 잠을 이룰 수가 없게 되었다. 그는 숱 많은 머리를 빗어 보기도 하고 말쑥하게 차려입기도 했다. 대리인을 통해 구애하기도 했으며 중매쟁이를 보내 그녀의 노예가 되겠노라고 맹세하기도 했다. 나이팅게일처럼 그녀에게 노래하기도 했고 와인과 밀술과 향 맥주와 오븐에서 갓 구워 낸 따뜻한 케이크를 보내기도 했다. 또한 살 만한 것이 많은 도시에 살고 있으므로 그녀에게 돈을 주기도 했다. 세상에는 재산으로 살 수 있는 여자가 있고 힘으로 얻을 수 있는 여자가 있고 또 친절로 살 수 있는 여자가 있다.

한번은 압살론이 자신의 재능과 재주를 뽐내기 위해서 극장 무대에서 헤롯 왕을 연기했다. 그러나 그것이 무슨 소용이겠는가? 그녀는 멋쟁이 니콜라스를 너무도 사랑하고 있었기 때문에 압살론의 구애 따위는 안중에도 없었다. 그의 구애 노력은 기껏 조롱만 살 뿐이었다. 그녀는 압살론을 바보로 만들고 그의 헌신을 웃음거리로 만들었다. 진실로 이 경우에 딱 들어맞는 속담이 있다. '사람의 마음을 사로잡으려거든 늘 가까이 하며 교활해져라. 멀리 떨어져 있는 연인은 그만큼 기회를 놓치는 것이다.'

압살론이 아무리 날뛰고 안달을 해도 그는 그녀의 곁에 있는 사람이 아니기 때문에 가까이 있는 니콜라스에게 항상 자리를 잃는 것이다.

자, 이제 멋쟁이 니콜라스여, 그대의 기개를 보여 주고 압살론을 칭얼거리게 놔 둬라!

어느 토요일, 목수가 오스니에 가게 되었다. 니콜라스와 앨리슨은 한 가지 계책을 짜내서 불쌍하고 질투심 많은 남편을 속이기로 했다. 모든 일이 잘 풀린다면 그녀는, 둘이 모두 원하는 바, 니콜라스의 품에서 온 밤을 지낼 수 있을 것이다. 더 이상 기다릴 수가 없었던 니콜라스는 아무 말 없이 하루나 이틀을 지낼 수 있는 음식과 음료를 가지고 자신의 방으로 조용히 물러났다. 그러고 나서 그는 앨리슨에게 이르기를, 그녀의 남편이 자기에 대해서 묻거든 온종일 보지 못했으며 어디 갔는지도 모르겠다고 말해야 하며, 하녀가 그를 부르러 가서 아무리 크게 소리를 쳐대도 아무 대답이 없는 것을 보니 병이 난 게 틀림없는 것 같다고 말하라 했다.

그리하여 니콜라스는 토요일부터 방에서 꼼짝하지 않은 채, 먹고 자고 아무것이나 하고 싶은 대로 하면서 일요일 저녁까지 지냈다. 불쌍한 목수는 도대체 니콜라스에게 무슨 일이 일어났는지 걱정하기 시작했다.

'니콜라스에게 뭔가 잘못된 일이 생긴 거야! 제발이지 갑작스럽게 죽지나 않았으면 좋으련만! 하지만 못 믿을 세상 아닌가. 지난 월요일에 일하고 있는 것을 내 눈으로 본 사람이 오늘 죽은 자가 되어 교회로 실려 가지 않았던가.'

그는 자신의 시종에게 말했다.

"어서 가서 문 앞에서 소리쳐 보거라. 아니면 돌멩이로 문을 쳐 보던가. 무슨 일인지 알아보고 즉시 내게 말하거라."

시종은 힘차게 위층으로 뛰어 올라가 방문을 두드리며 고함을 쳤다.

"니콜라스 선생, 무슨 일 있습니까? 왜 온종일 잠만 자고 있나요?"

그러나 아무런 소용이 없었다. 방 안에서 아무런 응답도 나오지 않았다. 시종은 방 벽 밑 쪽에 고양이가 드나들던 구멍을 발견하고 그곳을 통해 안을 면밀히 들여다보았다. 그러다가 그는 니콜라스가 똑바로 앉아서 마치 미친 사람처럼 입을 벌리고 있는 것을 보았다. 그리하여 그는 급히 내려가서 주인에게 자기가 본 대로 고했다.

목수는 성호를 그으며 말했다.

"성 프리데스위드 님이시여! 굽어살피소서. 누구에게 어떤 일이 일어날지 어느 누가 알겠습니까! 니콜라스는 그 천문학인지 뭔지 때문에 갑작스럽게 발작을 일으킨 거야. 이런 일이 벌어질 줄 알았다니까! 신의 비밀을 캐내려 해서는 안 된다니까. 사도신경밖에 모르는 평범한 사람이 축복받은 사람이라고. 바로 이런 일이 천문학을 공부하는 서생이 들판으로 나가 별을 바라보며 미래를 예측하려다가 발생할 수 있는 일이야. 제 앞에 있는 오물 구덩이를 예견하지 못하고 빠지고 말았다지. 어쨌든 성 토머스여, 불쌍한 니콜라스가 정말 안됐구먼! 하늘에 계신 그리스도께서 그의 공부에 대해 그를 꾸짖으실 거야. 로빈, 막대기 하나 가져오너라. 방문 밑으로 넣어서 문을 치켜올릴 테니 너는 문을 들어 올려라. 그러면 그는 그 공부를 그만두게 될 거다. 틀림없어!"

목수는 일을 시작하러 방문 앞으로 갔다. 시종은 힘이 좋았고 순식간에 문을 들어 올려 걸쇠를 떼어내 버렸다. 그러자 문이 바닥으로 떨어지고 말았다. 그곳에 돌처럼 굳은 니콜라스가 입을 허공에 벌린 채 앉아 있었다. 그가 절망으로 혼수 상태에 빠졌다고 생각한 목수는 그의 어깨를 단단히 부여잡고 세게 흔들면서 소리쳤다.

"이보게, 니콜라스! 이보게! 아래로 내려다보게! 정신을 차리란 말이야! 그리스도의 수난을 생각해 보게! 성호가 도깨비나 악귀로부터 자네를 보호해 줄 거야."

그러고 나서 그는 집 사방과 문간에 대고 기도문을 중얼거리기 시작했다.

"예수 그리스도여, 성 베네딕트여,
악령을 쫓아내소서.
주기도문으로 밤의 마녀를 몰아내 주소서!
베드로의 누이여, 어디 계십니까?"

마침내 멋쟁이 니콜라스는 깊이 한숨을 쉬고 말했다.

"아, 세상의 종말이 이렇게 빨리 다가오다니!"

목수가 대답했다.

"자네 무슨 말인가? 우리 노동자들처럼 신을 믿게나."

그러자 니콜라스가 대답했다.

"마실 것 좀 가져다주세요. 그러면 철저한 비밀 하에, 우리 둘 다와 연관된 어떤 일에 대해서 영감님께 말씀드릴게요. 영감님을 제외한 어느 누구에게도 말하지 않을 겁니다."

목수는 아래층으로 내려가서 독한 맥주 한 사발을 들고 왔다. 각자 자기 몫의 맥주를 마시고 나자 니콜라스가 문을 굳게 잠그고 목수를 자신의 옆에 앉혔다.

그는 말했다.

"소중하신 저의 주인이신 존 영감님, 이 비밀을 누구에게도 발설하지 않겠다고 지금 영감님의 명예를 걸고 제게 맹세하셔야 합니다. 왜냐하면 지금 제가 말씀드리려고 하는 것은 그리스도의 비밀이기 때문이며 누군가에게 발설하는 날에는 영감님은 망하게 될 것입니다. 영감님이 저를 배신하면 그 대가로 영감님은 완전히 미치게 될 것입니다."

어리석은 목수가 대답했다.

"그리스도와 그의 신성한 피를 두고 맹세하건대, 절대 비밀을 지키겠네. 나는 입이 가볍질 않아. 비록 내 스스로 이런 말을 하지만 난 수다쟁이가 아니지. 얼마든지 자유롭게 얘기해 보게나. 그리스도께서 지옥을 정복하셨듯, 나는 남자, 여자, 아이 어느 누구에게도 말하지 않을 걸세."

니콜라스가 말을 이었다.

"자, 존 영감님. 이건 거짓말이 아닙니다. 내가 별을 연구하고 달이 밝을 때 관찰해 본 결과, 다음 주 월요일 밤 9시쯤 노아의 홍수 저리 가라 할 정도의 거대한 홍수가 일어날 거예요. 정말 대단한 폭우가 쏟아질 거요. 전 세계가 단 한 시간도 못 되어 물에 잠기게 될 것이고 인류는 멸망하게 될 것입니다."

이 말에 목수가 소리질렀다.

"아이고, 내 불쌍한 마누라! 물에 빠져 죽는다고? 아, 가여운 앨리슨!"

그는 너무나도 큰 공포에 사로잡혀 거의 쓰러질 뻔했다.

"무슨 방책이 없겠는가?"

"물론 있지요. 하지만 영감님 자신의 생각대로 해서는 안 되고 전문가의 조언을 따라야만 합니다. 솔로몬이 말하지 않았습니까. '가르침대로 행하면 후회가 없을 것이다.' 라고요. 영감님이 저의 충고에 따라 주신다면 제가 돛대나 돛 없이도 영감님과 영감님의 부인, 그리고 저까지 세 명을 반드시 구해 낼 겁니다. 주님께서 세상이 물에 잠겨 망하게 될 거라고 미리 경고해 주셨을 때 노아가 어떻게 생명을 구제받았는지 들어 본 적이 있습니까?"

"물론, 아주 옛날 얘기지 않은가."

"그렇다면 노아와 다른 가족들이 그의 아내를 배에 태우기 위해서 겪었던 그 모든 어려움에 대해서도 들어 보셨습니까? 저는 노아가, 아내가 혼자 탈 수 있는 배 한 척을 마련해 주기 위해서라면 무엇이든 아끼지 않았을 것이라 생각합니다. 우리가 어떻게 해야 좋을지 아십니까? 서둘러야 합니다. 이 상황에서는 공론을 벌이거나 지체할 시간이 없습니다.

제각각 자신에게 맞는 반죽 통이나 크고 얕은 목욕 통을 서둘러 집으로 가져오세요. 배로 쓸 수 있을 만큼 충분히 큰 것으로 말입니다. 그리고 거기에 하루분의 식량을 마련해 놓으세요. 그 이상은 필요 없습니다. 다음 날 아침 9시경이면 물이 빠질 겁니다. 하지만 영감님의 시종 로빈이 이 일을 알아서는 안 됩니다. 하녀 질리언도 구할 수 없어요. 이유는 묻지 마세요. 묻는다 해도 하느님의 비밀을 누설할 순 없습니다. 영감님이 미치지 않았다면 노아처럼 크나큰 은혜를 입는 데 만족할 테지요. 걱정 마세요. 제가 분명 영감님의 아내를 구하겠습니다. 어서 가서 일을 서두르세요. 세 개의 반죽 통, 즉 하나는 영감님의 아내를 위해, 또 하나는 저를 위해, 또 하나는 영감님을 위해 마련한 후 그것들을 지붕 위 높은 곳에 매달아서 아무도 눈치채지 못하도록 하세요. 제가 말한 대로 하고 나서 그 안에 음식을 채워 넣고, 물이 밀려오면 줄을 끊고 나갈 수 있도록 도끼도 한 자루 마련해 두어야 합니다. 마구간 위쪽 박공의 끝 지점에, 즉 정원 쪽에 큰 구멍을 하나 뚫어 놓으면, 홍수가 지나갔을 때 우리는 그 구멍을 통해 빠져나올 수 있을 겁니다. 그러면 영감님은 짝을 좇는 흰오리마냥 즐겁게 노 저어 갈 수 있을 거예요. 그리고 저는 '안녕하세요, 앨리슨! 안녕하세요? 존 영감님! 기뻐하십시오. 홍수가 물러나고 있습니다.' 라고 소리칠 것입니다. 영감님은 답하시겠죠. '니콜라스, 좋은 아침이야, 날이 다 샜군.' 하면서요. 우리는 남은 생 동안 노아와 그의 부인처럼 세상의 주인이 될 것입니다.

하지만 제가 영감님께 진지하게 경고해야 할 게 하나 있습니다. 우리가 그날 밤 배 안에 오르면 우리 중 어느 누구도 한 마디 말도 해서는 안 됩니다. 부르거나 소리쳐도 안 되며, 대신 기도만 해야 합니다. 그것이 바로 주님의 계명입니다.

영감님과 부인은 되도록 멀리 떨어져 매달려 있어야 합니다. 둘 사이에 죄가 있어서는 안 되기 때문입니다. 쳐다보아서도 안 될뿐더러 행동해서는 더더욱 안 됩니다. 그것이 영감님께 내려진 명입니다. 어서 가세요. 행운을 빕니다. 내일 밤 모두가 잠들었을 때 우리는 각자의 반죽 통으로 들어가 앉아 신께 의탁해 구원을 빌면 됩니다. 이제 가세요. 더 이상 설명할 시간이 없습니다. '현명한 사람을 보내면 말이 필요없다.' 고 하지 않습니까. 영감님은 현명한 사람이니 가르침이 필요없을 것입니다. 어서 가셔서 우리의 목숨을 구하세요."

어리석은 목수는 한숨 지으며 돌아와서 아내에게 그 비밀을 털어놓았다. 하지만 아내는 목수보다 이 간교한 계략 뒤에 숨어 있는 의미를 더 잘 알고 있었던 터였다. 그럼에도 그녀는 이야기를 듣고 마치 놀라 죽을 것같이 행동했다.

"아이고, 세상에! 어서 서둘러 피할 준비를 합시다. 그렇지 않으면 다 죽고 말 거예요. 저는 당신의 진실되고 합법적인 아내잖아요. 그러니 여보, 서둘러 우리의 목숨을 구해요."

상상이란 얼마나 강력한 것인가! 사람들은 이다지도 취약하여 상상으로 죽을 수도 있는 것이다. 불쌍한 목수는 떨기 시작했다. 그는 진실로 노아의 홍수가 마치 바닷물처럼 거세게 밀려들어 사랑하는 앨리슨을 덮칠 것만 같은 생각이 들었다. 그는 전율을 느끼며 한숨을 쉬었고 통곡하며 비참함을 느꼈다. 그러고 나서 밖으로 나가 반죽 통과 큰 술통을 찾아 몰래 집 안으로 들여와 지붕에 매달았다. 그는 서까래에 매달려 있는 통으로 올라갈 수 있도록 직접 세 개의 사다리를 만들었다. 그런 다음 하루를 지내는 데 충분한 빵과 치즈와 한 통의 맥주를 각각의 통 속에 넣어 두었다. 그는 이렇게 준비를 마치기 전에 시종과 하녀를 런던으로 심부름을 보냈다. 월요일 밤이 이슥해지자 문을 잠그고 촛불을 켜지 않은 채 모든 것이 예정대로 준비되었는지 확인했다. 그런 다음 그들 셋은 모두 통 속으로 들어가서 몇 분 동안 꿈쩍하지 않은 채 앉아 있었다.

"자, 이제 주기도문을 외웁시다."

니콜라스가 말했다.

그러자 존과 앨리슨은 '쉬, 쉬.' 하며 응했다. 목수는 주기도문을 외고 조용히 앉아서 다시 기도를 하며 비가 오는지 귀를 기울였다.

정신없이 피곤한 하루를 보낸 목수는 저녁 종이 울릴 때쯤 깊은 잠에 빠졌다. 그는 악몽을 꾸는지 신음 소리를 내뱉었고, 불편하게 놓인 머리 때문인지 코를 골기 시작했다. 니콜라스는 살금살금 사다리를 타고 내려왔고 앨리슨도 그를 따라 내려왔다. 둘은 아무 말 없이 목수의 침대로 들어갔다.

앨리슨과 니콜라스는 침대에 누워 짓고 까불면서 기쁨과 쾌락에 빠져 시간 가는 줄을 몰랐다. 드디어 아침 기도 시간 종이 울리고 교회에서 찬가 소리가 들려 왔다.

그 월요일, 상사병에 빠져 평소처럼 사랑 때문에 번뇌하는 교회

서기 압살론은 오스니에서 친구들과 놀다가 우연히 수도원 수사 한 명에게 목수 존에 대해서 물었다. 수사는 그를 교회 밖으로 데리고 나가서 말했다.

"모르겠어. 지난 토요일 이후로 그 영감이 일하는 것을 보지 못했네. 수도원장이 시켜서 목재를 가지러 그랜지로 가 있는 게 아닌가 싶네. 그렇지 않다면 분명 집에 있겠지. 확실히는 나도 모르겠네."

이에 기분이 좋아진 압살론은 생각했다.

'자, 이제 밤을 지새워야 할 때인 것 같군. 날이 샌 후 지금까지 영감이 집 밖으로 나오는 것을 못 봤으니 분명……. 그래, 확실해. 새벽 닭이 울 때쯤 영감 방의 창문을 살짝 두드려 봐야겠어. 그러고는 앨리슨에게 사랑하는 나의 마음을 전해야지. 적어도 그녀에게 입맞춤은 할 수 있을 거야. 어쨌든 어느 정도 만족할 수 있을 거야. 온종일 입이 근질거리는 게 분명 적어도 입맞춤은 할 수 있다는 징조야. 게다가 어젯밤에는 축제의 꿈을 꾸었잖아. 그러니 한두 시간 잠을 자 두어야지. 오늘 밤 난 밤을 새며 재미를 좀 봐야지.'

첫 닭이 울자 기쁨에 찬 압살론은 자리에서 일어나서 멋지게 옷을 차려입었다. 입을 향기롭게 하기 위해 향료 열매를 씹었고, 혀 밑에 '진실한 사랑true-love'의 잎사귀를 넣고는 멋지게 보이도록 빗질을 했다. 그러고 나서 압살론은 목수의 집으로 걸어가서 가슴 높이에 있는 창가로 다가가 조용히 서 있다가 부드럽게 헛기침을 했다.

"사랑스러운 앨리슨, 어디 있나요? 향기로운 꿀, 아름다운 새, 달콤한 계피 같은 앨리슨, 깨어나요. 그대, 내게 말을 해 줘요! 당신은 나의 불행에 대해선 아랑곳하지 않죠. 허나 나는 어딜 가든 당신의 사랑만을 바라며 애를 태운다오. 애타고 번뇌하는 나의 마음은 어린 양이 어미의 젖꼭지를 갈망하는 것만큼이나 당연한 것이오. 그대여, 진실로 나는 그대에게 온 마음을 빼앗겨서 산비둘기처럼 애태우며 소녀처럼 아무것도 먹지 못하고 있소."

그녀가 답했다.

"머저리 같은 인간, 꺼져 버려. 무슨 일이 있어도 당신에게 키스할 일은 없을 테니. 내겐 사랑하는 사람이 있어. 압살론 당신보다 훨씬 멋있는 사람을 난 사랑한다고. 오, 이런, 빌어먹을. 잠 좀 자게 제발 꺼져요. 안 그러면 돌멩이를 던져 버릴 거야."

"오, 이런!"

압살론은 대꾸했다. 진정한 사랑은 언제나 이런 식으로 푸대접을 받는 것인가.

"허나 어쨌든 날 위해 제발 키스 한 번 해 주오. 그 이상 아무것도 바라지 않겠소."

"그럼 돌아간다고 약속할 거예요?"

"물론이오, 그대."

"그러면 준비해요. 내가 곧 내려갈 테니."

그러고 나서 그녀는 니콜라스에게 속삭였다.

"쉬, 당신 이제 재미있는 것을 보게 될 거야."

압살론은 무릎을 꿇고 앉아 말했다.

"일이 술술 잘 풀리고 있군. 이 다음에는 더 좋은 일들이 생길 거야. 그대여, 내게 부드럽게 대해 줘요. 오, 사랑스러운 당신, 내게 친절하게 대해 주오."

앨리슨은 서둘러 창을 열었다.

"자, 어서 해치워요. 이웃 사람들이 보기 전에 빨리 해요."

압살론은 입을 훔치기 시작했다. 밤은 칠흙처럼 어두웠다. 앨리슨은 창 밖으로 엉덩이를 내밀었다. 압살론은 행운을 잡기라도 한 듯, 무엇인지 모른 채 앨리슨의 발가벗은 엉덩이에 쪽 소리가 나게 입을 맞추었다. 그는 펄쩍 뛰었다. 무언가 잘못되었다. 그가 입을 맞춘 곳은 거칠었고 털이 나 있었던 것이다. 여자는 수염이 나지 않는 법이거늘.

"이게 뭐야! 내가 지금 뭘 한 거야?"

압살론이 소리쳤다.

"하하!"

그녀는 웃음을 터뜨리며 창문을 닫아 버렸다. 이에 압살론은 낙담한 채 돌아설 수밖에 없었다.

니콜라스가 소리쳤다.

"수염! 수염이야! 진짜 재미있군."

딱한 압살론은 이 모든 말을 듣고 분노에 차서 입술을 깨물며 스스로 다짐했다.

'복수하고 말겠어!'

압살론은 흙이나 모래, 지푸라기, 헝겊, 톱밥 따위 등 무엇이나 닥치는 대로 입에 가져가 문질러 댔다.

'악마에게 날 팔아서라도 내가 당한 이 모욕에 복수하고 말겠어. 도시 전체를 준다 해도 복수를 택하겠어.'

그는 분노의 표현을 멈출 수가 없었다.

'아! 내가 왜 진작 그만두지 못했을까!'

뜨거웠던 그의 사랑이 진정이 되었고 마음이 차갑게 식어 버렸다. 앨리슨의 엉덩이에 입을 맞추는 순간, 그의 상사병은 치유되었다. 그는 이제 예쁜 여자에 대해서 환상을 품지 않을 것이다. 그는 마치 매를 맞은 어린아이처럼 징징대면서 예쁜 여자들에 대한 욕을 퍼붓기 시작했다. 그는 천천히 길을 건너 쟁기를 만드는 대장장이 저베이스라는 사람을 찾아갔다. 문을 두드렸을 때 저베이스는 가랫날과 보습날을 갈고 있는 중이었다.

"저베이스, 어서 문 좀 열어 줘, 빨리!"

"누구요?"

"날세, 압살론이야."

"뭐, 압살론! 도대체 이렇게 이른 시간에 웬일인가? 아하, 알겠네. 자네 여자 좇다가 이 시간에 여기 온 거지? 네오트 성인에 맹세코, 자네 내가 무슨 말을 하는지 알 거야."

압살론은 저베이스의 놀림에 아랑곳하지 않았다. 그의 마음은 저베이스가 알고 있는 것보다 더한 것에 가 있었기 때문이었다.

"이보게, 저기 저 화덕 위에 있는 뜨거운 가랫날 있지? 저걸 좀 빌려 주게, 내 저걸로 할 일이 좀 있네. 금방 갖다 줄게."

"물론 빌려 주지! 난 정직한 대장장이니, 금이든 한 자루의 금화덩이든 내 빌려 줄 테니, 도무지 그걸 어디에다 쓰려는지 가르쳐 주겠나?"

압살론이 대답했다.

"자넨 신경 쓸 거 없네. 나중에 다 얘기해 줄게."

그러고는 가랫날의 차가운 손잡이를 집어들었다. 그는 조용히 문밖으로 빠져나와서 목수의 집 담으로 향했다. 우선 그는 헛기침을 하고 이전에 했듯 똑같이 창문을 두드렸다.

앨리슨이 답했다.

"누구요? 누가 이렇게 문을 두드리는 거야? 저건 도둑놈이 틀림없어."

"도둑이라니, 천만에. 사랑스러운 나의 여인, 당신의 남자 압살론이라오. 당신에게 줄 금반지를 가지고 왔소. 나의 어머니가 주신 반지라오. 정말이지 너무 아름답고 멋지게 세공된 것이라오. 내게 키스를 해 주면 이것을 당신에게 주겠소."

소변을 보기 위해 일어나 있던 니콜라스는 이때, 전보다 더 재미있는 장난을 칠 생각으로 자신의 엉덩이에 압살론이 키스하게 만들 작정을 했다. 그는 재빨리 창문을 열고 조용히 엉덩이를 내밀었는데 허리 부분까지 다 나갈 정도로 쑥 내밀었다.

이에 교회 서기 압살론이 말했다.

"달콤한 그대, 말해 보시오. 난 당신이 어디 있는지 모르겠소."

그때 니콜라스는 방귀를 내뿜었는데 그것은 마치 천둥 소리와 같았다. 거의 눈이 멀 지경이 된 압살론은 뜨겁게 달아오른 가랫날로 니콜라스의 엉덩이를 찔렀다. 뜨거운 가랫날이 니콜라스의 둔부를 태웠고 급기야 한 뼘 가량 되는 피부가 떨어져 나갔다. 니콜라스는 고통 때문에 죽을 것만 같았고 광포하게 소리를 지르기 시작했다.

"살려 줘! 물! 물! 제발 도와 줘!"

그때 목수는 놀라서 잠에서 깨어났다. 누군가 미친 듯이 '물!'이라고 소리치는 것을 듣고는 '아이고, 드디어 노아의 홍수가 왔구나.' 하고 생각했다. 그는 더 이상 지체할 것 없이 일어나 앉은 다음 매어 놓은 밧줄을 도끼로 내리쳐 잘라 냈다. 반죽 통이 곧장 방바닥으로 떨어졌고 그는 기절하고 말았다.

앨리슨과 니콜라스는 펄쩍 뛰어 일어나 소리를 지르며 거리로 내달렸다.

"도와 줘요! 살인이야!"

이웃 사람들이 모두 뛰쳐나와 아직 창백하게 기절해 누워 있는 목수를 바라보았다. 목수는 떨어지면서 팔이 부러졌다. 하지만 그의 고난은 아직 끝나지 않았다. 그가 정신을 차리고 말을 하려고 하자 니콜라스와 앨리슨이 즉시 저지했던 것이다. 그들은 사람들에게 목수가 미쳤으며 '노아의 홍수'가 온다고 겁을 먹고서 세 개의 반죽 통을 가져와 서까래에 매달고, 심지어 그들에게 제발이지 그곳에 와서 함께 머물러 달라고 사정을 했다고 말했다.

그러자 마을 사람들은 목수의 망상을 비웃기 시작했다. 그들은 지붕을 바라보고 입을 벌렸으며 그의 고통을 조롱했다. 목수가 무슨 말을 하든 소용이 없었다. 아무도 그의 말을 진지하게 받아들이지 않았다. 사람들은 욕설로 그를 무너뜨렸고 그리하여 마침내 마을 사람들 전체가 목수가 미쳤다고 생각하게 되었다. 학생들까지 주저없이 서로 서로 '저 사람 미쳤군.'이라고 말하며 조롱했다. 자, 이렇게, 목수의 모든 질투와 감시에도 불구하고, 목수의 아내는 성적인 쾌락을 맛보았고, 압살론은 그녀의 엉덩이에 입을 맞추었고, 니콜라스는 둔부를 데었다. 이 이야기는 여기서 끝이다. 신께서 여러분 모두를 구원하시길!

제프리 초서의 캔터베리 이야기 중

•••향사[1] 이야기

브리타니라고 불리는 아르모리카Armorica, 연해 지방이라는 뜻에 한 여인을 사랑하는 기사가 있었다. 기사는 그녀에게 정성을 다 바쳤으며 그녀의 마음을 사로잡기 위해 수많은 노력을 기울였다. 그녀는 이 세상에서 가장 아름다운 여자였으며, 게다가 귀한 가문 출신이라 감히 그녀 앞에서 자신의 불평이나 고통, 열정을 드러내 보일 수가 없었다. 하지만 그의 고귀하고 겸손한 태도 덕분에 마침내 그녀는 사랑 때문에 힘겨워하는 그의 모습에 연민을 느끼게 되었고, 아무 말 없이 그를 남편으로, 그리고 아내를 지배하는 주인으로 섬기겠다고 했다. 또한 그는 그녀와 함께 더욱 행복하게 살기 위해 자발적으로 기사의 명예를 걸고, 살아 있는 한 그녀의 뜻에 대해 권위를 내세우지 않고, 질투하지 않을 것이며, 자신의 여인을 사랑하는 남자가 항상 그러하듯 그녀를 존중하고 모든 면에서 그녀가 원하는 대로 따르겠다고 맹세했다. 하지만 남편으로서 명예를 위해 주인이 되기로 했다.

그녀는 그에게 고마워하면서 대단히 겸손하게 말했다.

"님이시여, 크나큰 아량으로 당신이 제게 자유를 주셨으니, 혹시나 제 실수로 인해 저희 둘 사이에 싸움이나 불화가 생기지 않기를 기도하겠습니다. 그리고 제가 여기서 당신께, 제가 죽는 날까지 당신의 진실한 아내, 겸손한 아내가 되겠다는 맹세를 드립니다."

이리하여 그들은 평화롭고 조용하게 함께 살았다.

여러분, 여기 확실히 주장하고 싶은 한 가지가 있다. 언제든지 함께 살고 싶은 연인은, 서로에게 복종해야 한다는 것이다. 사랑이란 지배로 인해 구속되는 것이 아니다. 지배가 나타나면 사랑의 신은 날개를 펴고 곧 사라져 버린다. 사랑은 어떠한 정령보다 자유로운 것이다. 여자들은 천성적으로 노예처럼 구속되는 것을 갈구하지는 않는다. 그리고 틀림없이 남자들도 마찬가지일 것이다.

사랑하는 사이에서는, 인내심을 더 많이 가진 자가 더 이롭다. 인내는 확실히 지배의 미덕을 갖고 있다. 그 까닭은, 학자들이 말하듯, 인내는 엄격함으로 이루어 낼 수 없는 것을 이루어 낼 수 있기 때문이다. 당신은 남들이 귀에 거슬리는 말을 했다 하더라도 그 말에 대해 질책을 하거나 불평을 해서는 안 된다. 맹세컨대, 원하든 그렇지 않던 간에, 당신은 인내를 배워야 할 것이다. 그 까닭은 이 세상엔 분명히 가끔씩은 잘못을 저지르는 사람이 항상 있기 때문이다. 분노, 아픔, 별자리, 술, 슬픔, 혹은 기분의 변화는, 행동이나 말의 실수를 자주 일으킨다. 자기 자신을 통제하는 방법을 알고 있는 사람은 상황에 따라 절제할 줄 알아야 한다. 그렇게 함으로써 이 현명하고 고귀한 기사는 서로 조화롭게 살 수 있도록 인내를 약속했고, 아내 또한 어떠한 실수도 범하지 않겠다는 신념에 찬 약속을 했다.

여기서 사람들은, 이것이 겸손하면서 지혜로운 거래라는 것을 알 수 있을 것이다. 다시 말하면 아내는 하인과 주인을 동시에 얻은 것이다. 사랑에 있어서는 자신의 하인이며, 결혼에 있어서는 자신의 주인이 됐으니까. 그리고 또한 남편은 주인인 동시에 하인이 되는 것이다. 아니, 하인은 아니다. 그는 자신의 여인과 사랑을 나누었으니, 그녀는 분명 그의 여인이다. 또한 그의 아내다. 이는 사랑의 법칙을 따르는 것이다.

이런 지복을 얻고 나서 그는 아내와 함께 자신이 살던 페드마르크에서 멀지 않은 고향으로 돌아갔다. 그곳에서 그는 행복하고 즐겁게 살았다. 결혼을 해보지 않은 사람이 어떻게 남편과 아내 사이의 이러한 즐거움과 편안함, 그리고 안락함에 대해 말할 수 있겠는가? 내가 말하고 있는 이 기사카이루드의 아르베라구스는 무인으로서의 영예와 명성을 얻기 위해 1, 2년 동안 브리튼이라고도 불리는 잉글랜드에 가서 머물기로 결심하기 전까지, 이렇게 행복한 상태로 1년간을 살았다. 그러고 나서 그의 마음은 온통 그러한 위업에 쏠렸고, 책에 의하면 그는 잉글랜드에서 2년 동안 머물렀다고 한다.

지금부터 아르베라구스와 그의 아내 도리겐에 대한 이야기를 하겠다.

도리겐은 자신의 남편을 진심으로 사랑했다. 고귀한 부인들이 그러하듯 남편의 빈자리에 눈물을 흘렸고 탄식을 했다. 그녀는 눈물을 흘리며 밤을 지새기도 하고, 단식을 하면서 슬퍼하기도 했다. 그리고 남편이 돌아오기만을 너무도 갈망한 나머지 이 세상의 모든 것이 그녀에겐 무의미해져 버렸다. 그녀의 슬픈 심정을 알아챈 친구들은 그들이 할 수 있는 모든 방법을 동원하여 그녀를 위로했다. 그들은 그녀에게 아무런 이유 없이 자기 자신을 죽이고 있는 것이라고 밤낮으로 훈계했다. 그들은 그녀가 우울에서 벗어날 수 있도록 온갖 방법을 다 동원하여 위로했다.

다 아는 말이겠지만 오랜 시간 동안 돌을 쪼아 대면 어느 정도 시간이 지나면 어떤 식으로든 결과가 나타나게 마련이다. 친구들은 오랫동안 그녀를 위로했고, 그 노력에 감명을 받아 그녀의 슬픔은 누그러지기 시작했다. 그러한 극심한 슬픔을 영원히 참아 낼 수는 없었던 모양이었다.

그녀가 이렇게 슬퍼하며 세월을 보내고 있던 중, 남편에게서 안부와 함께 곧 돌아가겠다는 내용의 편지가 왔다. 이런 편지마저 없었더라면 그녀는 슬픔을 견뎌 내지 못했을 것이다.

그녀의 슬픔이 누그러진 것을 알게 된 친구들은 제발 우울한 생각에서 벗어나 자신들과 산책을 나가자고 간곡하게 청했다. 마침내 그녀는 그들의 간청을 받아들였다. 그리고 그것이 최선의 방법이란 것을 알게 되었다.

도리겐의 성은 해안가에 있었다. 그녀는 심심할 때 친구들과 절벽 위를 거닐곤 했다. 그곳에 올라가면, 제각각 각자의 길을 가는 짐배들을 비롯해서 많은 선박들을 볼 수 있었다. 하지만 이것은 그녀를 또다시 슬프게 만들었다.

그녀는 종종 이렇게 혼잣말을 했다.

"아! 저 많은 배들 중에 나의 남편을 집으로 데려다줄 배 한 척 없단 말인가! 남편을 데려다만 준다면 나의 마음은 이 쓰라린 고통에서 벗어날 수 있을 텐데."

때때로 그녀는 그곳 절벽 끝에 앉아 아래를 바라보며 상념에 잠기곤 했다. 하지만 그녀가 무시무시한 검은 바위를 보았을 때, 그녀는 두려움에 떨었고 똑바로 서 있을 수도 없었다. 그럴 때마다 그녀는 잔디 위에 앉아 먼 바다를 애처로이 바라보며 애달픈 한숨을 쉬고는 이렇게 말했다.

"영원한 신이시여! 당신의 섭리로 이 세상은 확실하게 통제되고 있으며, 당신께서는 헛되이 만드는 것이 아무것도 없다고 사람들은 말합니다. 하지만 신이시여, 저 악마 같은 무시무시한 검은 바위들은 너무나도 완벽하고 지혜롭고 변하지 않는 당신의 훌륭한 창조물이라기보다는 추악한 혼란의 산물처럼 보일 뿐입니다. 왜 당신은 이렇게 이성에 어긋난 창조를 하셨습니까? 이 세상 어디에서도 저 바위들은 인간이나 새에게, 혹은 짐승에게 이로움을 주지는 못합니다. 그 바위들은 내가 아는 한 이로움은 전혀 주지 못하고 단지 해로움만 줄 따름입니다.

신이시여, 당신은 그 바위들이 어떻게 인류를 파괴하는지 알고 계십니까? 비록 사람들은 기억이 나지 않는다고 하지만 바위들은 수백 수천 명의 사람을 죽여 왔습니다. 하지만 인간은 당신의 창조물 중에서 가장 훌륭한 존재이기에 당신은 당신 자신의 형상을 본따 인간을 만드셨습니다. 그 후 당신은 인간을 향한 지대한 사랑을 가지신 것처럼 보였습니다. 그런데 어떻게 당신은 인간을 파멸시킬 이롭지 못한, 저런 바위들을 만들어 내실 수 있습니까? 그 이유를 이해할 수는 없지만, 학자들은 자신들이 원하는 것을 말하면서 모든 것들이 최고를 위해 존재한다는 논리로 증명하려 한다는 것을 충분히 잘 알고 있습니다. 신이시여, 부디 바람을 일으키시어 제 남편을 굽어 살펴 주십시오. 그것이 저의 결론입니다. 모든 논쟁거리들은 학자들의 몫으로 남겨 두겠습니다. 바라옵건대 남편을 위해 저 무시무시한 바위들을 지옥 속으로 가라앉게 해 주십시오. 저 바위들은 두려움을 일으켜 저의 마음을 갈기갈기 찢어 놓습니다."

도리겐은 애닳게 눈물을 흘리며 말했다.

바닷가를 거니는 것이 도리겐에게 즐거움보다 고통을 준다는 것을 알게 된 친구들은, 즐거움을 제공할 다른 장소를 물색하기로 결정했다. 그들은 도리겐을 강으로, 시냇가로, 아니면 다른 즐거움을 줄 수 있는 장소로 인도했다. 거기서 그들은 춤을 추기도 하고 장기를 두기도 했으며 주사위 놀이도 했다.

어느 화창한 아침, 그들은 몇 가지 필요한 물건과 음식을 준비해서 근처 정원으로 놀러 갔다. 그리고 그곳에서 하루 종일 기분 전환을 했다. 그때가 5월 6일 아침이었다. 5월은 온화한 소나기로 정원을 물들였고, 잎사귀와 꽃으로 정원을 가득 채웠다. 솜씨 좋은 손길이 정원을 이렇게 아름답게 가꾸었으니 지상 낙원이 아니고서는 이런 아름다움은 찾아볼 수 없을 것이다. 이 정원은 아름다움과 기쁨으로 가득 차 있어서 꽃들의 향기와 그 화려한 빛깔이 세상 사람들의 얼굴을 환하게 만들어 줄 것이다. 그렇지 못한 사람이 있다면 그 사람은 큰 아픔이 있거나 깊은 슬픔에 잠겨 있는 사람일 것이다.

저녁을 먹고 난 후 도리겐의 친구들은 모두 춤을 추며 노래를 부르기 시작했다. 도리겐만 혼자 한숨 지으며 슬퍼했다. 그 까닭은 그들 중에 그녀의 남편이자 연인인 아르베라구스가 없었기 때문이었다. 그런데도 그녀는 계속 머물면서 희망을 생각하며 자신의 슬픔을 가라앉혀야 했다.

춤을 추는 무리들 중에 한 남자가 도리겐 앞에서 춤을 추었다. 내 생각에 그는 5월보다 더욱 생기 넘치고 화려한 옷차림을 하고 있었다. 그의 춤 솜씨와 노래 솜씨는 이 세상 누구보다 뛰어났다. 그의 외모를 표현하자면 남자들 중에서 가장 출중한 인물이었다. 젊고 강하며 재능이 뛰어나고, 부유하며 지혜롭고 인기가 있어 사람들의 존경을 받는 인물이었다. 간단히 말해서 내가 잘못 알고 있는 것이 아니라면, 2년이 넘는 시간 동안 비너스를 신봉해 온 이 활달한 남자는 아우렐리우스란 이름을 가진 사람으로, 도리겐을 그 누구보다 사랑하고 있었다. 하지만 도리겐은 그 사실을 전혀 몰랐다.

그래도 도리겐에게 감히 조금도 불평할 수 없었다. 그는 헤아릴 수 없을 만큼 크게 고통을 겪어야 했다. 아우렐리우스는 절망에 빠져 있었고 어떤 말도 하길 두려워했다. 단지 그는 자신의 열정을 '사랑을 하나, 사랑받지는 못한다.'는 식으로 노래 속에 담아 드러내곤 했다. 이런 주제로 그는 수많은 시들을 지었다.

어떻게 감히 자신의 슬픔을 말할 수 있겠는가? 그저 그는 지옥에 있는 복수의 여신처럼 고통을 감내해야 했다. 아우렐리우스는 감히 자신의 비애를 말하지 못했던 나르시서스의 여신 에코처럼 죽어가야 했다. 이러한 방법을 통해 그는 자신의 슬픔을 그녀에게 드러내 보일 수 있었다. 하지만 젊은 사람들이 서로 구애를 하는 무도회장에서, 그는 연민의 정을 갈구하는 다른 사람들처럼 그녀의 얼굴을 바라보았을 것이다. 하지만 그녀는 그것이 무엇을 의미하는지 알지 못했다.

그들이 정원을 떠나기 전에 아우렐리우스가 명예와 명성을 지닌 사람으로 이웃에 살고 있고 오래전부터 서로 알고 있었다는 이유로, 두 사람은 우연히 대화할 기회를 가졌다. 그리고 아우렐리우스는 점점 자신의 목표를 향해 이야기를 이끌어 갔다.

기회가 왔다고 판단했을 때 그는 다음과 같이 말했다.

"부인, 이 세상을 만드신 신께 맹세코 말씀드리건대 당신의 남편 아르베라구스가 바다를 건너 떠나던 날, 내가 당신을 떠나는 것이 당신을 행복하게 해 줄 수 있다고 확신했던들, 나 역시 다시는 돌아올 수 없는 그 길을 기꺼이 떠났을 겁니다. 어쩌면 차라리 그 편이 훨씬 나았을지도 모릅니다. 왜냐하면 나의 이러한 헌신이 헛되고 그 대가로 절망밖에 받을 게 없다는 것을 잘 알고 있기 때문입니다. 부인, 부디 제가 겪고 있는 이 잔혹한 고통에 연민을 가져 주시기 바랍니다. 당신의 한마디는 저를 죽일 수도 살릴 수도 있습니다. 당신의 발 밑에 묻어 주신다면 바랄 것이 없겠습니다. 더 이상의 말을 하기엔 시간이 없습니다. 연민과 사랑을 가져 주세요. 그렇지 않으면 당신은 저를 죽게 만들 것입니다!"

그녀는 아우렐리우스를 응시하며 말했다.

"당신의 말이 진실입니까? 당신이 그런 말을 하기 전까지만 해도 당신의 말에 추호도 의심이 없었어요. 하지만 지금 제가 당신의 의도를 알게 된 이상, 제게 생명과 영혼을 주신 신께 맹세하건대, 언행에 있어 부정한 아내가 되진 않을 겁니다. 전 제가 결혼하여 맞이한 그 사람의 아내가 될 것입니다. 이것이 제가 드릴 수 있는 마지막 답변이에요."

잠시 후 그녀는 다음과 같이 조롱하듯 말했다.

"아우렐리우스 씨, 제가 보기에 당신이 그리도 애절하게 슬퍼하시니, 하늘에 계신 신의 이름으로 당신의 연인이 될 것을 허락하겠습니다. 모든 배들이 지나갈 수 있도록 브리타니에 있는 모든 바위와 돌을 완전히 제거하는 날에, 그래서 해안에 있는 돌이 완전히 치워져 어떤 돌도 보이지 않게 되는 그날에, 전 당신을 그 누구보다도 사랑할 겁니다. 약속합니다. 어떤 것이라도 약속할 수 있어요. 그럴 일은 없으리라는 걸 알기에. 그러니 그런 어리석은 생각들이 당신의 마음에서 사라지게 하세요. 이 세상의 어느 누가 남편의 행복을 위해 언제든 봉사하도록 되어 있는 유부녀를 사랑하면서 그 무슨 만족을 얻을 수 있겠습니까?"

아우렐리우스는 한숨지으며 말했다.

"그것이 당신이 베풀 수 있는 자비입니까?"

"예, 내게 생명을 주신 하느님께 맹세코!"

이러한 말을 들은 아우렐리우스는 슬픔에 빠져 다음과 같이 대답했다.

"부인, 그것은 불가능할지 모릅니다! 이는 제가 비참한 죽음을 맞이해야 한다는 것을 의미하니까요."

이런 말을 남기고 그는 자리를 떴다.

그러고 나서 도리겐의 친구들이 몰려 왔다. 그들은 방금 전 어떤 일이 있었는지 모른 채 정원에 난 길을 오르내리면서 돌아다녔다. 그들은 거기서 재미있는 놀이를 다시 시작했다. 그 놀이는 태양이 화려한 빛깔을 잃고 수평선 근처에 머물렀다 사그라질 때까지 계속되었다. 다시 말하면, 저녁이 되었다는 뜻이다.

저녁이 되자 불쌍한 아우렐리우스 외에는 모두들 행복과 만족을 느끼며 집으로 돌아갔다. 아우렐리우스도 죽음을 피할 수 있는 방법이 없었기에 무거운 마음을 안고 자신의 집으로 돌아갔다. 그는 가슴이 차갑게 식어 가고 있는 것 같았다. 그는 두 팔을 하늘로 높이 들어 올려 무릎을 꿇고 열렬히 기도하였다. 그는 슬픔에 빠져 이성을 잃고 자신이 무슨 말을 했는지 기억조차 하지 못했다. 하지만 아우렐리우스는 애절한 마음으로 신들께, 특히 태양의 신에게 넋두리를 하기 시작했다.

"모든 식물과 풀과 나무와 꽃들의 신이시며 지배자이신 아폴로 신이시여, 당신은 천도天道에서 멀리 떨어져 있음에도 때와 절기를 주시고, 황도黃道에서 당신의 거처를 위 아래로 변경하시니, 이 불쌍한 아우렐리우스를 자비의 눈길로 바라봐 주십시오. 아무런 잘못도 없는 제게 제 여인이 죽음을 명하였으니 당신의 그 넓으신 도량으로 이 죽어 가는 생명에 대해 연민을 가져 주시기 바랍니다. 태양신이시여, 제가 사랑하는 여인 외에 저를 도와줄 수 있는 분은 오직 당신뿐입니다. 제가 어떤 방식으로 어떻게 도움을 받을 수 있는지 당신께 말씀드릴 수 있도록 허락해 주십시오.

당신의 은혜로운 누이, 여왕이시며 바다 최고의 여신이신 아름다운 루시나 여신(비록 넵튠이 여신의 신이기는 하나, 또한 그 여신이 넵튠을 다스리는 여왕이시기도 하다.), 신이시여, 바로 그 여신이 당신의 불길에 타오르길 바라고, 그리하여 열정적으로 당신을 따르는 것처럼 바다도 또한 천성적으로 루시나 여신을 따르기를 갈망합니다. 그 까닭은 그녀가 바다뿐만 아니라 크고 작은 강들의 여신이기 때문입니다. 그러니 태양신이시여, 간청 드립니다. 기적을 일으키시거나 아니면 저를 단념케 하여 주십시오! 그리하여 다음번, 태양이 사자자리에 들고 달의 반대편에서 가장 큰 힘을 발휘할 때, 당신께서 루시나 여신으로 하여금 큰 밀물을 일으킬 수 있도록 하시어, 이 밀물이 아르모리카의 브리타니에서 가장 큰 바위를, 적어도 9미터 깊이로 덮을 수 있도록 하여 주십시오. 그리고 이 조수가 2년 동안 계속되도록 허락하여 주십시오. 그러면 전 저의 여인에게 확실하게 말할 것입니다. '바위들이 사라졌으니 이제 당신의 약속을 지켜 주십시오.' 라고 말입니다.

태양신이시여, 저를 위해 이 기적을 일으켜 주십시오. 당신이 도중에 멈추지 못하도록, 달에게 당신과 보조를 맞출 수 있도록 간청하여 주십시오. 제 말은, 당신의 누이인 루시나에게 2년 동안 당신보다 빠르게 천도에서 움직이지 못하도록 간청하여 달라는 것입니다. 그러면 루시나는 항상 똑같이 만조를 유지하고, 이 대조는 밤낮으로 유지될 것입니다. 하지만 만약 루시나가 저의 사랑스러운 여인을 이런 방법으로 제게 허락하지 않으신다면, 모든 바위들을 플루토그리스 신화에서 죽은 자의 나라를 지배하는 신가 살고 있는 저 어두운 지하세계로 가라앉게 해 주십시오. 그렇지 않으면 전 결코 저의 사랑하는 여인을 얻을 수 없습니다. 전 맨발로 델피에 있는 당신의 사원으로 순례를 할 것입니다. 태양신이시여, 제 뺨 위로 냇물처럼 흘러내리는 눈물을 봐 주십시오. 그리고 제 고통에 연민을 가져 주십시오."

이렇게 말하고서 그는 정신을 잃고 오랫동안 쓰러져 있었다.

그의 비참함을 알고 있는 그의 형이 그를 들어 올려 침대로 옮겼다. 나는 일단 이 불행한 아우렐리우스가 절망과 비탄에 빠져 몸져 누워 있는 상태로 그냥 남겨 두겠다. 그는 살 수도 있을 테고 죽을 수도 있을 텐데, 어쨌거나 모두 그의 운명대로 될 것이 아니겠는가.

기사도의 꽃이라고 할 수 있는 아르베라구스는 다른 훌륭한 기사들과 함께 성공하여 영예를 품에 안고 돌아왔다. 도리겐은 하늘을 날 듯 기뻐했다. 그녀의 용감한 남편, 그녀의 담대한 기사, 그녀를 자기 목숨보다 소중히 여기는 훌륭한 무사가 그녀의 품안에 들어와 있는 것이다. 그는 집을 비운 동안 감히 다른 남자가 도리겐에게 사랑을 고백한 것에 대해서는 어떠한 상상도 해보지 못했다. 대신 그는 춤을 추기도 하고 말을 타기도 했으며, 마상 창시합도 즐기면서 아내와 즐거운 시간을 보냈다.

그들이 행복하고 즐겁게 살도록 놓아 두고, 아파 누워 있는 아우렐리우스에 대한 이야기를 해보자.

이 가련한 아우렐리우스는 2년이 넘는 세월 동안 심한 고통을 겪으며, 밖으로 한 발자국도 내딛지 않은 채 누워서만 지냈다. 그러는 동안 그에게 유일하게 안식이 되어 준 사람은 학자인 그의 형이었다. 형만이 이런 고통과 슬픔에 대해 알고 있었다. 여러분도 아시겠지만, 아우렐리우스는 이 문제에 대해서 어느 누구에게도 함부로 이야기를 꺼내려 하지 않았다. 그는, 팜피리우스가 갈라티아에 대한 사랑을 숨겼던 것보다 더욱 비밀스럽게 가슴속에 이러한 사실을 숨겼다. 외형적으로 그의 마음은 멀쩡해 보였지만 속마음은 여전히 화살에 꽂힌 것처럼 아픔을 느꼈다. 여러분도 알고 있겠지만, 외과적으로 보았을 때 그 외부적인 상처만 치료한다는 것은 위험한 것이다. 화살까지 접근해 그것을 제거해야 하는 것이다.

아우렐리우스의 형은 남몰래 울고 또 울었다. 그러던 어느 날 마침내 그는 한 가지를 기억해 냈다. 예전에 그가 기이한 비술에 대한 지식을 얻겠다고 프랑스의 오를레앙에 있었을 때였다. 그 역시 다른 젊은 학생들과 마찬가지로 비술에 빠져 있었는데, 어느 날 한 친구가 책상 속에 은밀히 숨겨 두었던 마술 책을 보았던 기억이 났다. 그 친구는 원래 다른 학문을 배우기 위해 그곳에 왔었고 당시에는 법학을 공부하고 있었다. 그 책에는 달의 28천구의 운행과 관련된 수많은 정보가 들어 있었고, 지금은 전혀 값어치가 없는 허무맹랑한 내용도 포함되어 있었다. 오늘날 신성한 교회의 교리와 신조는 우리가 그러한 망상으로 인해 해를 입도록 허락하지 않을 것이다. 이 책에 대한 생각이 나자, 그의 마음은 기쁨에 취해 춤을 추는 듯했다. 그리고 혼잣말로 다음과 같이 말했다.

"나의 동생은 곧 낫게 될 거야. 거기엔 유명한 마법사들이 만들어 낸 비법처럼 여러 가지 환영을 만들 수 있는 비법들이 들어 있을 테니까. 난 그 마법사들이 연회장을 물로 가득 채워 배를 띄우기도 하고, 그 큰 홀 안을 위 아래로 노를 저어 다니게 한다는 말을 들은 적이 있지. 가끔은 사나운 사자가 등장하기도 하고, 또 가끔은 초원에서처럼 꽃들을 피우기도 하며, 흰색, 붉은색 포도가 열린 넝쿨을 보여 주기도 하지. 또 때때로 돌과 석회로 만든 성이 등장하기도 해. 마법사들은 이것들을 순식간에 없어지게도 하지. 이 모든 것들은 실제로 일어나는 것이 아니라 사람의 눈에 그저 그렇게 보이게만 할 뿐이야. 만약 내가 달의 28천구에 대한 것과 다른 여러 비법까지 알고 있는 옛 친구를 오를레앙에서 만날 수만 있다면, 그 친구는 아마 내 동생의 사랑을 이룰 수 있게 해 줄 수도 있을 거야.

몇 가지 환영을 통해서 마법사는 인간의 눈에 브리타니의 검은 돌들을 모두 사라져 버리게 하고 배들이 해안을 따라 왔다갔다 하는 것처럼 보이게 할 수 있을 거야. 또 그런 환영을 일주일 동안 계속되게 할 수도 있을 것이고. 그러면 도리겐은 치욕을 당하고 싶지 않는 한 약속을 지켜야 할 거야. 그러면 나의 동생은 슬픔에서 치유될 수 있겠지."

이야기가 왜 이렇게 길어진 걸까? 그는 동생의 침대로 가서 동생에게 오를레앙으로 가 보자고 자상한 어투로 권고했다. 그러자 동생은 갑자기 벌떡 일어나 이러한 고통으로부터 해방되길 바란다면서, 바로 오를레앙으로 서둘러 떠났다.

두 형제가 오를레앙에 도착하기 두세 시간 전에, 혼자서 여기저기를 거닐던 한 젊은 학자를 만났다. 그는 그들에게 라틴 어로 정중하게 인사를 했다. 그러고 나서 '전 당신들이 여기 왜 왔는지 알고 있습니다.' 라는 말로 두 형제를 깜짝 놀라게 했다. 두 형제가 한 발자국을 떼기도 전에 그는 두 형제가 마음속에 어떤 생각을 품고 있는지 모두 늘어놓았다.

학자는 옛날에 알고 지냈던 친구들의 안부를 물었다. 하지만 그들이 모두 죽었다는 말을 듣고서, 학자는 하염없이 눈물을 흘렸다.

오를레앙에 도착한 형제는 말에서 내려 마법사와 함께 그의 집으로 갔다. 그곳에서 그들은 편안하게 쉬었다. 그 집엔 맛있는 음식들이 끊이지 않았다. 아우렐리우스는 이제껏 이렇게 잘 꾸며진 집을 본 적이 없었다.

그들이 저녁 식사를 하러 주방으로 가기 전에, 마법사는 아우렐리우스에게 야생 사슴이 가득 찬 숲과 공원을 보여 주었다. 그곳에서 아우렐리우스는 커다란 뿔을 가진 수사슴을 보았다. 인간의 눈으로 보았던 것 중 가장 커다란 수사슴이었다. 아우렐리우스는 사냥개들이 수백 마리의 수사슴을 죽이고, 또 다른 무리의 사슴들은 무시무시한 화살에 상처입고 피 흘리는 것을 보았다. 또 아우렐리우스는 이 야생 사슴들이 사라졌을 때, 강둑에서 매를 이용해 왜가리를 사냥하는 사냥꾼들을 보았다. 그러고 나서 평야에서 말을 타면서 창 싸움을 하는 기사들을 보았다. 그후 마법사는 아우렐리우스에게 춤을 추고 있는 사랑하는 여인의 모습을 보여 주어 그를 기쁘게 해 주었다. 그 모습 속에는 아우렐리우스 자신도 같이 있었다.

이렇게 마법을 부린 마법사는 시간이 되었다는 사실을 깨닫고 손뼉을 쳤다. 그러자 모든 형상이 사라져 버렸다. 그들이 이런 놀라운 광경을 보고 있는 동안, 그들은 결코 그 집을 떠난 적이 없었다. 그들은 단지 책으로 가득한 서재에 조용히 앉아 있었다. 그곳엔 이 세 사람 외엔 아무도 없었다.

마법사는 하인을 불러 물었다.

"식사가 준비됐나? 내가 여기 계신 신사분들과 함께 이 서재로 들어오면서 저녁 식사를 준비하라고 자네에게 이른 지 거의 한 시간은 지난 것 같은데?"

"주인님, 주인님이 원하시면 언제나 드실 수 있도록 준비되어 있습니다. 지금 당장이라도 드실 수 있습니다."

하인이 대답했다.

"그러면 가셔서 저녁 식사를 하실까요? 제 생각엔 그것이 제일 좋을 것 같습니다만. 사랑에 빠진 사람들은 가끔씩 맛있는 음식을 먹어야 합니다."

마법사가 말했다.

저녁 식사가 끝난 뒤 그들은 브리타니의 모든 바위를 지롱드 강에서부터 세느 강 어귀까지 모두 치워 주는 것에 대한 대가를 놓고 거래를 시작했다. 마법사는 처음에 망설였다. 그리고 천 파운드 이하는 죽었다 깨어나도 받을 수 없다고 말했다. 또 그 금액을 받고 한다고 해도 원해서 하는 것은 아니라고 했다.

하지만 너무나 기쁜 나머지 가슴이 터질 것 같은 아우렐리우스는 이렇게 대답했다.

"천 파운드라고요? 사람들이 둥글다고들 하는, 이 세상의 주인이 바로 나라면 이 세상 전부라도 당신에게 드리겠습니다."

거래는 이루어졌고 서로 동의하였다.

"저의 명예를 걸고 전액을 지급하겠습니다. 하지만 태만하여 내일이 지난 후에도 우리를 여기에 머무르게 시간을 지체해서는 안 된다는 사실을 명심하십시오."

"알겠습니다. 약속을 꼭 지키겠습니다."

마법사가 말했다.

아우렐리우스는 시간이 되자 잠자리에 들어 편히 잠을 잤다. 피곤한 여정과 행복한 희망으로, 그의 슬픈 마음은 고통에서 벗어나 안식을 찾았다.

다음 날 날이 밝자 아우렐리우스와 마법사는 지름길을 따라 브리타니로 갔다. 그리고 자신들의 목적지에 도착해 말에서 내렸다. 문헌이 전하는 바에 의하면, 차가운 서리가 내리는 계절인 12월이었다고 한다.

하지에는 눈부신 광채를 내는 황금처럼 활활 타오르던 태양이 어느덧 노쇠하여 구릿빛으로 변해 동지의 염소자리로 내려와, 감히 말하건대, 창백한 빛을 내고 있었다. 모든 정원에는 진눈깨비와 비와 함께 내린 차가운 서리가 푸른 초목들을 고사시키고 있었다. 지금은 머리 앞뒤에 있는 두 개의 얼굴에 수염을 기른 1월의 신 야누스가 불가에 앉아 커다란 황소 뿔로 만든 컵에 술을 담아 마시고 있었다. 그 앞에는 어금니가 삐죽 나와 있는 멧돼지 고기가 놓여 있고, 활기 넘친 사람들은 '노엘!'을 외치고 있었다.

아우렐리우스는 최선을 다해서 마법사를 영예롭게 환영하고 극진한 대접을 베풀었다. 그러고 나서 마법사에게 머리를 조아리며 끔찍한 고통으로부터 자신을 해방시켜 달라고 간청했다. 안 그러면 심장을 칼로 도려내 죽을 거라고 했다.

마법사는 아우렐리우스를 가엾게 여겨 일을 서둘렀다. 밤이고 낮이고 자신의 점성술을 펼칠 적당한 시간을 찾았다. 말하자면, 도리겐을 비롯한 모든 사람들이 브리타니에 있는 돌들이 사라져 버렸거나 땅 밑으로 가라앉아 버렸다고 믿을 수 있도록, 정확히 그것을 칭할 점성학 용어를 잘 모르겠지만, 환영이나 요술을 부렸다는 것이다.

마침내 저주받을 사악한 주문을 외울 적당한 시간을 찾았다. 그는 새롭게 교정한 프톨레마이오스 점성판을 비롯해서, 필요한 모든 것들을 가지고 왔다. 공전 주기 동안 행성들의 운행을 적은 표와 계산을 위한 기준을 제공하는 정해진 날짜별 행성의 위치도, 그리고 중심점과 각을 계산하기 위한 장비, 또한 모든 방정식을 풀어 행성들의 운행을 계산하는 비율표 등 만반의 준비를 했다. 그는 항성권을 계산해서 알나스가 아홉 번째 천구에 있는 것으로 관측되는 양자리의 꼭대기에서 얼마만큼 움직였는지를 정확히 알아냈다. 그리고 춘분점이 어느 정도 세차운동전진운동을 했는지 정확하게 알아냈다. 이 모든 것을 그는 정확히 계산해 냈다.

그는 먼저 달의 첫 번째 수를 알아내고 나머지 스물일곱 수도 비례에 의해 풀어 냈다. 또한 달이 언제 떠오를지 정확히 예측했고 12궁에 위치한 각 행성과의 관계를 비롯한 여타 모든 것을 손바닥을 보듯 훤히 알아냈다. 그는 자신의 요술을 행할 합당한 달의 위치를 알고 당시 이교도들이 행하던 환상과 사악한 술수에 관해 모든 것을 알고 있었다. 그리하여 그는 더 이상 지체하지 않았다. 그의 마술 덕택으로 두어 주일가량 모든 암초가 사라져 버린 듯 보였다.

아우렐리우스는 여전히 자신의 사랑을 이룰 수 있을지 실패할지 몰라 불안해하면서 기적이 일어나기를 밤낮으로 빌었다. 드디어 모든 장애물이 사라지고 암초가 없어져 버린 것을 깨달았을 때 그는 점성술사의 발 아래 무릎을 꿇고 말했다.

"슬픔에 휩싸여 비참했던 나, 아우렐리우스는 선생님께 감사드립니다. 또한 저를 곤경에서 구해 주신 비너스 여신께 감사드립니다."

그러고 나서 그는 사랑하는 여인을 볼 수 있으리라 생각되는 사원으로 발길을 옮겼다. 그리고 기회를 엿보다 적당한 때에 사모해 마지않는 지고의 여인에게 인사를 했다.

가련한 아우렐리우스가 말을 이었다.

"유일하신 나의 여인이여, 나의 온 마음을 바쳐 진정으로 당신을 사랑하고 경외하나이다. 저는 무엇보다 당신께 심려를 끼칠까 두려워하고 있습니다. 제가 겪고 있는 것이 당신을 위한 비탄이 아니었다면, 저는 지금이라도 당장 당신의 발밑에 쓰러질 것만 같습니다. 또한 제가 얼마나 비참함에 빠져 있는지 당신께 드러낼 수도 없었을 것입니다. 허나 진실로 저는 당신께 말을 하든, 아니면 죽든 둘 중에 하나밖에 없습니다. 당신은 아무 죄도 없는 저에게 가장 극심한 고통을 안겨 주며 저를 죽어 가게 하고 있습니다. 설령 당신이 저의 죽음에 대해 어떠한 연민도 느끼지 않는다 해도 당신이 한 맹세를 저버리기 전에 다시 한번 숙고해 주십시오. 당신을 사랑한다는 이유로 저를 죽이려 하기 전에 천상에서 세상을 통치하시는 신을 위해서라도 다시 한번 잘 생각해 주시오.

부인, 당신은 제게 약속하신 것을 잊진 않으셨을 겁니다. 물론 저는 당신의 동의 없이, 당신에 대한 당연한 권리로 무언가를 요구하는 것은 아닙니다. 그러나 저기 있는 저 정원에서 당신이 약속하신 것을 기억하실 것입니다. 당신은 저의 손을 잡고 최선을 다해서 저를 사랑하겠노라고 맹세하셨습니다. 비록 제가 당신의 사랑을 받을 만한 가치가 없는 사람이라 하더라도 당신의 맹세에 대한 증인은 바로 하느님이십니다. 부인, 저는 지금 저의 심장을 위해서가 아니라 당신의 명예를 위해서 이런 말씀을 드리는 것입니다. 저는 당신께서 명하신 것을 이루어 냈습니다. 직접 가셔서 보신다면 아시게 될 것입니다. 원하시는 대로 하십시오. 당신의 약속을 꼭 기억하시기 바랍니다. 살든 죽든 저는 이곳에 있을 것입니다. 제가 죽느냐 사느냐는 전적으로 당신의 손 안에 달렸습니다. 허나 이것만은 확실하죠. 암초는 사라졌습니다."

도리겐의 얼굴에 핏기가 가셨고, 너무 놀라 말을 잇지 못했다. 아우렐리우스는 자리를 떴다. 그녀는 한번도 이런 덫에 빠지게 되리라고 상상해 본 적이 없었다.

그녀는 탄식하였다.

'아, 어떻게 이런 일이 생기단 말인가! 내 꿈에라도 이런 끔찍하고 요술 같은 일이 일어나리라고는 생각지 못했거늘. 이건 자연의 이치에 반한 일이야.'

그녀는 비통함에 잠겨 집으로 향했다. 너무나 황망하며 걷기조차 힘들었다. 그녀는 그후 하루 이틀을 울고 한탄했으며 정신을 잃고 쓰러지곤 했다. 차마 눈뜨고 보기 안타까운 광경이었다. 그러나 그 이유에 대해서는 누구에게도 말하지 않았다. 왜냐하면 남편 아르베라구스가 집을 떠나 있기 때문이었다. 창백한 얼굴과 낙망한 표정으로 혼자서 깊은 생각에 잠긴 채 애처로운 한탄을 계속했다.

'아, 운명의 여신이여, 참으로 원망스럽습니다. 나도 모르게 당신의 사슬에 날 옭아 매다니. 내가 죽거나 치욕을 겪는 수밖에 달리 이 덫에서 빠져나갈 방법을 모르거늘. 오직 이 두 가지 중에서 선택할 수밖에 없단 말인가. 허나 내 육신을 더럽혀서 부정한 여자가 되고 명예를 잃느니 차라리 목숨을 버리고 말겠다. 그러면 나의 죽음으로 이 진퇴양난에서 내 자신이 해방될 것이다. 아! 수많은 귀부인들과 처녀들이 육신을 더럽히지 않으려고 스스로 목숨을 끊지 않았던가? 암, 그렇지. 이러한 사실을 뒷받침해 주는 이야기도 있지 않은가. 죄악으로 가슴이 물든 서른 명의 폭군들이 아테네의 연회에서 파이돈을 죽이고 나서 그의 딸들을 잡아들이라 명하지 않았던가. 그들은 사악하게도 그녀들을 온통 발가벗겨 데려오게 하고 아버지의 피가 묻은 곳에서 춤을 추라 명했다. 그들에게 신의 저주가 임하기를! 그리하여 책에 따르면, 공포에 사로잡힌 불쌍한 그 처녀들은 처녀성을 강탈당할 것을 두려워하며 몰래 빠져나가 우물에 몸을 던졌다 하지 않는가.

또한 메세나 사람들은 욕정을 채울 생각으로 쉰 명의 스파르타 처녀들을 찾아 데려오게 했다. 그러나 그 중의 어느 한 명도 목숨을 구할 생각으로 자신의 처녀성을 강탈당하려 하지 않고 기꺼이 죽음을 택해 자살을 했다. 그렇다면 내가 죽음을 두려워할 이유가 무엇이란 말인가?

또한 스트림팔리스라는 처녀를 사랑한 독재자 아리스토클리데스를 생각해 보라. 어느 날 밤 그녀의 아버지가 살해되었을 때 그녀는 곧장 디아나의 신전으로 달려가 두 손으로 여신상을 꼭 붙잡았다. 그녀는 여신상에서 떨어지려 하지 않았다. 아무도 그녀의 손을 그곳에서 풀어내지 못했고, 급기야 그녀는 그 자리에서 살해되고 말았다. 처녀들이 남자의 추악한 욕정에 더럽혀지는 것을 그토록 혐오하건대, 결혼한 여자가 모욕을 당하느니 자살을 선택하는 것이 얼마나 당연한가.

또한 카르타고에서 목숨을 끊은 하스드루발의 아내는 어떠한가? 로마인들이 카르타고를 점령하는 것을 보았을 때 그녀는 자식들을 데리고 불길로 뛰어들어 로마인들이 자신을 침범하지 못하도록 죽음을 택했다. 불쌍한 루크레시아 또한 로마에서 죽음을 맞이하지 않았던가? 그녀는 타르킨에게 겁탈을 당했을 때 이름이 더럽혀진 채 삶을 유지하는 것이 수치스럽다고 생각하였다. 그리고 밀레투스의 일곱 처녀들은 자신들을 겁탈하려는 골Gauls 인들을 피해 절망과 슬픔 속에서 자살을 했다. 이러한 이야기는 수도 없이 많다. 아브라다테스가 살해되었을 때 사랑하는 그의 아내는 스스로 목숨을 끊고 자신의 피가 남편의 벌어진 상처로 흘러내리게 하며 이렇게 외쳤다. '적어도 내가 지키고자 한다면 그 어떤 남자도 내 몸을 더럽히지 못하리라!'

그토록 많은 사람들이 침범당하지 않고 스스로 목숨을 끊었건만 더 이상 다른 예를 들어서 무엇하겠는가? 모든 것을 다 고려해 보건대, 내 몸을 더럽히느니 죽음을 맞이하는 것이 차라리 낫다. 나는 남편에 대한 정조를 지킬 것이다. 그렇게 못한다면 더럽혀지지 않기 위해 목숨을 끊은 데모시오네스의 사랑스러운 딸처럼 어떻게든 죽음을 맞이할 것이다. 오, 스케다수스여, 당신의 가련한 딸들이 그런 이유로 죽음을 맞이한 이야기를 읽게 되면 얼마나 비참하고 애처로운가. 그와 마찬가지로 똑같은 곤란에 빠져 니카노르 때문에 자살을 한 테베의 처녀에 대한 이야기 역시 애처롭다. 또 다른 테베의 처녀가 마케도니아 인에게 강탈을 당한 후 똑같은 길을 갔다. 그녀는 죽음으로 자신의 잃어버린 처녀성을 되찾은 것이었다.

그와 비슷한 상황에서 목숨을 버린 니케라투스의 아내는 또 어떠한가? 그리고 알키비아데스의 연인은 어떠한가? 그녀는 연인의 시체가 땅에 묻히지 못하는 굴욕을 당하느니 죽는 것이 낫다며 죽음을 택했다. 알케스티스는 얼마나 훌륭한 아내였는지 생각해 보라! 충절의 여인 페넬로페에 대해서 호머가 무어라 했던가? 모든 그리스 사람들이 그녀의 정절을 알고 있다. 라오다미아에 대해서는 이렇게 쓰여져 있다. 트로이에서 프로테실라우스가 살해되었을 때 그녀는 단 하루도 더 살기를 거부했다. 고귀한 포르티아에 대한 비슷한 이야기도 있다. 그녀는 온 마음을 바쳐 사랑한 브루터스가 죽었을 때 더 이상 삶을 이어갈 수가 없었다고 한다. 아르테미시아의 완벽한 정절은 모든 이교도 땅에서 기려지고 있다. 그리고 당신, 테우타 여왕이시여, 아내로서 당신의 정절은 모든 아내들의 모범입니다. 또한 빌리아, 로도구네, 발레리아 역시 마찬가지로다.'

그리하여 도리겐은 이틀 동안 탄식하며 내내 죽기로 마음을 다잡았다. 그러나 사흘째 되던 밤, 아르베라구스가 집으로 돌아와 그녀에게 왜 그렇게 슬피 울고 있는지 물었다. 이 질문에 그녀는 더욱 슬프게 울었다.

그녀는 탄식했다.

"아! 차라리 태어나지 않았던들! 저는 이런 말을 했으며 이런 맹세를 했습니다."

그리고 그녀는 그에게 모든 것을 털어놓았다. 그 모든 것을 다시 되풀이할 필요는 없을 것이다.

그러나 남편은 평온한 표정과 친절한 어조로 그녀에게 대답했다.

"그 외에 다른 일은 없었소?"

"없어요, 없어요. 신께서 굽어보고 계십니다. 신의 뜻이라 할지라도 이건 제게 너무나 큰 시련입니다."

"아, 부인, 긁어 부스럼 만들지 마시오. 모든 일이 다 잘될 것이오. 맹세코 당신은 당신의 약속을 지켜야 하오. 하늘에 대고 바라건대 당신에게 품은 나의 진정한 사랑을 위해서라도 나는 진정 당신이 약속을 지키지 못하는 것을 감내하느니 차라리 칼에 찔려 죽음을 맞겠소. 약속을 지키는 것보다 더 값진 일은 없소."

그러나 그는 이렇게 말하면서 눈물을 흘렸다. 그리고 덧붙였다.

"죽음을 감내하며 당부하는 말이니 꼭 들어주길 바라오. 이 일에 대해서는 죽는 날까지 어느 누구에게도 말하지 마시오. 나는 최선을 다해서 나의 슬픔을 이겨 내겠소. 그러니 슬픈 표정은 하지 마시오. 사람들이 무언가 문제가 있다고 생각하게 해서는 아니 되오."

그러고 나서 그는 시종과 하녀를 불렀다.

"도리겐 마님과 함께 떠나거라. 마님께서 가시고자 하는 곳으로 모시고 가거라."

그들은 길을 떠났다. 그러나 그들은 도리겐이 왜 떠나는지 알 수 없었다. 아르베라구스는 자신의 마음을 누구에게도 드러내려 하지 않았다. 아마도 당신들은 틀림없이 자신의 아내를 이런 식으로 곤경에 빠뜨리는 아르베라구스를 어리석다고 생각할 것이다. 그러나 도리겐이 안됐다고 말하기 전에 이야기를 계속 들어 보라. 그녀는 여러분이 생각하는 것보다 더 운이 좋은 여인일지도 모르는 일이다. 이야기를 다 듣고 여러분 스스로 판단해 보라.

도리겐을 너무나 사랑하고 있는 기사 아우렐리우스는 번잡한 시내의 한복판에서 우연히 그녀와 마주쳤다. 그녀는 그와 약속했던 정원으로 곧장 가려던 참이었다. 또한 그녀의 행동을 예의주시하고 있다가 집을 나서는 것을 본 아우렐리우스도 정원으로 향하고 있었다. 그러나 우연인지 신의 섭리인지 그들은 이렇게 만나게 되었다. 그는 반갑게 그녀를 맞으면서 어디로 가는지 물었다. 그러자 그녀는 거의 정신이 나간 듯 이렇게 대답했다.

"나의 남편이 내게 명한 대로 약속을 지키기 위해서 정원으로 갑니다. 오오!"

이 말에 아우렐리우스는 의아해한다. 그리고 마음 깊은 곳에서 그녀의 슬픔에 대한 연민을 느꼈고, 자신의 아내가 약속을 저버리는 것을 차마 견딜 수가 없어 그 약속을 지키도록 아내에게 명한 고귀한 기사 아르베라구스에게도 안타까움을 느꼈다. 그리하여 그는 마음속에 깊은 감동을 받아 모든 것을 다 고려해 본 후, 그 같은 고결함과 관대함 앞에서 그토록 비열하고 가증스러운 일을 저지르느니 차라리 자신의 기쁨을 포기하는 것이 낫다고 생각했다. 그리하여 그는 이렇게 짧게 말했다.

"부인, 부인의 남편 아르베라구스에게 가서 전하시오. 당신을 향한 그분의 높으신 관대함과 또한 당신의 비탄을 제가 보았습니다. 당신의 남편은 당신이 제게 한 약속을 저버리는 것을 보느니 차라리 굴욕을 당하겠다는 거죠. 그 안타까운 마음을 제가 잘 알겠습니다. 그러니 부인, 당신 둘의 사랑을 갈라 놓느니 차라리 제가 영원한 고통을 감수하겠습니다. 부인, 저는 부인이 태어난 이래로 제게 하신 모든 맹세와 계약을 당신 손에 되돌려 놓습니다. 맹세코 다시는 당신에게 그 어떠한 약속으로도 짐을 지우지 않겠습니다. 자, 이제 저는 전 생애에서 제가 알았던 가장 고결하고 진실한 여인이신 당신의 곁을 떠나겠습니다."

허나 세상의 모든 여자들은 약속을 할 때 그 파장을 잘 생각하고 신중을 기해야 한다. 그러한 자세가 되어 있지 않다면 도리겐을 생각해 보도록 하라! 수습 기사 아우렐리우스는 훌륭한 기사들처럼 아주 고결하게 행동하였다.

도리겐은 무릎을 꿇고 아우렐리우스에게 감사의 말을 올리고 집으로 돌아와 남편에게 모든 것을 전했다. 그리고 여러분이 생각하듯이, 아르베라구스는 너무나 기뻐했다. 기뻐하는 그의 모습은 내가 더 이상 묘사할 수가 없을 정도였다. 그러니 더 이상 이 이야기를 끌 필요가 무엇이겠는가?

아르베라구스와 아내 도리겐은 여생 동안 지극한 행복 속에서 삶을 누렸다. 그들 사이에는 두 번 다시 불화가 생기지 않았다. 아르베라구스는 그녀를 마치 여왕처럼 소중히 했고 그녀 또한 남편에게 지극 정성을 다했다. 자, 여기까지 그 두 사람에 대해서 여러분에게 이야기를 전했다.

한편 자신의 전 재산을 헛되이 버리게 된 아우렐리우스는 자신이 태어난 날을 저주하기 시작했다.

"아! 그 점성술사에게 순금 천 파운드를 약속하다니! 이제 어찌 해야 한단 말인가? 이제 나는 완전히 망했구나. 유산을 모두 팔아 버리고 거지가 되는 수밖에 없어. 더 이상 이곳에서 내 모든 친척들에게 욕을 보이며 살 수가 없어. 그 마술사에게 자비를 구하지 못하면 말야. 어쨌든 그 사람에게 가서 통사정을 해서라도 매년 일정한 날에 조금씩 돈을 갚게 해 달라고 해 봐야지. 그렇게 해 준다면 그 사람의 호의에 감사하며 반드시 약속을 지키겠어."

그는 무거운 마음으로 금고로 가서 230킬로그램에 달하는 금을 꺼내 점성술사에게 갔다. 그러고는 그에게 애원하면서 나머지는 나중에 갚게 해 달라고 말했다.

"선생님, 저는 여태껏 한번도 약속을 저버린 적이 없습니다. 선생님께 진 빚은 무슨 일이 일어나더라도 기필코 갚겠습니다. 제가 누더기만 걸치고 구걸을 하는 한이 있더라도 말이죠. 그러나 선생님께서 2, 3년만 말미를 주신다면 너무나 감사하겠습니다. 그렇지 않으면 저는 물려받은 재산을 모두 팔아 버려야만 합니다. 더 이상 드릴 말씀이 없습니다."

이야기를 듣고 점성술사는 심각하게 응답했다.

"당신과의 약속을 내가 지키지 않았던가요?"

"아닙니다. 분명 완전히 지키셨습니다."

"그렇다면 당신은 원하던 대로 사랑하는 여인을 차지하지 못했나요?"

"예."

그는 짧게 대답하고 애닳게 한숨을 내쉬었다.

"어찌 된 일이오? 그 이유를 말해 줄 수 있겠소?"

아우렐리우스는 이야기를 시작했고, 그에게 모든 것을 털어놓았다. 여러분이 모두 다 들은 이상 다시 이야기할 필요는 없을 것이다.

그는 말했다.

"도리겐의 남편 아르베라구스는 넓은 도량과 관대함으로, 자신의 아내가 한 맹세를 파기하도록 하느니 차라리 슬픔과 비탄 속에서 죽음을 맞이하려 했습니다."

아우렐리우스는 또한 도리겐이 품었던 슬픔에 대해서도 이야기했다. 그녀가 정절을 지키지 못하는 아내가 되는 것을 얼마나 혐오했는지 이야기했고 차라리 그 자리에서 죽으려 했던 결의도 이야기했다. 그리고 그녀는 마술의 환영 따위에 대해 전혀 들어 본 적도 없어서 순진한 마음으로 맹세를 했다는 것도 이야기했다.

"이런 모든 것들이 나로 하여금 그녀에게 연민을 느끼게 하여, 그녀의 남편이 거리낌없이 그녀를 내게 보낸 것처럼 나 또한 그녀를 남편에게 되돌려 보냈습니다. 일은 이렇게 된 것입니다. 더 이상 드릴 말씀이 없습니다."

그러자 점성술사가 말했다.

"친구여, 당신들은 서로에게 고귀하게 행동하였습니다. 당신은 수습 기사고 그는 기사죠. 허나 전능하신 신께서는 저와 같은 학자도 당신들처럼 고귀하게 행동하지 않으면 안 된다 명하셨죠. 두려워 마시오! 친구여, 나는 당신이 내게 진 빚을 없던 걸로 돌리겠소. 마치 당신이 이제야 이 세상에 태어나서 나란 사람을 처음 보는 것처럼 해 드리리다. 내 마술에 대해서, 혹은 내 수고에 대해서 당신으로부터 단 한 푼도 받지 않을 것이오. 당신은 그동안 나에게 너그럽게 숙식을 제공해 주셨으니 그것으로 족하오. 이제 작별 인사를 합시다. 당신에게 행운이 있기를 기원합니다!"

그런 다음 그는 말에 올라 길을 떠났다.

여러분, 이제 여러분에게 질문을 하나 하리다. 이들 중에서 누가 가장 관대하다고 생각하십니까? 길을 다시 떠나기 전에 말씀을 해 보시지요. 저는 더 이상 할 말이 없습니다. 제 이야기는 여기서 끝입니다.

●—주

1 부유한 대지주. 시골에 많은 땅을 소유한 지주(地主)로서 지역 유지를 지칭함.

헹기스트와 호사

색슨 침입자들을 최초로 영국으로 이끌고 왔던 지도자 헹기스트와 호사가 처음으로 등장하는 것은 8세기 초에 비드가 쓴 『영국 교회와 영국민들의 역사』라는 책에서인데, 영국의 왕 보티전과 함께 등장하고 있다. 또한 『앵글로 색슨 연대기』에서도 헹기스트와 호사가 다시 등장하고 있는데, 이 책에서는 이들이 켄트의 색슨 인 왕국의 설립자들로 묘사된다. 그들은 실존했던 역사적 인물이었을 가능성이 높은데, 켄트 지방에 친구들이 많았던 비드는 호사의 유적들을 켄트 지방의 동부 지역에서 아직도 볼 수 있다고 기록하고 있다.

정복당한 브리튼 족들도 역시 그들을 기억하고 있다. 『브리튼 족의 역사』는 주로 고대의 이야기들에 토대를 두고서 전설들의 기원을 다루고 있는데, 이 책에는 이웃하고 있는 국가들의 왕들과 전쟁을 치르는 과정에서 위기에 몰린 보티전이, 자신을 도와 달라고 헹기스트와 호사를 자신의 왕국으로 불러들인 경위가 적혀 있다. 또한 헹기스트와 호사가 보티전의 기대를 배신하고 그의 왕국을 차지

한 경위도 기록되어 있다. 그리고 색슨 족의 공주인 로웨나에 대한 보티전의 사랑에 관한 이야기도 등장한다.

이 이야기는 '웨일스 인들을 위한 훌륭한 위안거리'가 되어 왔다. 즉, 이러한 이야기를 통해서 웨일스 인들은 그들의 패배를 받아들일 수 있었고, 민족적인 희생양을 제공할 수 있었다. 제프리 오브 몬머스는『영국 왕들의 역사』라는 자신의 책에서 이에 대해 자세히 기술하고 있다. 다음은 바로 그의 책에 실린 부분에서 따온 것이다.

콘스탄스는 왕위에 오르자 보티전에게 왕국을 관리하는 일을 맡겼으며 모든 일을 처리하는 데 있어 그의 충고를 받아들였다. 보티전의 명령 없이는 어떤 일도 진행될 수 없었다. 콘스탄스가 이렇게 할 수밖에 없었던 이유는 그가 수도원에 감금되어 있는 동안 왕국을 통치하는 일에 대해서 전혀 배운 바가 없었기 때문이었다. 그는 갑자기 왕이 되자 어떻게 해야 할지 몰라서 당황할 수밖에 없었던 것이다.

보티전은 이러한 상황을 알아차리고는 어쩌면 자신이 콘스탄스를 대신해서 왕이 될 수 있을지도 모른다는 야심을 품었다. 그는 오랫동안 이러한 야심을 숨기고 있던 중 별다른 어려움 없이 자신의 소망을 달성할 수 있는 기회를 포착하게 되었다. 왜냐하면 왕국 전체가 자신의 통치하에 있었고, 비록 사람들이 콘스탄스를 왕이라고 부르기는 했지만 허울에 불과했기 때문이었다.

콘스탄스는 어떠한 목적도 없었고 또 정의를 구현하고자 하는 의지도 없었다. 왕국 밖에서든 왕국 안에서든 어느 누구도 그를 두려워하지 않았다. 그의 아우들인 우더 펜드래곤과 아우렐리우스 앰브로시우스는 아직 요람에 누워 있는 갓난아기였기 때문에 그들이 왕국을 통치한다는 것은 꿈조차 꿀 수 없는 처지였다. 더욱이 불운하게도 왕국의 모든 연장자들이 세상을 하직한 터라, 정치적인 능력을 갖추었으며 신중한 성격의 보티전이 그에게는 비중 있는 유일한 조언자로 보였다. 그를 제외한 나머지 사람들은 거의가 최근의 전쟁에서 아버지나 삼촌이 전사함으로써 토지와 작위를 물려받은 젊은 층들이었다.

상황을 파악한 보티전은 운명의 여신이 자기 편이라는 것을 알았다. 그는 콘스탄스를 몰아내고 자신이 왕이 되기 위한 음모를 꾸미려고 작정하였다. 하지만 직접적으로 모반을 일으키는 것이 아니라 가장 손쉽고 가장 우회적인 방식으로 음모를 진행시켜 대중들로부터 자신에 대한 평판을 좋게 유지하고자 하였다. 그래서 그는 우선 왕국의 다양한 영역에서 자신의 권력이 확고하게 자리잡힐 때까지, 그리고 모든 사람들이 자신의 통치에 익숙해질 때까지 계획을 미루기로 하였다. 그는 왕의 보물을 자신이 관리해야 한다고 요구하는 일부터 착수했다. 그리고 외세의 공격이 임박했다는 소문이 돌고 있다는 구실을 내세워, 도시와 도시 수비대에 대한 통제권을 자신이 가져야 한다고 요구했다. 마침내 콘스탄스가 이러한 요구를 받아들였을 때, 그는 도시들을 자신의 동맹군으로 유지하기 위해서 자기편 사람을 도시 관리자 자리에 앉혔다.

모반 계획의 다음 단계는 콘스탄스에게 자신의 집을 지킬 경비병의 수를 늘려야 한다고 요청하는 것이었다. 목숨을 노리고 침략해올지 모를 적으로부터 자신을 보호하기 위해서라는 명목이었다.

콘스탄스가 대답했다.

"이 나라의 모든 것이 경의 통제권 아래 있소. 내가 그리하도록 명령을 내렸기 때문이오. 경의 부하들이 나에게 충성을 다하는 한,

경이 원하는 것은 무엇이든지 하시오."

보티전은 이에 대해 다음과 같이 대답했다.

"픽트 인들이 우리를 무찌르기 위해서 데인 족과 노르웨이 족을 이끌고 우리와 맞설 계획을 세우고 있다는 정보를 입수했습니다. 그래서 일부 픽트 인들을 폐하의 왕궁에 고용하는 것이 가장 안전한 방법이라 생각되어 폐하께 요청드립니다. 픽트 인들을 고용하면, 그들은 외부에 있는 동족들로부터 전해 들은 소식을 우리에게 알려 주는 연락병 역할을 할 것입니다. 만일 픽트 인들이 반란을 일으키는 경우에도 우리는 그들을 통해서 픽트 인들의 음모를 알아낼 수 있을 것입니다. 그러면 폐하는 픽트 인들의 음모로부터 안전할 것입니다."

그러나 보티전 자신이 바로 콘스탄스의 숨겨진 적이자 배반자였다. 때문에 그가 이런 충고를 콘스탄스에게 한 것은, 콘스탄스의 안전을 위해서가 아니라 픽트 인들이 양심이 없고 음모에 쉽게 걸려든다는 것을 알았기 때문이었다. 픽트 인들은 술에 취하거나 화가 나 있을 때에는, 바로 그들의 적이 콘스탄스라고 설득하는 보티전의 말에 쉽게 넘어갔다. 따라서 이 말을 사실이라고 믿는 픽트 인들로 하여금 콘스탄스를 살해하도록 유도하는 일이 쉽게 진행될 수 있기 때문이었다. 만일 이 모든 일들이 보티전이 바라는 대로 진행되어 준다면, 그가 그토록 바라던 대로 콘스탄스를 제거하고 왕위에 오르는 일이 수월해질 터였다. 그래서 그는 스코틀랜드에 전령을 보내서 수백 명의 픽트 족 병사를 왕실 수비대에 배치하기 위해 불러들였다.

일단 그들이 도착하자 보티전은 그들에게 선물 공세를 하고, 과도한 연회를 베풀어 주는 등 마치 총애하는 부하들처럼 극진히 대접해 주었다. 따라서 그들은 보티전을 자신들의 통치자로 여기게 되었다. 그들은 길거리에서 보티전을 칭송하는 노래를 부르면서 그를 수행했는데, 노래의 골자는 보티전이 영국을 통치할 자격을 갖추고 있으나 콘스탄스는 그렇지 않다는 내용이었다. 보티전은 그들의 지지를 더욱 확실하게 얻어 내기 위해서 점점 더 많은 선물을 하사했으며, 마침내 그들의 마음을 완전히 사로잡게 되자 그들에게 돈을 벌기 위해서 영국을 떠날 것을 고려하고 있노라고 말했다. 왕으로부터 받는 돈이 너무 빈약해서 쉰 명의 병사들조차도 유지할 능력이 안 돼 그럴 수밖에 없노라고 말했다. 그러고 나서 상심한 것처럼 꾸민 후에 아무도 눈치채지 못하도록 자기 집으로 돌아왔다. 픽트 인 병사들을 술에 취한 상태로 남겨 두고서 자리를 떠난 것이었다.

한편 픽트 인들은 보티전의 말을 곧이곧대로 믿었기 때문에 매우 화가 나서 자신들끼리 이 문제에 관해 토론을 벌이기 시작했다.

"도대체 우리가 왜 콘스탄스를 살려 두어야 하지? 그를 죽이고 보티전이 왕좌에 오르도록 하는 게 어떨까? 그 외에는 왕위를 물려받을 자격을 가진 자가 없지 않냔 말이야. 왕이 되기에 그가 가장 적임자라고 생각되지 않느냐고! 게다가 그는 우리에게 후한 선물도 주고 잘 대해 주었잖아!"

생각이 여기에 미치자 그들은 곧 왕의 침실에 뛰어들어서는 그를 급습해 머리를 벤 다음 그것을 보티전에게 가지고 갔다. 그러나 보티전은 그것을 보자 마치 슬퍼서 못 견디겠다는 듯이 구슬프게 눈물을 흘리기 시작했다. 사실은 속으로는 뛸 듯이 기뻤을지라도 말이다.

보티전은 이 모든 일이 발생했던 장소에 런던의 시민들을 소집한 뒤에, 반역죄를 물어 픽트 인들을 사슬에 채워 투옥하라고 명령을 내렸으며, 극악한 범죄 행위에 대한 대가로 참수형을 처하라고 명했다. 몇몇 사람들은 반역 행위의 배후가 보티전일 것이라고 의심했는데, 왜냐하면 보티전의 동의가 없거나 그가 모르는 상태에서 픽트 인들이 이렇게 단독으로 엄청난 일을 저지르지는 않았을 것이라고 생각했기 때문이었다. 반면에 다른 사람들은 보티전이 그 일과 무관하다고 선언하는 데 주저하지 않았다. 그러나 사건이 미결 상태로 남아 있었기 때문에 아우렐리우스 앰브로시우스와 우더 펜드래곤 두 형제의 후견인들은, 보티전이 자신들을 죽일까 봐 두려워 두 형제와 함께 브리타니로 도망쳤다. 그곳의 왕인 부데크는 그들에게 은신처를 제공해 주었고 그들의 신분에 맞게 대접하면서 자신의 왕궁에서 머물도록 해 주었다.

보티전은 이제 자신과 필적할 상대가 아무도 없었기 때문에 왕위에 올랐으며 자신과 동등했던 모든 왕자들보다 높은 권력을 쟁취하였다. 그러나 콘스탄스 왕의 암살 사건에 그가 관련이 있었다는 사실이 결국은 만천하에 드러났고, 또 픽트 족들이 브리튼에 올 때 같이 데리고 왔던 외부 사람들이 보티전에 대항하여 모반을 일으키는 사건이 발생했다. 픽트 인들은 자신들의 동료가 콘스탄스 왕의 살해와 관련되어 사형당한 것 때문에 분개해서 복수하기를 원했다. 보티전은 이 일로 고통을 많이 겪었을 뿐만 아니라 그후에 벌어진 그들과의 전투에서 병사들을 많이 잃었다. 그러나 무엇보다도 그가 염려한 것은, 브리타니로 도망친 아우렐리우스 앰브로시우스와 그의 형 우더 펜드래곤 형제였다. 그들은 이미 장성했으며, 합법적으로 당연히 자신들의 왕국인데 보티전에게 빼앗겼던 왕국을 되찾기 위해서 엄청난 규모의 함대를 구축하고 있다는 소문이 무성했기 때문이었다.

그러는 동안에 '긴 배'라고 불리는 쌍돛 범선 세 척이 무장한 병사들을 가득 태우고 켄트의 해안에 도착했다. 선장은 헹기스트와 호사라는 두 명의 형제였다. 그때 보티전은 지금은 캔터베리라고 불리는 도로베르니아라는 곳에 있었는데, 그가 자주 방문하던 곳이었다. 전령들로부터 보통 사람들보다 키가 큰 이방인들이 도착했다는 보고를 받고, 보티전은 그 이방인들을 공격하지 말고 자신에게 데려오라고 지시했다.

새로운 인물들이 도착했을 때, 보티전의 관심은 두 형제에게 집중되었다. 왜냐하면 위엄과 용모에서 형제들이 단연 돋보였기 때문이었다. 보티전은 나머지 사람들을 살펴본 뒤 그들의 고국이 어느 나라인지, 어떤 경위로 브리튼에 오게 되었는지 물었다. 그들 가운데서 가장 현명하고 가장 연장자인 헹기스트가 나머지를 대표해서 다음과 같이 말했다.

"모든 왕 가운데서 가장 존귀한 이여, 우리는 게르만 국가들 중의 하나인 색소니에서 태어났으며, 당신이나 다른 왕자들을 섬기기 위해서 이곳에 왔습니다. 저희는 단지 관습에 따라 고국에서 추방되었습니다. 저희 나라에서는 인구가 너무 증가하면, 각 지역의 왕자들이 만나서 국가 전체의 젊은이들을 소집합니다. 그러고 나서 그들은 제비를 뽑아서 다른 땅에서 살아가기에 가장 적합하고 강한 자들을 선택합니다. 그렇게 하여 저희 나라가 감당하기 힘든 인구 문제를 해결하는 것입니다. 저희 나라에 너무 사람이 많아서 왕자들이 저희를 선택하여 고대의 관습에 복종하도록 명했습니다. 왕자들은 저와 제 동생 호사를 선장으로 임명했습니다. 왜냐하면 저희가 왕손으로 태어났기 때문입니다. 그래서 과거에 만들어진 칙령에 복종하기 위해서 저희는 바다에 나와 머큐리 신의 보호 하에 당신의 왕국에 도착하게 되었습니다."

머큐리라는 말을 듣자 보티전은 고개를 들고 그들에게 종교가 무엇인지 물었다.

헹기스트가 대답했다.

"저희들은 토착신들인 새턴과 주피터, 이 세계의 다른 통치자들을 섬깁니다. 그러나 무엇보다도 보덴이라고 부르는 머큐리 신을 가장 숭배합니다. 저희 선조들은 일주일의 네 번째 날을 그 신에게 바쳤습니다. 그래서 저희는 아직까지도 그날을 웬즈데이라고 부릅니다. 그 다음으로 저희는 여신들 가운데 가장 강력한 프레이야를 숭배합니다. 그녀에게 우리는 여섯 번째 날을 바쳤고, 우리는 그날을 프라이데이라고 부릅니다."

보티전이 말했다.

"너희들의 종교가 무엇인지를 알고 나니 슬퍼지는구나. 아니, 오히려 너희들이 나의 신을 믿지 않는다는 사실 때문에 슬퍼지노라. 하지만 나는 너희들이 와 준 것을 기쁘게 생각한다. 왜냐하면 어쩌면 내가 모시는 신과 너희들의 신이, 내가 도움을 필요로 하는 이 시점에 너희들을 이곳으로 보내 주었는지도 모르겠다는 생각이 들기 때문이다. 나의 적들이 사방에서 나를 압박하고 있다. 만일 너희들이 나를 위해 나의 적들과 싸워 준다면, 너희들을 나의 군사로 받아 줄 것이며 토지와 돈을 풍족하게 내릴 것이다."

이방인들은 즉시 이에 동의했으며, 계약을 맺은 뒤 보티전의 궁전에 머물렀다. 곧이어 픽트 인들이 스코틀랜드에서 대규모 군사를 몰고 와서 브리튼의 북쪽 지방을 약탈하기 시작했다. 이 소식을 듣자마자 보티전은 군사를 불러 모아서 험버의 북쪽 지역에서 픽트 인들과 맞서 싸우기 위해서 행군을 시작했다. 그의 군사들이 적군의 진영에 다가갔을 때, 양쪽 병사들은 맹렬하게 싸우기 시작했다. 그러나 브리튼 병사들은 거의 싸울 필요가 없었다. 왜냐하면 색슨 병사들이 너무나 용감하게 픽트 인들과 맞붙어 싸웠기 때문이다. 언제나 전투에서 우위에 섰던 픽트 병사들은 갑작스럽게 변화된 상황에 혼비백산하여 도망치기 시작했다.

색슨 족의 도움으로 승리한 보티전은 그들에게 더 많은 선물을 하사했으며, 그들의 지도자인 헹기스트에게 링컨셔 지역의 많은 토지를 내려서 그와 그의 병사들이 정착할 수 있도록 해 주었다.

교활하고 꾀가 많은 헹기스트는 보티전이 자신들을 잘 대해 주는 것을 알고는 다음과 같이 말했다.

"나의 왕이시여, 전하의 적들은 전하를 사방에서 괴롭히고 있습니다. 그리고 전하의 백성들 중에 충성을 다하는 이가 별로 없습니다. 그들은 모두 전하를 위협하고 있으며 아우렐리우스 앰브로시우스를 브리타니의 해안에서 데려와 전하를 폐위시키고 그를 왕으로 추대하겠다고 말하고 있습니다. 그러니 저희가 고국에 전령을 보내서 전사를 보내 달라고 요청하게 허락해 주십시오. 그러면 저희쪽 병사를 늘릴 수 있을 것입니다. 그리고 한 가지 더 요청 드리고 싶은 것이 있습니다. 만일 전하께서 거절하지 않으신다면 감히 아뢰겠습니다."

보티전이 대답했다.

"게르마니에 사람을 보내서 네가 원하는 사람은 누구든지 이곳으로 오게 하라. 또한 네가 원하는 것은 무엇이든지 말해 보라. 무엇이든지 들어 주겠노라."

헹기스트는 머리를 숙여 고마움을 표했다. 그리고 말했다.

"전하는 저에게 집과 땅을 주셨습니다. 그러나 제 조상들이 저희 나라의 통치자였음을 아시고도 전하는 저에게 지도자로서의 명예를 내려 주시지는 않으셨습니다. 만일 전하가 저에게 도시나 성을 내려 주신다면 전하의 왕국의 영주들이 저를 더 중요하게 생각할 것입니다. 전하께서 제 조상들이 저희 나라에서 지녔던 백작의 지위를 저에게 내려 주셨으면 합니다."

"이방인이자 이교도인 너에게 도시나 성을 내리는 일이나 백작의 지위를 내려 주는 것은 내 권한 밖의 일이라고 할 수 있다. 또한 너희 나라의 관습에 따라서 너에게 나의 신하들과 동등한 지위를 보장해 주는 방법이 있을지 모르겠구나. 만일 지역 영주들이 반대한다면 너에게 그러한 지위를 내릴 수 있는 권한이 내게는 없노라."

"전하께서 이미 저에게 주신 땅을 단지 1하이드60~120에이커의 넓이로 에워쌀 수 있는 만큼의 토지를 내려 주소서. 그러면 저를 안전하게 보호할 수 있는 요새를 그곳에 세우겠습니다. 저는 전하께 충성할 것이며 충성의 의무를 서약하겠나이다."

보티전은 헹기스트의 이 말에 너무나 깊이 감동하였다. 그래서 헹기스트의 요구를 수용하기로 하고, 게르마니에 즉시 사절을 보내서 그가 초대한 병사들이 자신을 돕기 위해 한시라도 빨리 브리튼에 도착할 수 있도록 하라고 헹기스트에게 명령했다. 헹기스트는 게르마니에 전령을 보내자마자 곧 황소의 가죽을 잘라서 긴 가죽끈 하나를 만들었다. 그는 이 가죽끈으로 자신이 신중하게 고른 바위가 많은 한 지역을 표시했다. 그러고는 그곳에 요새를 짓기 시작했다. 이곳은 나중에 영어로는 케르코레이라고 불렸고, 색슨 어로는 송체스터라고 불렸다.

그러는 동안에 게르마니로 파견되었던 특사가 전사들을 뽑아 가득 태우고 열여덟 척의 배와 함께 돌아왔다. 그들은 헹기스트의 딸 로웨나도 데려왔는데, 그녀는 누구와도 견줄 수 없을 정도로 아름다웠다. 그들이 도착했을 때, 헹기스트는 보티전에게 새로 지어진 성과 도착한 병사들을 보러 자신의 성으로 오라고 초대했다. 보티전은 친히 그곳에 와서 이렇게 빠른 시간 안에 성을 완성한 데 대한 칭찬을 아끼지 않았을 뿐만 아니라, 자신의 군사로 받아들이기 위해서 불러들인 그 병사들을 기꺼이 받아들였다.

보티전을 위한 연회가 끝날 즈음에 로웨나가 포도주를 채운 금술잔을 들고서 침실에서 나와서는 그에게 다가가 무릎을 꿇고서 색슨 어로 다음과 같이 말했다.

"폐하의 건강을 위해 건배를 올립니다."

보티전은 그녀를 보자마자 그녀의 아름다움에 넋을 잃고 그녀를 사랑하게 되었다. 그는 통역관에게 그녀의 말이 무슨 뜻인지를 물었다. 통역관이 대답했다.

"그녀는 전하를 '폐하' 라고 불렀고 전하의 건강을 기원하는 인사를 올렸습니다. 전하도 '건배' 라고 대답해 주십시오."

이 말을 듣고 보티전은 '건배' 라고 대답했다. 그리고 로웨나에게 술을 마시라고 명했다. 그러고 나서 그는 그녀에게서 술잔을 받아서는 그녀에게 키스한 뒤에, 그 술을 마셨다. 이날부터 영국에서는 연회에서 술을 마실 때 옆 사람에게 '건배' 라고 말하고 또 '건배' 라고 말한 뒤에 술잔을 받는 관습이 생겨났다.

다양한 술을 마신 탓에 취한 왕은 로웨나를 사랑하게 되었고 그녀의 아버지에게 그녀와 결혼하게 해 달라고 청했다. 기독교인인 그가 이교도 처녀를 신부로 삼기를 원했다면 아마도 사탄이 그의 마음속에 들어온 것이라고 말할 수밖에 없을 것이다. 이것이 왕의 단순한 변덕이 아닐까 우려한 헹기스트는, 왕의 요구에 어떻게 대응할 것인가에 대해 즉시 자신의 동생인 호사와 부하들 중에서 원로들에게 조언을 구했다. 모두들 이구동성으로 로웨나를 왕에게 주고 그 대가로 켄트 땅을 달라고 요구하라고 말했다. 이리하여 그 문제는 재빨리 매듭지어졌다. 로웨나는 보티전에게 시집을 갔고, 켄트 땅은 그 땅의 합법적인 주인인 고르난곤에게 알리지도 않은 채 헹기스트가 차지하게 되었다. 그날 밤에 보티전은 이 이방인 처녀와 결혼식을 올렸고, 그날부터 그녀에게 홀딱 빠져서 지냈다. 그러나 이 일로 그는 왕국의 영주들과 전처에게 얻은 세 아들, 보티머, 카틴게른, 파스센티우스를 자신의 적으로 만들게 되었다.

이 즈음에 아우세레의 주교인 성 게르마누스와 트로이의 주교인 르푸스가 하느님의 말씀을 브리튼 족에게 전하기 위해 왔는데, 그 이유는 브리튼 족의 기독교가 타락했다고 판단했기 때문이었다. 즉 그들의 왕이 이방인의 딸을 아내로 맞았을 뿐만 아니라 펠라기우스라는 수도사의 이단론이 그들을 오랫동안 감염시켰기 때문이었다. 성 게르마누스와 르푸스 주교의 설교는 브리튼 족에게 진실한 믿음을 회복시켜 주었으며, 신은 이들을 통해서 길다스가 쓴 작은 책에 나와 있는 것처럼 많은 기적을 베풀어 주셨다.

자신의 딸을 보티전과 결혼시킨 헹기스트가 보티전에게 말했다.

"이제 저는 전하의 장인이 되었으니 전하의 주요한 고문 역할을 해야만 할 것입니다. 만일 전하께서 제가 이르는 대로만 하신다면 전하는 제 부하들의 용기를 통해서 적을 물리칠 수 있을 것입니다. 제 아들, 옥타와 에비사를 이곳으로 초청하도록 허락해 주십시오. 훌륭한 전사들인 그들로 하여금 데이라와 스코틀랜드 사이에 있는 성벽 근처 영국 북쪽 지방의 땅을 통치하도록 하신다면 그들은 이방인들의 공격을 막아 낼 것이고 그러면 전하는 험버 이남 지방에서 평화롭게 살아가실 수 있을 것입니다."

보티전은 이 말을 받아들이고 그들에게 자신을 도와주는 데 필요한 사람이 있다면 누구든 무조건 초청하라고 말했다. 그리하여 전령들을 한번 더 보냈고, 옥타와 에비사와 세르딕이 300척의 배에 무장한 병사를 가득 채워 이곳에 도착했다. 보티전은 이들을 친절하게 맞아 주었으며 아낌없이 선물을 나누어 주었다. 그는 이들의 도움으로 모든 적들을 막아 낼 수 있었고, 이 색슨 족의 도움으로 모든 전투에서 승리할 수 있었다.

헹기스트는 점점 더 많은 배를 이곳으로 불러들였으며 날마다 색슨 족의 수를 불려 나갔다. 브리튼 족은 이것을 보고 헹기스트의 모반을 우려하기 시작했다. 그래서 그들은 왕에게, 이방인들은 기독교인들과 소통할 수 없으며, 그들을 자신들의 영토 한복판에 들여놓는 것은 기독교에 어긋나는 일이라고 하면서 헹기스트와 색슨 족을 왕국에서 추방하라고 간청했다. 게다가 이미 너무나 많은 색슨 족이 들어와 있어서 영국인들은 위협을 느끼고 있었으며, 또 이교도들이 기독교인의 딸이나 친족의 딸들과 결혼하는 경우가 많았기 때문에 누가 이교도고 누가 기독교도인지 구분 자체가 모호해졌던 것이다. 이런 이유로 그들은 왕에게 그들을 추방할 것을 간청했다. 그들은 어느 날 갑자기 이교도들이 왕을 배반하고 그의 왕국을 찬탈하는 일이 일어나는 것을 막고자 했던 것이다.

그러나 보티전은 그들의 말에 귀기울이지 않았다. 왜냐하면 그는 자신의 아내 때문에 누구보다도 색슨 족을 더 총애했기 때문이다. 그리하여 브리튼 족은 보티전을 저버리고 그의 아들인 보티머를 왕으로 추대하는 것에 만장일치로 동의했다. 보티머는 이들의 충고를 받아들여 즉시 이방인들을 몰아내기 시작했다. 그는 그들과 전쟁을 일으켰으며 계속 그들을 공격하여 지속적으로 괴롭혔다.

보티머는 네 번에 걸쳐 중요한 전투를 벌였다. 첫 번째 전투는 데르웬트 강에서였고, 두 번째는 에피스포드에서였는데, 보티머는 그 전투에서 호사와 보티전의 다른 아들인 카던게른과 맞붙었다. 세 번째 전투는 해안가에서 벌어졌는데, 이때 색슨 인은 마치 여자들처럼 자신들의 배로 줄행랑을 쳐서 태닛 섬에 숨었다. 그러나 보티머는 그들을 포위하고 선상 공격을 계속 함으로써 그들을 괴롭혔다. 더 이상 견딜 수 없게 된 색슨 족은 자신들과 함께 늘 전투에 참여했던 보티전을 그의 아들인 보티머에게 보내서 자신들이 안전하게 게르마니로 출발할 수 있도록 허락을 받아 오라고 시켰다. 그리고 협상이 진행되는 동안에 색슨 족은 기회를 포착하여 아내와 자식들을 뒤에 남겨 놓고 게르마니로 돌아갔다.

보티머는 일단 색슨 족을 정복하자 그들이 소유하고 있던 것들을 영국인들에게 돌려주기 시작했다. 그리고 그들을 애정과 존중으로 다루었다. 그는 성 게르마누스의 간청에 따라 교회를 수리하기 시작했다. 그러나 그의 선량함을 질투하는 악마적인 생각이 그의 의붓어머니 로웨나의 마음속에 들어왔고, 그녀는 그를 암살할 음모를 짜기에 이르렀다. 로웨나는 마법을 이용해 보티머의 시종 하나를 매수해서 보티머가 마시는 술에 독을 타게 했다. 보티머는 독이 든 술을 마시자마자 갑자기 중병에 걸려서 살아날 가망이 없었다. 그는 즉시 모든 병사를 소집해 자신에게 이미 죽음이 임박했음을 알리고 그들에게 자신의 금과 은, 그리고 선조들이 모았던 모든 보물들을 나누어 주었다. 울고 있는 그들에게 그는 자신의 운명이 모든 다른 사람들의 운명과 결코 다르지 않음을 상기시킴으로써 그들을 위로하려고 애썼다. 그는 젊은 동료들에게 나라를 위해서 싸울 것과 적들에 대항해서 나라를 지킬 것을 촉구했다. 그리고 청동 피라미드를 하나 만들어서 색슨 인들이 상륙하는 항구에다 설치하라고 명령했다. 그가 죽은 후 그의 몸은 그 피라미드 꼭대기에 얹혀 질 예정이었다. 그래서 이방인들이 피라미드 위의 그의 모습을 보고는 혼비백산해서 자신의 고향인 게르마니로 돌아가도록 하기 위한 것이었다. 그는 누구든 자신의 모습을 보고는 감히 그것에 접근하려고 하지 않을 것이라고 장담했다. 그러나 자신이 죽은 후 적을 위협하고자 했던 포부 당당한 야심은 무용지물이 되고 말았다. 왜냐하면 브리튼 인들이 그의 소망을 무시하고 그의 시체를 트리노반티움이라는 도시에 매장했기 때문이다.

보티머가 죽은 다음에 보티전은 자신의 왕궁으로 다시 돌아왔고 아내 로웨나의 간청에 따라 게르마니에 있는 헹기스트에게 전령을 보내서 몇 사람만 데리고 비밀리에 브리튼에 돌아오라는 내용을 전달했다. 만일 공개적으로 헹기스트가 영국에 돌아오게 되면 영국인들과 이방인들 사이에 다시 싸움이 일어날지도 모르기 때문이었다. 그러나 헹기스트는 보티머의 사망 소식을 듣고는 30만 명의 군사를 모아서 함대를 이끌고 영국으로 돌아왔다.

거대한 규모의 병사들이 도착했다는 소식이 보티전과 그의 신하들에게 알려지자마자 그들은 매우 어려운 처지에 놓이게 되었다. 그래서 그들은 침략자들을 몰아내기로 결심하였다. 이들의 결정은 로웨나가 보낸 전령을 통해서 헹기스트에게 즉시 전달되었으며, 그는 전투를 벌이지 않고서 자신의 목표를 달성할 수 있는 계획을 세우기 시작했다. 결국 그는 평화를 가장하여 그들에게 접근하기로 결론을 내렸다. 그리하여 그는 보티전에게 전령을 보내서, 자신이 무장한 병사들을 데리고 온 것은 영국을 정복하기 위해서나 영국인들을 해치기 위해서가 아니라 보티머가 아직도 살아 있다고 생각했기 때문에, 혹시 그가 공격할 경우에 대비하기 위해서였다고 설명했다. 이제 보티머가 죽은 것을 알았으니, 얼마나 많은 군사들을 영국에 남겨 놓고 또 얼마나 많은 군사들을 게르마니로 돌려보낼지에 대해서는 전적으로 보티전의 의사에 복종하겠노라고 말했다. 만일 보티전이 이 모든 것을 수용한다면, 보티전이 원하는 대로 모든 일을 처리할 수 있도록 자신과 만날 날짜와 장소를 정해 달라고 간청했다.

이 내용을 들은 보티전은 매우 기뻐했다. 왜냐하면 그는 헹기스트가 다시 떠나는 것을 원하지 않았기 때문이었다. 그래서 그는 며칠 뒤인 5월 첫날에 아메스베리 사원에서 만나기로 시간과 장소를 정했다. 그러자 헹기스트는 새로운 모반 음모를 세웠다. 그는 부하들에게 긴 장화 속에다 장검을 숨기라고 명령했다. 그리고 영국인들이 모임에서 안건을 논의하기 시작할 때, 자신이 '네메트 우레 섹세스.Nemet oure sexes, 우리의 칼을 받아라' 라고 외치면, 일제히 옆에 있는 영국인들의 목을 재빨리 찌르도록 일러두었다.

약속한 대로 모임은 개최되었고 양측은 평화협정에 관한 논의를 시작했다. 그리고 헹기스트가 계획대로 배반 음모를 실행할 시간이 되자 그는 '네메트 우레 섹세스.' 라고 외친 다음에 보티전을 붙잡아서 옷으로 그를 묶었다.

색슨 인들은 헹기스트의 신호를 듣고는 장검을 꺼내서 추호도 의심하고 있지 않던 영국인 신하들을 공격했다. 색슨 인들은 약 460명의 목을 베었다. 그들의 시체는 나중에 앰브루스 대수도원장이 세운 아메스베리 수도원의 마당에 성 엘다드에 의해 기독교장으로 매장되었다. 그곳은 지금은 솔즈베리라고 불리는 캐카라도크에서 멀지 않은 곳에 있다. 영국인은 평화협정을 맺기 위한 모임이라고 생각했기 때문에 무장을 하지 않고 왔고, 따라서 색슨인들은 그들을 쉽게 죽일 수 있었다. 하지만 색슨 인들이 전혀 피해를 입지 않은 것은 아니었다. 영국인들이 방어하기 위해 돌이나 막대기를 집어들고 닥치는 대로 휘두르는 과정에서 색슨 인들이 죽었기 때문이다.

그 자리에 참석했던 사람 가운데, 글로스터의 공작 엘돌이 있었다. 그는 이 모반 행위를 목격하고서 근처에서 우연히 발견한 막대기를 하나 들고 자신을 방어했다. 그는 자신의 손에 닿는 사람이면 누구를 막론하고 머리나 팔, 어깨, 다리를 마구 후려쳤다. 혹은 그 모두를 한꺼번에 박살내 버렸다. 그는 자신의 막대기로 일곱 명을 죽일 때까지 그 장소를 떠나지 않았다. 그러나 더 이상 많은 사람들을 감당할 수 없게 되자 그는 간신히 자신의 집으로 도망쳐 올 수 있었다.

색슨 인들의 반란은 성공했고 영국인은 패배했다. 하지만 색슨 인들은 보티전을 죽이기를 원치 않았기 때문에 그를 묶은 뒤 죽이겠다고 협박하면서 그가 통치하고 있었던 도시와 요새 들을 목숨과 바꿀 것을 요구했다. 보티전은 자신을 살려 준다면 그들의 요구를 모두 들어 주겠다고 맹세했다. 그래서 색슨 인들은 그를 풀어 준 다음에 런던을 향해서 행군하기 시작했다. 그들은 요크, 링컨, 윈체스터를 거치면서 제멋대로 약탈하고 그 도시들을 황폐화시켰다. 그들은 마치 양치기 없는 양 떼를 늑대 무리가 강탈하듯 그곳 주민들을 해쳤다. 보티전은 이러한 끔찍한 약탈 광경을 보고는 몰래 웨일스로 갔다. 하지만 이 저주받은 약탈자들을 어떻게 몰아내야 할지 뾰족한 수가 떠오르지 않았다.

마침내 그는 마법사들의 충고를 받아들이기로 했는데, 마법사들은 그가 매우 강력한 탑을 세워야 한다고 충고했다. 왜냐하면 이미 성을 모두 빼앗겼기 때문에 다른 방책이 없다고 말했다. 그는 적당한 장소를 물색하기 위해 수많은 곳을 찾아다니다가 드디어 스노돈에 당도하였다. 이곳에서 그는 각지에서 온 수많은 석공들을 불러모아 탑을 세우라고 명령했다. 석공들은 기초를 닦기 시작했지만, 그들이 일을 하기만 하면 그 옆에 있는 땅이 그것을 꿀꺽 삼켜 버리곤 했다. 그들은 도무지 자신들이 해 놓은 일이 어디로 사라져 버렸는지 알 길이 없었다.

이 소식을 들은 보티전은 다시 마법사들을 찾아가 그 이유가 무엇인지를 알려 달라고 했다. 그러자 마법사들은 그에게 아버지를 가져본 적이 없는 소년을 찾아야 한다고 말해 주었다. 그리고 만일 소년을 찾으면 그를 죽여서 그의 피를 회반죽과 돌에 뿌려야 한다고 일러 주었다. 마법사들은 이러한 의식이 그 탑을 견고하게 쌓기 위한 기초가 될 것이라고 말했다.

보티전은 그러한 소년을 찾기 위해서 전령사를 사방으로 보냈다. 전령사가 카르메덴에 도착해 보니, 몇몇 젊은이들이 성문 앞에서 놀고 있는 게 보였다. 전령사들은 오랜 여행으로 지쳐서 땅바닥에 주저앉아 자신들이 찾는 사람을 발견하기를 바라는 마음으로 주위를 둘러보았다.

저녁 무렵이 되었을 때였다. 멀린과 달부티우스라는 두 젊은이가 갑자기 다투기 시작했다. 서로 다투는 과정에서 달부티우스가 멀린에게 다음과 같이 말했다.

"감히 나의 적수가 된다고 생각하다니 정말 어리석군. 나는 어머니 쪽이나 아버지 쪽 모두 왕족의 피를 물려받았다. 그러나 네가 누구인지 아는 사람은 아무도 없지 않느냐? 너에게는 결코 아버지가 있어 본 적이 없으니까 말야!"

이 말을 들은 전령사들은 귀가 번쩍 뜨여서 옆에 있는 구경꾼들에게 멀린이라는 소년이 누구인지 물었다. 사람들의 말에 따르면, 멀린의 아버지가 누구인지 아는 사람은 아무도 없으며, 단지 그 소년의 어머니가 디페드의 딸이고, 그녀가 그 도시의 성 베드로 교회에서 수녀들과 함께 살고 있다고 했다.

전령사들은 서둘러 그 지방 행정관에게 가서 왕의 이름으로 멀린과 그의 어머니를 왕 앞으로 호송하라고 명령했다. 행정관은 전령사들의 임무를 전해 듣고는 즉시 멀린과 그의 어머니를 잡아서 보티전이 그들을 마음대로 할 수 있도록 그 앞에 대령시켰다.

보티전은 그들 모자가 도착하자 정중하게 예를 갖추어 멀린의 어머니를 맞아 주었다. 왜냐하면 그녀가 고귀한 신분 출신이라는 것을 알았기 때문이었다. 그후 보티전은 그녀에게 멀린의 아버지가 누구인지 물었다.

그녀가 대답했다.

"전하, 저의 영혼에 맹세코 저는 누가 저 아이의 아버지인지 모릅니다. 단지 제가 전하께 말씀드릴 수 있는 것은 다음과 같사옵니다. 한번은 제가 시종들과 방에 있었을 때, 누군가가 잘생긴 젊은 남자의 모습으로 제 앞에 나타나서 저를 껴안고 입을 맞추었습니다. 그리고 잠시 저와 함께 머물렀습니다. 그러고 나서 갑자기 사라져 버렸습니다. 그리고 다시는 그의 모습을 보지 못했습니다. 그후 제가 혼자 있을 때면 비록 그는 모습을 드러내지는 않았지만 제게 말했습니다. 이런 일들이 오래 지속되자 저는 임신을 했고 아이를 낳았습니다. 전하, 전하께서 제 말을 어떻게 받아들일지 모르겠지만 이것은 결단코 진실입니다. 저 자신도 이 아이의 아버지가 누구인지 정말 모르옵니다."

그녀의 이야기를 듣고 놀란 보티전은 모간티우스를 데려오게 했다. 모든 이야기를 들은 모간티우스는 보티전에게 다음과 같이 말했다.

"현인들이 쓴 책과 역사서에는 이런 방식으로 태어난 인물들에 대한 이야기가 많이 기록되어 있습니다. 아폴레우스에 따르면 달과 지구 사이에, 우리가 몽마夢魔라고 부르는 어떤 정령들이 있다고 합니다. 그들은 부분적으로는 천사의 본성을 타고났고 또 부분적으로는 인간적 본성을 타고났기 때문에 마음만 먹으면 남자의 모습으로 위장해서 여자들과 어울릴 수 있습니다. 아마도 이러한 정령들 가운데 한 명이 부인에게 나타났던 것 같고, 그 젊은이의 아버지가 된 것 같습니다."

멀린은 모든 이야기를 듣고는 왕에게 나아가 이렇게 물었다.

"무슨 연유로 제 어머니와 제가 이곳에 불려 오게 된 것입니까?"

보티전이 대답했다.

"나의 마법사들이 나에게 아버지를 가져본 적이 없는 소년을 찾아야만 한다고 말했다. 그 이유는, 내가 세우고 있는 탑을 견고하게 하기 위해서는 그 소년의 피를 뿌려야만 하기 때문이다."

멀린이 말했다.

"전하의 마법사들을 불러 주십시오. 그렇게 해 주시면 그들이 거짓말을 하고 있다는 것을 제가 보여 드리겠습니다."

이 말을 듣고 놀란 보티전은 멀린이 그들과 대면할 수 있도록 마법사들을 불러 모았다.

멀린이 그들에게 말했다.

"당신들은 무슨 연유로 탑이 제대로 세워지지 않는지 정확하게 알고 있습니까? 당신들은 전하께 탑을 안전하게 건설하기 위해서는 회반죽에 나의 피를 섞어 반죽해야 한다고 말씀드렸다고 들었습니다. 그러나 스스로에게 한번 진지하게 질문해 보십시오. 탑을 제대로 세우지 못하도록 탑의 밑바닥을 막고 있는 것이 과연 무엇인지 제대로 아는지 말입니다."

이 말을 듣고 놀란 마법사들은 아무 말도 하지 못했다.

그러자 멀린은 다음과 같이 말했다.

"전하, 일꾼들을 불러서 탑을 세울 장소의 밑을 파 보도록 하십시오. 그러면 그곳에 연못이 있어서 탑을 제대로 세울 수 없었다는 것을 확인하실 수 있을 것입니다."

일꾼들이 멀린이 말한 대로 했더니, 정말로 그곳에서 연못이 하나 발견되었다.

그러자 멀린은 다시 마법사들에게 물었다.

"거짓말쟁이이자 아첨꾼인 마법사들이여, 이제 한번 말씀해 보시죠? 연못 아래에 있는 것이 무엇입니까?"

마법사들은 꿀 먹은 벙어리처럼 한마디도 하지 못했다.

멀린이 왕에게 말했다.

"연못에 물을 모두 빼라고 명령을 내리십시오. 그러면 전하께서는 연못 밑바닥에 잠들어 있는 두 마리의 용을 발견하실 것입니다."

탑 밑에 연못이 있다는 멀린의 말이 옳다고 밝혀졌기 때문에 왕은 이번에도 멀린이 말한 대로 하도록 시켰다. 그랬더니 놀랍게도 또 멀린의 말이 옳았다는 것이 증명되었다. 계속해서 멀린은 브리튼의 미래에 대해 예언을 했는데, 예언을 들은 사람들은 모두 놀라고 당혹스러워했다.

보티전은 탑에 대해서 멀린이 하는 말이 모두 옳다고 판명되는 것을 보고는 자기 자신의 운명에 대해 그에게 듣고 싶었다. 그의 질문에 멀린은 다음과 같이 대답했다.

"가능하다면 콘스탄틴의 아들들의 불로부터 도망치십시오. 지금 그들은 배를 띄울 채비를 하고 있습니다. 그들은 브리타니 해안을 출발해 영국을 침략하기 위해서 바다를 항해 중입니다. 그들은 비난받아 마땅한 저 색슨 인들을 물리칠 것입니다. 그러나 그 전에 먼저 전하를 사로잡아 그 탑에 가두고 거기에 불을 지를 것입니다. 전하가 이러한 운명을 맞이하게 된 것은 다 전하께서 저지른 일 때문이니 자업자득인 셈입니다. 전하가 그들의 아버지를 배반하고 색슨 인을 수비대로 불러들였기 때문입니다. 그들은 전하를 처형하기 위해서 오는 것입니다. 전하는 앞으로 두 번의 죽을 고비를 맞게 될 것입니다.

전하가 그 두 번의 고비를 다 무사히 넘기실 수 있을지에 대해서는 확실히 알 수 없습니다. 색슨 인들은 당신의 왕국을 버리고 당신을 죽이려고 할 것입니다. 그리고 아우렐리우스와 우더 펜드래곤이 자기 형을 죽인 것에 대한 복수를 하기 위해서 전하의 땅을 침략할 것입니다. 그러니 가능하면 몸을 피하시는 것이 좋습니다. 내일이면 그들은 토트네스에 상륙할 것입니다. 색슨 인들은 피의 수난을 당할 것입니다. 헹기스트는 죽게 될 것이고 아우렐리우스 앰브로시우스가 왕이 될 것입니다. 그는 평화롭게 왕국을 통치하고 교회를 복원시킬 것입니다. 그러나 그는 독살당할 운명입니다. 그의 동생인 우더 펜드래곤이 그의 뒤를 계승할 것입니다. 그러나 그도 역시 독살당할 운명이라 그의 통치 기간도 길지는 못할 것입니다. 당신의 후손들은 이런 일들이 일어날 때, 그 자리에 있게 될 것이고, 우더의 아들인 아서가 아버지의 복수를 할 것입니다."

다음 날 새벽에 아우렐리우스 앰브로시우스와 그의 동생은 수만 명의 사람들과 함께 상륙했다. 그들이 도착했다는 소문이 영국 전역으로 퍼졌을 때, 색슨 인들의 학살로 흩어져 있던 브리튼 인들이 다시 뭉쳤다. 자신들의 동포가 도착했다는 사실에 용기를 얻은 그들은 마음을 가다듬었다. 그들은 성직자를 불러 모아서 아우렐리우스를 왕으로 추대하였으며 사람들은 관습에 따라 그에게 경의를 표했다. 사람들이 그에게 색슨 인을 공격하라고 충고하자 아우렐리우스는 오히려 그들을 설득했다. 그는 우선 보티전을 사로잡고 싶었다. 왜냐하면 그는 보티전의 배반으로 형이 살해된 일로 인한 슬픔에서 아직 벗어나지 못하고 있었기 때문이다. 그래서 그는 자신의 군대를 이끌고 웨일스로 향했다. 그는 보티전이 피신하고 있는 제노루 성으로 곧장 나아갔다. 앰브로시우스가 성에 도착했을 때, 그는 그의 아버지와 형을 죽음으로 몰아넣었던 그 반역을 다시 떠올렸고 그래서 글로스터의 공작인 엘돌에게 다음과 같이 말했다.

"이 도시의 성벽을 보시오! 이것들이 과연 보티전을 보호하기에 충분할 정도로 튼튼할 것 같소? 내가 칼로 그의 내장을 관통시키는 것을 막을 정도로 충분히 튼튼할 것 같소? 그는 그렇게 잔인하게 죽어 마땅한 자요. 왜냐하면 그는 픽트 인들이 이 나라를 황폐화시키는 것을 막고 자신과 나라를 구한, 나의 아버지 콘스탄틴을 배반했기 때문이오. 그때 보티전은 장차 왕이 될 나의 형 콘스탄스를 기르고 있었는데, 그것은 오직 그를 파괴하려고 그렇게 했던 것이오. 그때 그는 자신이 세운 역모를 위해서 가면을 쓰고 있었소. 그는 나에게 충성을 보이는 사람들을 제거하기 위해서 이교도를 데리고 왔소. 그러나 신의 은총으로 그는 자신이 판 함정에 빠져 버렸소. 그가 색슨 인들에 의해서 왕국에서 쫓겨난 것은 자업자득이었소. 그것에 대해 유감스러워하는 사람은 한 사람도 없소.

나는 이 저주받아 마땅한 보티전이 불러들인 저 잔인한 색슨 인들이 저지른 살육으로 나의 충성스러운 신하들을 많이 잃어 너무 괴롭소. 저들은 또한 나의 비옥한 국토를 유린하고 성스러운 교회를 파괴해 왔소. 그리고 바다를 마구 누비고 다니면서 기독교를 거의 말살시켜 왔소. 그러니 나의 동포들이여, 사내 대장부로서 이 모든 사악함을 몰고 온 원수들에게 당당하게 복수하는 것을 제일의 목표로 삼아, 우리를 포위하고 있는 적들을 물리치고 이 나라가 저들의 만족할 줄 모르는 탐욕의 재물이 되지 않게 구해 냅시다."

그들은 즉시 포위 공격 기계를 동원하여 성벽을 무너뜨리기 위해서 최선을 다해 공격했다. 그럼에도 불구하고 모든 공격이 실패로 돌아가자 그들은 마침내 불을 놓았고, 그 불길은 보티전이 숨어 있던 탑을 모조리 태웠다.

헹기스트와 색슨 인들은 이 소식을 듣고 매우 놀랐다. 그들은 아우렐리우스의 용맹이 두려웠다. 그는 너무나 용감하고 과감해서 그가 골에 있었을 때 단독으로 그와 싸울 수 있는 사람은 아무도 없었다. 그는 말을 타고 전투를 할 때면 말 위에서 상대방을 밀쳐 버리거나 상대방의 창을 산산이 부숴 버리곤 했다. 그는 선물을 줄 때는 매우 관대했고, 종교적인 일에는 부지런했으며, 모든 일에 절도를 지킬 줄 알았고, 거짓말하는 사람을 혐오했다. 그는 매우 빠른 발을 가졌다. 그러나 말을 탈 때는 그보다 훨씬 더 기민했다. 게다가 그는 타고난 장수였다. 그의 명성만으로도 색슨 인들은 너무나 겁을 먹었기 때문에, 그들은 험버 지역에서 훨씬 멀리까지 후퇴해서 그곳 도시들과 성에 군대를 주둔시켰다. 왜냐하면 그곳이 항상 그들의 피난처 역할을 해 주었기 때문이었다.

스코틀랜드와 국경을 접하고 있었던 이 지역에는 스코틀랜드 인들이 기회만 있으면 브리튼 인을 약탈했기 때문에 사람들이 많이 살고 있지 않았다. 그런 연유로 이곳은 항상 이방인들의 안전한 피난처 역할을 하기에 안성맞춤이었다. 픽트 인들과 스코틀랜드 인, 데인 족과 노르웨이 인들은 영국을 약탈하려고 계획을 세울 때마다 항상 이곳에 상륙하였다. 이곳에서는 안전하다는 것을 알았기 때문에 이곳으로 도망치곤 했던 것이다.

아우렐리우스는 이 사실을 듣고는 마음을 가다듬고 승리를 기원했다. 그는 가능한 한 빠른 시일 내에 브리튼 인을 불러 모아서 군사를 강화시킨 다음 북쪽으로 진군하기 시작했다. 그는 수많은 마을을 지나면서 황폐하게 변한 모습을 보고 매우 슬퍼했는데, 특히 교회가 유린당한 것을 보고 더욱 가슴아파했다. 그는 만일 자신이 승리한다면 교회를 다시 세우리라 맹세했다.

아우렐리우스가 도착했다는 소식을 들은 헹기스트는 다시 용기를 내서 병사들의 사기를 북돋아 주면서 단호히 아우렐리우스에게 맞서라고 격려했다. 그는 아우렐리우스가 얼마 안 되는 브리튼 병사들, 기껏해야 만 명 정도의 병력을 이끌고 올 것이니 그에게 겁을 먹을 필요가 전혀 없다고 강조했다. 그리고 브리튼 병사들쯤은 전에도 수 차례 싸워서 이겨 본 적이 있으므로, 겁낼 필요가 없다고 강조했다. 그는 수적으로도 영국군에 비해서 훨씬 우세하기 때문에 승리할 것이라고 장담했다. 색슨 인들의 수는 거의 20만 명에 달했던 것이다.

헹기스트는 아우렐리우스를 향해 진군하다가 마침내 메스벨리라는 곳에 이르렀는데, 아우렐리우스는 반드시 이곳을 통과해야만 했다. 그는 여기서 매복하고 있다가 영국 병사들에게 기습 공격을 감행하고자 했다. 그러나 아우렐리우스는 이미 그의 계략을 간파하고 있었다. 그래서 그는 거기에서 주춤거리는 대신 신속하게 행군을 진행하였고, 적군을 발견하자 군대를 질서정연하게 정렬시켰다. 그는 3000명의 브리튼 병사를 기병들과 나란히 싸우도록 세부적인 명령을 내렸고, 나머지 병사들은 브리튼 병사들 사이사이에 들어가도록 했다. 그는 디페드의 병력을 언덕에 배치했고, 그위네드 병사들을 근처 숲에 매복시켰는데, 이것은 만일 색슨 인들이 그쪽 길로 도망칠 경우에 이들을 공격하기 위한 전략이었다.

한편 글로스터의 공작 엘돌은 왕에게 말했다.

"저는 오직 오늘이 오기만을 기다렸습니다. 만일 신께서 저로 하여금 단 한 번의 전투에서라도 헹기스트와 싸우는 것을 허락하신다면 죽어도 여한이 없을 것입니다. 그러면 그가 죽든 내가 죽든 어느 한 쪽이 죽은 연후에야 싸움이 끝날 것입니다. 저는 우리가 화친을 맺으려고 했던 그날을 생생히 기억하고 있습니다. 그때 헹기스트는 그곳에 참석한 모든 사람을 배신하고 칼로 찔러 죽였습니다. 오직 저만 그곳에서 도망쳤습니다. 제가 살아남아 도망칠 수 있었던 것은 신이 제게 막대기 하나를 예비해 주셨기 때문이었습니다. 저는 그 막대기로 저를 보호해서 간신히 도망칠 수 있었던 것입니다."

엘돌이 사람들에게 이 이야기를 들려주자, 아우렐리우스는 자신의 동료들에게 신의 아들에게 기원을 드리라고 권하였다. 또한 브리튼 인을 위해서 한 마음으로 적과 용감하게 대적할 것을 권하였다. 한편 헹기스트는 군대를 전투 대열로 정비하고 전투에서 자신들의 의무를 다할 것을 명령하였고, 부대원들 사이를 헤집고 다니면서 부하들의 사기를 진작시켰다.

양쪽 진영의 모든 병사들이 전투 대열을 갖추자 선봉 대열이 한 덩어리로 뒤엉켜 싸우기 시작했다. 이 과정에서 양쪽 군사들은 모두 심하게 부상을 입었다. 아우렐리우스는 기독교도들을 독려했고, 헹기스트는 이교도들을 격려했다.

전투가 격렬해짐에 따라 엘돌은 헹기스트를 잡을 수 있는 기회를 노렸지만 뜻대로 되지 않았다. 헹기스트가 자신의 병사들이 영국 병사들의 공격 앞에 추풍낙엽처럼 쓰러지는 것을 보자, 지금은 크나레스보로라고 불리는 케르코난 성을 향해 재빨리 도망쳤기 때문이었다. 아우렐리우스는 맹렬한 추격전을 벌였고 도중에 발견한 색슨 인들은 누구를 막론하고 살해하거나 생포했다.

헹기스트는 아우렐리우스가 자기를 잡으려고 뒤쫓아오고 있는 것을 알고 있었기 때문에 성으로 들어가지 않기로 결정을 내렸다. 그래서 병사들에게 전투 대열을 갖추라고 명령을 내렸다. 그는 그 성이 아우렐리우스의 포위 공격을 당해 내지 못하리라는 것과 자신의 목숨을 구해 줄 수 있는 것은 오직 자신의 칼밖에 없다는 것을 알았다.

아우렐리우스가 그를 따라잡기 시작했을 때, 브리튼 인들은 재결집하여 색슨 인들의 근거지를 향해 맹렬하게 돌격하기 시작했다. 싸움은 치열했으며 양측 모두 많은 피를 흘리는 격렬한 싸움이었다. 아우렐리우스가 첫 전투에서처럼, 브리튼 쪽의 기마병을 한쪽에 매복시키지 않았더라면 아마도 색슨 인들이 우세했을지도 모른다. 브리튼 인들이 돌격했을 때, 색슨 인들은 후퇴하지 않을 수 없었다. 일단 대열이 무너지자 색슨 인들은 다시 전투 대열을 가다듬을 수 없었다. 아우렐리우스의 격려를 받은 브리튼 인들의 공격은 더 거세졌다. 반면에 엘돌은 바쁘게 싸움터를 이리저리 누비면서 수많은 적군을 죽이는 한편 여전히 헹기스트를 일대일로 대면할 기회를 노렸다.

마침내 전투의 혼란 속에서 두 사람이 맞부딪치게 되었다. 두 사람 사이에 격렬한 싸움이 이어졌다. 한 사람이 칼을 휘두르면 다른 편에서는 그 칼을 자신의 칼로 막았다. 두 사람의 칼이 부딪치면서 내는 불꽃이 마치 번개처럼 번뜩였다. 한참 동안 승부가 나지 않은 채 싸움은 이어졌다. 한번은 엘돌이 우세했다가, 또 한번은 헹기스트가 유리한 상황이 반복되었다. 이 싸움이 진행되고 있는 동안에, 콘월의 공작인 고르로이스가 많은 부하들을 이끌고 도착해서 색슨인들을 공격하기 시작했다. 이것을 본 엘돌은 용기백배하여 다시 혼신의 힘을 다했다. 그는 마침내 헹기스트를 자신의 투구의 코싸개로 잡아서 브리튼 병사들의 진영 한가운데로 끌고 와 포로로 만들었다.

엘돌은 영국의 병사들에게 소리쳤다.

"신께서 나의 소망을 들어주셨다! 나머지 색슨 인을 무찔러라. 이제 우리가 헹기스트를 손에 넣었으니 나머지는 쉽게 무찌를 수 있을 것이다."

브리튼 병사들은 색슨 인들의 전투 대오를 향해 계속해서 돌격을 감행했으며, 마침내 색슨 인들은 도망치기 시작했다. 일부는 다른 도시로 도망쳤고, 일부는 숲이나 산 속으로 도망쳤으며, 또 다른 일부는 자신들의 배를 향해서 도망쳤다. 그러나 헹기스트의 아들인 옥타는 전투에서 살아남은 대부분의 병사들과 함께 요크로 향했다. 반면에 그의 친족인 포사는 알쿠드라는 도시로 가서 일단의 무장 병사들과 함께 그 도시를 공격했다.

아우렐리우스는 승리를 쟁취한 다음에 크나레스보로로 가서 사흘간 머물렀다. 그는 죽은 자들은 매장하고 부상자들을 치료했으며 지친 병사들에게는 휴식을 취하라고 명령을 내렸다. 그런 연후에 신하들을 불러 모아서 헹기스트를 어떻게 처리할지 논의했다. 글로체스터의 주교인 엘다와 가장 지혜롭고 신앙심이 깊은 사람 중의 하나인 그의 동생 엘돌도 그 자리에 참석했다. 그는 헹기스트가 아우렐리우스 왕 앞에 서 있는 것을 보았을 때, 사람들을 조용하게 만든 뒤에 다음과 같이 말했다.

"설령 이 자리에 참석한 모든 사람들이 헹기스트를 풀어 주기를 원한다 하더라도, 저는 사무엘이 아말렉의 왕인 아가그를 죽일 수 있는 기회가 왔을 때 그를 토막 내어 죽인 것처럼, 헹기스트를 토막 내어 죽이기를 원합니다. 사무엘은 아가그에게 '너의 칼로 인해 자식 없는 어머니가 수없이 만들어진 것처럼 나 역시 너의 어머니를 자식 없는 어미로 만들 것이다.' 라고 말하면서 그를 죽였습니다. 헹기스트에게도 이와 똑같이 해 주어야 마땅할 것입니다. 그는 또 다른 아가그이기 때문입니다."

이 말을 하고서 엘돌은 그의 칼을 꺼냈다. 그리고 헹기스트를 도시 밖으로 끌고 가서는 칼로 그의 머리를 베어 영혼을 지옥으로 보냈다. 그러나 그러한 일을 별로 탐탁하게 생각하지 않는 아우렐리우스는 헹기스트를 예를 갖추어 매장하고 색슨 인들의 관습대로 그의 무덤을 만들어 주라고 명령했다.

쿨위크와 올웬

이 이야기는 아마도 12세기 초에 웨일스에서 쓰여졌을 가능성이 높은데, 이 시기는 바로 제프리 오브 몬머스가 『영국 왕실사』라는 책에 그 유명한 아서 왕에 대한 이야기를 쓰기 바로 직전이었다. 이 이야기를 쓴 작가는 웨일스 지방의 여러 장소와 여러 영웅에 관해서 내려오는 전통적인 이야기들을 한 권에 최대한 많이 수록하기를 원했던 것 같다.

이렇게 될 수 있는 한 많은 이야기를 수록하는 관습은 초기 웨일스 문학의 대표적인 특징이기도 하다. 그러나 이토록 많은 이야기를 수집했는데도 여기에 수록되지 않은 다른 이야기들이 있을 가능성을 염두에 두어야 할 것이다. 쿨위크가 아서 왕의 충복들을 일일이 열거하는 대목이라든지, 쿨위크가 자신의 목표를 달성하기 위해서 수행해야 할 수많은 임무와 모험을 묘사하는 대목을 보면, 이것들은 거의 불가능한 모험이나 임무로 보인다.

하지만 이렇게 실재하지 않을 것 같은 인물들과 불가능한 모험들은 쿨위크가 올웬과 결혼하기 위해서 필요한 물건을 하나씩 하나씩 얻어 나가는 과정에서 점차로 교묘하게 결합된다. 그리고 트리크 트리위스를 추격하는 장면은 독립적인 이야기라고 보아도 무리가 없을 것이다. 아서 왕 전설의 가장 핵심적인 부분이기도 한 이 대목은, 숨막힐 정도의 긴장감 속에서 이야기가 전개되고 있다. 또한 거인의 딸을 아내로 얻은 이 이야기는 우리에게 친숙한 민담이지만 아서 왕의 이야기와 같은 영웅적 이야기를 담는 형식에서는 거의 등장하지 않는 내용이기도 하다.

켈리던의 아들인 킬리드가 원하는 아내의 덕목 가운데 가장 중요한 것은 자신의 내조자로서의 역할이었다. 그래서 그는 안라우드 왕자의 딸인 골레디드를 아내로 선택했다. 이 두 사람이 결혼하자 사람들은 그들이 자식을 갖게 해 달라고 기도했다. 마침내 사람들의 기도에 대한 응답으로 그들은 아들을 얻게 되었다. 그런데 어찌된 일인지 골레디드는 임신하고 있는 동안에 정신이 나가서 이리저리 방랑을 하고 돌아다녔다. 그러나 남자들의 집은 피해 다녔다. 해산이 임박하자 다시 정신을 되찾은 그녀는 한 무리의 돼지를 기르고 있는 돼지치기가 살고 있는 산으로 갔다. 돼지에 대한 공포 속에서 그녀는 아이를 낳았다. 돼지치기는 이 사내아이를 왕궁에 데리고 왔으며 그 아이는 돼지우리에서 태어났기 때문에 쿨위크라는 세례명을 얻었다. 이 이름에도 불구하고 왕족 태생인 그는 아서의 사촌뻘이다. 그는 유모에게 맡겨져 자라났다.

나중에 소년의 어머니인 골레디드가 병에 걸렸다. 그녀는 남편을 불러서 말했다.

"이 병으로 저는 죽을 것입니다. 그러니 다른 아내를 얻으세요.

아내는 신의 은총입니다. 그러나 쿨위크를 소홀히 다루시지는 마세요. 제 무덤에 들장미 두 송이가 피기 전까지만 재혼을 미루어 달라고 부탁드리니 이를 저버리지 마세요."

킬리드는 그렇게 하겠노라고 그녀에게 약속했다. 그녀는 자신의 무덤에 어떤 것도 자라지 못하도록 매년 돌보아 달라고 간청하고 죽었다. 왕은 처음에는 매일 아침 시종을 보내서 그녀의 무덤에 아무것도 자라지 못하도록 돌보라고 지시했으나 그녀가 죽은 지 7년이 지나자 왕은 왕비와의 약속을 지키는 일에 차츰 소홀해졌다.

어느 날 왕은 사냥을 나갔다가 새 왕비를 맞을 때가 되었는지 알아보기 위해 왕비의 무덤에 올라가 보았더니 마침 들장미 두 송이가 피어 있었다. 이를 본 그는 새로운 아내를 어떻게 찾을지 신하들에게 조언을 청했다. 신하들 중의 하나가 말했다.

"전하에게 어울리는 아내가 될 여자를 알고 있습니다. 다름 아닌 도게드 왕의 왕비이옵니다."

그리하여 킬리드와 신하들은 그녀를 얻기 위해서 그녀가 살고 있는 곳으로 가기로 결심했다. 그들은 마침내 도게드를 죽이고 그의 아내와 그녀의 딸을 훔쳐 왔고 도게드 왕의 땅을 정복해 버렸다.

어느 날, 새 왕비는 산책하러 나갔다가 마을에 살고 있었던 한 노파의 집에 가게 되었는데, 그녀는 이빨이 하나도 없었다.

"노파여, 천상의 사랑처럼 완벽한 사랑을 얻기 위해 내가 어떤 것을 물어야 할지 말해 주세요. 그리고 나를 강제로 이곳으로 끌고 온 사람의 아이들은 어디에 있나요?"

"그에게는 아이들이 없답니다."

"너무 슬픈 일이군요. 내가 아이도 없는 사람에게 오게 되었다니!"

노파가 말했다.

“그 때문에 한탄할 필요는 없답니다. 왜냐하면 예언에 따르면 다른 사람이 아니라 바로 당신이 그를 위해 후손을 낳아 줄 것이기 때문이지요. 그리고 사실을 말하면 그에게도 이미 아들 하나가 있답니다.”

그녀는 기뻐서 집으로 돌아와 남편에게 물었다.

“왜 당신은 당신의 아들을 내게 숨겼나요?”

그러자 왕이 대답했다.

“이제부터는 더 이상 숨기지 않으리다.”

왕은 아들을 부르러 사람을 보냈고, 마침내 그가 궁전으로 오게 되었다.

그녀가 왕의 아들에게 말했다.

“네가 아내를 맞는 것이 좋을 듯싶구나. 마침 세상의 멋진 남자들이 원하는 딸이 나에게 하나 있단다.”

“저는 아직 결혼할 나이가 되지 않았습니다.”

그가 대답했다.

그러자 그녀가 다시 말했다.

“이스바다덴의 딸인 올웬을 얻을 때까지는 어떤 여자도 아내로 맞이할 수 없는 것이 너의 운명이라는 것을 밝혀 두겠다.”

이 말을 듣자, 쿨위크는 그녀를 한번도 본 적이 없었으나 그녀에 대한 사랑이 자신의 몸과 영혼을 온통 지배하고 있다는 것을 느끼고 얼굴을 붉혔다.

그러자 왕이 그에게 물었다.

“무슨 일이 있느냐, 아들아. 뭐가 잘못되기라도 한 것이냐?”

“새 어머니께서 저에게 거인들의 대장인 이스바다덴의 딸 올웬을 얻을 때까지는 어떤 여자도 아내로 맞이할 수 없을 것이라 말씀하셨습니다."

"네게는 쉬운 일일 듯싶구나. 아서가 너의 사촌이니라. 그에게 가서 머리를 자르고 모든 자초지종을 말하거라."

그래서 그는 회갈색 머리와 튼튼한 다리, 조가비 모양의 발굽을 가진 4년생 종마 위에 값비싼 금 안장과 금도금된 말 굴레를 얹고 아서를 만나기 위한 여행길에 올랐다. 그는 손에 날카롭고 길이 잘 든 두 개의 은제창을 들고 있었는데, 창 끝은 철로 되어 있었으며, 창의 전체 길이는 3미터나 되었다. 창의 끝은 바람이라도 벨 수 있을 만큼 날카로워서 만일 그 칼로 사람을 찌른다면, 6월에 갈대 잎 위에서 무거워질 대로 무거워진 이슬이 땅 위로 떨어질 때보다도 더 빠르게 피가 흐르도록 할 수 있을 것이었다. 허리에는 칼을 차고 있었는데 칼자루는 금으로 도금을 하였고, 칼날은 금으로 만든 것이었으며, 그 위에 십자가가 새겨져 있었다. 십자가는 천상의 광채를 띠고 있었다. 전쟁용 호각은 상아로 만든 것을 가지고 있었다.

그를 인도하는 것은 가슴 부분만 하얀, 두 마리의 얼룩무늬 사냥개였는데, 개들의 목에는 루비로 장식된 줄이 달려 있었다. 그의 왼쪽에 있는 개는 오른쪽으로 튀어 올랐고, 그의 오른쪽에 있는 개는 왼쪽으로 튀어 올라서 마치 바다제비처럼 날쌔게 그의 주변을 돌아다녔다. 그의 준마는 마치 공중의 제비처럼 네 발로 힘차게 땅을 차고 올랐다. 한번은 자신의 머리 높이까지, 그리고 한번은 그보다 높게, 그리고 이제는 그보다 낮게 뛰어올랐다. 그의 망토는 네 귀퉁이가 자주색으로 되어 있었는데, 금 사과가 각각 네 귀퉁이에 달려 있었고, 사과 한 개의 값은 소 100마리 값에 해당하는 것이었다. 그리고 그의 무릎에서 발끝까지를 살펴보면, 신발과 등자에는 소 300마리 값에 해당하는 값비싼 금이 부착되어 있었다. 아서가 있는 궁전으로 가기 위해 그가 출발했을 때, 준마가 너무도 가볍게 땅을 밟았기 때문에 그 밑에 있는 풀들은 조금도 꺾이지 않았다.

그가 물었다.

"문지기가 누구냐?"

"제가 바로 문지기입니다. 만일 당신이 거절하지 않으신다면, 비록 성대하지는 않지만 환영 인사를 드리겠습니다. 저는 1월의 첫째 날을 지키는 아서 왕의 문지기입니다. 그리고 1년의 각기 다른 시기마다 각기 다른 문지기들이 그곳을 지키고 있습니다. 펜핑이라는 이름의 문지기 용은 하늘을 향하지도 않고 그렇다고 땅을 향하지도 않은 채, 마치 궁정 뜰에 구르는 돌처럼 발을 아끼기 위해 머리로 다닌답니다."

"성문을 열어라."

"저는 성문을 열 수 없습니다."

"왜 열 수 없다는 것이냐?"

"지금 아서 왕의 궁정에서는 고기와 술을 잔뜩 준비하여 주연을 베풀고 있습니다. 그래서 초대를 받은 국가의 왕자나 기술을 제공하러 온 장인들 외에는 어느 누구도 궁정 안으로 들어갈 수가 없습니다. 그러나 당신의 개와 말에게는 음식과 쉴 곳을 제공하겠습니다. 그리고 당신에게도 고기 요리와 달콤하고 향기로운 포도주, 즐거운 음악을 제공해 드리겠습니다. 쉰 명분의 식사를 당신이 머무르게 될 손님용 객사로 보내겠습니다. 그 객사는 아서 왕의 궁전 영내에 들어갈 수 없는 이방인들이나 다른 나라의 왕자들이 머무르고 식사를 하는 곳입니다. 당신은 아서 왕의 궁전에서 그와 함께 지내는 것과 별반 다름없는 대접을 받게 될 것입니다. 시녀들이 당신의 잠자리를 부드럽게 정리해 줄 것이고, 당신에게 자장가를 불러드릴 것입니다. 내일 아침에 매일 이곳에 오는 군중들을 위해서 성문을 열 때, 당신을 제일 먼저 들여보내겠습니다. 그러면 당신은 아서 왕의 궁전에서 가장 높은 곳에서 가장 낮은 자리까지 당신이 선택하는 곳 어디에라도 앉게 될 것입니다."

"나는 네가 말한 것을 어느 것 하나도 따르지 않을 것이다. 그러나 네가 성문을 연다면 만사가 다 잘될 것이다. 만일 네가 성문을 열지 않는다면, 나는 너의 왕에게 무례를 범할 것이며 너에게는 모욕을 안겨 줄 것이다. 바로 이 성문 앞에서 세 번, 지금까지 사람들이 들어 본 적이 있는 죽음의 명부를 큰 소리로 외칠 것이다. 그 명부 안에는 콘월의 펭그웨드의 꼭대기에서부터 북쪽의 딘솔의 밑바닥까지, 그리고 아일랜드의 에스게르 오에르펠까지 모두 포함된다. 그리고 이 왕궁의 모든 임신한 여자들은 아이를 잃게 될 것이고, 아직 임신하지 않은 여자들은 모두 마음의 병을 얻어서 이날 이후로 결코 아이를 잉태하지 못하게 될 것이다."

"당신이 어떠한 소란을 일으킨다 하더라도, 당신은 내가 아서 왕께 가서 허락을 얻기 전까지는 아서 왕의 법을 위반한 상태로는 절대로 그의 궁전에 들어갈 수는 없을 것입니다."

글레윌위드 가펠파위르는 말을 마치고 궁전 안으로 들어갔다.

아서가 그에게 물었다.

"성문에 무슨 일이 있느냐?"

"저의 인생의 반이 지나갔습니다. 그리고 전하의 인생의 반도 역시 지나갔습니다. 저는 지금까지 카에르세 지방과 아세, 그리고 사크, 살라크, 로토, 포토 지방에 있었습니다. 또 인도의 여러 지방에 머무른 적도 있었습니다. 열두 명의 볼모가 리클린 지역에서 왔을 때 벌어졌던 다우 이니르 전투에도 참여했습니다. 유럽과 아프리카에도 있었고, 코르시카 섬과 카에르 브리스위크, 브리타크, 퍼타크에도 있었습니다. 그리고 전하께서 요전에 클리스의 가족과 메린의 아들을 죽일 때에도 그 현장에 있었으며, 듀컴의 아들인 밀두를 죽일 때, 그리고 동쪽에서 전하가 그리스를 정복할 때도 그 장소에 있었습니다. 또한 저는 카에르 오스와 아노에스, 카에르 네페니르에도 있었는데, 그곳에서 우리는 잘 생기고 당당한 아홉 명의 왕들을 보았습니다. 그러나 저는 지금 성 문 밖에 있는 저 왕자만큼 당당하고 위엄있는 인물을 지금까지 결코 본 적이 없습니다."

그러자 아서가 말했다.

"만일 네가 성문에서 여기까지 걸어왔다면 돌아갈 때는 달려가거라. 그리고 눈을 가진 모든 사람과 입을 가진 모든 사람은 그를 정중히 대접할 것이며, 음식이 준비될 때까지 주둥이가 금으로 된 술병에 술을 준비하고 고기 요리를 대접하도록 하여라. 만일 그가 네가 말한 대로라면 비와 바람 속에 그를 세워 두는 것은 옳은 일이 아니로다."

그러나 카이가 말했다.

"나의 친구여, 만일 나의 충고를 그대가 받아들인다면, 그대는 그로 인해서 이 궁정의 법도를 깨뜨려서는 안 될 것일세."

"그렇지가 않다네, 카이여. 그와 같은 사람이 우리 궁전에 온다면 그것은 오히려 우리에게 영광스러운 일이 될 것일세. 우리가 더 큰 예를 갖추어 그를 맞을수록 우리의 명성과 영광이 더욱 빛날 것일세."

그래서 글레윌위드는 성문으로 가서 그에게 성문을 열어 주었다. 성문을 지나는 모든 사람이 자기 말에서 내려 걸어서 성 안으로 들어갔지만 쿨위크만은 준마를 그대로 탄 채 성문을 통과하고서 다음과 같이 말했다.

"이 섬의 통치자이신 전하께 제가 인사올립니다. 이 인사는 이 섬의 가장 높으신 분들께나 혹은 가장 낮은 신분의 사람에게나 모두 같은 의미로 드리는 것입니다. 또한 이 인사는 전하의 손님들에게나 전하의 전사들에게나 부족장들에게 골고루 드리는 인사입니다. 그리고 마지막으로 전하의 덕망과 명성과 영광이 온전히 이 섬 전체 지역에 두루 퍼지기를 기원합니다."

"짐 역시 너를 환영한다는 인사를 보내노라. 나의 두 전사들 사이에 앉아라. 곧 네 앞에 음유 시인들을 앉혀 주겠노라. 너는 이곳에 머무르는 동안 왕으로서의 특권을 누릴 수 있을 것이다. 또한 내가 손님들과 방문객들에게 선물을 하사할 때, 너는 첫 번째로 그것을 받을 수 있는 영광을 누리게 될 것이다."

"저는 이곳에 고기와 술을 마시러 온 것이 아닙니다. 그러나 만일 전하께서 부탁을 들어 주신다면 그것에 대해서는 보답해 드리겠으며 당신을 칭송하겠습니다. 그러나 만일 제가 얻고자 하는 것을 얻지 못한다면, 저는 전 세계 방방곡곡으로 돌아다니면서 당신을 비난하겠습니다. 당신의 명성이 퍼져 있는 곳이라면 그 어디라도 가서 그리하고 다니겠습니다."

"너는 이곳에 머무를 자가 아니므로 무엇이든지 네가 말만 하면, 바람이 불고, 비가 대지를 적시고, 태양이 떴다가 지고, 바다가 육지를 둘러싸고 있는 한, 그리고 대지가 펼쳐져 있는 한, 네가 원하는 것은 다 줄 것이다. 나의 장검 카르네난, 나의 창 론고미안트, 나의 방패 칸웨난, 나의 아내인 그웬후위파르 등등, 원하는 것은 무엇이든지 말하여라. 그러면 그것은 곧 네 것이 될 것이다. 하늘에 맹세코, 네가 말하기만 하면 내 기꺼이 그것을 네게 줄 것이니라."

"저는 전하가 제 머리를 깎아 주기를 원합니다."

"내 그대가 원하는 바를 들어 주리라."

아서 왕은 금빗과 손잡이가 은으로 된 가위를 가져오게 해서 그의 머리를 깎아 준 연후에 그가 누구인지 물었다.

"그대에 대한 내 마음이 이렇게 따뜻한 것을 보니, 그대와 내가 친족인 것을 알겠느니라. 그러니 그대가 정녕 누구인지 말해 보라."

"말씀드리겠습니다. 저는 쿨위크라고 하고, 켈리던 왕자의 아들인 킬리드의 아들이며, 어머니는 안라우드 왕자의 딸인 골레디드입니다."

"그렇다면 그대는 나의 사촌이다. 그대가 원하는 것은 무엇이든 그대에게 주겠노라. 그러니 어서 말을 하라."

"그것이 진실이라는 것을 하늘과 전하의 왕국에 대고 맹세하십시오."

"나는 그대에게 그것을 기꺼이 서약하노라."

"그렇다면 저는 전하께 거인들의 대장인 이스바다덴의 딸인 올웬을 얻어다 주실 것을 간청드리옵니다. 당신의 전사들에게도 마찬가지로 부탁을 드리겠습니다. 또한 저는 카이, 그레이다울의 아들인 그위티르, 에리의 아들인 그레이드, 바에단의 아들인 코르필 베르파크, 누드의 아들인 그윈(나열한 사람들은 모두 아서 가의 부계 쪽인 카에르다살 가의 남자들이다)에게도 같은 부탁을 드립니다.

그리고 에림의 아들인 우크트리드, 에우스, 핸와스 아데이나우그, 헨베데스티르, 스길티 이스카운드로에드, 여기서 마지막 세 사람은 각기 하나씩 장기가 있습니다. 걸어서든 아니면 말을 타고서든 헨베데스티르를 따라잡을 수 있는 사람은 아무도 없고, 네 발 달린 짐승 가운데 어느 것도 핸와스 아데이나우그와 달리기를 하는 경우에는 단 1200평의 거리도 그보다 더 잘 달릴 수 없을 겁니다. 스길티 이스카운드로에드에 대해 말하자면, 만일 그가 왕을 위해 어떤 전갈을 전해야만 하는 상황이라면, 그는 한번도 길을 외우려고 하지 않아도 마치 숲 위의 나무들 위로 난 길을 가는 것처럼 정확하게 길을 찾아 내는 능력이 있습니다. 평생 동안 갈대 하나도 그의 발에서 굽어진 적이 없었고, 그 줄기가 부러진 적은 더더군다나 없답니다. 그처럼 가볍게 걸어다녔지요.

드레미드의 아들인 드림(그는 아침에 모기가 태양과 더불어 나타날 때 콘월에 있는 켈리 위크위크에서 그것을 볼 수 있었고, 북쪽으로는 펜 블라사온만큼 떨어진 곳에서도 그것을 볼 수 있다.), 네르의 아들 에이돌과 글위딘 사에르(그는 아서의 궁전인 에한그웬을 지었다.), 키니르 카인파르페위크(그는 아들이 태어났다는 소식을 들었을 때, 아내에게 다음과 같이 말했지요. '여보, 만일 당신의 아들이 내 아들이라면 그의 심장은 항상 차가울 것이고, 그의 손에도 온기가 전혀 없을 거요. 그리고 또 다른 특징을 갖게 될 것인데, 그가 만일 내 아들이라면 완강한 성격을 타고 날 것이오. 그가 짐을 가지고 다닐 때 큰 것이든 작은 것이든지 간에 아무도 그것을 볼 수 없을 거요. 또 불이나 물에 가장 잘 견디는 사람이 될 것이오. 그리고 그에게 대적할 사람은 아무도 없을 거요.'), 그왈고이크(그가 마을에 왔을 때 비록 300여 채의 집이 있었고 그가 원한다면 어느 집에서든 머물 수 있었지만 그곳에 머무르는 동안에 그는 자는 모습을 어느 누구에게도 보여 주지 않았다.),

오슬라 빅나이프(그는 길이가 짧고 폭이 넓은 단검을 차고 있었지요. 아서와 그의 병사들이 급류에 다다르면 그들은 건널 수 있는 폭이 좁은 곳을 찾아서는 그곳에 그의 단검을 칼집에 넣은 채 물 속에 던지면 그 단검은 브리튼의 세 섬과 그곳에 근접하고 있는 세 섬의 병사들이 자신들의 전리품을 가지고 충분히 건널 수 있는 다리가 되어 주곤 했지요.) 등등에게도 같은 부탁을 드립니다."

킬리드의 아들인 쿨위크는 자신이 원하는 것을 아서에게서 얻어내기 위해서 자신이 호명한 이 모든 사람들을 자신의 일과 연관시켜 설명했다.

그의 말을 다 들은 아서가 말했다.

"오, 젊은이여, 나는 그대가 말하는 소녀나 그녀의 가족에 대해서 한번도 들어 본 적이 없지만 기꺼이 그녀를 찾기 위해 전령을 보내겠노라. 그러니 내게 그녀를 찾을 시간을 주도록 하라."

"저는 기꺼이 전하께 오늘 밤부터 섣달 그믐날까지 말미를 드리겠습니다."

그래서 아서는 자신이 다스리고 있는 모든 지역으로 전령을 보내 그 소녀를 찾도록 지시했다. 그러나 그 해가 저물 무렵에 돌아온 전령들은 새해 첫날에 쿨위크가 말했던 것보다 올웬에 관한 정보를 하나도 더 알아내지 못한 채 빈손이었다.

이것을 본 쿨위크가 말했다.

"모든 사람들이 다 전하에게서 선물을 받았습니다. 그러나 저는 여전히 선물을 못 받은 상태입니다. 저는 단지 당신의 축복만 가지고 출발하겠습니다."

그때 카이가 말했다.

"경솔한 젊은이로구나. 감히 네가 아서 왕을 비난하려 드는 것이냐? 우리가 너와 함께 가도록 하겠다. 네가 말한 소녀가 이 세상에 존재하지 않는다는 것을 네가 인정할 때까지, 아니면 우리가 너를 위해 그녀를 찾아 줄 때까지 너와 생사고락을 같이할 것이다."

이 말을 마치자 그가 일어섰다. 카이는 9일 밤낮 동안 물 속에서 숨을 쉬지 않고 견딜 수 있는 재주를 지녔으며, 또한 9일 밤낮 동안 잠을 자지 않고 견딜 수 있는 재주도 있었다. 또한 그의 칼에 맞은 상처는 어떤 의사도 치료할 수 없었다. 카이는 몸을 마음대로 변신시킬 수 있었다. 그는 원한다면 숲 속에서 가장 큰 나무로 변할 수 있었다. 그리고 몸의 열이 너무나 강해서 아무리 비가 세차게 내린다 해도 그가 들고 가는 물건은 무엇이 되었든 그 물건의 한 뼘 정도 위나 아래는 보송보송한 상태를 유지할 수 있는 능력도 있었다. 동료들이 추워하면 그는 몸의 열기를 이용해서 불을 피울 수가 있었던 것이다.

그리고 아서는 베드위르를 불렀는데, 베드위르는 카이가 관련된 일이라면 절대로 뒤로 물러나는 법이 없었다. 그 섬 왕국에서 아서나 드리치 아일 키브다르 외에는 베드위르보다 빠른 사람은 없었다. 비록 그는 손이 하나밖에 없었지만 전쟁터에서 세 명의 군사들보다도 빨리 적군을 피 흘리게 만들 수 있었다. 그가 가진 특별한 재주 가운데 하나는, 그의 창이 다른 창 아홉 개가 만들어 내는 상처와 동일한 상처를 만들 수 있다는 것이다.

그 다음에 아서는 기위야르의 아들인 그왈치마이를 불렀다. 그왈치마이는 임무를 맡고 떠난 모험에서 목표를 달성하지 않고서는 절대 집으로 돌아오는 일이 없었기 때문이었다. 그는 최고의 보병이자 최고의 기마병이기도 했다. 그는 아서의 누나와 그의 사촌 사이에서 태어난 아들로 아서에게는 외조카뻘이었다. 아서는 또한 테르그웨드의 아들인 멘우를 불렀는데, 만일 그들이 야만인들이 사는 곳에 가는 경우 그가 마술의 주문을 외워서 자신의 몸을 감추어 아무도 그를 볼 수 없게 만들면서도, 자신은 모든 사람을 볼 수 있는 재주를 가지고 있었기 때문이었다.

이렇게 해서 쿨위크와 그의 동료들은 여행을 떠나 마침내 광대하게 펼쳐진 들판에 도착하였다. 들판 한가운데에는 이 세상에서 가장 아름다운 성이 서 있었다. 그 성은 대단히 거대했다. 그들은 성을 향해서 저녁까지 여행을 계속했다. 그들은 성에 꽤 가까이 도착했다고 생각했으나 아침에 비해 그 거리가 조금도 가까워진 게 아니었다. 그들은 둘째 날과 셋째 날까지 힘들게 여행을 계속하고 나서야 비로소 성 근처에 도달할 수 있었다.

성 가까이 이르렀을 때, 눈에 들어온 것은 도대체 그 끝을 알 수 없는 거대한 양 떼였다. 언덕 꼭대기에 앉아 있는 양치기가 양 떼를 지키고 있었다. 그는 가죽으로 만든 자리를 깔고 앉아 있었고, 옆에는 아홉 번의 겨울을 보낸, 말보다도 덩치가 더 큰 털북숭이 개 마스티프가 앉아 있었다. 이 양치기는 아직까지 자신의 양 떼들 중에서 다 자란 양은 말할 것도 없고 어린 양 한 마리도 잃어버린 적이 없었다. 그는 그곳을 지나가는 어떠한 무리도 아무런 해를 안 입고 그냥 통과하게 내버려둔 적이 없었다. 들판의 죽은 나무들이나 관목은 그의 숨결에 불탄 것들이었다.

카이가 말했다.

"그위르히르 그왈스타위트 레이소에드여, 가서 저 사람과 인사를 나누게."

"카이 자네보다 내가 앞장서서 갈 자신이 없네."

"그렇다면 함께 가보기로 하세."

이때 테르그웨드의 아들인 멘우가 말했다.

"저기에 가는 것을 두려워하지 마시게나. 내가 저 개에게 주문을 걸겠네. 그러면 그 개는 누구도 해치지 못할 걸세."

그래서 그들은 양치기가 있는 언덕으로 다가가서 말했다.

"안녕하신가, 양치기?"

"내 일이 잘되는 것만큼만 당신들의 일도 잘되었으면 좋겠소."

"자네가 이 땅의 진짜 주인이오?"

"나 자신 외에 어느 누구도 나에게 해를 끼칠 수 없을 거요."

"자네가 지키고 있는 이 양 떼의 주인은 누구인가? 그리고 저 성의 주인은 또 누구인가?"

"당신들은 바보들이 틀림없군. 이 성의 주인이 거인들의 우두머리인 이스바다덴이라는 것을 이 세상 사람들이 다 알고 있는데, 그것을 모른다고 하는 것을 보면 말이야."

"그러면 너는 누구냐?"

"내 이름은 쿠스테닌이고, 디프네디그의 아들이지. 그리고 이스바다덴은 내 형인데, 내가 이 많은 양 떼를 소유하고 있기 때문에 나를 제압하고 이것들을 자기 것으로 만들려고 하고 있지. 그런데 그렇게 물어보는 당신들은 도대체 누구요?"

"우리는 아서 왕의 사절들로 거인들의 우두머리인 이스바다덴의 딸인 올웬을 얻으려고 여기에 왔다네."

"하늘의 자비가 당신들에게 내리기를! 제발 부탁이니 그 일일랑 단념하기를 바라겠네. 지금까지 그런 목적으로 여기에 온 사람 중에서 살아 돌아간 사람을 나는 한 명도 보지 못했으니 말야."

양치기는 그 말을 마치고서 일어섰고, 쿨위크는 그가 일어설 때 금반지 하나를 그에게 주었다. 양치기는 그 반지를 손가락에 끼우려고 했지만, 손에 비해 반지가 너무 작아서 손가락에 끼우는 대신 장갑 손가락에 끼워서 집으로 가져갔다. 집에 돌아가자 그는 아내에게 반지를 주면서 보관하라고 말했다. 그녀는 반지를 장갑에서 뺀 다음에 말했다.

"이 반지는 어디서 났죠? 당신이 이렇게 운이 좋은 적은 별로 없잖아요?"

"고기를 잡으러 바다에 갔다가 파도에 실려 온 시체의 뼈를 보았는데, 그 손가락에 내가 이 세상에서 본 것 중에 가장 아름다운 이 반지가 끼여 있길래 빼서 가지고 온 것이오."

"도대체 파도치는 와중에도 시체에 보석이 걸려 남아 있었다는 거예요? 그렇다면 내게 그 시체 좀 보여 줘요."

"여보, 이 반지 주인의 시체를 저녁에 보게 될 거요."

"그가 누군데요?"

"쿨위크요. 켈리던 왕자의 아들인 킬리드의 아들이지. 그의 어머니는 안라우드 왕자의 딸인 골레디드고. 그는 올웬을 자신의 아내로 맞이하려고 온 거요."

그녀는 이 이야기를 듣고 기쁨과 슬픔을 동시에 느꼈다. 자기 언니의 아들이자 조카인 쿨위크가 온 것은 기쁜 일이었으나, 그런 목적으로 이곳에 왔다가 살아 돌아간 사람이 있다는 말을 들어 보지 못했기 때문에 그가 죽게 될까 봐 슬펐던 것이다.

마침내 쿨위크 일행이 양치기인 쿠스테닌의 집 대문에 도착했다. 그녀는 그들의 발소리를 듣고 반갑게 뛰어나갔다. 그들 일행을 본 그녀가 그들의 목을 팔로 감싸 안으려 할 때 카이가 장작더미에서 통나무 한 개를 빼내서 그녀에게 던졌다. 그러자 그녀가 그 통나무를 너무 세게 안아서 통나무는 꼰 실타래처럼 휘어지고 말았다.

카이가 말했다.

"부인, 만일 당신이 나를 저 통나무처럼 안았으면, 다시는 누구도 내게 애정을 보여 줄 기회를 못 가질 뻔했소. 당신의 지나친 애정 표현 때문에 내가 죽을 뻔하지 않았습니까?"

그들은 집안으로 들어가서 음식을 대접받았다. 그러고 나서 그들이 여흥을 즐기러 모두 나갔을 때 그녀는 굴뚝 구석에 있는 돌 금고를 열었다. 그랬더니 거기에서 금빛 곱슬머리 젊은이가 나왔다.

그워르히르가 말했다.

"이 젊은이를 이런 식으로 숨겨야 하는 것은 정말 안 될 일이야. 나는 이 젊은이가 죄를 지어서 벌을 받고 있는 것은 아니라는 것을 확신할 수 있어."

그녀가 말했다.

"이 애는 내게 남은 마지막 자식이에요. 거인들의 우두머리인 이스바다덴이 스물세 명의 내 아들들을 죽였는데, 이 아이 역시 그들보다 더 운이 좋을 거라고는 장담할 수 없어요."

그때 카이가 말했다.

"청년을 우리에게 보내 우리와 한 편이 되게 하세요. 내가 그와 함께 죽지 않는다면 그 역시 죽임을 당하진 않을 겁니다."

그들은 그렇게 식사를 마쳤다.

그러자 그녀가 그들에게 물었다.

"무슨 일 때문에 이곳에 온 거죠?"

"우리는 이 젊은이를 위해서 올웬을 얻으러 온 것이오."

"하늘의 이름으로 부탁드리는 것이니, 아직까지는 저 성에 있는 사람들이 당신들을 보지 못했으니까 당신들이 온 곳으로 지금 되돌아가세요."

"하늘은 우리가 하는 일의 증인이 되어 줄 것이오. 우리는 올웬을 볼 때까지는 절대로 돌아가지 않을 테니까요."

카이가 물었다.

"그녀가 여기에 오는 일은 없나요? 우리는 그녀를 꼭 봐야 하는데?"

"올웬은 매주 토요일마다 머리를 감으러 여기에 와요. 그녀는 자신이 씻은 통 속에 자신의 반지를 모두 남겨 놓곤 하죠. 그런데 반지를 찾아가려고 사람을 보내거나, 직접 자기가 오는 일은 절대로 없어요."

"만일 그녀를 부르러 보내면 그녀가 이곳에 올까요?"

"하늘은 내가 영혼을 타락시킨 적이 없다는 것을 알고 있을 거예요. 또 나를 믿고 있는 사람을 결코 배반하지 않을 것이라는 것도 알고 있을 겁니다. 당신들이 그녀를 해치지 않겠다는 맹세를 해 주지 않으면 나는 결코 그녀를 부르러 보내지 않을 것입니다."

"그녀를 해치지 않겠다고 맹세합니다."

그들의 대답을 듣고 나서, 그녀는 올웬을 부르러 사람을 보냈고, 곧 올웬이 왔다.

올웬은 은으로 된 번쩍이는 색깔의 옷을 입고 있었으며, 목에는 붉은 빛이 도는 금줄에 값비싼 에메랄드와 루비가 박혀 있는 목걸이를 하고 있었다. 그녀의 머리는 양골담배꽃보다 더 노란색을 띠었고, 피부는 하얀 파도 거품보다도 더 희었으며, 그녀의 손과 손가락은 초원의 샘물 가에 무리지어 피어난 아네모네 꽃송이보다도 더욱 아름다웠다. 그녀의 눈매는 훈련받은 매의 눈매보다도, 세 번이나 털갈이를 한 매의 눈매보다도 더 밝게 빛나고 있었다. 그녀의 가슴은 백조의 가슴보다도 더 희었으며, 그녀의 뺨은 세상에서 가장 붉은 장미보다도 더 붉었다. 그녀를 보는 사람은 누구라도 그녀를 사랑하게 되었다. 그녀가 지나간 자리에는 네 송이의 하얀 삽엽화가 피어났다. 이러한 까닭에 그녀는 올웬이라고 불렸던 것이다. 그녀가 집으로 들어왔고, 문에서 가장 가까운 곳에 놓여 있던 의자에 앉았는데 그 자리는 바로 쿨위크 옆이었다.

쿨위크가 그녀에게 말했다.

"오! 소녀여, 그대는 내가 지금까지 사모해 온 바로 그 사람이오. 그러니 나와 함께 도망칩시다. 그래서 사람들이 우리에 대해서 나쁜 이야기를 함부로 하지 못하도록 합시다. 나는 그대를 정말 오랫동안 사모해 왔소."

"그렇게 할 수 없답니다. 왜냐하면 아버지의 허락 없이는 아무데도 가지 않겠다고 약속했기 때문이지요. 아버지는 제가 결혼할 때까지만 살 수 있답니다. 저는 그 약속을 반드시 지켜야만 해요. 그러나 만일 당신이 제 말을 들어 주신다면 당신에게 조언을 해 줄 수는 있답니다. 아버지에게 가서 저와의 결혼을 허락해 달라고 말하세요. 그런 다음에 아버지가 당신에게 요구하는 모든 것을 다 하겠다고 동의하세요. 그러면 당신은 저를 아내로 맞이할 수 있을 거예요. 그러나 만일 당신이 아버지가 요구하는 것 중에 하나라도 거절한다면 당신은 저를 얻지 못할 겁니다. 뿐만 아니라 당신 자신의 목숨도 위태롭게 될 것입니다."

"만일 나에게 기회가 주어진다면 당신이 말한 그 모든 일을 기꺼이 하겠다고 약속하겠소."

그녀는 성으로 돌아갔고, 쿨위크와 일행도 모두 일어나서 그녀를 따라갔다. 성으로 가는 길목에는 아홉 명의 문지기들이 아홉 개의 문을 지키고 있었는데, 그들은 이들을 모두 죽였다. 아홉 마리의 개들 역시 한번도 짖어 보지 못하고 다 죽었다. 그들은 궁전으로 들어갔다.

"이스바다덴이시여, 천상의 인사와 인간의 인사를 다 합쳐서 최고의 예로써 거인의 우두머리인 당신에게 인사드립니다."

"너희들이 이곳에 온 이유는 무엇이냐?"

"우리는 당신의 딸인 올웬에게 켈리던 왕자의 아들 킬리드의 아들인 쿨위크가 청혼하는 것을 도와주기 위해서 왔습니다."

"여봐라, 게 아무도 없느냐? 나의 장래의 사윗감이 어떤 사람인지 확인할 수 있도록 내 눈을 덮고 있는 눈썹 터럭을 들어 올려라."

시종들이 그의 말에 따랐다.

"내일 이곳에 오도록 해라. 그러면 내가 답변을 해 주겠다."

그들이 일어나서 자리를 물러 나오고 있을 때, 거인들의 우두머리인 이스바다덴은 옆에 놓여 있었던 세 개의 독화살 가운데 하나를 잡아서 그들의 등 뒤로 던졌고, 베드위르가 그 독화살을 재빨리 잡아 되던져서 거인들의 우두머리인 이스바다덴이 그 화살에 맞았다. 무릎에 심한 상처를 입은 이스바다덴이 말했다.

"정녕 저주받아 마땅한 사위로구나. 너희들의 무례한 행동으로 인해 제대로 걷지 못하게 되겠구나. 이 상처는 영원히 회복될 수 없을 것이다. 이 독화살은 마치 등에가 문 것처럼 나를 괴롭히는구나. 이 독화살과 화살촉을 만든 대장장이는 저주받을 것이다. 정말 너무도 날카롭구나."

그날 밤 그들은 양치기 쿠스테닌의 집에 머물렀다. 다음 날 새벽에 그들은 서둘러 옷을 입고 궁전에 들어가서 말했다.

"거인들의 우두머리인 이스바다덴이여, 당신의 딸을 지참금과 신부 값을 받고 우리에게 주시오. 우리는 당신과 당신의 두 명의 여성 친족들에게도 지불할 것이오. 만약 당신이 우리의 요구를 받아들이지 않는다면 그녀를 얻기 위해서 어쩔 수 없이 당신을 죽여야만 할 것이오."

그러자 그가 대답했다.

"아직 올웬에게는 증조 할머니 네 분과 증조 할아버지 네 분이 살아 계시기 때문에 나는 그들의 조언을 구해야만 한다."

"그러면 그렇게 하시오. 우리는 그동안 식사를 하고 오겠소."

그들이 대답을 마치고 일어서서 나갈 때 이스바다덴은 그 옆에 놓여 있던 독화살 중에서 두 번째 독화살을 집어서 그들 등 뒤에 던졌다. 이번에는 그웨드의 아들인 모운이 그것을 잡아 재빨리 되던져서 거인들의 우두머리인 이스바다덴을 찔렀고, 그의 가슴 한가운데로 독화살이 관통하여 등으로 빠져나왔다.

"정녕 저주받은 사위로구나. 이 상처는 마치 말거머리가 문 것처럼 나를 괴롭히는구나. 이 독화살과 화살촉을 만들기 위해 불을 피운 난로와 대장장이는 저주받을 것이다. 너무도 날카롭구나. 지금부터 나는 언덕을 오를 때는 숨조차 제대로 쉴 수 없게 되었고, 가슴에 통증을 느끼게 되었다. 또한 음식을 먹는 것이 때때로 싫어지게 되겠구나."

그러고 나서 그들은 식사를 하러 갔다.

셋째 날에 그들은 다시 이스바다덴의 궁전으로 갔다. 거인들의 우두머리인 이스바다덴이 그들에게 말했다.

"죽고 싶지 않다면 다시는 나에게 화살을 쏘지 마라. 여봐라, 게 아무도 없느냐? 나의 장래의 사윗감이 어떤 사람인지 확인할 수 있도록 내 눈을 덮고 있는 눈썹 터럭들을 들어 올려라."

그들이 일어섰고, 이스바다덴의 시종들이 그가 지시한 대로 하자 이스바다덴은 옆에 놓여 있던 독화살 중에서 세 번째 독화살을 집어서 그들 등 뒤에 대고 던졌다. 이번에는 쿨위크가 그 독화살을 잡아 재빨리 이스바다덴을 향해 힘차게 되던졌다. 독화살은 거인들의 우두머리인 이스바다덴의 눈을 관통한 뒤 머리 뒤쪽으로 나왔다.

"정녕 저주받은 사위로구나. 내가 살아 있는 한 시력을 회복하지 못할 것이다. 바람을 맞을 때마다 내 눈에서는 눈물이 흐를 것이고 아마도 내 머리는 타는 듯한 고통을 느낄 것이다. 그리고 매번 달이 뜰 때마다 나는 심한 고통을 느끼게 될 것이다. 이 독화살과 화살촉을 만들기 위해 피운 불을 저주한다. 이 상처는 마치 미친 개가 문 것처럼 나를 괴롭히는구나."

그러고 나서 그들은 식사를 하러 갔다.

그 다음 날 그들은 다시 이스바다덴의 궁전으로 가서 말했다.

"만일 당신이 이미 당하고 있는 고통에 고통을 더하고 싶지 않다면, 우리에게 더 이상 독화살을 쏘지 마시오. 독화살을 쏘아 봤자 당신만 더 고통을 당하게 될 겁니다."

쿨위크가 덧붙여서 말했다.

"당신의 딸을 저에게 주십시오. 만일 당신이 딸을 주지 않으면 그녀를 얻기 위해서 부득이 나는 당신을 죽일 수밖에 없습니다."

"나의 딸을 원하는 자는 어디에 있느냐? 내가 그를 볼 수 있도록 이리로 오라."

그들은 쿨위크와 이스바다덴이 얼굴을 마주 볼 수 있도록 쿨위크에게 의자를 내주었다.

거인의 우두머리인 이스바다덴이 물었다.

"나의 딸을 원하는 자가 바로 너냐?"

"그렇소."

"나는 너에게서 나를 해치지 않겠다는 서약을 받아야만 하겠다. 그리고 내가 요구하는 것을 네가 다 얻었을 때 내 딸을 너에게 주겠노라."

"기꺼이 그리 하겠다고 당신에게 약속하겠소. 그러니 무엇이든지 말씀해 보시오."

"저기 거대한 언덕이 보이느냐?"

"그렇소."

"나는 저 언덕을 모두 파헤치길 원한다. 그리고 거기에서 나온 모든 것들은 그 땅을 위한 비료로 쓰게 모두 불태워라. 그런 다음 단 하루 안에 그 땅을 갈아 씨를 뿌려야 하고, 또 단 하루 안에 그 곡식들이 모두 익어야 한다. 나는 그 곡식을 가지고 내 딸과 너의 결혼식에 필요한 음식을 만들 것이다. 이 모든 것들은 단 하루 만에 모두 이루어져야 한다."

"믿지 못하시겠지만 그 일은 쉽게 할 수 있소."

"이 일이 너에게 쉬울지는 모르나, 그리 쉽지 않은 다른 일이 또 있다. 이 땅은 너무나 척박해서 돈의 아들인 아메손을 제외하고는 어떤 농부도 경작할 수 없을 것이다. 그러나 그는 선선히 너를 위해 그 일을 해 주지 않을 것이다. 너는 강제로 그가 그 일을 하도록 할 수도 없을 것이다."

"비록 당신은 믿지 못하시겠지만 그 일은 쉽게 할 수 있소."

"네가 그것을 얻는다 해도 네가 구할 수 없는 것이 있다. 돈의 아들인 고파논이 쟁기를 만들 철을 벼르기 위해서 와야 한다. 하지만 그는 왕의 명령이 아니라면 선선히 너와 함께 그 일을 해 주지는 않을 것이다. 그리고 너는 강제로 그가 그 일을 하도록 할 수도 없을 것이다."

"그 일도 그리 어렵지 않을 것이오."

"네가 그것을 얻는다 해도 네가 구할 수 없는 것이 있다. 그위윌리드는 암갈색 황소 두 마리를 가지고 있는데, 이 두 마리의 소는 같은 멍에에 묶여 있다. 거친 땅을 갈기 위해서는 이 두 마리의 소가 필요하다. 그런데 그는 선선히 너와 함께 그 일을 해 주지는 않을 것이다. 그리고 너는 강제로 그가 그 일을 하게 할 수도 없을 것이다."

"그 일도 그리 어렵지 않을 것이오."

"네가 그것을 얻는다 해도 네가 구할 수 없는 것이 있다. 나는 한 멍에에 묶인 노란색 황소 한 마리와 얼룩배기 황소 한 마리가 필요하다."

"그 일도 그리 어렵지 않을 것이오."

"네가 그것을 얻는다 해도 네가 구할 수 없는 것이 있다. 뿔 달린 두 마리의 소가 있다. 하나는 반대편 산꼭대기에 있고 나머지 하나는 이쪽 산꼭대기에 있는데 그 두 마리의 소는 하나의 쟁기에 같이 묶여 있다. 이 소들은 니야우와 페이바우인데 그들이 지은 죄로 인해 신이 황소로 만든 것이다."

"그 일도 그리 어렵지 않을 것이오."

"네가 그것을 얻는다 해도 네가 구할 수 없는 것이 있다. 저기에 쟁기질을 해서 갈아 놓은 붉은 땅이 보이느냐? 내가 올웬의 어머니를 처음 만났을 때, 저기에는 아홉 척 길이의 아마가 심어져 있었다. 그런데 아직까지 검은색이든 흰색이든 싹을 틔운 씨앗이 하나도 없다. 아직도 나는 그것을 측정했던 자를 가지고 있다. 그리고 나는 그 아마를 저기 새 땅에 심어 그것이 자랐을 때, 그것으로 너와 내 딸의 결혼식 날 딸의 머리에 씌울 베일을 만들고 싶다."

"당신은 믿지 못하시겠지만 그 일은 쉽게 할 수 있소."

"네가 그것을 얻는다 해도 구할 수 없는 것이 있다. 첫 벌 떼가 만든 꿀보다 아홉 배나 더 달콤한 꿀을 원한다. 그리고 그 꿀에는 찌꺼기나 벌이 있어서는 안 된다. 나는 이 꿀을 결혼식 피로연을 위해 술을 담그기 위해서 필요하다."

"당신은 믿지 못하시겠지만 그 일은 쉽게 할 수 있소."

"리위르욘의 아들인 릴위르가 만든 통이 필요하다. 그것은 최상의 가치를 지니고 있는데, 이 꿀로 만든 술을 담을 수 있는 통은 이 세상에 오직 이 통밖에는 없기 때문이다. 그런데 그는 선선히 너와 함께 그 일을 해 주지는 않을 것이다. 그리고 너는 강제로 그가 그 일을 하도록 할 수도 없을 것이다."

"당신은 믿지 못하시겠지만 그 일은 쉽게 할 수 있소."

"네가 그것을 얻는다 해도 네가 구할 수 없는 것이 있다. 결혼식 날 밤에 손님들에게 필요한 술을 대접하기 위해서는 글위그와드 고도딘의 뿔이 필요하다. 그런데 그는 선선히 그것을 넘겨 주지 않을 것이다. 그리고 너는 강제로 그가 그것을 넘기도록 할 수도 없을 것이다."

"당신은 믿지 못하시겠지만 그 일은 쉽게 할 수 있소."

"그것을 얻는다 해도 네가 구할 수 없는 것이 있다. 너와 내 딸의 결혼식에 쓸 고기를 요리하기 위해서는 아일랜드의 왕 아에드의 아들인 오드가르의 급사장 디위르나크 위델의 가마솥이 필요하다."

"당신은 믿지 못하시겠지만 그 일은 쉽게 할 수 있소."

"그것을 얻는다 해도 네가 구할 수 없는 것이 있다. 나는 이발을 하고 면도를 해야만 한다. 그래서 나는 이스키티르윈 펜바에드의 어금니가 필요하다. 그리고 그 어금니는 그가 살아 있는 상태에서 뽑은 것이 아니라면 아무짝에도 쓸모 없게 될 것이다."

"당신은 믿지 못하시겠지만 그 일은 쉽게 할 수 있소."

"그것을 얻는다 해도 네가 구할 수 없는 것이 있다. 그 어금니를 그의 잇몸에서 뽑아 낼 수 있는 사람은 이 세상에 단 한 사람, 아일랜드의 왕 아에드의 아들 오드가르뿐이다."

"당신은 믿지 못하시겠지만 그 일은 쉽게 할 수 있소."

"그것을 얻는다 해도 네가 구할 수 없는 것이 있다. 그 어금니를 운반해 올 사람으로 북 브리튼의 가도 이외에는 나는 누구도 믿지 못한다. 이제 북 브리튼의 예순 개 주가 그의 통치권 아래 놓여 있다. 그는 순순히 자의로 자신의 왕국에서 나오지는 않을 것이며 또 너는 강제로 그가 그렇게 하도록 시킬 수 없을 것이다."

"당신은 믿지 못하시겠지만 그 일은 쉽게 할 수 있소."

"그것을 얻는다 해도 네가 구할 수 없는 것이 있다. 내 머리를 깎기 위해서는 나의 머리를 펼쳐야만 한다. 그러나 내가 지옥의 경계선에 있는 슬픔의 골짜기 정상에 살고 있는 순수 백인 혈통을 가진 여자 마법사의 딸인, 칠흑 같은 흑인 여자 마법사의 피를 갖지 못한다면 결코 내 머리카락을 풀어헤치지 않을 것이다."

"당신은 믿지 못하시겠지만 그 일은 쉽게 할 수 있소."

"그것을 얻는다 해도 네가 구할 수 없는 것이 있다. 네가 그 피를 얻어 온다 해도 더운 상태 그대로의 피가 아니라면 나는 그 피를 받지 않을 것이다. 오직 그위돌위드 고르의 병만이 액체를 담았을 때 그 온기를 그대로 유지할 수 있다. 왜냐하면 그 병들은 동쪽에서 담은 액체의 열을, 서쪽에 도착할 때까지 그대로 간직할 수 있기 때문이다. 그리고 그위돌위드 고르는 자의로 그것들을 내주지 않을 것이고 또 너는 강제로 그가 그렇게 하도록 시킬 수 없을 것이다."

"당신은 믿지 못하시겠지만 그 일은 쉽게 할 수 있소."

"그것을 얻는다 해도 네가 구할 수 없는 것이 있다. 신선한 우유를 마시고 싶어 하는 사람들이 있다. 그런데 모든 사람들이 마실 수 있는 신선한 우유를 얻는 일은 가능하지 않을 것이다. 병 안에 든 어떠한 액체도 상한 적이 없는 리논 린 바르나우드의 병들이 없다면 말이다. 리논 린 바르나우드는 자의로 그것들을 내주지 않을 것이고 또 너는 강제로 그가 그 일을 하도록 시킬 수 없을 것이다."

"당신은 믿지 못하시겠지만 그 일은 쉽게 할 수 있소."

"그것을 얻는다 해도 네가 구할 수 없는 것이 있다. 이 세상에서 나의 머리를 손질할 빗과 가위는 단 하나, 타레드 왕자의 아들 트리크 트리위스의 두 귀 사이에 꽂혀 있는 빗과 가위뿐이다. 그리고 트리크 트리위스는 자의로 그것들을 내주지 않을 것이고 또 너는 강제로 그가 그것을 내주도록 만들 수 없을 것이다."

"당신은 믿지 못하시겠지만 그 일은 쉽게 할 수 있소."

"그것을 얻는다 해도 네가 구할 수 없는 것이 있다. 에리의 아들 그레이드의 강아지 드루 드윈이 없다면 트리크 트리위스를 쫓는 일은 가능하지 않을 것이다."

"당신은 믿지 못하시겠지만 그 일은 쉽게 할 수 있소."

"그것을 얻는다 해도 네가 구할 수 없는 것이 있다. 이 세상에는 그 개를 묶을 수 있는 가죽끈은 오직 하나 크위르스 칸트 에윈 말고는 없기 때문이다."

"당신은 믿지 못하시겠지만 그 일은 쉽게 할 수 있소."

"그것을 얻는다 해도 네가 구할 수 없는 것이 있다. 이 세상에는 그 가죽끈을 연결할 수 있는 개 목걸이는 오직 하나 칸하스티르 칸라우밖에는 없기 때문이다."

"당신은 믿지 못하시겠지만 그 일은 쉽게 할 수 있소."

"그것을 얻는다 해도 네가 구할 수 없는 것이 있다. 그 개 목걸이를 가죽끈에 묶을 수 있는 킬리드 칸하스티르의 사슬을 구할 수는 없을 것이다."

"당신은 믿지 못하시겠지만 그 일은 쉽게 할 수 있소."

"그것을 얻는다 해도 네가 구할 수 없는 것이 있다. 이 세상에서 이 개를 사냥할 수 있는 유일한 사냥꾼인 모드론의 아들 마본이 있어야만 한다. 그가 세 살 때 누군가 그를 어머니의 품에서 데려갔고 지금 어디에 있는지는 아무도 모른다. 그가 살았는지 죽었는지조차 알려져 있지 않다."

"당신은 믿지 못하시겠지만 그 일은 쉽게 할 수 있소."

"그것을 얻는다 해도 네가 구할 수 없는 것이 있다. 그웨드우의 말인 파도처럼 빠른 그윈 미그드윈이라는 말이 있는데, 이 말이 있어야만 트리위스를 추격할 수 있는 모드론의 아들 마본을 태울 수가 있다. 그웨드우는 자의로 그것을 내주지 않을 것이고 또 너는 강제로 그가 그 일을 하도록 시킬 수 없을 것이다."

"당신은 믿지 못하시겠지만 그 일은 쉽게 할 수 있소."

"그것을 얻는다 해도 네가 구할 수 없는 것이 있다. 너는 마본을 찾지 못할 것이다. 왜냐하면 네가 그의 친족인 아에르의 아들 에이도엘을 찾지 못한다면, 그가 어디에 있는지 모르기 때문이다. 그리고 그가 없다면 트리크 트리위스를 결코 추격할 수 없을 것이다. 에이 도엘은 마본의 사촌이다."

"당신은 믿지 못하시겠지만 그 일은 쉽게 할 수 있소."

"그것을 얻는다 해도 네가 구할 수 없는 것이 있다. 가르세리트 그위델리안은 아일랜드의 최고의 사냥꾼이다. 그가 없다면 트리크 트리위스를 쫓는 일은 가능하지 않을 것이다."

"당신은 믿지 못하시겠지만 그 일은 쉽게 할 수 있소."

"그것을 얻는다 해도 네가 구할 수 없는 것이 있다. 딜루스 파르파웨의 수염으로 만든 가죽끈만이 그 두 마리 개를 묶을 수 있다. 그리고 딜루스 파르파웨가 살아 있는 상태에서 그의 수염을 뽑아서 가죽끈을 만들지 않으면 그 가죽끈은 아무 소용이 없을 것이다. 그것도 나무로 만든 집게로 단숨에 획 잡아당겨 뽑아야만 한다. 그가 살아 있는 동안에 그의 수염을 이렇게 뽑는다 해도 그는 아무 고통을 느끼지 못할 것이다. 그러나 그가 죽은 다음에 수염을 뽑는다면 그 수염은 너무 빳빳해져서 전혀 쓸모가 없게 될 것이다."

"당신은 믿지 못하시겠지만 그 일은 쉽게 할 수 있소."

"그것을 얻는다 해도 네가 구할 수 없는 것이 있다. 이 세상에서 그 두 마리 개를 잡을 수 있는 사냥꾼은 헤트윈 그라피라우크의 아들 크네디르 윌리트 말고는 없다. 그는 산에 있는 가장 사나운 야수보다도 아홉 배는 더 사납다. 너는 그를 결코 얻지 못할 것이고 그러면 내 딸도 얻지 못할 것이다."

"당신은 믿지 못하시겠지만 그 일은 쉽게 할 수 있소."

"그것을 얻는다 해도 네가 구할 수 없는 것이 있다. 누드의 아들인 그윈이 없다면 트리위스를 사냥하기란 불가능할 것이다. 신은 그윈에게 앤우픈이라는 곳의 악독한 종족을 다스리라는 명령을 내렸다. 그래서 그는 결코 그곳을 떠날 수 없을 것이다."

"당신은 믿지 못하시겠지만 그 일은 쉽게 할 수 있소."

"그것을 얻는다 해도 네가 구할 수 없는 것이 있다. 그윈이 트리크 트리위스를 사냥하려면 이 세상에서 오직 모르 오브 웨베드와 그의 말인 두가 있어야만 한다."

"당신은 믿지 못하시겠지만 그 일은 쉽게 할 수 있소."

"그것을 얻는다 해도 네가 구할 수 없는 것이 있다. 프랑스의 왕인 그월렌힌이 오지 않는다면 트리크 트리위스를 사냥할 수 없을 것이다. 너를 위해서 그가 자신의 왕국을 떠나는 일은 그리 바람직한 일이 아닐 것이다. 그래서 그는 결코 이곳에 오지 않을 것이다."

"당신은 믿지 못하시겠지만 그 일은 쉽게 할 수 있소."

"그것을 얻는다 해도 네가 구할 수 없는 것이 있다. 트리크 트리위스는 알룬 디페드의 아들 없이는 결코 잡히지 않을 것이다. 그는 풀려 있는 개들을 잡는 데 뛰어난 기술을 가졌다."

"당신은 믿지 못하시겠지만 그 일은 쉽게 할 수 있소."

"그것을 얻는다 해도 네가 구할 수 없는 것이 있다. 트리크 트리위스를 사냥하기 위해서는 아서와 그의 동료들이 필요하다. 그는 강력한 힘을 가지고 있으나 너를 위해서 오지는 않을 것이다. 또한 너는 아서가 오도록 강요할 수도 없을 것이다."

"당신은 믿지 못하시겠지만 그 일은 쉽게 할 수 있소."

"그것을 얻는다 해도 네가 구할 수 없는 것이 있다. 트리크 트리위스를 사냥하기 위해서 너는 클레디프 디프윌치의 증손자들인 브윌치와 키프윌치, 그리고 세프윌치가 있어야만 한다. 그들의 세 개의 방패들은 번쩍거리는 빛을 발한다. 그리고 그들의 세 개의 창들은 뾰쪽하고 날카로운 날을 가지고 있다. 그들의 세 개의 검, 글라스, 글레시크, 글레 이사드는 무엇이든 벨 수가 있다. 그들의 세 마리 개들은 칼, 쿠알, 카팔이며, 그들의 세 마리 말들은 호위르디으우그, 드르위그이디우그, 리위르이우그다. 그들의 세 명의 아내들은 우치, 가람, 디아스파드다."

"당신은 믿지 못하시겠지만 그 일은 쉽게 할 수 있소."

"그것을 얻는다 해도 네가 구할 수 없는 것이 있다. 거인인 그위나크의 칼이다. 그는 그 칼 없이는 절대로 죽지 않을 것이다. 그위나크는 그것을 선물로 남에게 주지는 않을 것이며 아무리 많은 값을 치른다 하더라도 자의로는 내놓지 않을 것이다. 그리고 너는 그가 그리하도록 강요할 수는 없을 것이다."

"당신은 믿지 못하시겠지만 그 일은 쉽게 할 수 있소."

"그것을 얻는다 해도 네가 구할 수 없는 것이 있다. 너는 이 모든 것을 얻기 위해서 여러 가지 어려움과 부딪쳐야만 할 것이고 며칠 밤 동안 잠을 잘 수 없을 것이다. 만약 네가 이것들을 얻지 못한다면 내 딸을 얻지 못할 것이다."

"나에게 말과 기사들을 주시오. 그러면 나의 군주이자 친족인 아서 왕께서 이 모든 것들을 구해서 나에게 주실 것이오. 그러면 나는 당신의 딸을 얻게 될 것이고, 당신은 목숨을 잃게 될 것이오."

"즉시 출발하도록 하라. 내 딸을 얻기 위해서 이 모든 것을 구하러 다니는 동안 너는 음식이나 옷을 구하기 위한 돈을 지니고 다녀서는 안 된다. 이 모든 진귀한 것들을 다 얻었을 때만이 내 딸을 아내로 맞이할 수 있을 것이다."

그들은 그날 하루 종일 여행을 계속했고, 마침내 세상에서 가장 거대한 성을 보았다. 그 성에서 이 세상 사람 세 명을 합친 것보다도 더 덩치가 큰 흑인이 한 명 나왔다.

그들이 그에게 물었다.

"어디서 오는 길이요?"

"저기 보이는 저 커다란 성에서 오는 길이오."

"누구의 성이요?"

"당신들은 정말로 어리석군. 저 성이 거인 그위나크의 성이라는 것은 세 살짜리 아이도 아는데 말이오."

"저 성에서는 손님 대접을 어떻게 하오?"

"신의 가호가 이들에게 내리시기를! 이제까지 저 성에서 살아서 걸어 나온 사람은 단 한 명도 없었소. 또 특별한 재주가 없는 사람은 저 성 안으로 들어갈 수조차 없소."

그들은 그 성문으로 갔다. 그위르히르 그왈스타위트 레이소에드가 말했다.

"문지기가 있느냐?"

"여기 있다. 당신들 머리통에 혀가 달려 있다면 왜 큰 소리로 그를 부르지 않는가?"

"문을 열라."

"나는 성문을 열지 않을 것이다."

"무엇 때문에 성문을 열지 않겠다고 하느냐?"

"지금 성 안에서는 칼로 고기를 써느라 바쁘고 뿔고동에 술을 가득 채워 놓고 연회를 여는 중이다. 그러니 특별한 재주가 있는 장인 말고는 오늘 밤 성 안으로 들어갈 수 없다."

카이가 말했다.

"문지기여, 나야말로 특별한 재주가 있는 사람이다."

"어떤 재주를 가지고 있느냐?"

"나는 세상에서 칼의 광을 가장 잘 내는 재주를 가졌다."

"그렇다면 내가 거인 그위나크에게 가서 물어보고 그의 대답을 들어 오겠다."

그래서 문지기는 성 안으로 들어갔고, 거인 그위나크가 그 문지기에게 말했다.

"너는 성문에서 무슨 소식을 가지고 왔느냐?"

"성 안으로 들어오기를 원하는 한 무리의 사람들이 있습니다."

"그들이 어떤 재주를 가지고 있는지 물어보았느냐?"

"예. 그들 중 한 명이 제게 이 세상에서 칼의 광을 가장 잘 내는 재주가 있다고 말해 주었습니다."

"그래, 우리에게 필요한 사람들이구나. 오랫동안 내 칼의 광을 낼 사람을 구했는데 찾지 못했으니 말이다! 마침 그런 재주를 가진 사람이 있다니 가서 그를 들여보내거라."

이 말을 듣고 문지기는 돌아가서 성문을 열었다. 그래서 카이는 홀로 성으로 들어가 거인 그위나크에게 인사를 했다. 카이가 앉을 의자가 거인 그위나크의 맞은편에 놓여졌다.

그위나크가 카이에게 물었다.

"칼을 광내는 재주가 있다고 들었는데 사실이냐?"

"저는 그 방법을 잘 알고 있습니다."

그러자 거인 그위나크가 자신의 칼을 카이 앞에 놓도록 지시했다. 카이는 팔 밑에서 청색 숫돌을 꺼낸 뒤 그위나크에게 칼을 흰색으로 갈아 주기를 원하는지, 아니면 파란색으로 갈아 주기를 원하는지 물었다.

"이 칼이 네 칼이라고 여기고 네 생각에 최선이라고 여겨지는 쪽을 선택하여라."

카이는 칼날의 한쪽 면을 광내고 나서 그것을 자신의 손에 올려놓았다.

"이 정도면 만족하십니까?"

"만약 이 칼의 다른 쪽 날도 이 정도로 빛나게 해 준다면 내 땅에 있는 어떤 것이든 네게 주겠다. 그런데 이런 재주를 가진 사람이 동행도 없이 혼자서 이곳에 왔다는 사실이 매우 경이롭구나."

"사실 저에게는 동행이 있습니다. 비록 그가 이와 같은 재주를 가지고 있지는 않지만 말입니다."

"그는 어떤 사람이냐?"

"문지기를 불러오시면 제가 그를 식별할 수 있는 방법을 그에게 말하겠습니다. 그는, 창 머리가 창 자루를 떠나서 바람에서 피를 뽑고 다시 창 자루로 돌아오는 창을 가지고 있습니다."

곧 성문이 열리고 베드위에르가 들어왔다.

카이가 말했다.

"비록 나와 같은 기술은 아니지만 베드위에르는 재주가 뛰어납니다."

아직도 성문 밖에 남아 있는 사람들은, 카이와 베드위에르가 성 안으로 들어가 버렸기 때문에 많은 토론을 벌였다. 곧 일행 가운데 쿠스테닌이라는 목동의 젊은 외아들도 성 안으로 들어가게 되었는데, 그는 자신이 세 개의 초소를 통과할 때 일행들에게 자기 옆에 바짝 붙어서 오도록 시켰다. 그리하여 일행 모두가 마침내 성 한가운데까지 갈 수 있었다. 일행은 쿠스테닌의 아들에게 말했다.

"그대는 이런 일을 하기에 가장 적격일세."

그때 이후로 그는 쿠스테닌의 아들이라는 뜻으로 고레우라고 불리게 되었다. 일행이 몰래 성 안으로 들어온 이유는 숙소로 흩어져 있다가 혹시 거인 몰래 그곳에 머물고 있는 사람들을 죽여야 할 상황에 대비하기 위해서였다.

칼을 다 간 카이는 칼을 살펴보라고 거인 그위나크에게 칼을 건넸다.

그위나크가 말했다.

"정말 잘했다. 만족스럽구나."

"당신의 칼을 녹슬게 한 것은 바로 칼집이었습니다. 그 칼집을 제게 주시면 나무로 만든 부분을 떼어 내고 새로 해서 넣겠습니다."

카이는 그위나크로부터 칼집을 받았고, 다른 손에는 그위나크의 칼을 들고 있었다. 그는 마치 칼을 칼집에 넣으려는 듯 그위나크에게 다가가서 그의 옆에 바싹 다가섰다. 다음 순간 카이는 그 칼로 그위나크의 머리를 내리쳐서 단번에 쪼개 버렸다. 그들은 성을 약탈하여 보석이나 값나가는 물건들을 취했다. 그런 연후에 그들이 아서 왕을 떠났던 정월 초하루에 거인 그위나크의 검을 가지고 아서 왕의 궁전으로 돌아왔다.

그들이 아서에게 자신들의 모험담을 이야기하자 아서가 말했다.

"어떤 일부터 시작하는 것이 가장 좋겠느냐?"

"모드론의 아들인 마본을 찾는 일부터 시작하는 것이 최상인 듯 싶습니다. 그를 찾으려면 그의 친족인 아에르의 아들 에이돌을 먼저 찾아야만 할 것입니다."

그리하여 아서는 브리튼 섬의 전사들과 함께 에이돌을 찾기 위해 출발했다. 그들은 여행을 계속해서 마침내 에이돌이 잡혀 있는 글리니의 성에 도착했다.

자신의 성 꼭대기에 서 있던 글리니가 말했다.

"아서, 나에게서 원하는 것이 무엇이오? 나는 이 요새 안에 남겨놓은 것이 아무것도 없으며, 이 성 안에서 기쁨도 즐거움도 발견하지 못했소. 밀이나 귀리 같은 것도 없소. 그러니 나를 괴롭히려고 하지 마시오."

"너를 괴롭히려고 온 것이 아니라 네가 데리고 있는 죄수를 찾으러 왔다."

"내 비록 그를 누군가에게 주려고 생각해 본 적은 없으나 그를 당신에게 주겠소. 그리고 지금부터는 당신을 돕겠소."

아서를 따르는 무리들이 말했다.

"전하, 본국으로 돌아가소서. 이런 사소한 모험 따위는 손수 지휘하지 않으셔도 될 것입니다."

"그위르히르 그왈스타위트 레이소에드, 그대는 이 모험을 계속하라. 그대는 모든 언어에 능통하며, 새들이나 맹수들과도 친밀하니 이 원정에 도움이 될 것이다. 그리고 에이도엘, 그대는 내 동료들과 함께 그대의 사촌을 찾는 일을 도와야만 할 것이다. 그리고 카이와 베드위르여, 나는 그대들이 어떤 일을 맡든지 간에 반드시 그 일을 성취하리라 믿는다. 그러니 나를 위해서 이 일을 꼭 성취해 주기를 부탁하겠네."

그들은 여행을 계속하여 마침내 실그위리의 검은지빠귀에게 도착했다. 그위르히르가 우셀에게 간절히 부탁했다.

"모드론의 아들인 마본에 대해 알고 있는 게 있다면 부디 내게 말해 주시오. 그는 태어난 지 사흘 밤 지난 후 누군가가 그의 어머니에게서 데려갔소."

검은지빠귀가 말했다.

"내가 처음 이곳에 왔을 때 대장장이의 모루대장간에서 쇠를 올려놓고 두드릴 때 받침으로 쓰는 쇳덩이가 하나 있었어요. 당시에 나는 새의 모습을 하고 있었는데, 그때부터 지금까지 내 부리로 그것을 쪼는 일 말고는 그것을 건드리지는 않았어요. 그래서 지금 그 모루는 밤톨보다도 더 작아지고 말았답니다. 그동안에 당신들이 찾고 있는 사람에 대해서 내가 들은 적이 있다면 내게 천벌을 내리셔도 좋아요. 하지만 당신들이 아서 왕의 사절로 오셨으니, 내가 도울 수 있는 일이라면 무엇이든지 돕겠어요. 내가 태어나기 이전에 창조된 동물 종족들이 있는데, 당신들을 그들에게 인도하겠어요."

그리하여 그들은 레딘프레의 수사슴이 살고 있는 곳까지 가게 되었다.

"레딘프레의 수사슴이여, 우리는 아서 왕의 사절로 이곳에 왔다. 동물 중에서 네가 가장 나이가 많다는 이야기를 들었기 때문이다. 모드론의 아들인 마본에 대해 알고 있는 것이 있다면 우리들에게 말해 다오. 누군가가 태어난 지 사흘 밤 지난 후 그를 그의 어머니에게서 데려갔단다."

수사슴이 말했다.

"내가 처음 이곳에 왔을 때, 어린 오크 나무 한 그루를 제외하고는 사방에 보이는 것이라곤 오직 들판뿐이었어요. 그 오크 나무가 100개의 가지를 가진 거대한 나무로 자라났지요. 하지만 지금은 그 오크 나무도 죽고 오직 말라빠진 밑동밖에 남지 않았어요. 그때부터 지금까지 나는 이곳에 한결같이 있었지만 당신들이 찾는 사람에 대해서는 들어 본 적이 없답니다. 하지만 당신들이 아서 왕의 사절로 오셨으니 내가 도울 수 있는 일이라면 무엇이든지 돕겠어요. 내가 태어나기 이전에 창조된 동물 종족들이 있는데, 당신들을 그들이 있는 장소로 인도하겠어요."

그래서 그들은 크윔 칼위르위드의 올빼미가 있는 곳으로 갔다.

"크윔 칼위르위드의 올빼미여, 우리는 아서 왕의 사절로 이곳에 왔다. 네가 모드론의 아들인 마본에 대해 알고 있는 것이 있다면, 우리들에게 말해 다오. 태어난 지 사흘 밤 지난 후 그를 그의 어머니에게서 누군가가 데려갔단다."

"내가 알고 있는 것이 있다면 말씀드릴 텐데……. 내가 처음 이곳에 왔을 때, 여기 당신들이 지금 보고 있는 계곡은 나무들이 빽빽이 들어차 있는 산골짜기였답니다. 그런데 한 인간 종족이 와서 그

나무들을 모조리 뽑아 버렸지요. 그러고 나서 나무들이 다시 자라서 두 번째 숲이 만들어졌지요. 지금 이것은 세 번째로 형성된 숲이랍니다. 나의 날개들을 보세요. 이것들은 말라빠진 나무 밑동이랍니다. 그러나 이러는 동안에 오늘날까지도 나는 당신이 찾고 있는 사람에 대해서 결코 들어 본 적이 없답니다. 그렇지만 당신들이 아서 왕의 사절로 오셨으니 이 세상에 살고 있는 동물 가운데 가장 나이가 많은 동물이 사는 곳으로 인도하겠어요. 바로 지금까지 가장 여행을 많이 한 그웨른 아브위의 독수리랍니다."

그위르히르가 말했다.

"그웨른 아브위의 독수리여, 우리는 아서 왕의 사절로 이곳에 왔다. 네가 모드론의 아들인 마본에 대해 알고 있는 것이 있다면 우리들에게 말해 다오. 태어난 지 사흘 밤 지난 후 누군가가 그의 어머니에게서 그를 데려갔단다."

"나는 아주 오래전부터 이곳에서 지내 왔습니다. 처음 이곳에 왔을 때, 이곳에는 바위 하나가 있었어요. 나는 매일 밤 별을 보면서 그 바위를 꼭대기부터 부리로 쪼았습니다. 그래서 지금 그 바위의 높이는 30센티미터도 채 안 됩니다. 그때부터 지금까지 이곳에서 계속해서 살아왔지만, 당신들이 찾는 그 사람에 대해서는 들어 본 적이 없어요. 꼭 한번 내가 먹이를 찾아서 린 리르우에 갔을 때를 제외하고는 말입니다. 그때 나는 거기에서 발톱으로 연어 한 마리를 공격했는데, 내 생각에는 그놈 한 마리면, 상당히 오랫동안 먹이 걱정은 안 해도 될 것 같았기 때문이지요. 그런데 그놈은 오히려 나를 물속으로 끌고 갔고, 나는 가까스로 거기에서 빠져나올 수 있었어요. 그 일이 있은 후, 나는 그놈을 공격하기 위해서 가족 모두를 이끌고 그곳엘 갔는데, 그가 내게 전령을 보내 화해를 청했지요. 그가 직접 와서는 자기 등에서 물고기 쉰 마리를 꺼내 가라고 간청했습니다. 만일 그가 당신들이 찾고 있는 사람에 대해서 모른다면, 누가 그 사람에 대해 알고 있는지 내가 알 수 있는 방법은 없다고 할 수 있습니다. 어쨌든 나는 당신들을 그가 살고 있는 곳으로 인도해 드리겠습니다."

그래서 그들은 함께 그곳으로 갔다.

독수리가 연어에게 다음과 같이 말했다.

"린 리르우의 연어야, 나는 아서 왕의 사절과 함께 여기 왔다. 네가 모드론의 아들인 마본에 대해 알고 있는지 묻기 위해서 온 것이다. 마본은 태어난 지 사흘 밤 지난 후 누군가가 그를 그의 어머니에게서 데려갔단다."

"내가 알고 있는 것에 대해서 당신들에게 다 말씀드리겠어요. 때가 되면 나는 항상 강물을 거슬러 글로스터의 성벽 근처까지 올라간답니다. 거기서 나는 무엇인가가 크게 잘못 돌아가고 있다는 것을 발견했습니다. 만일 당신들이 내 말을 믿으신다면 당신들 중에서 두 사람이 저와 함께 그곳에 가보시면 어떨까요? 제 어깨에 한 명씩 타면 될 겁니다."

그래서 카이와 그위르히르 그왈스타위트 레이소에드가 연어의 두 어깨에 타고 그곳에 가서 감옥의 벽이 있는 곳에 도착했다. 그들은 거기서 지하 감옥에서부터 들려오는 울부짖는 소리와 한탄 소리를 들었다.

그위르히르가 물었다.

"이 돌집에서 이토록 한탄하고 있는 사람은 누구입니까?"

"아, 여기 있는 사람은 누구든지 한탄할 만한 이유가 충분합니다. 여기 갇혀 있는 저는 모드론의 아들인 마본입니다. 어떤 감옥도 내가 있는 이 감옥보다 더 견고하지 않았습니다. 심지어 에리의 아들인 그레이드의 감옥이나 라우 에렌트의 감옥도 이처럼 견고하지 않았을 것입니다."

"그대를 금이나 은, 아니면 어떤 귀중품을 대가로 지불하고 구출할까요, 아니면 싸워서 구출해 낼까요?"

"나를 위해서 무엇인가를 해 주려면 반드시 싸움을 해서 이겼을 때만이 가능합니다."

그리하여 그들은 글로스터를 떠나서 아서에게 돌아와 그에게 모드론의 아들인 마본이 갇혀 있는 곳에 대해서 말했다. 그러자 아서는 그 섬의 전사들을 불러 모아서 모드론의 아들 마본이 갇혀 있는 장소인 글로스터까지 갔다. 카이와 베드위르는 연어를 타고 갔고 아서의 전사들은 그 성을 공격했다. 카이는 다른 전사들이 전투하는 동안에 지하 감옥으로 가는 벽을 허물고 거기에 갇혀 있던 모드론의 아들인 마본을 구해 등에 업고 나왔다. 그리하여 아서는 마본을 구출하여 본국으로 돌아올 수 있었다.

아서가 말했다.

"다음에는 어떤 일을 했으면 좋겠는가?"

"가스트 리므히의 두 마리 새끼를 찾는 것이 가장 좋겠습니다."

"가스트 리므히가 어디 있는지 아는 사람이 있는가?"

"그녀는 아베르 두 클레디프에 있습니다."

한 신하가 말했다.

그리하여 아서는 아베르 두 클레디프에 있는 트린가드의 저택에 가서, 그에게 가스트 리므히에 대해 들어 본 적이 있는지 물었다.

"그녀는 어떤 모습을 하고 있습니까?"

"늑대 암컷의 모습을 하고 있다네."

"두 마리의 새끼를 데리고 있는 늑대 암컷이 있습니다. 그 늑대 암컷은 종종 나의 가축들을 죽이곤 하지요. 그 늑대는 아베르 두 클레디프에 있는 동굴에 살고 있습니다."

그래서 아서는 프리드웬이라는 배를 타고 바다를 건너서 그곳으로 갔고, 다른 사람들은 육로로 가스트 리므히를 잡으러 갔다. 그곳에서 그들은 가스트 리므히와 그녀의 두 마리 새끼를 포위했다. 그러자 하느님은 아서를 위해서 그들을 본래의 모습으로 돌려놓았다. 아서의 무리는 한두 명씩 짝을 지어서 흩어졌다.

어느 날, 그레이드아울의 아들인 그위티르가 산 속을 걷고 있다가 슬픔에 차서 울부짖는 울음소리를 들었다. 그는 소리가 나는 쪽을 향해 계속해서 달려갔다. 마침내 소리가 나는 장소에 도착한 그는 칼을 꺼내 땅 위에 있던 개미집을 내리쳐서 개미집이 불에 타는 것을 막아 주었다.

개미들이 그에게 말했다.

"우리가 당신에게 드리는 천상의 축복을 받으십시오. 우리는 어느 누구도 줄 수 없는 것을 당신에게 드리겠습니다."

그러고 나서 그들은 아홉 부셸(1부셸은 약 36리터)의 아마 씨앗을 가져왔는데, 그것은 바로 거인의 우두머리인 이스바다덴이 쿨위크에게 요구했던 것이었다. 개미들이 가져온 아마 씨앗의 양은 이스바다덴이 요구한 양에서 꼭 한 알이 모자랐다. 하지만 그 한 알의 씨앗도 그날 밤이 되기 전에 다리를 저는 개미 한 마리가 마저 가져와 그 양을 꼭 채워 주었다.

카이와 베드위르가 세계에서 가장 높은 바람이 부는 플린리몬 산 정상에 있는 봉화대에 앉아서 주위를 둘러보다가 남쪽에서 커다란 연기가 피어오르는 것을 보았다. 그 연기는 아득히 멀리 떨어진 곳에서 피어올랐는데, 신기하게도 바람에 의해 연기의 방향이 휘어지지 않았다.

그러자 카이가 말했다.

"저기를 좀 보게나. 내 친구의 손에 의해 저기서 전사의 봉홧불이 타오르고 있네."

그들은 연기가 나는 쪽으로 급히 서둘러 갔고, 연기 가까이 다가갔을 때, 그들은 딜루스 파르파웨가 멧돼지 한 마리를 불에 그슬리고 있는 것을 보았다. 딜루스 파르파웨는 아서에게서 도망친 가장 뛰어난 전사였다.

베드위르가 카이에게 말했다.

"자네는 저 사람을 아는가?"

"알고 있네."

"그는 딜루스 파르파웨라네. 에리의 아들 그레이드의 강아지인 드루드윈을 묶을 가죽끈을 만들려면 저기 있는 저 딜루스 파르파웨의 수염으로 가죽끈을 만들어야 한다네. 그것도 그가 살아 있는 상태에서 나무로 만든 집게로 수염을 잡아당겨 뽑아서 가죽끈을 만들지 않으면 그 수염은 아무 소용이 없다네. 그가 죽은 다음에 수염을 뽑는다면 그 수염은 빳빳한 강모가 되기 때문이지."

"우리가 어떻게 하면 좋겠는가?"

"그가 실컷 고기를 먹도록 만드는 것이 어떻겠나?"

"그러고 나면 아마 그는 잠에 곯아떨어지게 될 걸세."

그들은 딜루스 파르파웨가 잠에 빠져드는 동안 나무 집게를 만드는 일에 몰두했다. 카이는 딜루스 파르파웨가 곯아떨어졌다고 확신했을 때, 그의 발치에 세상에서 가장 큰 구덩이를 팠다. 그러고 나서 힘차게 그를 일격한 다음 구덩이 속에 강제로 집어넣었다. 그러고는 나무 집게로 그의 수염을 완전히 뽑아 낸 후 그를 완전히 죽였다.

그곳에서 그들은 콘월에 있는 켈리위크에게 가서 딜루스 파르파웨의 수염으로 가죽끈을 만들게 해서는 그것을 아서 왕에게 바쳤다. 그러자 아서가 다음과 같은 짧은 글을 지었다.

카이가 가죽끈을 만들었네.
에우루스의 아들인 딜루스의 수염을 가지고서.
만일 그가 살아 있다면, 그는 카이를 죽일 걸세.

카이가 글에 대해 듣고 너무나 화를 냈기 때문에 브리튼의 전사들은 도저히 아서와 카이 사이를 화해시킬 수가 없었다. 이후에 카이는 아서가 아무리 어려운 처지에 놓여 있다 해도, 혹은 그의 부하들이 사지에 몰려 있다 해도 다시는 그를 돕기 위해서 오는 일이 없었다.

아서가 말했다.

"이제 다음으로 어떤 일을 해결하는 것이 좋겠는가?"

"에리의 아들 그레이드의 강아지인 드루드윈을 찾는 것이 좋을 듯싶습니다."

이보다 조금 앞서서, 루드 라우 에렌트의 딸인 크레이드디라드와 그레이드아울의 아들인 그위티르가 약혼했다. 크레이드디라드가 그위티르의 신부가 되기 전에 누드의 아들인 그윈이 그녀를 강제로 납치했던 일이 있었다. 그레이드아울의 아들인 그위티르는 누드의 아들인 그윈과 싸우기 위해서 무리를 불러 모았다. 하지만 그윈이 그를 물리쳤고, 에리의 아들인 그레이드와 타란의 아들인 글리뉴,

그위르귀스트 레들림, 딘파스를 사로잡았다. 그리고 뉴손을 살해해서는 그의 심장을 꺼내어 그의 아들 키네디르에게 강제로 아버지의 심장을 먹도록 시켰다. 이 일로 해서 키네디르는 미치고 말았다.

아서는 이 이야기를 듣고는 북쪽으로 가서 누드의 아들인 그윈을 불러서 그가 감옥에 가두어 놓았던 귀족들을 석방하도록 했으며, 그와 그레이드아울의 아들인 그위티르를 서로 화해시켰다. 이렇게 해서 양측간에 평화조약이 맺어지게 되었다. 즉, 크레이드디라드는 아버지의 집으로 돌아가고, 누드의 아들인 그윈과 그레이드아울의 아들인 그위티르는 그때부터 운명을 결정하는 날까지 매년 5월 첫째 날에 크레이드디라드를 차지하기 위한 결투를 하기로 합의했던 것이다. 결투에서 승리하는 자가 그녀를 차지하기로 했다.

아서는 양측을 화해시킨 대가로 그웨드우의 말인 미그드윈과 크위르스 칸트 에윈의 가죽끈을 얻었다. 그후 아서는 마본과 그웨어 그왈트 에우린과 함께 글리스미르 레데위크의 두 마리의 개를 얻기 위해서 브리타니로 갔다. 아서는 그 개들을 얻은 다음에 이번에는 그위르기 세페리를 얻기 위해서 아일랜드의 서쪽으로 갔다. 이때 아일랜드의 왕 아에드의 아들 오드가르도 아서와 동행했다. 아서는 그곳에서부터 북쪽으로 가서 크네디르 윌리트를 붙잡았다. 그리고 이스키티르윈 취프 보아를 추격했다. 이때 마본은 글리스미르 레데위크의 두 마리의 개와 에리의 아들인 그레이드의 개 드루드윈을 함께 데리고 갔다. 아서는 자신의 개 카팔을 이끌면서 이스키티르윈 취프 보아를 추격했다. 그리고 북 브리튼의 카우는 아서의 암말인 람레이에 올라타서는 이 사냥의 맨 선두에서 공격을 맡았다. 그는 엄청나게 큰 도끼를 손에 들고 멧돼지에게 용맹스럽게 달려들어서 멧돼지의 머리를 두 동강낸 다음에 어금니를 뽑아 가지고 왔다.

이제 그 멧돼지를 죽인 것은 이스바다덴이 요구한 것처럼 글리스미르 레데위크의 두 마리의 개가 아니라, 아서의 개인 카팔이 되고 말았다.

이스키티르윈 취프 보아를 죽인 다음에 아서와 그의 군대는 콘월에 있는 켈리위크를 향해서 출발했다. 그곳에서 그는 테르그웨드의 아들인 멘우를 보내 트리크 트리위스의 양쪽 귀 사이에 진귀한 물건들인 빗과 가위가 있는지 살펴보도록 시켰다. 만약 그 물건들이 거기 없다면 트리크 트리위스를 공격해 보았자 아무 소용이 없기 때문이었다. 트리크 트리위스가 있는 곳은 확실히 알 수 있었는데, 그가 아일랜드의 북쪽 지방을 황폐화시키고 있었기 때문이다. 그를 찾아 나섰던 멘우는 아일랜드의 이스가이르 오에펠에서 그를 발견했다. 멘우는 새로 변신해서 트리크 트리위스가 머물고 있는 소굴의 꼭대기에 앉은 다음에 그에게서 진귀한 물건을 하나라도 낚아채려고 시도했다. 그러나 그는 단지 트리크 트리위스의 빳빳한 털 한 올만을 빼냈을 뿐이었다. 이에 화가 난 트리크 트리위스가 일어나서 몸을 세차게 흔들었고, 이 과정에서 그의 독이 멘우에게 묻는 일이 발생했다. 멘우는 그날 이후로 결코 회복되지 못했다.

이 일이 있은 후, 아서는 아일랜드의 왕인 아에드의 아들인 오드가르에게 사절을 보내서 그의 급사장 디위르나크의 냄비를 보내 달라고 요청했다. 오드가르는 디위르나크에게 냄비를 주라고 명령했다.

그러나 디위르나크가 말했다.

"설령 그가 단지 이 냄비를 보는 것만으로 만족한다 하더라도 하늘에 맹세코 저는 절대로 허용할 수 없습니다."

그래서 아서의 사절은 아일랜드에서 빈손으로 돌아왔다. 아서는 몸소 수행원 몇 명과 함께 자신의 배인 프리드웬을 타고 아일랜드로 가려고 바다를 건너서 디위르나크 위델의 집으로 갔다. 오드가르의 무리는 아서 왕의 힘을 직접 볼 수 있었다. 그들이 실컷 먹고 마신 다음에 아서 왕은 디위르나크 위델에게 냄비를 달라고 요구했다.

디위르나크 위델이 대답했다.

“제가 만일 이 냄비를 누군가에게 주어야 한다면 그것은 반드시 아일랜드 왕인 오드가르가 그렇게 하라고 명령을 내렸을 경우에만 가능합니다.”

디위르나크 위델이 그들의 요구를 거절하자, 베드위르는 일어나서 그 냄비를 잡아 아서의 시종인 히그위드의 등에 올려놓았는데, 그는 아서의 또 다른 시종인 카캄위리와는 외사촌 사이였다. 렌레아위그 위델은 칼레드퓔크를 붙잡고는 그것을 휘둘렀다. 그러고 나서 그들은 디위르나크 위델과 그의 동료들을 살해했다. 그러자 아일랜드 인들이 몰려와서 그들과 싸움을 벌이게 되었다. 그들이 그렇게 뒤엉켜 싸우는 동안에 아서와 그의 시종들은 그 냄비에 아일랜드 화폐를 가득 채워서 자신들의 배로 돌아갔다. 아서는 디페드의 포스 케르딘에 있는 켈코에드의 아들인 리위덴의 집에 배를 상륙시켰다.

그러고 나서 아서는 브리튼의 세 섬에 있는 전사들과, 세 섬들 가까이에 있는 전사들, 그리고 프랑스와 브리타니에 있는 전사들, 노르망디와 서머 컨트리에 있는 전사들을 모두 소집했으며, 될 수 있는 한 가장 좋은 개와 기수들을 불러모았다. 그리고 이 모든 전사들과 개들을 데리고 아일랜드로 갔다.

아일랜드에서는 그가 온다는 소식을 듣고는 모두들 공포에 떨었다. 아서가 아일랜드에 상륙했을 때, 아일랜드의 성인들이 그에게 와서 보호를 부탁했고 아서가 그들을 보호해 주겠다고 약속해 주자 그들은 아서 왕에게 축복을 기원해 주었다. 그리고 그곳의 아일랜드 인들이 아서 왕에게 와서 보급품을 바쳤다. 아서는 멀리 아일랜드의 에스게이르까지 진격했는데 그곳에는 트르위스가 일곱 마리 새끼 돼지들과 함께 있었다. 아서는 사방에서 개를 풀어 트르위스를 포위하게 했다. 그날 밤까지 아일랜드 인들은 아서 왕과 싸움을 계속했고, 아서 왕은 아일랜드의 다섯 번째 지역을 황폐화시켰다. 그 다음 날도 아서의 동료들이 트르위스와 대적해서 싸웠지만 패배했을 뿐 아무런 성과를 거두지 못했다. 드디어 세 번째 날은 아서가 직접 트르위스를 상대해서 싸웠다. 아서 왕은 트르위스와 아흐레 동안 낮과 밤을 가리지 않고 계속해서 싸웠지만, 그가 얻은 성과라고는 단지 한 마리 새끼 돼지를 죽이는 데 그쳤을 뿐이었다. 전사들은 아서에게 트르위스의 출생에 대해 물었다. 아서는 트르위스가 원래는 왕이었으나 죄를 지었기 때문에 신이 그를 멧돼지로 만든 것이라고 설명했다.

아서는 트르위스를 설득하기 위해 그위르히르 그왈스타위트 레이소에드를 보냈다. 그위르히르 그왈스타위트 레이소에드는 새로 변해서 트르위스와 그의 일곱 마리 새끼가 머물고 있는 멧돼지 굴의 맨 꼭대기로 날아갔다.

그위르히르 그왈스타위트 레이소에드가 물었다.

"누가 당신들을 이 꼴로 만들었습니까? 당신들이 말을 할 수 있다면, 제발 누군가 한 명이라도 아서에게 가서 그와 이야기를 나누도록 하십시오."

그뤼긴 그위리크 에레인트가 그에게 대답했다. 그의 빳빳한 털은 은빛의 철사처럼 빛이 나서 그가 숲 속을 통과하든 들판을 통과하든지 간에 빛나는 이 털 때문에 쉽게 발각될 수 있었다.

"우리를 이런 모습으로 만든 분이 그것을 금지하셨기 때문에 그렇게 할 수가 없다. 우리는 아서와 이야기하지 않을 것이다. 너희들이 이곳에 와서 우리와 싸우지 않았더라도, 이런 모습으로 살아가야 한다는 것만으로도 우리는 충분히 고통을 받았다."

"잘 들어봐라. 아서 왕은 단지 트리크 트리위스의 양쪽 귀 사이에 꽂혀 있는 빗과 면도날, 가위 때문에 이곳에 싸우러 온 것이다."

그뤼긴이 말했다.

"아서는 먼저 트리크 트리위스를 죽이지 않고는 그런 귀중한 물건들을 절대로 가질 수 없을 것이다. 우리는 내일 여기를 떠나서 아서의 나라로 가서 우리가 할 수 있는 나쁜 짓은 다할 것이다."

그뤼긴은 바다로 가서 웨일스를 향해서 항해했다.

그리하여 아서와 그의 일행, 그리고 그의 말과 개들은 가능한 한 그들과 빨리 대면하기 위해서 서둘러 피드웬에 올라탔다. 트리크 트리위스는 피드웬에 있는 포스 클레이스에 상륙했고, 아서는 미니위에 갔다. 그 다음 날 아서는 그들이 그곳을 통과했다는 이야기를 듣고 그들을 추격했다. 그들은 아베르 글레디프에서 사람이든 짐승이든 그곳에 있는 모든 것들을 살해한 다음 킨와스 키위르 이 파길에서 가축들을 죽이고 있었기 때문에 아서는 서둘렀다.

아서가 그들에게 접근할 때 쯤에는, 트리크 트리위스는 이미 프레셀레우까지 진출해 있었고, 아서와 그 일행은 그곳에서 트리크 트리위스를 추격하면서 그를 사로잡기 위해 사람을 보냈다. 에리의 아들인 그레이드의 개, 드루드윈을 이끌면서 엘리와 트라키미가 출전했고, 또 카우의 아들인 그와르세기드가 다른 방향에서 글리스미르 레데위크의 두 마리의 개와 함께 나갔으며, 베드위르가 아서의 개인 카팔을 이끌고 트리크 트리위스를 공격했다. 이 모든 전사들이 니페르 주변에 정렬해 있었다. 그곳에 클레디프 디프윌치의 세 명의 아들들이 왔는데, 그들은 펜바에드를 살해한 것 때문에 대단한 명성을 얻고 있었다. 그들은 글린 니페르에서부터 크윔 케르윈으로 왔던 것이다.

그곳에서 트리크 트리위스는 일단 진격을 멈추고 아서의 네 명의 전사들인 카우의 아들 그와르세기드, 알트 클위드, 엘리 아트페르의 아들 레드윈, 그리고 오스코판 하엘디를 죽였다. 그런 다음에 같은 장소에 다시 멈추어서 아서의 아들인 그위드르와 가르세리크 위델, 그리고 이스가위드의 아들인 그레위, 파놈의 아들인 이스카윈을 죽였다. 그러나 이 과정에서 트리크 트리위스 자신도 상처를 입었다.

그 다음 날 날이 밝기 전에 몇 명이 트리크 트리위스를 추격하자, 그는 글레윌위드 가펠파위르의 세 명의 종사인 후나다위, 고기그위르, 펜핑 용을 죽였다. 그래서 글레윌위드 가펠파위르는 어떤 사람에게도 좋은 일을 해본 적이 한번도 없는 래스기민을 제외하고 자신의 종사들을 다 잃게 되었다. 트리크 트리위스는 이들을 살해한 것 말고도 그 나라 사람들을 많이 살해했는데, 그중에는 아서의 왕궁의 건축을 담당하는 그윌리딘 사에르도 포함되어 있었다.

아서는 누드의 아들인 그윈을 불러서 트리크 트리위스에 대해 아는 것이 있는지 물었으나 그는 아는 바가 없다고 대답했다. 아서의 모든 전사들은 그 멧돼지들을 추격하기 위해서 디피린 뤼크위르까지 따라갔다. 그러자 그루긴 그왈트 에레인트와 릴위다위그 고핀야드는 그들에게 접근해서 그들을 모두 죽였고 이 과정에서 단지 한 명만 목숨을 건졌을 뿐이다. 아서와 그의 군대가 그루긴 그왈트 에레인트와 릴위다위그 고핀야드가 있는 곳으로 가서는 모든 개를 풀어놓았고, 개들이 짖는 소리가 사방에서 울리자 트리크 트리위스가 그루긴 그왈트 에레인트와 릴위다위그 고핀야드를 돕기 위해서 왔다.

그들이 아일랜드 해를 건너고 나서부터 시작해서 그때까지 아서가 트리크 트리위스를 직접 본 것은 이때가 처음이었다. 아서는 그를 향해 개들을 풀어놓았고, 트리크 트리위스는 미니드 아만위로 달아났다. 그곳에서 트리크 트리위스의 새끼 돼지 한 마리가 죽었다. 아서 왕 일행은 목숨을 걸고 트리크 트리위스를 공격했고, 이 과정에서 트위크 릴라윈과 또 다른 새끼인 그위스를 죽일 수 있었다. 그러자 트리크 트리위스는 디프린 아만위로 갔는데, 그곳에서 아서 일행은 반위 벤위그를 죽일 수 있었다. 그래서 그의 새끼 돼지 가운데서 단지 그루긴 그왈트 에레인트와 릴위다위그 고핀야드만 남게 되었다.

트리크 트리위스는 릴위크 에윈으로 갔고, 아서는 그곳까지 추격했다. 그러자 트리크 트리위스는 그곳에서 일단 멈춘 다음에 포디위트윌과 그위다위그의 아들인 가르위를 살해했다.

트리크 트리위스는 그곳에서 타위와 에우야스의 사이에 있는 지역으로 갔다. 그러나 아서는 콘월과 데본에 있는 모든 사람들을 세번 지역의 강기슭으로 소집한 뒤 이 섬의 전사들에게 다음과 같이 말했다.

"트리크 트리위스는 나의 전사들과 백성들을 수없이 죽였다. 그렇지만 나는 나의 전사들의 용맹함을 믿기에 내 목숨이 붙어 있는 한 트리크 트리위스가 콘월에 들어가는 것을 결코 허용하지 않을 것이다. 나는 더 이상 그를 뒤쫓아 다니지만은 않을 것이다. 나는 목숨을 걸고 그와 싸울 것이다. 그러니 너희들은 각자가 알아서 행동하도록 하라."

아서는 그 섬의 개들과 함께 일단의 기사들을 에우야스까지 보내기로 결정을 내렸다. 그 기사들은 그곳에 갔다가 그 섬을 횡단해서 트리크 트리위스를 유인하여 다시 세번으로 돌아올 계획이었다. 모드론의 아들인 마본은 그웨드우의 말인 그윈 미그드윈을 타고서 세번에서 트리크 트리위스를 추격했다. 그리고 쿠스테닌의 아들인 고레우와 테르그웨드의 아들인 모운이 마본과 함께 있었다. 그들은 린 릴리완과 아베르 그위 사이에 있는 지역까지 갔다. 그리고 아서는 영국의 모든 전사들과 함께 트리크 트리위스를 공격했다. 오슬라 빅 나이프가 릴리르의 아들인 마나위단과 트리크 트리위스 근처까지 접근했다. 아서의 종사인 카캄위리와 그윈겔리가 트리크 트리위스의 발을 잡은 다음에 세번 강에 내던져서 그를 포위했다.

트리크 트리위스는 쓰러졌다. 한쪽에서 모드론의 아들인 마본이 말에 박차를 가해 달려가서는 트리크 트리위스에게서 면도날을 낚아챘고, 크네디르 윌리트는 다른 말을 타고서 다른 쪽에서 트리크 트리위스에 다가가서 가위를 빼냈다. 그러나 그들이 트리크 트리위스에게서 빗을 빼내기 전에 트리크 트리위스는 강바닥에서 일어났고 다음 순간에 강 기슭으로 올라가서는 콘월을 향해서 내달리기 시작했는데, 아서의 기사들이나 개들, 심지어 말들조차 그가 그곳에 도착할 때까지 그를 따라잡을 수 없었다.

그들이 트리크 트리위스에게서 그 보물들을 빼앗는 것도 힘든 일이었지만, 지금 강물에 빠져 있는 두 전사를 구해 내는 것은 그보다 더 많은 힘이 들었다. 즉, 그들은 3킬로미터 깊이에서 카캄위리를 끌어올려야 했던 것이다. 그리고 오슬라 빅 나이프가 트리크 트리위스를 추격할 때, 그의 칼이 칼집에서 빠져서 칼을 잃어버렸고 그 빈 칼집에 강물이 가득 차서 그 무게 때문에 그가 강물 속으로 빠져들고 있었을 때, 그들은 그를 끌어내야만 했던 것이다.

그러고 나서 아서 일행은 트리크 트리위스를 추격해서 콘월에서 따라잡을 수 있었다. 그곳에서 그들이 트리크 트리위스에게서 빗을 빼앗기 위해서 감수해야만 했던 어려움에 비하면 이전에 그들이 겪었던 어려움은 어린애들 장난에 불과했다고 할 수 있다. 그러나 온갖 어려움에도 불구하고 마침내 아서 일행은 그 빗을 손에 넣을 수 있었다. 그리고 트리크 트리위스는 계속해서 추격을 당하다가 해안까지 쫓겨갔다. 그 다음에 그가 어디로 갔는지에 대해서는 아는 사람이 없었다. 아네드와 아에쓸렘이 그와 함께 갔다. 그러고 나서 아서는 콘월에 있는 켈리위크로 가서 목욕을 하고 지친 몸을 쉬었다.

아서가 말했다.

"아직도 우리가 해야 할 일이 남아 있는가?"

그의 전사들 가운데 한 명이 말했다.

"지옥의 경계선에 있는 슬픔의 골짜기 정상에서 살고 있는 백인 마법사의 딸인 흑인 여자 마법사의 피를 구해야만 합니다."

아서는 북쪽을 향해 출발해서 그 마녀의 동굴에 도착했다. 누드의 아들인 그윈과 그레이드아울의 아들인 그위티르가 그에게 카캄위리와 그의 동생인 히그위드를 그 마녀와 싸우게 시키라고 조언했다. 그래서 그들은 마녀의 동굴로 들어갔고, 그때 마녀가 그들을 붙잡았다. 마녀는 히그위드의 머리채를 잡아서는 그를 마룻바닥 그녀의 발치쯤에 내동댕이쳤다. 그러자 카캄위리 역시 그녀의 머리채를 움켜 쥐고서 그녀를 땅바닥에 끌려서 그녀가 히그위드를 놓아 주도록 만들 생각이었으나, 그녀는 두 사람 모두에게 반격을 가해서 그들을 실컷 두들겨 주었다.

아서는 자신의 두 명의 종사가 거의 죽을 지경에 이른 것을 보고는 화가 나서 동굴 안으로 들어가려고 했다.

그러나 그윈과 그위티르가 그에게 말했다.

"전하께서 마녀와 뒤엉켜 싸우는 것은 적절치 못한 일이며 보기에도 민망한 일입니다. 그러니 히람루와 히레이딜을 동굴 속으로 들여보내십시오."

이렇게 해서 히람루와 히레이딜이 동굴 속으로 들어가게 되었다. 카캄위리와 그의 동생인 히그위드가 어려움을 겪었다면, 히람루와 히레이딜은 이보다 훨씬 더 큰 어려움을 겪어야만 했다. 네 명 모두 동굴에서 나올 때에는 아서의 암말인 람레이에 실려서 나와야만 했던 것이다. 그러자 아서는 동굴 입구로 돌진하여 그곳에서 마녀를 자신의 단검인 칸웬난으로 내려쳐서 두 동강 내었다. 그리고 북 브리튼 출신의 카우가 그 마녀의 피를 받아서는 보관했다.

그후 쿨위크는 쿠스테닌의 아들 고레우, 또 거인의 우두머리인 이스바다덴과 싸웠던 모든 이들과 함께 출발했다. 그들은 이스바다덴의 궁전으로 그들이 얻은 모든 신기한 물건들을 가지고 갔다. 브리튼 출신의 카우가 와서 이스바다덴의 한쪽 귀에서 다른 쪽 귀까지 수염과 살가죽, 살까지 모두 깨끗하게 면도를 해서 뼈만 남았다.

"이제 당신이 원한 대로 면도를 했지요?"

쿨위크가 말했다.

"그렇다."

그가 대답했다.

"이제 당신의 딸을 내게 주시겠습니까?"

"그녀는 이제 너의 차지가 되었다. 그러나 감사는 나에게 하지 말고 이 모든 것을 너를 위해서 해 준 아서에게 하라. 만일 이것이 내가 선택할 수 있는 일이었다면 나는 결코 너에게 내 딸을 주지는 않았을 것이다. 그리하면 내 목숨을 잃게 될 테니 말이다."

그러고 나서 쿠스테닌의 아들인 고레우는 그의 머리채를 붙잡아서 그를 질질 끌고 가 머리를 잘라서 그 성의 말뚝에 걸어 놓았다. 그런 뒤 그 성과 그의 온갖 보물을 차지했다.

그날 밤, 올웬은 쿨위크의 신부가 되었고, 그녀는 죽을 때까지 그의 아내로 지냈다. 그리고 아서의 전사들은 흩어져서 제각각 자신의 나라로 돌아갔다. 이렇게 해서 쿨위크는 거인의 우두머리인 이스바다덴의 딸 올웬을 얻을 수 있었다.

성자 브렌든의 항해

역사상 실존 인물이었던 성 브렌든은 484년경에 태어났으며 먼스터를 통치했던 아일랜드 왕가의 후손이다. 그는 오크니즈와 쉐트랜드에서 그곳 주민들을 개종시켰고 페로에스까지 전도 여행을 한 것으로 알려져 있다. 또한 브리타니를 방문한 것으로 알려졌으며 한동안 사우스 웨일스에 있는 한 수도원의 수도원장을 지냈다. 여행이 아주 힘들던 그 당시에 그는 여행을 많이 했고 그로 말미암아 유명해졌다.

세월이 흐르면서 아일랜드 항해자들에 관한 다른 이야기들, 특히 맬 두인의 모험이 그의 이름과 연관을 맺게 되었고 그의 방랑에 대한 이야기가 10세기 초에 독일 트리에르 근처에서 라틴 어로 쓰여졌다. 그의 모험은 아일랜드 어로 이무람immuram이라고 했는데, 이것은 순례자가 신의 뜻에 따라 알려지지 않은 세계로 떠나는 여행을 의미한다.

여기 실린 성 브렌든 이야기는 15세기에 영어로 재현된 것으로,

12세기 초에 헨리 1세를 위해 번역되었던 앵글로 노르만 프랑스 어 번역판에 근거한 것이다. 최근에 팀 세버린은, 성 브렌든이 신세계까지 타고 갔을 법한 크라프라는 작은 배로 먼 곳을 여행하는 것이 가능하다는 것을 증명했다. 따라서 브렌든이 그곳에 정착했던 바이킹의 선구자였을 것이라는 해석이 가능하다.

여기 성 브렌든의 이야기가 시작된다. 성자 브렌든은 수도사였다. 그는 아일랜드에서 태어났으며 1000명의 수도사가 있었던 그곳 수도원의 수도원장을 지냈다. 그는 고행과 금욕의 생활을 하면서 엄격하고 성스러운 삶을 살았고, 높은 덕망으로 수도사들을 이끌었다. 어느 날 그에게 베린이라는 덕망 높은 수도원장이 방문하였다. 두 사람은 매우 반갑게 서로를 맞이했다. 성 브렌든은 여러 곳에서 보았던 수많은 신기한 일들을 베린 수도원장에게 들려 주었다. 그의 이야기를 듣고, 베린은 한숨을 쉬며 울기 시작했다.

성 브렌든이 그를 위로하며 말했다.

"당신은 저와 기쁨을 나누기 위해 오셨으니 제발 울음을 멈추시고, 전 세계의 수많은 강줄기에 닿아 있는 드넓은 대양을 누비며 당신께서 보신 신기한 일들을 제게 말씀해 주세요."

그러자 베린은 계속 눈물을 흘리면서 브렌든과 수도사들에게 자신이 경험했던 신기한 일들을 말하기 시작했다.

"내게는 메루오크라는 아들이 있답니다. 그 아이는 유명한 수도사죠. 그 아이는 세속의 번잡함에서 벗어나 크나큰 신심으로 조용히 신을 모실 수 있도록 혼자 은둔할 수 있는 조용한 곳을 찾아 이곳저곳 여행하기를 좋아한답니다. 그래서 내가 그 아이에게 대양 저 멀리 있는 한 섬으로 가라고 조언을 해 주었죠. 그곳은 유명한 바위산 근처에 있었습니다. 그리하여 아들은 채비를 갖추어 수도사들과 함께 그곳으로 항해해 갔죠. 그는 그곳을 무척 좋아했고 수도사들과 함께 헌신적으로 신을 모셨습니다."

그때 베린은 수도사 메루오크가 동쪽을 향해 사흘도 더 걸리는 먼 항해를 떠나는 것을 환영으로 보았다. 그 환영은 다음과 같이 계속 이어졌다. 갑자기 어두운 구름이 몰려와 메루오크 일행을 뒤덮어서 며칠 동안 빛을 보지 못하였다. 얼마 후 신의 은총을 받아 구름이 물러갔다. 그들은 아주 아름다운 섬을 보고 그곳으로 향했다. 기쁨과 환희가 충만한 그곳은, 땅은 태양처럼 빛났고, 아무도 보지 못했던 아름다운 나무와 초목들이 있었으며, 밝게 빛나는 보석들이 있었고, 나뭇잎들은 신기한 모양을 하고 있었으며, 나무마다 과실이 주렁주렁 열려 있었다. 참으로 장관이었고, 마치 낙원 같은 분위기였다. 그때 아름다운 청년이 다가와서 모든 수도사들의 이름을 부르며 매우 예의 바르게 그들을 환영했다. 그러고 나서 그는 수도사들에게, 영원히 낮만 계속되고 밤은 없는 지상 낙원이라 불리는 그 영광스러운 곳을 보여 준 주 예수의 이름을 찬양하라고 말했다. 이 섬 옆에는 아무도 갈 수 없는 또 하나의 섬이 있었다.

그 젊은이는 그들에게 다음과 같이 말했다.

"당신들은 반 년 동안 이곳에 있었고 아무것도 먹고 마시지 않았으며 잠도 자지 않았습니다."

그들은 너무나 기쁘고 환희에 찬 나머지 그들이 그곳에 온 지 한 시간도 채 되지 않았다고 생각했다. 젊은이는 그곳이 아담과 하와가 살았던 곳이며 신의 계율을 깨뜨리지 않았다면 영원히 그대로 살고 있었을 것이라고 말했다. 그러고 나서 젊은이는 그들이 더 이상 그곳에 머물러서는 안 된다며 배가 있는 곳으로 다시 그들을 데리고 갔다.

그들이 모두 배에 오르자 갑자기 젊은이는 사라져 버렸다. 그런 일이 있은 뒤 우리 주 예수의 안내로 그들은 성 브렌든이 살고 있던 수도원으로 왔다. 성 브렌든과 형제들은 그들을 환영하면서 그토록 오랫동안 어디에 있었는지 물었다.

그러자 그들이 말했다.

"우리는 영원히 낮만 있고 밤은 존재하지 않는, 천국의 문 앞에 있는 약속의 땅에 갔다왔습니다."

그들은 모두 그곳이 매우 경이롭다고 말했으며, 그들의 옷에서는 달콤하고 기쁨에 찬 그곳의 향기를 품고 있었다.

베린의 기이한 이야기를 듣고 난 성 브렌든은 신의 도움을 받아 그곳을 찾기로 결심하고 견고한 배를 한 척 마련해서 7년분의 식량을 구비했다. 그러고 나서 모든 형제들에게 인사를 하고 열두 명의 수도사를 데리고 길을 떠났다. 그들은 배에 오르기 전에 40일 동안 금식을 하면서 신실하게 지냈으며, 그러고 나서 각자 성찬을 받았다. 성 브렌든과 열두 명의 수도사들이 배에 올랐을 때 두 명의 수도사가 그에게로 다가와서 자신들도 함께 갈 수 있도록 허락해 달라고 간청했다.

브렌든이 답했다.

"당신들은 저와 함께 갈 수 있으나, 당신들 둘 중 하나는 돌아오기 전에 지옥으로 갈 것입니다."

그러나 그들은 이 말에 아랑곳하지 않고 열두 명의 수도사들과 함께 항해에 올랐다.

성 브렌든은 돛을 올리라 명하고 신의 이름 아래 항해를 시작했다. 다음 날 그들은 더 이상 육지에서 보이지 않게 되었다. 40일 밤낮으로 정동 쪽을 향해 항해를 했다. 그들은 저 멀리 섬 하나를 보았고 최대한 빨리 그곳을 향해 항해했다. 거대한 바위가 바다 위로 솟아 있는 것을 보았고, 정박할 만한 곳을 찾아 사흘 동안 주위를 돌았다. 마침내 신의 가호로, 그들은 작은 정박지를 찾았고 모두 연안에 내렸다. 아름다운 한 마리의 사냥개가 갑자기 나타나 성 브렌든 발 밑에 엎드려서 성심껏 그를 환영했다.

그러자 브렌든이 형제들에게 말했다.

"기뻐하시오. 우리 주께서 우리를 좋은 곳으로 인도하기 위해 전령을 보내셨소."

그러자 사냥개는 아름다운 홀로 그들을 데리고 갔다. 그곳에는 훌륭한 고기와 마실 것이 가득 차려진 식탁이 펼쳐져 있었다. 성 브렌든은 신께 감사하고 형제들과 함께 먹고 마셨다. 또한 그곳에는 그들을 위한 침대가 마련되어 있었는데, 그곳에서 오랜 수고 끝에 휴식을 취했다. 다음 날 그들은 배로 돌아가서 다시 육지를 찾을 때까지 오랫동안 항해를 계속했다. 마침내 그들은 신의 은총으로, 먼 곳에서 그들이 여태껏 보지 못했던 눈부시게 희고 큰 양들이 노니는 푸른 평원이 펼쳐진 아름다운 섬을 보았다. 양들은 황소만큼이나 컸다.

그리고 얼마 후 잘생긴 노인이 그들에게 다가와 따뜻하게 환영하며 말했다.

"이곳은 양의 섬입니다. 이곳에는 추위라는 것이 없고 항상 여름만 계속된답니다. 그래서 양들이 아주 크고 희죠. 양들은 여기저기 널려 있는 최상의 풀과 목초를 먹는답니다."

그는 그들을 떠나면서 정동 쪽을 향해 항해하라고 말하고 신의 가호가 그들을 보호한다면 머지않아 부활절을 기념하게 될 낙원과 같은 곳을 찾게 될 것이라고 말했다. 그들은 항해를 계속해서 그 섬에 도착했다. 그러나 어떤 곳은 수심이 너무 얕고 어떤 곳엔 큰 바위가 있어서 정박하기가 어려웠다. 결국 그들은 안전할 것이라고 판단하여 근처 섬에 가까스로 정박을 했다. 식사를 하기 위해서 불을 지폈으나 성 브렌든은 배에 머물렀다. 불이 아주 뜨거워지고 고기가 거의 익을 즈음 섬이 움직이기 시작했다. 수도사들은 공포에 휩싸였고 불과 고기를 그대로 남겨 놓은 채 허겁지겁 배로 도망을 쳤다. 그들은 섬이 움직였다는 사실에 매우 놀랐다. 성 브렌든이 그들을 안심시키면서, 그것은 밤낮으로 자기 꼬리를 입에 넣으려고 하지만 너무나 커서 그렇게 못하는 자스코니라는 거대한 물고기라고 말했다. 이 일이 있은 후, 서쪽으로 사흘 밤낮을 항해해 갔지만 육지를 볼 수가 없었다. 그들은 매우 불안했다.

그러나 얼마 후 신께서 정하신 대로 그들은 꽃과 목초와 나무로 가득 찬 아름다운 섬을 보았다. 그곳에 상륙하기 전에 신의 은총에 감사를 올렸다. 내륙으로 한참 들어가자 맑은 샘이 보였다. 근처에는 가지가 많고 잔가지마다 아름다운 새가 앉아 있는 나무가 있었다. 새들이 나무에 하도 빼곡이 앉아 있어서 나뭇잎이 거의 보이지 않을 정도였다. 수많은 새들이 너무나 즐겁게 지저귀고 있어서 마치 낙원의 소리처럼 들렸다. 성 브렌든은 무릎을 꿇고 기쁨의 눈물을 흘리며, 그 새들이 무엇을 뜻하는지 알고 싶어서 주님께 신실하게 기도를 올렸다. 그러자 새 한 마리가 성 브렌든에게 날아와서 날개를 퍼덕였다. 그것은 마치 바이올린 소리처럼 들렸다. 브렌든은 그처럼 기쁨에 찬 음악은 들어 보지 못했다고 생각했다. 그는 그 새에게 왜 그토록 나무에 빼곡이 앉아서 그토록 즐겁게 노래를 하는지 말해 달라고 했다.

그러자 새가 말했다.

"우리는 한때 하늘의 천사였습니다. 그러나 우리 루시퍼 주인님이 오만함 때문에 지옥에 떨어지자, 우리도 그와 함께 지은 죄에 따라 몇몇은 좀 높이, 또 몇몇은 더 낮은 곳으로 떨어졌습니다. 우리의 죄는 가벼웠기 때문에 주님은 우리를 이곳에 배치해서 고통 없이 커다란 기쁨과 환희 속에 두셨습니다. 우리는 이 나무에 앉아 최선을 다해 신을 섬기고 있습니다. 일요일은 속세의 모든 일을 멈추고 쉬는 날이기 때문에, 우리는 그날 눈처럼 하얗게 변해서 최선을 다해 우리 주님을 찬양합니다."

그러고 나서 그 새는 성 브렌든에게 말했다.

"당신이 수도원을 떠난 지 열두 달이 되었습니다. 7년 안에 당신은 당신이 찾고자 하는 곳을 볼 수 있을 것입니다. 그러나 그 7년 동안 매년 당신들은 여기서 우리와 함께 부활절을 기념해야만 합니다. 7년이 지나면 당신은 약속의 땅에 가게 될 것입니다."

새가 성 브렌든에게 이 이야기를 해 준 때는 바로 부활절이었다. 그러고 나서 그 새는 나무 위의 동료들에게로 돌아갔다. 모든 새들이 아주 기쁘게 저녁 기도를 하기 시작했는데 그것은 과히 낙원의 소리였다.

저녁을 먹은 후 성 브렌든과 동료들은 잠자리에 들어 숙면을 취한 후, 다음 날 아침 일찍 일어났다. 새들은, 기독교도들이 관례적으로 드리는 아침 예배를 비롯해서 모든 예배를 드렸다. 성 브렌든과 동료들은 삼위일체 축일이 지날 때까지 8주 동안 그곳에 머물렀다. 그러고 나서 그들은 양의 섬으로 다시 항해해 가서 보급품을 싣고 노인에게 인사를 드린 후, 다시 배로 돌아왔다.

그때 노래하는 나무의 새가 다시 성 브렌든에게 와서 말했다.

"나는, 당신께 이곳을 떠나 스물네 명의 수도사들이 살고 있는, 이곳에서 아주 먼 수도원으로 떠나시라는 말씀을 전하러 왔습니다. 그곳에서 크리스마스를 보내시고 제가 저번에 말씀드린 것처럼 부활절은 저희와 보내십시오."

그러고 나서 새는 다시 동료들에게 날아갔다.

성 브렌든과 형제들은 항해를 시작했다. 곧 거대한 폭풍우가 그들을 압도했다. 오랫동안 그들은 큰 고생을 겪었고 침몰하지 않기 위해 모진 애를 썼다. 신의 가호 아래, 마침내 그들은 먼 곳에서 한 섬을 보았고 그곳에 무사히 도착할 수 있도록 주님께 열렬히 기도를 올렸다. 그러나 그들이 그곳에 도착하는 데는 40일이 걸렸다. 모든 수도사들은 너무나 기진맥진해서 생존의 희망을 갖지 않았으나 주님께서 자비를 베푸셔서 안전하게 섬에 도착할 수 있게 해 달라고 기도했다. 마침내 그들은 작은 정박소에 닿았으나 그곳이 너무 협소해서 배가 들어가는 데 갖은 고생을 했다.

닻을 내리고 상륙해서 한참 동안 걷다가 마침내 두 개의 샘을 보았다. 하나는 맑고 투명한 물이 있었고, 다른 하나는 탁하고 흐린 물이 있었다. 그들은 맑은 샘의 물을 마시고 싶어 했으나, 성 브렌든은 허락을 받지 않고는 아무것도 마시지 말라고 명했다.

"우리가 오랫동안 절제하면 우리 주님께서 우리를 위해 베푸실 것이다."

이 말에 흰 머리를 한 아름다운 노인이 나타나서 겸손하게 그들을 환영하며 성 브렌든에게 입맞추었다. 그는 그들을 물이 맑은 많은 샘을 지나 아름다운 수도원으로 인도했다. 그곳에서 그들은 금으로 된 왕가의 성복을 입고서 왕가의 십자가를 앞에 든 채, 스물네 명의 수도사들을 영광스럽게 환영하며 경건한 의식을 거행했다. 그러고 나서 수도원장은 성 브렌든과 동료들을 환영하고 경의를 표하면서 그들에게 입 맞추고, 성 브렌든의 손을 잡고 수도사들을 이끌어 훌륭한 홀로 데리고 가서 한 줄로 된 긴 의자에 앉혔다.

수도원장은 그들이 조금 전에 보았던 샘에서 떠온 맑은 물로 그들의 발을 씻어 주었고, 식당으로 인도해 자신의 수도사들과 함께 자리하게 했다. 그런 다음 한 남자가 다가와 신께서 내리신 훌륭한 고기와 음료로 그들을 대접했다. 각각의 수도사들 앞에는 훌륭하고 맛있는 흰 빵과 흰 뿌리와 약초가 놓여졌다. 그러나 그들은 그것이 무슨 뿌리인지 알 수가 없었다. 그들은 배에서 내려 처음 보았던, 성 브렌든이 마시지 말라고 금지했던, 그 맑은 샘물을 마셨다.

그때 수도원장이 다가와서 즐거운 표정으로 성 브렌든과 수도사들에게 말을 걸면서 많이 먹고 마시라고 청했다.

"우리 주님께서는 매일 잘생긴 노인을 보내시어 이 식탁을 마련해 주시고 고기와 음료를 주십니다. 그러나 우리는 이것이 어떻게 오는지 알지 못합니다. 우리는 결코 스스로 고기와 음료를 마련한 적이 없고, 70년 동안 이곳에 있었지만, 우리 주님께서 항상 우리를 먹이셨습니다. 주님께 영광을! 우리는 모두 스물네 명인데, 주중에는 매일 주님께서 열두 개의 빵을 보내시며 일요일과 축일에는 스물네 개의 빵과 저녁 만찬에 먹을 빵을 보내십니다. 그리고 지금 당신들께서 오셨기 때문에, 주님은 우리에게 마흔여덟 개의 빵을 보내셨으니 우리는 형제로서 같이 먹을 수가 있습니다. 그리고 우리 중 열두 명은 식사를 하고 열두 명은 성가대를 지킵니다. 우리는 이곳에 머문 70년 동안 이렇게 살아왔습니다. 우리는 아일랜드의 성 패트릭 수도원에서 이곳으로 왔습니다. 그리고 보시다시피, 우리 주님께서 우리를 먹여 살리시지만 영광과 찬양을 받고 끝없는 세상을 주시는 신을 제외한 어느 누구도, 어떻게 식량이 오는지 알지 못합니다. 이곳 날씨는 항상 맑으며 우리 중 어느 누구도 이곳에 온 이래 병을 앓은 사람이 없습니다. 우리가 미사를 올리러 가거나 다른 예배를 드리러 가면 일곱 개의 밀랍 초가 성가대에 놓여져 있고 매번 인간의 손길이 닿지 않아도 불이 켜진답니다. 예배가 있는 때면 밤낮으로 초가 타고 있고, 그 초는 우리가 이곳에 있은 지 70년 동안 조금도 줄어들지 않았습니다."

그러고 나서 성 브렌든은 그곳 수도원장과 함께 교회로 가서 매우 신실하게 저녁 기도를 올렸다. 성 브렌든은 십자가상을 올려다보았고 아름다운 수정으로 솜씨 좋게 만들어진 십자가에 매달린 주님을 바라보았다. 성가대 석에는 스물네 명의 수도사들을 위해 스물네 개의 좌석이 마련되어 있었고, 일곱 개의 초가 타고 있었으며, 수도원장의 자리는 성가대 석의 한가운데에 마련되어 있었다. 성 브렌든은 그들 중 어느 누구도 말을 하고 있지 않아서, 그들이 얼마 동안 침묵을 지키고 있었는지 수도원장에게 물었다. 그러자 그가 말했다.

"24년 동안 우리는 서로에게 한 마디도 하지 않았습니다."

그러자 성 브렌든은 그들의 대화의 성스러움에 감동의 눈물을 흘렸다.

성 브렌든은 자신과 자신의 수도사들이 그곳에 함께 머물 수 있을지 수도원장에게 물었다. 그러나 수도원장은 말했다.

"수도사님, 절대로 그렇게 하실 수는 없습니다. 우리 주님께서는 7년이 지날 때까지 당신께서 여행을 계속해야 하고 그후에는 당신과 당신의 수도사들이 아일랜드로 돌아가야 한다는 것을 보여 주셨습니다. 단 마지막 순간에 합류한 두 명의 수도사를 제외하고 말이죠. 그들 중 하나는 은둔자의 섬Island of Hermits에 머물게 될 것이고 나머지 하나는 살아 있는 동안 지옥으로 가게 될 것입니다."

성 브렌든은 교회에서 무릎을 꿇고 있었는데, 갑자기 눈부시게 빛나는 천사가 창으로 내려와서 교회의 모든 불빛을 밝히고 창 밖을 통해 하늘로 다시 날아가는 것을 보았다. 성 브렌든은 초가 잘 타면서 하나도 녹아 내리지 않는 것을 보고 놀라움을 금치 못했다. 수도원장은 성서에, 모세가 불이 났으나 타지 않는 숲을 본 일이 쓰여 있다고 말하면서, 우리 주님의 힘은 예전과 마찬가지로 현재도 위대하시니 이런 일로 놀라지 말라고 말했다.

성 브렌든은 크리스마스부터 12절12일절은 크리스마스에서 12일째인 1월 1일을 말한다 전야제까지 그곳에 머물고 난 후 수도원장에게 인사를 하고 수도원을 떠나 수도사들과 함께 배에 올랐다. 그곳에서 성 힐러리 수도원을 향해 항해를 했으나 바다에서 커다란 폭풍우를 만났고 그 폭풍우는 종려성일까지 이어졌다. 그러고 나서 그들은 양의 섬에 도착해 노인의 환대를 받고 아름다운 홀로 인도되어 음식을 대접받았다. 그리고 성 목요일에는 저녁 식사 후에, 우리 주님께서 제자들에게 한 것처럼 노인이 그들의 발을 씻어 준 다음 입맞춤을 했다. 그들은 부활절 토요일 저녁까지 그곳에 머물렀다. 그러고 나서 다시 항해를 시작해 커다란 물고기가 있는 곳으로 향했다.

그곳 물고기 등에서 그들은 열두 달 전에 그들이 놓고 갔던 큰 냄비를 보았다. 그들은 물고기 등에서 그리스도 부활을 축하하는 예배를 드렸다. 그날 아침 그들은 새들의 나무가 있는 섬으로 항해해 갔다. 그전과 똑같은 새가 성 브렌든과 동료들을 환영한 후 다시 나무로 돌아가서 즐겁게 노래를 불렀다. 그와 수도사들은 1년 전에 기쁨과 행복 속에서 지냈던 것처럼 부활절부터 삼위일체 축일까지 그곳에서 지냈다. 그리고 매주 일요일에는 나무에 앉은 새들이 부르는 즐거운 찬송을 들었다.

그러고 나서 새는 성 브렌든에게 크리스마스에 수도사들의 수도원으로 돌아가서 그곳에 있다가 부활절에 새들의 나무로 다시 돌아오라고 말했다. 1년 중 나머지 시기에는 바다에서 지내면서 큰 시련을 견뎌내야 하며, 이런 식으로 7년을 살아야 한다고 말했다.

"그러면 당신은 기쁨에 넘친 낙원으로 가서 그곳에서 기쁨과 환희 속에 40일을 보낼 것입니다. 그후 당신은 안전하게 당신의 수도원으로 돌아가 거기서 당신의 삶을 마칠 것이고, 그러면 우리 주께서 고귀한 피로 얻으신 하늘의 축복을 당신에게 내릴 것입니다."

그때 주님의 천사는 음식과 물을 비롯하여 성 브렌든과 수도사들이 필요한 모든 것을 주었다. 그들은 절실히 필요할 때마다 그들에게 보여 주시는 주님의 은혜에 감사를 드렸다.

닻을 올리고 대양으로 항해를 시작해 그들이 견뎌내야 하는 커다란 난관과 폭풍우 속에서 주님의 자비를 빌었다. 오래지 않아 그들에게 끔찍한 물고기가 찾아왔는데 그 물고기는 오랫동안 배를 따라다니면서 입 안에서 엄청난 물을 뿜어내곤 했다. 그들은 그 물에 익사해 죽을 것만 같았다. 그래서 그들은 이 엄청난 위험에서 자신들을 구해 달라고 주님께 신심으로 기도를 올렸다. 이 기도를 드린 후, 첫 번째 물고기보다 더 큰 두 번째 물고기가 서쪽에서 나타나서 첫 번째 물고기와 싸움을 벌이더니, 결국 그것을 세 조각으로 찢어버리고 사라져 버렸다. 그들은 크나큰 위험에서 구해 주신 것에 대해 주님께 감사를 올렸다. 그러나 이번에는 식량이 거의 떨어져서 매우 우울해졌다.

그러나 우리 주님은 붉은 포도가 가득 달린 포도 나무 가지를 물고 있는 새 한 마리를 그들에게 보냈고, 그들은 그것으로 14일을 견딜 수 있었다. 그들은 포도 넝쿨이 가득한 작은 섬에 내려 하느님께 감사를 드리고, 폭우와 격랑 속에서 항해할 다음 40일을 위해 포도를 충분히 땄다. 다시 항해를 하다가 갑자기 커다란 괴수 그리핀이 그들에게 날아와 공격을 했다. 그들은 그리핀이 그들을 죽일 것이라 생각하고 우리 주 예수 그리스도에게 구원을 청하는 기도를 올렸다. 그러자 그들이 부활절을 보냈던 섬의 나무에 앉아 있던 새가 나타나서 그리핀과 싸웠다. 새는 그리핀의 두 눈을 쪼아 죽였다. 그들은 신께 감사를 드렸다.

그들은 성 피터 축일까지 육지에 닿지 않고 항해를 계속했다. 그러다 그날 그들은 성자 축일을 기념하는 경건한 예배를 올렸다. 물이 너무나 맑아서 주변에 있는 수천 마리의 물고기들을 볼 수가 있었다. 그 광경에 수도사들은 겁을 먹고 성 브렌든에게 물고기들이 마치 잠이 든 것처럼 누워 있으니 그만 노래를 멈추자고 조언했다.

그러자 성 브렌든이 말했다.

"두려워하지 마시오. 우리는 커다란 물고기 등에서 부활절을 기념하지 않았소? 그러니 이 작은 물고기들을 겁낼 필요가 없소."

성 브렌든은 채비를 갖추고 미사를 올리러 갔고 수도사들에게 최선을 다해 찬양하라고 일렀다. 모든 물고기들이 깨어나서 배 주변에 빽빽이 몰려들어 물고기 틈새로 물을 보기가 어려울 정도였다. 미사가 끝나자 물고기는 전부 떠나 버리고 한 마리도 볼 수 없었다.

이레 동안 그들은 맑은 물에서 항해를 했다. 그리고 남풍이 불어와 배를 북쪽으로 몰았다. 그곳에서 그들은 냄새와 연기로 가득한 어두운 섬을 보았다. 그리고 쩌렁쩌렁 울리는 소리를 들었지만 보이는 것은 아무것도 없었다. 그들이 들은 것은 커다란 천둥소리였고, 그 소리는 그들을 매우 두렵게 했다. 그래서 그들은 계속 성호를 그어 댔다. 한 남자가 활활 타는 불길에 휩싸인 채 뛰어와 무서운 눈길로 그들을 노려보았다. 수도사들은 경악했다. 그가 다시 돌아가서는 그들이 여태껏 들어 보지 못한 가장 끔찍한 비명을 질렀다. 그러고 나서 수많은 악마들이 다가와서 갈고리와 붉게 달군 못을 가지고 그들을 공격했다. 그들은 물로 뛰어들어 자신들의 배로 다가갔다. 그 모습은 마치 바다 전체가 불길에 휩싸인 것 같았다. 그러나 신의 뜻으로, 악마들은 수도사들과 배를 해칠 수 있는 힘이 없었다. 그래서 악마들은 고함과 비명을 지르면서 갈고리와 해머를 수도사들에게 집어던졌다. 그들은 매우 두려워했지만 신께 기도하며 위안과 구원을 빌었다. 악마들은 배 주변에서 날뛰고 있었고, 섬 전체와 바다가 불길에 휩싸인 것 같았다. 악마들은 애통하게 울면서 자신들이 왔던 곳으로 모두 되돌아갔다. 성 브렌든은 이것이 지옥의 일부라고 말하면서 수도사들에게 고향으로 돌아가기 전에 앞으로 이보다 더 무서운 곳을 많이 보게 될 것이니 신앙심을 굳건하게 지키라고 경고했다.

그때 남풍이 불어와 그들을 북쪽 더 멀리로 향하게 했다. 그러다가 그들은 불이 난 언덕을 보았다. 그곳에서 연기와 냄새가 피어오르고 있었는데 언덕 한쪽에서 마치 불의 샘에서 치솟는 양 불길이 치솟고 있었다. 수도사들 중 한 명이 갑자기 애처롭게 울기 시작하면서 자신의 종말이 다가왔고 자신은 더 이상 배에 머물러 있을 수가 없다면서 배에서 바다로 뛰어들었다. 그러고는 슬프게 울고 소리를 치면서 자신이 태어난 것에 대해 저주를 하면서 어렸을 때 자신을 혼내지 않은 부모를 원망했다.

"나는 이제 영원한 고통 속으로 들어가야 한다."

그렇게 성 브렌든의 말은 현실이 되었다. 그는 그 수도사가 처음 배에 올라탔을 때 그렇게 말했던 것이다. 죽음의 시간은 불확실하기 때문에 인간은 참회하고 죄를 버려야 한다.

그 일이 있은 뒤, 바람이 북쪽에서 불어와 이레 동안 배를 남쪽으로 몰았다. 그들은 바다 위에 솟아 있는 커다란 바위에 벌거벗은 남자가 앉아 있는 것을 보았다. 파도가 그의 몸을 오랫동안 때려서 살점은 모두 떨어져 나갔고 힘줄과 뼈만 앙상하게 남아 있었다. 파도가 잠잠해지자 그의 머리 위로 돛포가 드러났고 바람이 불자 그것이 남자의 몸을 거세게 때렸다. 그곳에는 또한 두 개의 황소 혀가 있었고 커다란 돌덩이가 있었다. 그것이 남자를 편안하게 만들었다. 성 브렌든은 남자에게 신분을 밝히라고 말했다. 그가 답했다.

"제 이름은 유다입니다. 예수 그리스도를 은화 서른 냥에 팔아넘긴 사람이죠. 저는 이곳에 비참하게 앉아 있지만 가장 혹독한 고문도 받아 마땅하죠. 그러나 우리 주님은 자비가 크셔서 저의 죄에 합당한 것보다 저를 자애롭게 대해 주셨습니다. 제가 있어야 할 마땅한 곳은 지옥의 불길 속입니다. 하지만 저는 이곳에 1년 중 특정한 기간에만 있답니다. 그러니까 크리스마스부터 12절 전야제12월 24일부터 1월 5일까지와, 부활절부터 성령 강림절까지, 그리고 성모 마리아 축일과 매주 일요일 정오부터 일요일 저녁 기도 때까지 말입니다. 그 외 다른 때에는 영원히 타는 지옥에 빌라도와 헤롯과 카이아파스와 함께 있습니다. 그것은 그들에게 내려진 저주입니다."

그러고 나서 유다는 성 브렌든에게 그곳에 밤새 머물러 달라고 애원했다. 그래야만 악마들이 자신을 지옥으로 다시 데려가지 않을 것이라고 했다.

그러자 브렌든이 말했다.

"신의 가호로 당신은 오늘 밤 이곳에 머무를 것입니다."

그러고 나서 그는 유다에게 그의 머리에 걸려 있는 천이 무엇인지 물었다. 그러자 그 천은 그가 나병 환자에게 주었던 것으로 우리 주님에게 훔친 돈으로 산 것이라고 했다.

"그래서 이 천이 저에게 이런 해를 끼치고 바람이 불 때마다 저의 얼굴을 치는 것이랍니다. 그리고 제 위에 있는 두 개의 황소 혀는 제가 예전에 두 명의 신부에게 절 위해 기도해 달라고 준 것이었지요. 그것은 제 돈으로 산 것이라서 저를 돕고 있는 것이죠. 바다의 물고기들이 저 대신 그것을 갉아먹는답니다. 그리고 제가 깔고 앉아 있는 이 돌은 아무에게도 소용이 없었던 황량한 곳에 있던 돌이죠. 제가 그것을 뽑아서 진흙탕 길에 놓았었지요. 지나가는 행인들에게 도움이 되도록 말이죠. 그래서 이 돌은 지금 저에게 도움을 주고 저의 고통을 누그러뜨린답니다. 모든 선행은 보답을 받게 마련이고 모든 악행은 단죄를 받게 마련인 거죠."

일요일에 날이 어두워지면서 많은 악마들이 소리를 치면서 성 브렌든에게 다가와 물러가라고 했다. 그래야만 그들의 하인 유다를 데려갈 수 있다는 것이었다.

"그를 데려가지 않으면 우리 주인님께 얼굴을 내밀 수 없다."

악마들의 말에 성 브렌든이 대답했다.

"나는 너희 주인이 시키는 대로 너희들이 행하게 놔둘 수 없다. 우리 주 예수 그리스도의 권한으로 나는 너희들이 이 자를 내일 동이 틀 때까지 이곳에 놔둘 것을 명한다."

"어찌 감히 너희들이, 유대인들에게 은화 서른 냥에 자신의 주인을 팔아넘기는 행위를 도와 그분이 십자가에서 수치스러운 죽음을 맞도록 할 수가 있었단 말이냐?"

성 브렌든은 우리 주님의 수난을 생각하며 악마들에게 그날 밤 그자를 괴롭히지 말라고 명령했다. 악마들은 소리를 지르면서 지옥에 있는 자신들의 주인, 대악마에게로 갔다. 그러자 유다는 보기에도 딱할 정도로 아주 구슬프게 성 브렌든에게 감사를 표했다. 다음날 악마들은 끔찍한 소리를 내면서 다시 와서 전날 밤 자신들이 유다를 데리고 가지 못해서 혹독하게 처벌을 받았다고 하면서 유다가 다음 엿새 동안 자신들이 받았던 것보다 두 배 더 혹독하게 고통을 받을 것이라고 위협했다. 그리고 그들은 공포에 떨고 있는 유다를 데리고 갔다.

성 브렌든은 사흘 밤낮 동안 남쪽으로 항해해서 금요일에 한 섬을 보았다. 그는 한숨을 지으면서 말했다.

"은둔자 성 바울로가 살고 있는 섬입니다. 그는 저곳에 40년 동안 머물고 있으며 그동안 고기 한 점 먹지 못했고 아무것도 마시지도 못했습니다."

그들이 내리자 성 바울로가 다가와서 겸손하게 그들을 환영했다. 그는 늙어서 허리가 휘었고 머리칼과 털이 길게 자라서 아무도 그의 몸을 볼 수가 없었다.

성 브렌든이 울면서 말했다.

"이분은 사람이라기보다 천사와 같은 삶을 살고 있습니다. 우리 같은 비루한 인간들은 더 나은 삶을 살지 못하는 것에 대해 부끄러움을 느껴야 합니다."

성 바울로가 성 브렌든에게 말했다.

"당신은 저보다 나은 분입니다. 왜냐하면 우리 주님께서 내게 보여 주신 것보다 더 많은 비밀을 당신께 보여 주셨기 때문입니다. 당신은 저보다 더 많은 찬양을 받아 마땅합니다."

성 브렌든이 대답했다.

"우리는 수도사들이고 우리의 음식을 위해 수고를 해야만 합니다. 그러나 신은 당신을 만족시킬 만한 식량을 제공하십니다. 그러니 당신이 저보다 더 나은 분입니다."

성 바울로가 말했다.

"저도 한때는 아일랜드의 성 패트릭 수도원의 수도사였고 사람들이 성 패트릭 연옥에 들어오는 문을 지켰었죠. 어느 날 한 남자가 저에게 왔고 저는 그에게 누구냐고 물었죠. 그가 말했습니다. '나는 당신의 수도원장 패트릭이오. 내일 아침 일찍 이곳을 떠나 해변으로 가시오. 그러면 신께서 당신을 위해 마련하신 것을 볼 수 있을 것이오. 당신은 반드시 신의 뜻에 따라야 하오.' 그래서 다음 날 일어나서 해변에 가 보았더니 배가 한 척 있었습니다. 저는 그 배에 올라탔고 신의 뜻에 따라 7년 후 이 섬에 도착해 배에서 내렸습니다. 저는 한동안 섬을 거닐다가 뒷다리로 걸어오는 수달을 보았습니다. 앞 발톱에는 불을 지필 수 있는 부싯돌을 가지고 있었으며 목에는 많은 물고기들이 매달려 있었습니다. 수달은 제게 그것들을 던져놓고 사라져 버렸습니다. 저는 잔가지들을 모아 부싯돌로 불을 지피고 물고기를 익혔습니다. 그것으로 사흘을 살았죠. 수달은 신의 뜻대로 이렇게 51년을 해 왔습니다. 그리고 그곳에는 커다란 바위가 있었는데 우리 주님이 그곳으로부터 맑은 물의 샘이 흐르게 하셔서 저는 매일 그 물을 마십니다. 저는 이렇게 51년을 살았습니다. 제가 이곳에 도착했을 때 60살이었는데 이제 111살입니다. 저는 앞으로도 저를 보내신 주님께서 원하시는 한 이곳에서 살 것입니다. 신께서 원하신다면 저는 이 비루한 삶을 기꺼이 끝낼 것입니다."

그러고 나서 그는 성 브렌든에게 샘에서 물을 떠서 배로 가져가라고 말했다.

"이제 당신이 다시 출발할 시간입니다. 당신은 위대한 여행을 해야 하니까요. 당신은 여기서 40일 거리에 있는 섬으로 항해해 가실 것입니다. 새들의 나무가 있는 그곳에서 당신이 전에 하신 것처럼 부활절을 기념하실 것입니다. 다시 그곳에서 당신은 약속의 땅까지 항해해 그곳에서 안전하게 고향으로 돌아가기 전에 40일을 머물 것입니다."

그러고 나서 성스러운 두 수도자는 서로에게 인사를 하고 눈물을 흘리며 입맞춤을 했다. 성 브렌든은 배로 돌아가서 폭풍 속에서 계속 남쪽을 향해 40일을 항해했다. 그리고 부활절에 그들은 전에 그들에게 식량을 주었던 남자를 다시 만났고 그는 이전처럼 그들을 환영해 주었다. 거기서 그들은 커다란 물고기가 있는 곳으로 갔고 그곳에서 부활절 날에 아침 기도와 미사를 올렸다. 미사가 끝난 후 물고기가 움직이기 시작하더니 재빨리 바다 속으로 헤엄쳐 갔다. 그때 물고기 위에 서 있었던 수도사들은 놀라지 않을 수 없었다. 한 나라만큼이나 큰 물고기가 그토록 재빨리 물 속을 헤엄치고 있었던 것이다. 그러나 우리 주님의 뜻에 의해 이 물고기는 수도사 모두를 안전하고 무사하게 새의 낙원에 데려가 놓았다. 그러고 나서 물고기는 자기가 있던 곳으로 되돌아갔다. 성 브렌든과 수도사들은 물고기로부터 안전하게 빠져나온 것에 대해 우리 주님께 감사를 올렸고 부활절 주간부터 삼위 일체 축일까지 예전처럼 지냈다.

그들은 다시 배에 돌아가 40일 동안 동쪽을 향해 항해했는데 마지막 40일째가 되자 우박이 매우 심하게 내리기 시작했다. 그런 뒤 심한 안개가 한동안 계속되어 성 브렌든과 수도사들은 크게 걱정하였다. 그들은 도움을 청하며 우리 주님께 기도를 올렸다. 그러자 섬에서 그들에게 식량을 대주었던 남자가 나타나 성 브렌든에게 이제 약속의 땅에 도착했으니 기뻐하라고 말했다.

안개가 걷히자 동쪽에 그들이 여태껏 보지 못했던 아름다운 나라가 나타났다. 그곳은 너무나 맑고 밝아서 천상과 같았다. 모든 나무에는 익은 과일이 가득 달렸고 모든 초목에 꽃들이 만발했다. 이곳에서 그들은 40일을 거닐었으나 그 땅의 끝을 볼 수 없었다. 그리고 거기엔 밤이 없고 항상 낮이었으며, 기후는 덥지도 춥지도 않고 온난했다. 마침내 그들은 강가에 다다랐는데 감히 건너지는 않았다. 아름다운 한 젊은이가 다가와 예의 바르게 그들을 맞으면서 각각의 이름을 불렀고 성 브렌든에게 경의를 표했다.

젊은이가 그들에게 말했다.

"이제 기뻐하십시오. 이곳이 당신들이 찾던 땅입니다. 그러나 우리 주님께서는 당신들이 빨리 이곳을 떠나기를 바라십니다. 주님께서는 당신들이 바다로 나가면 더 많은 비밀을 보여 주실 것입니다. 그리고 우리 주님께서는 당신들이 더 이상 이곳에 머물 수 없기 때문에 이 땅의 과일들을 배에 싣고 이곳에서 떠나시길 바랍니다. 그러나 당신들은 고향으로 돌아갈 것이고 고향에 가면 머지않아 세상을 뜨게 될 것입니다. 당신들이 지금 보고 있는 이 강물은 세계를 둘로 나누고 있는 것입니다. 어느 누구도 살아 있을 때 이 강물 저편으로 건너갈 수 없습니다. 그리고 당신들이 보고 있는 이 과일은 1년 중 어느 때라도 항상 이렇게 익어 있습니다. 또한 이곳에는 항상 이렇게 밝은 빛이 있답니다. 항상 주님의 계율을 지키는 자는 이 세계를 뜨기 전에 이 땅을 보게 됩니다."

성 브렌든과 수도사들은 원하는 만큼 많이 과일을 땄고 원하는 만큼 많은 보석을 가졌다. 그들은 더 이상 그곳에 머물 수가 없어 슬피 울면서 배로 돌아갔다. 그들은 배에 올라 고향인 아일랜드로 무사히 돌아왔다. 그곳에서 형제들이 기쁘게 그들을 맞아 주었고 지난 7년 동안 많은 위험에서 그들을 보살펴 주시고 안전하게 고향으로 이끌어 주신, 끝없는 세상의 모든 영광과 찬양이 돌아가야 마땅할 주님께 감사를 드렸다. 아멘. 그리고 얼마 후 성자 성 브렌든은 쇠약해져 병을 얻었으며 이 세상의 것들에서 기쁨을 얻지 못하게 되었다. 그러나 그의 기쁨과 그의 생각은 하늘의 기쁨이었다. 그리하여 덕망으로 가득한 그는 이 세상을 떠나 영원한 삶으로 향했다. 그리하여 그는 그 자신이 설립한 아름다운 수도원에 매장되었다. 그곳에서 우리 주님은 이 성자를 위해 많은 위대한 기적을 보여 주신다.

우리 다 같이 이 성자에게 신심으로 기도하고, 그 또한 주님께 우리를 위해, 주님께서 우리에게 자비를 베푸시도록 기도해 달라고 간청합시다. 우리의 주님은 찬양과 영광과 왕국과 영원한 세상을 받을 분이십니다. 아멘.

영국 민담을 소개하며

●●●●●

●—영국 민담의 뿌리

제프리 초서와 윌리엄 셰익스피어 같은 대문호를 배출한 영국은 다양한 인종과 문화의 융합으로 일찍부터 말 문학과 글 문학의 풍부한 토양을 지녀 왔다. 영국 섬에 글 문화가 싹트기 전에 영국에 정착한 다양한 인종들이 남긴 구전 문학은 시대가 흐름에 따라 또 다른 문화와 융합함으로써 더욱 풍부한 구전문학의 형태를 갖추게 되고 종국에는 글 문학으로 자리 잡게 된다.

영국 섬에서 전래된 구전 문학의 효시는 영국 섬에 정착한 인종들의 언어 생활에서 찾아 볼 수 있을 것이다. 영국에서 언어를 사용했으리라고 추정되는 첫 거주인은 지중해 연안에 기거했던 이베리아 인들로 간주된다. 이러한 추측은 영국 섬이 한때 '이베리아 인들의 섬'이라고 불린 데에 기인한다. 하지만 이베리아 인들이 사용한 언어의 흔적도 남아 있지 않을 뿐더러 이들에 관한 어떠한 이야기도 전해지지 않고 있어 이들은 민담 연구에서 제외되고 있다.

영국 섬에서 언어 사용에 관한 확실한 증거는 켈트 족이 사용했던 켈트 어에서 찾아볼 수 있다. 이는 영국에서 사용된 최초의 언어이며 웨일스나 스코틀랜드 같은 변방 지역에서 오늘날까지 일부 쓰이고 있다. 켈트 족은 기원전 6세기부터 4세기까지 영국과 아일랜드에 쳐들어 와 이베리아 인들의 거처를 빼앗은 종족이다. 목축을 생업으로 하는 호전적인 켈트 족은 다뉴브 강 유역현재 이탈리아 북부, 프랑스, 벨기에, 독일, 스위스, 네덜란드 일부 지역의 광대한 골Gaul 지방을 점유했다.

이처럼 켈트 인들은 광활한 유럽 중원을 차지했지만 로마 인들이나 그리스 인들처럼 거대한 제국을 일으키지 못했다. 혈연 중심의 씨족 사회에 기반을 둔 데다 국가 의식이 미약했기 때문이다. 흰 피부에 금발이나 갈색 머리를 가진 켈트 인들은 전쟁을 즐기며 맥주를 잘 마셨다. 이들은 기이한 성 관습을 지녔는데 남자들끼리 동성애를 즐겼고, 신부는 신혼 첫날밤 마을의 연장자들과 나이순으로 잠자리를 같이 했다고 전해진다. 전투 외에도 켈트 인들은 섬세한 공예품과 무기 제작에 각별한 관심을 지녔는데, 이들이 남긴 유적은 현대인들의 찬사를 자아낸다. 유럽의 중원을 차지하는 과정에서 여러 종족과의 충돌 및 혼합 과정을 거쳤던 켈트 인들은 유럽 구전 문학의 풍부한 토양을 배양하는 데 크게 기여했으리라 추정된다. 이러한 켈트 인들이 영국 섬에 진출하지만 아직 뚜렷한 글자 문화가 형성되기 이전이었으므로 켈트 인들은 문헌상의 기록을 남기지 못하게 된다. 하지만 이들의 원시적 종교, 행사 및 축제, 괴기한 모험, 주술 등에 관한 다양한 이야기가 입으로 전해져 영국 섬에서의 민담은 더욱 풍성한 토양을 갖추게 된다.

기원후 43년이 되자 로마 인들이 영국 섬의 켈트 인들을 점령하기 시작한다. 로마 군이 진입하자 신분 상승을 열망하거나 생업 때문에 로마 인들을 상대해야 했던 켈트 인들은 정복 국가의 언어인 라틴 어를 접하게 된다. 브리튼 영국 섬을 침입한 로마 군은 몇 세기가 흐르는 동안 본국인 로마와의 유대 관계를 잊어 갔다. 그들은 영국 섬에서 자신들의 황제를 옹립한다. 410년에 게르만 족이 로마를 침공했을 때 로마는 반달 족과 부르군디 족에 밀려서 영국 섬에 있는 로마 군단에 지원을 요청한다. 이러한 대륙 원정으로 영국의 중남부가 무방비 상태에 빠지게 되자, 북쪽에선 픽트 족과 스코트 족이, 외부에선 프랑크 족과 색슨 족이 영국의 해안 지대에 침입한다. 이러한 외세의 침입에 당황한 브리튼 왕 보티전은 대륙의 덴마크 지역에서 앵글 족Angle과 색슨 족Saxon을 브리튼 섬으로 불러들인다. 5세기에 원정군으로 브리튼 섬에 들어온 앵글로

색슨 인들은 현대 영어의 모체가 되는 앵글로색슨 어를 가지고 들어온다. 이렇게 먼저 온 원정군은 대륙의 동료 게르만 족들을 불러들여 영국 섬에서 무자비한 약탈과 정복을 전개한다. 이 새로운 침입자들인 앵글 족, 색슨 족, 주트 족은 얼마가지 않아 영국의 풍요로운 지역을 차지하게 된다. 더불어 영국 섬에 꽃피웠던 로마-브리튼 문명은 급격히 소멸하고 만다. 1세기부터 5세기에 걸쳐 영국 섬을 통치했던 로마 인들에 관한 민담은 그렇게 많이 전해지지 않고 있으며 동시에 로마 인들의 생활상에 관한 문헌상의 기록도 많이 전해지지 않고 있다. 대제국의 형성과 함께 발달된 글자 문명을 지녔던 로마 인들에 관한 민담이 많이 전해지지 않는 이유는, 로마 인들이 빠른 기간 내에 원주민인 브리튼 족켈트 족과 결혼을 통한 혈연 관계를 맺음으로써 문화의 동질화를 이루었기 때문이다. 즉, 이 시기에 형성된 민담이나 이 시기를 배경으로 한 민담은, 통치자의 위치에 있는 로마 인을 배경으로 한 것이 아니라, 이미 상당한 정도의 동질화를 이룬 로마-브리튼 족에 관한 이야기인 것이다.

바로 이러한 혼란의 시기인 5, 6세기에 외세의 침입에 대항하여 싸우며 수많은 무용담을 남긴 원주민브리튼 족 왕족장이 등장하는데 그가 바로 아서 왕이다. 아서 왕과 원탁의 기사에 관한 수많은 이야기는 영국 민담의 근간을 이루며 나아가서 유럽 로맨스 문학의 모체母體가 된다. 또한 아서 왕에 관한 민담으로부터 영국 민담은 새로운 전기를 맞이하게 되는데, 외세의 침입으로부터 국가를 구하는 아서 왕의 모험은 흥미 본위의 기존 민담과는 다른 차원의 민담으로서 민족 의식을 고취시키는 목적을 지닌 문학으로 자리 잡기 시작한다.

영국 섬의 새로운 정복자인 앵글 족, 색슨 족, 주트 족은 성질이 포악하고 독한 술을 즐기는 호전적인 종족이었다. 게르만 족의 일파인 이들은 로마 인과 같은 높은 수준의 문화를 지니지 못했지만 혼전 순결과 가족간의 화합을 존중하는 등 엄한 도덕률을 지니고 있었다.

이제 앵글로색슨 족은 원주민인 브리튼 족을 변방으로 몰아내고 스코틀랜드와 웨일스를 제외한 영국의 중남부를 차지하게 되며 영국 섬의 주인으로 안주하게 된다. 오늘날 영국의 전통과 문화를 논할 때 그 중심에는 항상 이 앵글로색슨 인들이 자리하고 있다. 이들의 정착과 함께 이들이 대륙에서 사용한 앵글로색슨 어가 영국 섬에 들어오지만 앵글로색슨 족은 기독교가 전래되기 시작한 7세기 전까지는 별다른 문헌이나 글을 남기지 않는다. 이들이 기독교로 개종하면서 발달된 기독교 문화의 영향으로 체계적인 철자법을 갖추게 되고 비로소 글 문화를 남기게 된다. 이와 같이 영국에서의 기독교 전래는 앵글로색슨 족의 문명 개화에 지대한 공헌을 하게 된다. 민담으로 전해지던 초기 선교사들의 포교에 관한 이야기는 개종한 앵글로색슨 인들에 의해 성자 열전과 같은 문학 장르로 자리 잡게 된다. 「성자 브렌든의 항해」나 「세이트 조지 오브 메리」와 같은 이야기가 성자 열전의 대표적 내용인데, 주로 구약 성경의 내용을 연상케 하는 초자연적 현상을 다루고 있다. 이야기 속의 선교사는 후에 영국을 비롯한 유럽 사회의 수호성자로 추앙되며 이를 둘러싼 민담들이 지속적으로 생겨나게 된다. 기독교 문화가 영국 민담의 한 중요한 요소가 되는 것이다.

영국 섬의 주인인 앵글로색슨 인들은 처음에 몇 개의 왕국을 형성하지만 점차로 단일 국가의 형태를 유지하면서 구전 문학은 물론 체계적인 글 문학에 관한 풍부한 소재를 남기게 된다.

8세기에 접어들자 유럽의 국가들은 여기저기 침입하며 약탈을 일삼는 북유럽인들노르웨이 인, 스웨덴 인, 덴마크 인 등 때문에 골머리를 앓게 된다. 노르웨이 인들은 영국 섬을 침략했고, 덴마크 인들은 프랑스 북부를 침범하여 노르망디 공국을 세운다. 이 거칠고 호전적인 바다의 약탈자들을 흔히 바이킹Viking이라 부르는데, 이들의 활동은 8세기 중엽부터 11세기 중엽까지 지속된다. 영국 섬을 침범한 바이킹 족은 알프레드 대왕과 협약을 체결하여 영국의 중북부를 통치하게 되며 나중에는 남부를 포함한 통합 왕국의 왕까지 배출하게 된다. 북구 바이킹 족은 영국의 언어 생활, 절기, 생활습관 등에 지대한 영향을 끼치면서 영국의 민담에 새로운 요소들을 가미시킨다. 그리스 로마의 신들을 연상시키는 북구 신들에 관한 이야기와 괴물과 싸우는 영웅들의 기이한 모험담 등은 영국 민담의 깊이와 폭을 더해 주게 된다.

11세기가 되자 영국은 마지막 외세의 침입을 받게 된다. 1066년에 영국을 정복한 노르만 인은 북구 스칸디나비아 인의 후손으로서, 10세기경 프랑스의 북쪽 해안 지역인 노르망디를 정복하여 그곳에 정착한 종족이었다. 영국 섬의 새로운 주인인 노르만 인들은 프랑스 어와 진보된 프랑스 문화를 영국에 들여오게 된다. 노르만 인들에 의한 영국 통치 개시는 영국에서 중세기中世紀가 열리는 때와 일치한다. 11세기부터 15세기 말에 걸친 이 시기는 인쇄술의 발달로 글 문화가 정착되어 이전까지의 구전 문학이 글 문학으로 옮겨지며, 동시에 그리스 라틴 문화를 계승하는 프랑스 문화의 영향으로 더욱 다양한 민담들이 생겨나게 된다. 바로 이 시기에 구전으로 전해지는 아서 왕에 관한 수많은 이야기들이 글로서 자리를 잡게 되는 것이다. 또한 이때는 영문학의 아버지라 불리는 제프리 초서가 활약한 시기이다. 중세의 이야기꾼인 초서는 영국과 대륙의 민담은 물론 보카치오 등의 작품을 소재로 하여 중세 영국 문화의 압축도라 할 수 있는 대작 『캔터베리 이야기(Canterbury Tales)』를 탄생시킨다.

●—영국 민담의 모체 아서 왕의 이야기

이 책에서 다루어지는 「트리스탐과 이졸데」, 「퍼시벌과 종말의 시작」, 「헹기스트와 호사」, 「쿨위크와 올웬」은 아서 왕과 원탁 기사에 관한 이야기에 속한다. 아서 왕은 5, 6세기 브리튼 족의 족장으로서 외세에 맞서 싸운 역사적인 인물로 알려져 있다. 아서 왕과 그를 둘러싼 원탁 기사의 모험담이 처음 작품으로 나타난 것은 1136년에 웨일스 지방의 몬머스의 제프리Geoffrey of Monmouth가 라틴 어로 집필한 『영국 왕의 역사(Historia Regnum Britannia)』에서다. 제프리는 자신이 알고 있는 민담과 일부 역사서를 참조하여 이야기를 이끌어 간다. 이 이야기는 영국과 프랑스에서 대단한 인기를 누렸으며, 약 20년 후 노르만 작가인 웨이스Wace에 의해 『부르트 이야기(Le Roman de Brut)』라는 제목으로 다시 쓰이면서 원탁에 관한 내용이 처음으로 첨가된다. 웨이스의 『부르트 이야기』는 12세기 말 영국의 신부 레아몬Layamon에 『부르트(Brut)』라는 이름으로 다시 쓰이게 되는데 이 작품은 영어로 쓰인 최초의 작품으로 간주된다. 아서 왕에 관한 다양한 민담에서 영감을 얻은 레아몬은 기존의 내용에 로맨스적인 내용을 새롭게 추가한다. 아서 왕에 관한 이야기는 유럽 대륙의 작가들에 의해 로맨스라는 문학 장르로 자리 잡게 되고, 시대가 흐름에 따라 아서 왕 이야기는 문학의 범주를 넘어서 다양한 예술의 영역에까지 침투되어 유럽문화의 한 축을 형성하게 된다.

한편 영국에서는 아서 왕과 원탁 기사에 관한 이야기가 토머스 말로리 경Sir Thomas Malory에 의해 『아서 왕의 죽음(Le Morte D'Arthur)』이라는 이름으로 1469~1470년경에 완성된다. 하지만 말로리는 프랑스 판 아서 왕의 이야기를 기반으로 해서 자신이 알고 있는 또 다른 이야기들을 첨가하여 이야기를 이끌어 간다.

영국과 유럽 대륙에서 아서 왕에 관한 이야기가 이처럼 끈질기게 문학의 한 중심축으로 간주되는 것은 다름 아닌 아서 왕 이야기가 지닌 그 문학성에 기인한다. 아서 왕 이야기는 문학이 지닌 두 가지 주요한 목적인 흥미와 교훈성을 동시에 충족시키며, 시대를 초월한 다양한 독자를 끌어들일 수 있는 풍부한 소재와 심오한 주제를 다루고 있다. 아서 왕에 관한 이야기는 일차원적인 의미를 뛰어넘어 다중의 의미를 지닌다. 마치 벽에 걸어 놓은 수정이 수많은 다양한 빛을 발하는 것과 같다 할 수 있겠다. 이야기의 원전은 단순할지 모르나 확대 재생산의 여지를 항상 품고 있는 것이다. 이런 이유 때문에 아서 왕에 관한 이야기는 시대를 거슬러 올라가면서 확대 재생산되어 읽는 이들에게 많은 것을 시사하게 된다. 아서 왕 이야기에서 다루어지는 대부분의 주제는 도덕적 가치관과 직결돼 있는데 가장 큰 주제는 '성배 찾기' 이다.

●──진정한 자아발견 : 성배를 찾아서

중세의 전설에 의하면 아리마대의 요셉은 예수그리스도가 최후의 성찬에서 사용했던 성배로 십자가 처형 시 예수그리스도가 흘린 피를 받게 된다. 기원후 63년에 요셉은 이 성배를 지니고 일군의 수도사와 함께 영국의 남부 글래스턴베리에 사원을 짓고 기독교 복음을 전파하기 시작한다. 요셉은 성배를 들고 사라스 왕국으로 복음을 전파하기 위해 떠난다. 그는 사라스 왕인 에바락에게 예수그리스도에 관해 이야기하고 바빌론 왕국의 왕 쏠로메를 격퇴시키는데 도움을 준다. 요셉은 두 명의 수호자에게 성배를 맡기고 전도사역을 지속한다가 북부 웨일스에서 이교도들에 의해 감옥에 투옥된다. 세월이 흘러 이 성배는 어디론가 사라지게 된다. 그리고 언제부턴가 이 성배를 다시 찾아야만이 왕국이 멸망하지 않고 부흥한다는 전설이 내려오게 된다. 아서 왕의 궁궐도 예외는 아니었다. 수많은 원탁 기사들이 이 성배를 찾아 여행을 하게 된다. 많은 기사들이 모험 중에 비참한 죽음을 맞이하지만 갈라하드, 퍼시벌, 보어스는 환영 속에서 예수의 성체를 보게 되고 성배를 받게 된다. 갈라하드는 성배를 들고 사라스 왕국으로 가서 그곳의 왕이 되나 1년 후에 죽게 된다. 성배는 다시 하늘로 올라가고 두 번 다시 사람의 눈에는 보이지 않게 된다.

여기서 말하는 '성배 찾기' 는 단순한 육체적 여행의 차원을 넘어선 자아발견이라는 정신적, 종교적 의미를 내포한다. 즉, 흠 없는 완벽한 경지에 다다른 자만이 성스러움의 상징이요, 진리의 본체인 성배에 접근할 수 있는 것이다. 이러한 연유로 '성배 찾기' 에 참여한 아서 왕의 원탁 기사들은 모험을 통하여 자신의 육체적, 정신적 한계를 되돌아보게 된다. 육체적 모험을 통하여 자신들이 생명과 같이 여겨 온 기사도의 도덕적 가치를 재음미하고 나아가 자신들이 속한 지상 세계의 허무와 무상에 대한 깊은 성찰을 하게 되는 것이다. 아서 왕 이야기를 접한 독자들 또한 '성배 찾기'에 여념이 없는 또 다른 원탁 기사인 자신을 발견하고 생에 대한 탐험을 계속하게 될 것이다.

'성배 찾기'에서 엿보이는 자아 성찰을 통한 자아 발견은 영문학을 비롯한 서구 문학을 특징 지우는 '성년식'이라는 대주제의 형성에 지대한 영향을 끼치게 된다.

●—기사도와 로맨스

아서 왕 이야기에서 다뤄지는 로맨스는 기사와 귀부인 사이의 사랑을 다룬 것으로서, 기사도라는 독특한 행동 철학을 담고 있다. 기사도는 중세의 가장 숭고한 이상으로서 종교적인 측면과 세속적인 측면을 동시에 지니고 있다. 명예 · 관대함 · 예의범절 · 자애 · 순결 · 충성심이 기사의 중요한 덕목이 되며 이러한 덕목으로 무장한 기사는 정의의 수호자로서, 약자의 보호자로서, 또한 자신이 섬기는 귀부인의 신하로서 다양한 모험을 하게 된다. 기사의 모험은 초자연적인 요소를 많이 내포하고 있는데 괴물이나 마법사 등의 출현으로 이야기는 초자연적인 요소를 띄게 된다. 기사와 귀부인과의 사랑을 궁정식 사랑 courtly love이라고 하는데 이는 귀족들 사이의 사랑을 다루며, 남녀간의 사랑을 지상에서 가장 고귀한 감정으로 간주하며 여성을 이상화한다. 여성은 숭배의 대상이고, 한 여성을 사랑하는 남성은 그녀의 신하로서 군주를 섬기듯 충성을 맹세하며, 그녀의 사랑을 얻기 위해서 목숨을 다해 기사도의 이상을 실현해야 한다.

아서 왕의 이야기에서는 몇 가지 종류의 사랑이 다루어지는데 그 중에서도 트리스탐과 이졸데 그리고 랜슬럿과 귀네비어의 사랑과 같은 비극적 사랑이 주를 이룬다. 원탁 기사의 꽃인 랜슬럿과 아서 왕의 부인 귀네비어 간의 사랑은 불륜으로 시작된다. 하지만 랜슬럿은 귀네비어를 알게 된 순간부터 그녀가 죽는 순간까지 그녀만을 사랑하는 순수한 열정을 보인다. 귀네비어가 죽자 랜슬럿은 수도사가 되어 그녀의 명복을 빌며 일생을 마친다. 둘 사이의 사랑은 불륜으로 시작되지만 마지막에 숭엄한 종교적 사랑의 경지로 승화된다. 이와 달리 트리스탐과 이졸데의 사랑 이야기는 세 연인 사이의 갈등구도를 지닌 삼각 관계를 다루고 있다. 아서 왕의 이야기에서 비롯된 지고한 종교적 사랑과 삼각 관계로 얽힌 사랑 이야기는 로맨스 문학의 주요한 요소로 작용하며, 사랑을 다루는 후대의 작가들에게 많은 영감을 부여하게 된다.

●——중세의 이야기꾼 제프리 초서

영문학의 아버지이며 시대를 초월한 최고의 이야기꾼으로 불리는 초서는 인간의 본성과 내면세계를 꿰뚫어 보는 능력과 함께 당시 사회를 정확하게 읽어내는 시대적 감각을 지닌 작가였다. 중세 사회의 전모를 투영하고 있는 거울인 『캔터베리 이야기』는 생생한 묘사력과 기지, 해학, 풍자, 야한 입담이 어우러진 세계 문학사 최고의 작품으로 간주된다. 이야기의 출처는 초서 자신이 대륙을 여행하면서 채록한 이야기와 영국에서 전해지는 다양한 민담에 근거한다. 때로는 출처가 불명확한 경우도 있으며 고금의 유명한 작품을 번안한 경우도 있다.

29명의 순례자가 펼치는 이야기에는 「방앗간 주인의 이야기」와 같은 천박하고 야한 이야기가 있는가 하면 「향사 이야기」와 같은 고귀한 사랑 이야기도 포함되어 있다. 「방앗간 주인의 이야기」는 당시 유럽에서 유행한 파블리오 문학(fabliaux, 성직자나 높은 신분의 사람들이 망신을 당하면서 위선이 폭로되는 내용을 다룸)을 모방하면서 영국적 특성을 가미한 이야기이다. 아마도 초서는 소박한 평민들 사이에 널리 알려진 야한 이야기에서 영감을 얻어 자신만의 독특한 문체와 구성으로 이야기를 엮었을 것이다. 독자들은 「방앗간 주인의 이야기」를 통하여 중세 평민들의 성과 사랑에 대한 정서를 이해할 수 있을 것이며 동시에 풍자 속에 깃든 교훈위선과 자만에 따른 보복을 엿보게 될 것이다. 「방앗간 주인의 이야기」가 천박한 사랑의 정서를 다룬다면 「향사 이야기」는 중세의 또 다른 부류인 고귀한 신분들 사이의 사랑을 다루고 있다. 아서 왕 이야기의 로맨스를 연상케 하는 「향사 이야기」는 고귀한 사랑의 감정을 초월한 더욱 고귀한 도덕적 결단을 다루고 있으며, 가치관 사이에서 갈등하는 중세인들의 모습을 엿볼 수 있는 작품으로 간주된다.

엮은이 **이동일**

런던 리치먼드 칼리지 영문학과를 졸업하고 런던대에서 고대 · 중세 영어영문학 및 문헌학으로 박사학위를 받았다. 현재 한국외국어대학교 영어대학 영문학과 교수로 있다. 지은 책 및 옮긴 책으로는『영국문화산책』,『베오울프』,『세계문학의 기원』,『캔터베리 이야기』,『영국문학 기행』,『이동일 교수의 영어 이야기』,『토머스 불핀치의 아서왕과 원탁의 기사』 등이 있다.

세계 민담 전집 12

영국 편

1판 1쇄 펴냄 2006년 3월 17일
1판 2쇄 펴냄 2022년 3월 21일

엮은이 | 이동일
편집인 | 김준혁
발행인 | 박근섭
펴낸곳 | 황금가지

출판등록 | 2009. 10. 8 (제2009-000273호)
주소 | 06027 서울 강남구 도산대로 1길 62 강남출판문화센터 5층
전화 | **영업부** 515-2000 **편집부** 3446-8774 **팩시밀리** 515-2007
홈페이지 | www.goldenbough.co.kr

도서 파본 등의 이유로 반송이 필요할 경우에는 구매처에서 교환하시고
출판사 교환이 필요할 경우에는 아래 주소로 반송 사유를 적어 도서와 함께 보내주세요.
06027 서울 강남구 도산대로 1길 62 강남출판문화센터 6층 민음인 마케팅부

ISBN 978-89-8273-592-9 04800
ISBN 978-89-8273-580-6 (세트)

㈜민음인은 민음사 출판 그룹의 자회사입니다.
황금가지는 ㈜민음인의 픽션 전문 출간 브랜드입니다.